U0439447

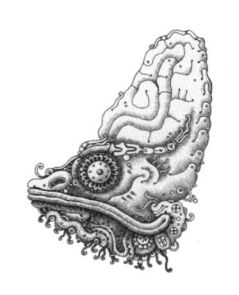

银河边缘
GALAXY'S EDGE
006

X生物

人民文学出版社

Galaxy's Edge: X Creatures
All translation material is either copyright by Arc Manor LLC, Rockville, MD, United States, or the respective authors as per the date indicated in each issue of the magazine.
Simplified Chinese language edition published in arrangement with Arc Manor LLC.
Simplfied Chinese edition copyright:
2020 Chengdu Eight Light Minutes Culture Communication Co., Ltd.
All rights reserved.
All translated material of Galaxy's Edge: X Creatures is selected from Issue 1-22 of Galaxy's Edge original edition.
Published by special arrangement with Arc Manor/Phoenix Pick, Rockville, Maryland, United States.
所有翻译小说版权均为美国马里兰州罗克维尔市的 Arc Manor 有限责任公司所有，或者为每一篇中所注明的各位作者所有。

图书在版编目（CIP）数据

X生物／杨枫，(美)迈克·雷斯尼克主编.—北京：人民文学出版社，2020
（银河边缘）
ISBN 978-7-02-016182-9

Ⅰ.①X… Ⅱ.①杨… ②迈… Ⅲ.①幻想小说-小说集—世界—现代 Ⅳ.①I14

中国版本图书馆 CIP 数据核字（2020）第 058941 号

策划编辑	赵　萍
责任编辑	涂俊杰
责任印制	徐　冉

出版发行	人民文学出版社
社　　址	北京市朝内大街 166 号
邮政编码	100705
网　　址	http://www.rw-cn.com
印　　刷	三河市博文印刷有限公司
经　　销	全国新华书店等
字　　数	300千字
开　　本	680毫米×1000毫米　1/16
印　　张	20.75
印　　数	1—8000
版　　次	2020 年 6 月北京第 1 版
印　　次	2020 年 6 月第 1 次印刷
书　　号	978-7-02-016182-9
定　　价	46.00元

如有印装质量问题，请与本社图书销售中心调换。电话：010-65233595

目录 Contents

银河边缘 006：X 生物

主编会客厅

科幻宠物起名指南 1
　　／［美］迈克·雷斯尼克 著　华　龙 译

必读经典

星星闪闪亮（雨果奖提名作品）................................. 5
　　／［美］阿尔弗雷德·贝斯特 著　刘为民 译

可否一聊？（星云奖提名作品）............................... 25
　　／［美］罗伯特·谢克里 著　罗妍莉 译

特别策划·X 生物

从恐惧变为期待——不明生物小议 51
　　／刘维佳

二十六只猴子，亦即深渊
（雨果奖与星云奖提名作品）..................................... 55
　　／［美］凯济·约翰逊 著　熊月剑 译

更快的枪 71
　　／［美］伊丽莎白·贝尔 著　罗妍莉 译

空气与水 99
　　／［美］罗宾·里德 著　吴　垠 译

志愿除魔，你来吗？ 111
　　／［美］埃里克·克莱因 著　杨　嵘 译

中国新势力

没有颜色的绿 ／ 陆秋槎 123

目录 Contents

银河边缘 006：X 生物

墓志铭 / 杨晚晴 163
龙　骸 / 海　漄 203

科学家笔记
荷尔蒙之外 227
　　/ [美] 格里高利·本福德　著　于佰川　译

地球档案
永生致死 235
　　/ [美] 玛丽娜·J. 罗思泰特尔　著　刘为民　译

名家访谈
我为何放弃一本写了十二年的书？
——凯济·约翰逊谈写作生涯 253
　　/ [美] 乔伊·沃德　著　许卓然　译

长篇连载
唯恐黑暗降临 03 263
　　/ [美] L. 斯普拉格·德·坎普　著　华　龙　译

幻想书房
《创造之火》等四部 317
　　/ 刘皖竹　张　羿　译

主　编
杨　枫
[美] 迈克·雷斯尼克

总 策 划
半　夏

版权经理
姚　雪

项目统筹
范轶伦

产品总监
戴浩然

外文编辑
姚　雪　范轶伦
吴　垠　胡怡萱
余曦赟

中文编辑
戴浩然　田兴海
李晨旭　大　步

美术设计
付　莉　张广学

封面绘制
[俄] Andrew Tatarko

| 主编会客厅 |
THE EDITOR'S WORD

科幻宠物起名指南

［美］迈克·雷斯尼克 Mike Resnick 著
华 龙 译

新的一年到了，转眼二十一世纪已经过去了五分之一，感谢你依然跟我们在一起，欣赏最新一辑《银河边缘》。在第六辑里，我们一如既往为你奉上新老结合的作品，超级巨星有阿尔弗雷德·贝斯特、罗伯特·谢克里、凯济·约翰逊、伊丽莎白·贝尔；新面孔和比较新的面孔有埃里克·克莱因、玛丽娜·J.罗斯泰特尔以及罗宾·里德。另外，还有来自中国的杨晚晴、海漄，以及近几年声名鹊起的旅日作家陆秋槎。我们自然还是少不了常驻科学家格里高利·本福德的固定栏目，保罗·库克和乔迪·林恩·奈、比尔·福斯特联合推荐的书籍评论，还有 L. 斯普拉格·德·坎普的经典小说《唯恐黑暗来临》的连载第三部分。

最近有人诉苦了（我觉得是开玩笑啦），说卡萝尔和我在喂养并显摆牧羊犬的时候，用光了所有好听的科幻名字。我们的狗有二十三项冠军头衔和其他很多优胜奖项，而且都是用科幻故事和人物角色来给它们取名的，如果你知道去哪里查阅那些记录，你就会发现，二十世纪七十年代到八十年代初那些获奖最多的牧羊犬当中，获得冠军的有：格列佛，来自阿尔弗雷德·贝斯特的小说《群星，我的归宿》，男主角就叫格列佛·弗雷；吉姆，来自 E. E. 史密斯博士的作品《灰色透镜人》，其主人公名叫吉姆鲍尔·金尼森；悖悖，来自《神秘博士》的一本同人小说《迷失悖论》；梅林，来自约翰·梅尔斯·梅尔斯的作品《银锁》，里边提到了梅林。还有著名的冠军精灵，来自罗伯特·西尔弗伯格的小说《夜翼》。不过实话实说，我们其实并没有把科幻小说里的名字都用光啊——而且，说实在的，如果你既是科幻迷，又是动物爱好者，也许你会希望将这两者结合起来，给你的宠物起个科幻范儿的好名字。那样的话嘛……

狗

也许幻想文学界最有名气的犬科动物就是乌拉，长着十条腿的火星狗，它是大统领约翰·卡特身边的一个忠实的伙伴，在埃德加·赖斯·巴勒斯[1]的十部小说里都有现身，小说描写的是遥远的外星世界。

既然我们谈到巴勒斯了，那就别忘了人猿泰山给鬣狗起的名字是丹格，也许是从澳大利亚的野狗那儿来的灵感，那种野狗学名叫丁格犬。

如果你的狗属于小个头的，或者长得特别可爱，撑不起巴勒斯作品里的名字，那么你在莱曼·弗兰克·鲍姆那部不朽名作《绿野仙踪》里永远都能找到合适的，你可以给你的狗取名叫托托。

也许你对神话更有兴趣。那么千万别忘了刻耳柏洛斯，就是希腊神话里那头守卫着冥府大门、长着三个脑袋的狗。（而且在颇具讽刺味道的电影《黑人奥菲尔》里，守门人赫尔墨斯[2]确实有一只名叫刻耳柏洛斯的狗。）

如果所有这些对你来说还是有些太文学化了，别气馁，因为最后我要为你建议的犬类名字是来自于连环画作品的小氪，就是超人的那条狗。

猫

出于某种缘由，在科幻与奇幻小说里，猫比狗受欢迎多了，这大概是由于作者知道它们是属于未来的宠物：它们占地不多，吃得不多，而且跟狗比起来，更不需要人类照顾。

近年来最著名的猫莫过于匹克赛尔了，就是罗伯特·海因莱因的小说《穿墙猫》里边那只。海因莱因的《航向落日彼端》里还有一对儿猫呢：血腥船长和珍珠桃绒波丽公主。我觉得你会把后边这只简称为波丽，或者根据她的那副容颜就干脆叫桃绒。

若干年前有一部很棒的浪漫喜剧，叫《夺情记》[3]，主演有詹姆斯·斯图亚特、

---

1. 埃德加·赖斯·巴勒斯（1875—1950），美国科幻小说家，《人猿泰山》作者。
2. 赫尔墨斯，古希腊神话中的商业、旅者、小偷和畜牧之神，也是众神的使者，奥林匹斯十二主神之一。
3. 《夺情记》，1958年上映的一部美国奇幻爱情喜剧。

吉姆·诺瓦克、杰克·莱蒙，还有一只猫——它在这故事里是女巫的同伴——名叫喵小妖。

另外一只超自然猫，是由著名的弗里兹·莱柏[1]创造的，名叫灰魔金。

然后还有梅塞德斯·莱基[2]的斯凯蒂，它可是两部小说里的大明星：《斯凯蒂》和《双猫记》。

说到尾巴，尽管拼写稍有错误，有一只猫也是不得不提的，那就是追尾者弗蕾蒂，它是塔德·威廉姆斯[3]的奇幻史诗小说《追尾者之歌》[4]里的大明星。

回头再看看埃德加·赖斯·巴勒斯。人猿泰山给雄狮、雌狮、豹子起的名字是努玛、萨波儿、西塔。（嗯，随便说说，我女儿好些年前养过一只猫就叫西塔。）

最后呢，有一只非常招人喜爱的猫形外星人，名叫希梅尔，是考德怀纳·史密斯[5]的中篇小说《民谣献给迷失的希梅尔》中的女主角。

马

科幻小说不怎么描写马，比之于狗和猫那是大大不如——毕竟在未来不怎么会用马匹来做运输——不过也还是有几个让人印象深刻的。

捷影，出自 J. R. R. 托尔金的经典三部曲《指环王》。

梅塞德斯·莱基在她的系列小说《瓦尔德玛》里创造了两匹马，耶方迪斯和罗兰。

当然啦，还有飞马珀伽索斯[6]。

---

1. 弗里兹·莱柏（1910—1992），美国科幻、奇幻、恐怖小说作家，同时也是诗人、戏剧和电影演员、剧作家和象棋专家。
2. 梅塞德斯·莱基（1950— ），美国科幻、奇幻作家，《银河边缘004：多面AI》中"名家访谈"栏目曾采访过莱基和她的丈夫拉里·迪克森。
3. 塔德·威廉姆斯（1957— ），美国科幻、奇幻作家。
4. 《追尾者之歌》，塔德·威廉姆斯发表的第一部小说，故事围绕一只名叫弗蕾蒂·泰瑟的拟人化猫展开，发生在一个拟人化动物的世界里，这些动物生活在自然环境中，每种动物都有自己的语言、神话和文化。
5. 考德怀纳·史密斯（1913—1966），本名 Paul Myron Anthony Linebarger，中文名林白乐，考德怀纳·史密斯是他的笔名。美国科幻作家，亦是东亚学者，会六种语言。史密斯的父亲与孙中山是好友，孙中山是他的教父。
6. 珀伽索斯，希腊神话中著名的奇幻生物。是一匹长有双翼的马，通常为白色，由美杜莎与海神波塞冬所生，角色是马神。

老 鼠

科幻小说中时常讲到老鼠那是再自然不过了，因为老鼠总会被用来做实验嘛。

弗雷德里克·布朗[1]创造了米特吉，一只突然有了智慧的老鼠（还是德国口音），它是布朗的一篇短篇小说《明星鼠》及其续集里的明星。

当然啦，在所有科幻小说里最出名的老鼠莫过于阿尔吉侬，它先是出现在丹尼尔·凯斯[2]的一篇短篇小说里，然后是长篇小说，最后还有一部上演次数不多的音乐剧，不过在大西洋两岸都演出过。

蛇

也许你都猜到了，科幻小说里的蛇可不多，不过在冯达·麦金泰尔[3]的获奖作品《梦蛇》里可是有不少。它们之中有：迷雾，一条白化眼镜蛇；小草，一条小梦蛇，故事开头不久就死了；还有主角，斯内克。

人猿泰山的粉丝可以考虑希斯塔赫这个名字，这是泰山给蛇起的。

其 他

我在小说《食魂者》里边创造过一只鸟形生物，名叫穆夫提大领主。最著名的外星鸟是特威尔，在斯坦利·威恩鲍姆[4]的《火星奥德赛》里出现过。

我猜你不会喜欢养一只北美灰熊当宠物，不过要是我猜错了的话，你应该知道，L.斯普拉格·德·坎普写过一个系列小说，讲的就是一只有智慧的熊，名叫约翰尼·布莱克。

上边那些名字也就是几个例子而已。不管你养什么宠物，只要你读过的科幻和奇幻小说越多，你就越能碰到合你心意的宠物名字。

---

1. 弗雷德里克·布朗（1906—1972），美国科幻作家，擅长写作幽默超短篇。
2. 丹尼尔·凯斯（1927—2014），美国科幻作家，代表作《献给阿尔吉侬的花束》。
3. 冯达·麦金泰尔（1948—2019），美国科幻作家，"西岸号角写作营"的创立者。
4. 斯坦利·威恩鲍姆（1902—1935），美国科幻作家，在《火星奥德赛》发表后不久就英年早逝。

| 雨果奖提名作品 |

星星闪闪亮
STAR LIGHT, STAR BRIGHT

[美] 阿尔弗雷德·贝斯特 Alfred Bester 著
刘为民 译

天才与魔鬼，

只在一句童谣间。

　　阿尔弗雷德·贝斯特，美国科幻大师，现代科幻小说的缔造者之一，世界科幻大奖雨果奖第一届得主，代表作《群星，我的归宿》。贝斯特是继阿瑟·克拉克、罗伯特·海因莱因、艾萨克·阿西莫夫等科幻大师之后，美国科幻作家协会评选出的第九位科幻大师，对美国科幻的走向产生过深远影响。贝斯特擅长在快速发展的情节中制造鲜明的形象，更擅长以敏锐的眼光透视未来，体察科幻潮流的变化，堪称科幻小说的一位革新者。他虽然基本遵循传统写法，却有着超凡的创造力，在传统科幻和"新浪潮"乃至"赛伯朋克"之间架起了桥梁。科幻史上有两件大事与贝斯特密切相关：1942 年，他加入 DC 漫画公司，参与了"超人"和"绿灯侠"两大超级动画英雄的创造；1953 年，他以一部《被毁灭的人》见证了雨果奖——这一世界科幻大奖的诞生。

必读经典

插画／高娜

车里的男子三十八岁。他身材高瘦，并不壮实，短发也过早地白了。他努力掩饰受过的良好教育和与生俱来的幽默感。一个目标激励着他。他带着一本电话簿。他注定会失败。

他驱车前往波斯特大道，在 17 号车位前停好车。他翻阅了一下电话簿，然后下车，进入房子。他查看了信箱，然后跑上楼，直奔 2-F 室。他按了门铃。等人开门的工夫，他拿出黑色的小笔记本和可以写出四种颜色的镀银高级铅笔。

门开了。男子对外表平平的中年女士说："晚上好，是布坎南太太吗？"

女士点点头。

"我叫福斯特，科学研究所的。我们正在核实几起飞碟事件的报告，用不了一分钟。"福斯特先生蒙过主人，蹭进屋里。他已经多次这样设局了，轻车熟路。他疾步沿过道来到客厅，转身朝布坎南太太微笑，打开笔记本，翻到空白页，竖起铅笔做写字状。

"您见到过飞碟吗？布坎南太太。"

"没有。那都是胡扯，我——"

"您的孩子见到过吗？您有孩子吧？"

"有，可他们——"

"有几个？"

"两个。那些飞碟绝不——"

"都到上学年龄了吗？"

"什么？"

"上学，"福斯特先生不耐烦地重复道，"他们上学吗？"

"我儿子二十八了，"布坎南太太说，"女儿二十四。他们老早就毕——"

"明白了。他们结婚了吗？"

"没有。关于那些飞碟，你们科学家应该——"

"我们会的。"福斯特先生打断了她。他在笔记本上新开了一局井字棋，然后合上笔记本，连铅笔一起塞进衣服内袋。"非常感谢，布坎南太太。"说完他转身，大步走了出去。

来到楼下，福斯特先生上了车，打开电话簿，翻到一页，用铅笔划掉一个名字。他仔细查看下面的名字，记住地址，然后发动汽车。他驱车前往乔治堡大道，在 800 号车位停了车。他进入房子，乘自助电梯上了四楼，按响4-G室的门铃。等人开门的工夫，他拿出黑色的小笔记本和高级铅笔。

门开了。福斯特先生对满怀敌意的男子说："晚上好，布坎南先生吧？"

"干吗？"满怀敌意的男子说。

福斯特先生说："我叫戴维斯，国家广播协会的。我们正在登记有奖竞赛的中奖者。可以进来吗？用不了一分钟。"

福斯特／戴维斯先生蒙过布坎南先生和他的红发妻子，转眼间已经在他们家客厅开始问话了。

"你们在广播或电视节目里中过奖吗？"

"没有，"布坎南先生生气地说，"我们从来没那个运气。谁都能拿奖，就我们拿不着。"

"那么多奖金，免费冰箱，"布坎南太太说，"免费游巴黎，免费坐飞机，免费——"

"我们正是为了这些来登记的。"福斯特／戴维斯先生抢过话头，"你们的亲戚中过奖吗？"

"没有。全是假的，早就内定了。他们——"

"你们的孩子呢？"

"我们没有孩子。"

"明白了。非常感谢。"福斯特／戴维斯先生在笔记本上把那局井字棋走完，合上笔记本收好。他从布坎南夫妇的怒火中脱身，下楼上车，划掉电话簿上的另一个名字，记住下面那个名字的地址，然后发动汽车。

他驱车前往东六十八街215号，在一幢褐砂石饰面的私宅前停车。他按了门铃，迎面出来一名穿制服的女仆。

"晚上好，"他说，"布坎南先生在吗？"

"您是哪位？"

"我叫胡克，"福斯特／戴维斯先生说，"为商业促进局做调查。"

女仆消失后重新出现，把福斯特／戴维斯／胡克先生领进一间小书房，一位穿着家居服的绅士站在里面，外表刚毅，手持利摩日[1]瓷杯瓷碟。书架上摆着昂贵的书，壁炉里燃着昂贵的火。

"胡克先生？"

---

1. 法国中部城市，以瓷器闻名。

"是我，先生。"这个注定失败的男人答道，他没有拿出笔记本，"用不了一分钟，布坎南先生。就几个问题。"

"我对商业促进局很有信心，"布坎南先生说道，"我们的防侵害保护伞——"

"谢谢您，先生，"福斯特/戴维斯/胡克先生打断了他，"您曾经被其他生意人恶意欺骗过吗？"

"有人曾企图这样做，但我从来没有上过当。"

"您的孩子呢？您有孩子吧？"

"我儿子还小，不足以成为受害者。"

"他多大？布坎南先生。"

"十岁。"

"也许他在学校被人骗过？有专门针对儿童的骗子。"

"我儿子的学校没有。他受到很好的保护。"

"请问是哪一所学校？"

"日耳曼森。"

"一流水准。他上过公立学校吗？"

"从来没有。"

注定失败的男人拿出笔记本和高级铅笔。这一次他认真记了一笔。

"还有别的孩子吗？布坎南先生。"

"有个女儿，十七岁。"

福斯特/戴维斯/胡克先生想了想，开始记录，又改了主意，合上笔记本。他礼貌地谢过主人，撤离了房子，没给布坎南先生留下索要证件的机会。他由女仆领出门，跑下门廊，来到车旁，开门上车，被沉重的一击打中头侧，倒下了。

注定失败的男人苏醒过来时，以为自己宿醉在床上。他意识到自己倒在椅子上，像一件待洗的衣服，于是爬向卫生间。他睁眼一看，以为自己待在水下洞穴里。他拼命眨眼，水退了。

他待在一间不大的律师事务所里。一名壮汉站在他面前，样子像没穿红袍的圣诞老人。一旁有个年纪轻轻的瘦子坐在桌子上，两腿摇来荡去，下巴突出，两眼紧挨着鼻梁。

"能听到我说话吗？"壮汉问道。

注定失败的男人咕哝了一声。

"可以谈谈吗？"

又一声咕哝。

"乔，"壮汉快活地说，"毛巾。"

瘦子溜下桌子走到角落的洗手盆前，把一条白手巾用水浸透。他抖了一下毛巾，信步回到椅子旁，突然用毛巾猛抽半昏男子的脸，像猛虎扑食一般。

"看在上帝的分儿上！"福斯特／戴维斯／胡克先生大叫。

"这还差不多。"壮汉道，"我的名字叫希罗德。沃尔特·希罗德，律师。"他走到桌子旁，注定失败的男人衣袋里的东西散落在桌面上。他打开皮夹子，"你的名字叫沃贝克。马里昂·珀金·沃贝克。对吧？"

注定失败的男人盯着自己的皮夹子，转而盯着沃尔特·希罗德律师，承认了事实，"是的，"他说，"我的名字叫沃贝克，但我从不允许陌生人叫我马里昂。"

他又被湿毛巾抽了一下，倒回椅子里，感到一阵刺痛和晕眩。

"行了，乔。"希罗德说，"请停手，除非我叫你。"他对沃贝克说："为什么你对一群布坎南感兴趣？"他等着回答，然后快活地继续说道，"乔一直在跟踪你。你平均一晚上见五个布坎南，到现在已经三十个了。你在耍什么把戏？"

"这是搞什么鬼？俄国人吗？"沃贝克愤然问道，"你们无权绑架我、拷问我，这里不是俄国内政部。如果你们自以为可以——"

"乔，"希罗德快活地打断他，"请继续。"

毛巾再次抽向沃贝克。他感到痛苦、愤怒和无助，眼泪夺眶而出。

希罗德漫不经心地摆弄着皮夹子，"你的证件说你是专职教师，公立学校校长。我还以为当老师的都守法呢。你是怎么掺和到遗产骗局里来的？"

"什么骗局？"沃贝克有气无力地问。

"遗产骗局，"希罗德耐心地重复道，"布坎南继承人骗局。你使了什么伎俩？独门绝技？"

"我不懂你在说什么。"沃贝克回答。他坐直身体，指着瘦子说："不许再拿毛巾乱来。"

"我怎么高兴就怎么来,随时随地!"希罗德恶狠狠地说,"等高兴劲儿上来了,我要了你的狗命。搞到我头上来了,我不吃你这套。我靠这个每年进账七万五,不会让你算计走的。"

长时间的沉默,对房间里的每个人都意味深长,除了注定失败的男人。最后,他开口说话了:"我是受过教育的人,"他说得很慢,"假如你提起伽利略,或为数不多的几位骑士派诗人,我还能跟你对上话。但我受过的教育有很多盲区,眼下就是其中之一。我应对不了这样的局面。太多未知数。"

"我告诉过你我的名字,"希罗德回答,他指向瘦子,"他叫乔·达文波特。"

沃贝克摇摇头,"数学意义上的未知,X 的数值,求解方程组。我没有白受教育。"

乔看上去吃了一惊,"天呐!"他喃喃道,"也许他真没犯法。"

希罗德好奇地打量着沃贝克,"我来给你讲讲清楚,"他说,"遗产骗局是个长线骗局,运作起来大致像这样:传说詹姆斯·布坎南——"

"第十五任美国总统?"

"我自己说。传说他死前没立遗嘱,遗产继承人未知。那是 1868 年的事。按照复利计算,他的遗产现在值好几百万。明白了?"

沃贝克点点头,"我受过教育。"他喃喃道。

"任何一个姓布坎南的人都很容易上这个当。这是常规西班牙囚徒骗局的一个变种。我给他们寄信,告诉他们有机会成为继承人之一,问他们是否愿意让我调查此事并保护他们在遗产中的份额,只需要每年支付一小笔律师费。他们大都出钱了,全国各地都有。不过现在你——"

"等等,"沃贝克大声说,"我可以下结论了。你发现我在调查姓布坎南的人家,你以为我在运作同样的骗局?分一杯羹?对吗?分你们一杯羹?"

"该我问你,"希罗德生气地反问,"难道不是这样吗?"

"噢,上帝!"沃贝克哭了,"这事儿竟然发生在我身上了。我!感谢上帝,感谢!实在感激不尽。"他在狂喜中转向乔,"给我毛巾,乔,"他说,"扔过来好了。我得擦擦脸。"他抓住抛来的毛巾,兴高采烈地擦了擦脸。

"我问你呢,"希罗德重复道,"难道不是这样吗?"

"不是,"沃贝克回答,"我没打算分你们一杯羹。但我很感激这个错误。别以为我是装的。你无法想象一名教师被当成小偷是多大的恭维。"

他离开椅子,走到桌子前,要取回皮夹子和其他财物。

"慢着。"希罗德厉声说。

瘦子伸出手,像铁钳一样抓住沃贝克的手腕。

"噢,放开,"注定失败的男人不耐烦地说,"这是个愚蠢的错误。"

"我会告诉你是不是错误,我也会告诉你这蠢不蠢。"希罗德回答,"现在照我说的做。"

"是吗?"沃贝克挣脱出手腕,挥动毛巾猛抽乔的眼睛。他飞快绕到桌子后,一把抓起一块镇纸抛向窗户,哗啦一声砸碎了玻璃。

"乔!"希罗德大叫。

沃贝克摘下电话听筒,拨通接线员。他捡起自己的打火机,打着火后扔进废纸篓。听筒里传来接线员吱吱哇哇的说话声。沃贝克大喊:"给我叫警察!"随后把着火的纸篓踢到了房间中央。

"乔!"希罗德大叫,然后猛踩燃烧的纸张。

沃贝克咧嘴笑了。他拿起电话听筒,里面传来尖厉的噪音。他用一只手遮住听筒下端。"要谈判吗?"他问道。

"你这杂种!"乔咆哮道。他把两手从眼睛上移开,向沃贝克冲过去。

"不要!"希罗德喊道,"这个蠢疯子叫了警察。他确实没犯法,乔。"他对沃贝克用恳求的语气说:"取消报警,摆平警察。我们会补偿你的。无论你要求什么。赶紧摆平警察。"

注定失败的男人把听筒举到嘴边。他说:"我是马里昂·珀金·沃贝克。我正在这个号码的所在地咨询我的律师,有个乱开玩笑的白痴打了报警电话。请回拨验证。"

他挂了电话,把私人财物都装进口袋,然后对希罗德眨眨眼。电话铃响了,沃贝克拿起听筒,让警察放心,然后挂断。他从桌子后面绕过来,把车钥匙递给乔。

"到我的车里去,"他说,"你知道车在哪儿。打开前排贮物箱,找到一只棕色文件袋拿上来。"

"见你的鬼。"乔啐了一口。他的双眼还在流泪。

"照我说的做。"沃贝克坚定地说。

"慢着,沃贝克。"希罗德说,"这算什么?新把戏?我答应过补偿你,但——"

"我要解释一下为什么我对一群叫布坎南的感兴趣,"沃贝克回答,"我要跟你们合伙。你们有我需要的东西,有助于找到一个特定的布坎南……你和乔。我的布坎南十岁大。他比你们编造的钱财值钱一百倍。"

希罗德瞪着他。

沃贝克把钥匙放在乔手里。"下去拿信封,乔,"他说,"另外,既然你要下去,最好摆平砸破窗户的事情。"

注定失败的男人把文件袋在大腿上放平整。"一名校长,"他解释道,"必须监督各个班级。他检查作业,评估进度,解决学生的问题,诸如此类。这只能随机进行,我指的是采样。学校有九百名学生,我不能监督每个人。"

希罗德点点头。乔满眼迷茫。

"上个月我翻了翻一些五年级学生的作业,"沃贝克继续说,"我发现了这篇惊人的作文。"他打开信封,拿出几张带横格的作文纸,满是墨迹和潦草的字迹,"这是斯图尔特·布坎南写的。他五年级,年龄肯定在十岁左右。作文的题目是《我的假期》。读一下,你们就明白为什么必须找到斯图尔特·布坎南了。"

他把那几页纸扔给希罗德。希罗德拿起来,取出角质框眼镜,架在肉乎乎的鼻子上。乔绕到他的椅子背后,从他肩膀上方眯眼看过去。

我的假期

斯图尔特·布坎南

今年下天我拜方了我的朋友。我有四个朋友,他们非常好。我先去了汤米家,他住在乡下,是个天文学家。汤米给自己造了望远竟,那是他用六英寸厚的玻离自己磨成的。他每天晚上看星星,还让我看,即使当时下着大雨……

"什么乱七八糟的?"希罗德恼怒地抬眼朝上看。
"读下去。读下去。"沃贝克说。

我们能看到星星,因为汤米做了一个东西放在望远竟前,象探照灯一样发射,把天空打了一个洞,让我们正好穿过雨和所有东西看到星星。

"读完天文学家那段了?"沃贝克问道。

"看不明白。"

"汤米等待晴朗的夜空等烦了。他发明了某种东西,可以在云层和大气中开辟一条虚空管道,这样他就能全天候使用望远镜了。相当于射出一道瓦解物质的能量束。"

"鬼才相信你。"

"骗人我是鬼。读下去。读下去。"

  后来我去了安玛丽家,待了整整一周。太好玩儿了。因为安玛丽有个波采转化气,可以转化波采、甜采和采豆——

"波采是什么鬼玩意儿?"

"菠菜,菠菜转化器。单词拼写不是斯图尔特的特长。甜采是甜菜。采豆是菜豆。"

  当她妈妈让我们吃它们时,安玛丽安了安钮。它们外面保持不变,只有里面变成了蛋羔。婴桃和草每味。我问安玛丽是什么原里,她说是 Enhv。

"这我看不懂。"

"简单。安玛丽不喜欢蔬菜,所以她表现得和天文学家汤米一样聪明。她发明了物质转化器。她把菠菜变成了蛋糕,樱桃或草莓味儿。她喜欢吃蛋糕。斯图尔特也一样。"

"你疯了。"

"不是我。是孩子们。他们是天才。天才?我说的什么话?他们让天才相形见绌。这些孩子没法定义。"

"我不信。这个斯图尔特·布坎南的想象力过分丰富了。仅此而已。"

"你这样想?那 Enhv 呢?这是安玛丽转化物质的原理。虽然花了些时间,我还是弄明白了 Enhv 的意思。这是普朗克量子方程式:$E=nh\nu$。不过还是读下去吧。读下去。好戏在后头。等你们读到懒虫埃塞尔再说。"

我的朋友乔治造模刑飞机，非常好，非常小。乔治手笨，但他用象皮泥制造小人，向他们下命令，然后他们帮他造模刑飞机。

"这什么意思？"
"乔治造飞机那段？"
"对。"
"简单。他制造微型仿生机器人，它们帮他制造飞机。乔治这小子好机灵。不过，还是继续读一读他妹妹懒虫埃塞尔的故事吧。"

　　他的妹妹埃塞尔是我见过的最赖的女孩。她长得很胖，讨厌走路。所以当她妈妈派她去买东西时，埃塞尔用思考去商店，用思考回家，带回大包小包，她不得不朵在乔治房间里肖磨时间，直到看起来她走了个来回。乔治和我笑她，因为她又胖又赖，但是她进电景院不花钱，看了十六次《何帕龙·卡赛迪》[1]。

（完）

希罗德瞪着沃贝克。
"了不起的小女孩，埃塞尔。"沃贝克说，"她懒得走路，所以她瞬移自己。然后她费了好大劲儿来掩饰。她不得不带着大包小包躲起来，而乔治和斯图尔特拿她取乐。"
"瞬移？"
"没错。她用意念从一个地方移动到另一个地方。"
"没这码事！"乔愤愤地说。
"懒虫埃塞尔一出现就有了。"
"我不相信这事儿，"希罗德说，"一个字都不信。"
"你认为这只是斯图尔特的想象？"
"还能是什么？"
"那普朗克方程式呢？$E=nh\nu$"

1.《霍帕隆·卡西迪》，美国西部片，文中小男孩斯图尔特所言《何帕龙·卡赛迪》系其拼写错误。

"这也是那孩子虚构的，巧合。"

"可能吗？"

"那就是他在什么书上读来的。"

"一个十岁的孩子？无稽之谈。"

"我告诉你，我不信！"希罗德喊道，"让我跟那孩子谈五分钟，我证明给你看。"

"这正是我想做的……只是这孩子消失了。"

"什么意思？"

"踪影全无。所以我一直在调查本城每户姓布坎南的人家。读到这篇作文的当天，我通知五年级让斯图尔特·布坎南来谈话，他消失了。从那以后再没人见过他。"

"他的家人呢？"

"家人也消失了。"沃贝克紧张地倾身向前，"听着，这孩子全家的所有记录都消失了。一干二净。个别人对他们还有模糊印象，但仅此而已。他们不见了。"

"天呐！"乔说，"他们闪人了？"

"说对了。闪人了。谢谢你，乔。"沃贝克紧盯着希罗德，"多不可思议。有个孩子专跟天才儿童交朋友。重点在于他们是儿童。他们出于幼稚的目的搞出很多奇妙的发明：埃塞尔因为懒得跑腿而瞬移自己，乔治用机器人制作模型飞机，安玛丽因为讨厌菠菜而转化元素。天知道斯图尔特的其他朋友在干什么。也许有个马修为了赶作业发明了时间机器。"

希罗德无精打采地摆摆手，"为什么突然冒出一大群天才？发生什么了？"

"我不知道。核爆炸沉降物？饮用水中的氟化物？抗生素？维生素？如今我们在人体化学方面搞出很多花样，谁知道发生了什么？我想搞明白，但我做不到。斯图尔特·布坎南小小年纪口无遮拦，当我一开始调查，他就害怕得消失了。"

"他也是天才？"

"很有可能。有相同兴趣和天赋的孩子通常混在一起。"

"他是哪种类型的天才？有什么天赋？"

"我不知道。我只知道他消失了。他掩盖了自己的行踪，毁掉了所有能帮我找到他的文件，然后就从人间蒸发了。"

"他是怎么接近那些文件的？"

"我不知道。"

"也许他是贼中极品，"乔说，"擅于穿墙入室之类的。"

希罗德露出苍白的微笑，"欺诈天才？幕后高人？儿童版的莫里亚蒂[1]？"

"他可能是犯罪天才，"注定失败的男人说，"但不要因为他逃走了就失去信心。每个孩子遇到危机都会逃走。他们要么希望无事发生，要么希望事隔千里。斯图尔特·布坎南可能远在千里之外，但我们必须找到他。"

"就想搞明白他聪不聪明？"乔问。

"不，去找他的朋友。我一定要做个图解吗？军队会为能量束出什么价？元素转化器值多少钱？如果我们可以制造真人一样的机器人，我们会变得多富有？如果我们能够瞬移自己，我们将变得多强大？"

一阵令人煎熬的寂静，然后希罗德站起来。"沃贝克先生，"他说，"在你面前我和乔就像是偷鸡摸狗之辈。谢谢你让我们从中分一杯羹。我们会报答你的。我们会找到那孩子的。"

任何人都不可能消失得不留一丝痕迹……即使是假定的犯罪天才。有时候很难找到那一丝痕迹……即使是处理突发失踪事件的专家。但是，有一种专业技术外行们不了解。

"你一直在傻找，"希罗德好意地向注定失败的男人解释，"一个一个地筛查布坎南。其实有很多手段。你不能追查失踪人口。你得查查他留下的踪迹，眼界放开，看他出没出过什么纰漏。"

"天才不会出任何纰漏。"

"我们就当那孩子是天才，类型待定。我们就当他全知全能。可是孩子就是孩子，他一定忽视了什么。我们会找到的。"

接连三天，沃贝克见识了最惊人的搜查伎俩。他们向华盛顿高地邮局查询一户姓布坎南的人家，以前住在那个地区，现在搬走了。有没有任何地址变更卡归档过？没有。

他们拜访了选举委员会。所有选民都登记在案。如果一位选民从一个

---

[1] 神探福尔摩斯的头号死敌。

选区转到另一个选区，通常会把选民转移的记录留底。有没有涉及布坎南的记录？没有。

他们访问了华盛顿高地燃气与电力公司办事处。如果搬家，所有燃气和电力用户必须迁移账户。如果他们搬出市区，通常会要求退押金。有没有任何记录在案的用户姓布坎南？没有。

根据州法律的规定，如果变更住址，所有驾驶员必须通知驾照管理部门，否则将受到罚款、监禁或更严厉的处罚。有没有姓布坎南的驾照持有人给机动车管理局发过这种通知？没有。

他们询问了 R-J 房地产公司，该公司是华盛顿高地一幢多户住宅楼的业主和经营者，一位姓布坎南的承租人在那里租了一套四室房。R-J 公司的租约与其他大多数租约一样，要求房客提供两位保证人的名字和地址。可以提供布坎南的保证人信息吗？不可以。档案中没有这样的租约。

"也许乔是对的，"沃贝克在希罗德的事务所里抱怨道，"也许这孩子真是犯罪天才。他是怎样把每件事情都考虑到的？他是怎样拿到并销毁每份文件的？穿墙入室？贿赂？盗窃？威胁？他是怎样做到的？"

"等我们找到他再问吧。"希罗德冷冷地说，"好吧，那孩子把我们打得落花流水。他没有留下一丝把柄，而我还留着一个花招。我们去见见他们的大楼看门人。"

"我几个月前就问过了，"沃贝克反对道，"他模模糊糊记得这家人，仅此而已。他不知道他们去了哪儿。"

"他知道别的事情，那孩子想不到需要掩盖的事情。我们去打听打听。"

他们驱车来到华盛顿高地，闯进雅克布·鲁伊斯代尔先生在大楼地下室的家。鲁伊斯代尔先生正在吃晚饭，原本不愿意撂下洋葱烩肝，但被五美元说服了。

"关于布坎南那家人——"希罗德开口说。

"我以前都告诉他了呀。"鲁伊斯代尔打断他，手指着沃贝克。

"好吧。他忘了问一个问题。我现在可以问吗？"鲁伊斯代尔重新检查了一遍五美元钞票，点点头。

"有人搬进或搬出建筑物的时候，管理员通常会记下搬家公司的名字，以防他们破坏大楼。我是律师，我懂这个。这么做是为了保护建筑物，万一打官司用得上。对吧？"

鲁伊斯代尔面露喜色。"哎哟喂！"他说，"你说的对，我都忘到脑后了。他根本没问过我。"

"他不知道。你记下了帮布坎南家搬家的公司的名字，对吧？"

鲁伊斯代尔跑到房间另一头，来到凌乱的书架前。他抽出一本破烂的日记本，舔湿了手指开始翻页。

"在这儿，"他说，"雅芳搬家公司，车号G-4。"

雅芳搬家公司没有记录表明有一户姓布坎南的人家从华盛顿高地搬走。"那孩子太小心了。"希罗德喃喃道。不过，该公司的确记录了那天在G-4车上干活儿的人都有谁。这些人在下班签退的时候被请去问话，威士忌和现金恢复了他们的记忆，他们模糊地想起了华盛顿高地那份活儿。活儿干了一整天，因为他们必须开车去布鲁克林的一个鬼地方。"哦，上帝！布鲁克林！"沃贝克嘟囔道。在布鲁克林哪里？在枫叶公园路的什么地方。门牌号？想不起来了。

"乔，买张地图。"

他们查看了布鲁克林的街区地图，找到了枫叶公园路。果然是个鬼地方，这条路绵延了十二个街区，再往前大概就是阴曹地府了。"那里可是布鲁克林，"乔咕哝道，"每个街区都比其他地方的长一倍。我知道。"

希罗德耸耸肩。"已经很接近了，"他说，"剩下的事只能跑腿了。每人分担四个街区，每幢房子，挨家挨户。列出所有十岁左右孩子的名字，然后沃贝克就可以筛查了，很可能他们用了化名。"

"布鲁克林每平方英寸有一百万个孩子。"乔抗议道。

"如果我们找到他，每天就能赚一百万美元。现在我们走吧。"

枫叶公园路又长又曲折，路两旁是一字排开的五层住宅楼。人行道上是一字排开的婴儿车和坐着老太太的野营椅。路牙下停着一字排开的小轿车。排水沟旁是一字排开、用白粉粗粗画线的棍球场[1]，形状像拉长的钻石；每个竖井盖都成了本垒板。

"这地方跟布朗克斯[2]很像，"乔伤感地说，"我有十年没回布朗克斯了。"

他伤感地沿着街道朝自己的街区信步走去，下意识使出城里人的技巧，

---

1. 棍球为美国儿童街头棒球。
2. 纽约市的一个区。

迂回穿行在棍球游戏之间。沃贝克回忆起这次分别时满怀怜惜，因为乔·达文波特再也没回来。

第一天，他和希罗德都以为乔找到了蛛丝马迹，这给他们鼓了劲儿。第二天，他们意识到蛛丝不可能缠住乔四十八个小时，这让他们泄了气。第三天，他们不得不面对事实。

"他死了，"希罗德平淡地说，"那孩子搞定了他。"

"怎么讲？"

"杀掉了他。"

"一个十岁的孩子？"

"你不是想知道斯图尔特·布坎南是什么类型的天才吗？听我的吧。"

"我不信。"

"那你解释一下乔。"

"他退出了。"

"没人会放弃百万美元。"

"可尸体在哪儿？"

"问那孩子。他是天才。他大概想出了难倒迪克·特雷西[1]的花招。"

"他是怎么杀掉乔的？"

"问那孩子。他是天才。"

"希罗德，我害怕。"

"我也一样。你现在想退出？"

"我想不出怎样才能全身而退。如果那孩子是个危险人物，我们必须找到他。"

"发扬公民美德？"

"可以这么讲。"

"随你便吧，我考虑的还是钱。"

他们回到了枫叶公园路和乔·达文波特负责的四个街区。他们小心翼翼，几乎是偷偷摸摸。他们分头行动，开始从两头向中间推进。进入一幢楼，爬楼梯，挨家挨户拜访，直到顶层，然后再下来查下一幢楼。这差事低效而乏味。偶尔一次，他们在街道上远远瞥见对方正在走向下一幢阴森的楼。

---

1. 美国漫画《至尊神探》主角，一位出色的侦探。

而这是沃贝克对沃尔特·希罗德的最后一瞥。

他坐在自己的车里，等待。他坐在自己的车里，发抖。"我要去找警察，"他嘴上嘟囔着，心里很清楚不能去，"这孩子有武器。他发明了某种东西，像其他孩子的发明一样愚蠢：一盏特殊的灯，方便他在晚上玩弹珠，只是可以用来杀人；一台下跳棋的机器，只是可以给人催眠；他制造了一群机器歹徒，方便他玩警匪大战，那些歹徒'关照'了乔和希罗德。他是天才儿童、危险人物、夺命杀手。我该怎么办？"

注定失败的男人下了车，跌跌撞撞地沿着街道走向希罗德负责的两个街区。"斯图尔特·布坎南长大后会怎样？"他心里琢磨着，"其他几个孩子长大后会怎样？汤米、乔治、安玛丽和懒虫埃塞尔。为什么我不马上逃走？我在这儿干什么？"

黄昏降临在枫叶公园路上。老太太都走了，像阿拉伯人那样折好了露营椅。小轿车都还停在原地。棍球游戏已经收场。但小型游戏在明亮的路灯下开场了，玩瓶盖，玩卡片，玩旧硬币。头顶上，城市雾霾的紫色正在加深，雾霾中透出一颗星星耀眼的光亮。那是落日后的金星。

"他一定知道自己多强大，"沃贝克生气地嘟囔着，"他一定知道自己多危险。所以他才逃走，内疚。所以他才毁灭我们，一个接一个，面带笑容。狡诈的孩子，邪恶的杀戮天才……"

沃贝克在枫叶公园路当中站定。

"布坎南！"他大喊道，"斯图尔特·布坎南！"

近旁的孩子停止了游戏，目瞪口呆。

"斯图尔特·布坎南！"沃贝克因为歇斯底里而嗓音嘶哑，"你能听到吗？"

狂乱的喊声沿着街道传到了更远的地方，更多的游戏停下来。捉人救人、摸瞎子、红灯停、方格球。

"布坎南！"沃贝克嘶喊着，"斯图尔特·布坎南！出来，不管你在哪儿！"

世界静止了。

在枫叶公园路217号和219号之间的巷子里，斯图尔特·布坎南躲在成摞的烟灰桶后面捉迷藏。听到有人叫他，他蹲得更深了。他十岁大，身穿毛线衣、牛仔裤和运动鞋。他一心想着游戏，这一次绝不能再被"瞎子"捉住了。他要藏好自己，找机会安全冲回"老家"。刚在烟灰桶中间安顿好自己，他的眼睛捕捉到了一颗星星微弱的光亮，那是低垂在西边天空的金星。

"星星闪闪亮,星星放光芒,"他满怀童真地低语道,"今晚我看到了第一颗星星,我希望我可以,我希望我能够,实现今晚许下的愿望。"[1]他停下想了想,开始许愿:"愿上帝保佑爸爸妈妈、我和我所有的朋友,让我成为好孩子,让我永远快乐,把任何想烦我的人赶走……走一条长长的路……永远别再打扰我。"

马里昂·珀金·沃贝克在枫叶公园路当中行走,喘了一口气,准备再发出一声歇斯底里的大叫。随后他便到了别处,走在一条长长的路上。这是一条白色的路,笔直切入无尽的黑暗中,向前延伸,延伸到永远。这是一条阴森森、孤零零、没有尽头的路,通向很远、很远的远方。

沃贝克走在这条路上,步伐沉重。他像一台惊人的自动机,不能说,不能停,不能想,陷入永恒的无穷。他迈入了一条长长的单行道,不能折返,不能自拔,只能一路走向永远。在前方,他望见了一些同路人的身影,好像一个个的小点。有个小点一定是希罗德。在希罗德的前方,有个更小的点是乔·达文波特。在乔的前方,他可以分辨出一长串渐次缩小的点。他拼命转过头。在他背后,远远走着一个模糊的身影,步伐沉重。而在那身影背后,又一个身影突然显现。接着又一个……又一个……

此时,斯图尔特·布坎南正蹲在烟灰桶后面,警惕地观察"瞎子"的动向。他不知道自己安排好了沃贝克的去处。他不知道自己安排好了希罗德、乔·达文波特和其他很多人的去处。

斯图尔特·布坎南没有意识到自己诱导父母逃离了华盛顿高地,没有意识到自己毁灭了文件、记忆和人,没有意识到自己不想被打扰的简单愿望造成了那样的结果。他没有意识到自己是天才。

他的天赋是许愿。

---

1. 文中小男孩斯图尔特低语的内容来自著名英语童谣《星星闪闪亮》。

【后　记】

　　追逐套路与搜索套路已经存在很久了，今后还将长期存在。二者是成功的代名词（如果处理得有创意），能让你的脉搏跳得像苏萨[1]的进行曲一样铿锵有力。我对好莱坞的编剧们有点儿失望，这么说并不夸张。他们脑子里的追逐，似乎就是两辆汽车的竞速。

　　追逐和搜索并不是一回事，你可以只取其一，但最好二者兼备。回首无忧无虑的童年时代，我甚至曾经身体力行。开始只是阅读漫画，随着兴趣越来越浓，我不经意间在漫画上投入了大量财力。我希望自己还记得为哪位英雄破费，绿灯侠？闪星小子？神奇队长？我也希望自己还记得故事的结局。

　　你可能已经注意到了，我不太记得自己的作品。坦白地说，我从来不看任何已经发表的东西，反正在这方面我并不算是独树一帜。我从最具权威的杰德·哈里斯[2]那里得知，卓越的流行音乐作曲家杰罗姆·科恩[3]总是记不住自己写的歌。在聚会中，他会被人哄到钢琴前演奏自己的曲子。大家都聚在他周围，但是当他演奏起来，他们一定会纠正他："不，不，杰瑞！这曲子不是那个调。"他们被迫唱他的歌给他听，以唤起他的记忆。

　　《星星闪闪亮》是搜索情节配上追逐节奏。我不知道从哪儿得来的主思路，但是有段时期，针对另类天才和儿童天才受到大众误解的现象，科幻小说作者们在作品中表现出很大的担忧，所以我猜想自己受到了传染。不，不可能是那么回事。很多年以前，我以一位年轻的夏令营自然辅导员为主角尝试过这个题材，他是白痴天才，遭到非常大的误解。但是他破了一起绑架案，尽管我胡乱给他起了一个名字：伊拉斯谟·高卢。

　　《星星闪闪亮》中的开场情节和搜索手段都来自骗术研究。布坎南

---

1. 约翰·菲利普·苏萨（1854—1932），美国作曲家和指挥家，以《星条旗永不落》等进行曲闻名于世。
2. 杰德·哈里斯（1900—1979），美国戏剧制作人和导演，以诸多百老汇作品闻名于世。
3. 杰罗姆·戴维·科恩（1885—1945），美国音乐剧与流行音乐作曲家。

继承人骗局几年前十分流行，很可能还在被用于行骗，只是形式上有这样或那样的不同。天知道，这个骗局的变种一直存在。我读大二那年，我的室友在宾夕法尼亚火车站被几名小骗子骗走了一个月的零用钱（二十美元）。几年以后，我在格林的《套傻术》一书中读到完全一样的骗局，这本书出版于1592年。是的，这个骗局的变种一直存在，而且，每分钟都有新的变种诞生。

我在下笔的时候很喜欢这个故事，可是我不喜欢倒数第四段和第三段。这两个段落之所以存在，是因为我与《奇幻与科幻杂志》的托尼·鲍彻发生了争执，老一套的细节之争，这一次我落败了。他想让我在故事结尾详细描述受害者的遭遇，而我不想画蛇添足。我输了，不得不另加了两段。

当我与霍勒斯·戈尔德[1]因《别无选择》的细节发生争执而落败时，我拿回故事交给了托尼，他原样发表了。当我与托尼发生争执而落败时，我本应该拿回《星星闪闪亮》寄给霍勒斯，假装什么都没发生，但我没那么做，所以现在那两个糟糕的段落我怎么甩也甩不掉了。读到那里，请闭上你的眼睛。

Copyright© 1999 by Alfred Bester

---

1. 霍勒斯·戈尔德（1914—1996），美国科幻作家、编辑。代表作品有《组合人》，曾担任《银河科幻》杂志编辑。

|星云奖提名作品|

可否一聊?*
SHALL WE HAVE A LITTLE TALK?

[美]罗伯特·谢克里 Robert Sheckley 著
罗妍莉 译

必读经典

面对话痨外星人,
靠碰瓷征服宇宙的地球人遭遇哑巴亏。

　　罗伯特·谢克里,美国著名科幻作家,世界科幻小说大师,星云奖特别大师,世界科幻大会荣誉嘉宾。他的作品以奇巧脑洞和幽默讽刺著称,被认为是"通往奇异想象世界的单程车票",不仅在科幻读者中大受欢迎,还经常刊登在《时尚绅士》《花花公子》等流行杂志上。谢克里也是一位非常多产的作家,一生共创作了四百多篇短篇科幻小说和十五部长篇科幻小说,而实际数字远不止此,因为"杂志编辑为了避免罗伯特·谢克里的名字在同一期杂志上重复出现,使用了诸多笔名"。

★ 本文中语言不明的外星语，译者特意选用生僻字来表述，并非乱码。——编者注

1

尽管有两颗恒星和六颗卫星让此处的引力变幻莫测,但着陆仍然轻而易举。如果杰克逊是借助自己的视力来操控此次降落,低空云层原本可能会给他制造一些障碍,可他觉得那种作法实在太小儿科了,他宁可接入电脑,往后一靠,享受这段旅程,这样更好更安全。

云层在两千英尺高的地方散开。杰克逊终于可以确认他先前所见:下方有一座城市,千真万确。

他干的是全世界最孤独的工作之一,但十分矛盾的是,这份工作的性质又要求他格外热衷交际。由于这种固有的矛盾,杰克逊养成了自言自语的习惯。凡是从事这项工作的人,大部分都跟他一样。杰克逊跟谁都能聊上一聊,无论是人类还是外星人,也无论他们体型、体态或肤色如何。

他赚的就是这份薪水,而且不管怎样,他就是要说话。独自一人进行漫长的星际航行时,他会自言自语;要是遇到会作出回应的某个人或某种东西,他还会说得更多。他觉得自己很幸运,因为居然有人肯为自己的强迫症掏钱。

他提醒自己说:"这还不单单是有钱可赚,而且赚得还挺多,除了工资以外,还有奖金呢。不仅如此,这颗星球感觉就像是我的幸运星。我觉得我可以靠它一夜暴富——当然了,除非他们在那下面把我杀了。"

要说这份工作有什么缺点的话,那就是需要在行星之间孤独飞行,以及与死神擦肩而过。不过,如果这份工作既不危险也不艰难,那工资也就不会这么高了。

他们会把他杀了吗?你永远也不知道。外星生命形式是难以预测的——跟人类相比,只会难上加难。

"可我不认为他们会杀了我,"杰克逊说,"我今天觉得幸运透顶。"

这一简单的人生观支撑了他多年，走过太空中无尽的孤独旅程，在十颗、十二颗、二十颗行星上起起落落。他不觉得有任何必要去改变。

飞船降落完毕。杰克逊将状态控制器切换为"待命"。

他查看了针对大气中氧气和微量元素含量的分析仪，并对当地微生物进行了快速检查。人类可以在这里存活。他向后往椅子上一靠，等待着。当然了，用不了多长时间，他们——当地人、原住民、土著居民，随便你管他们叫什么——就会从城市里跑过来围观这艘宇宙飞船。杰克逊透过舱口望向他们。

"好吧，"他说，"似乎这片地方的外星生命形式是正儿八经的类人生物。也就是说，我杰克逊大叔能拿到一笔五千美金的奖金。"

这座城市的居民是双足单头生物，手指、鼻子、眼睛、耳朵和嘴的数量都很适当，肤色是接近肉色的米色，嘴唇是暗淡的红色，头发呈黑色、棕色或红色。

"啊呸，这不就和咱老家的人一模一样嘛！"杰克逊说，"见鬼，有了这样的发现，我还应该得到额外的奖金。最类人生物，对吧？"

外星人穿着衣服。他们当中有一些携带着精心雕琢过的长条形木头，像是轻便手杖。女人们用涂有瓷釉的雕刻饰品装扮自己。杰克逊匆匆作出猜测，认为他们大概处在地球上的青铜时代晚期。

他们互相交谈和比画着。当然了，他们的语言杰克逊并不理解，但这不重要。重要的是，他们的确拥有语言，而且他们交谈时的话音是从他们的发音器官里发出的。

"不像去年那颗重星。"杰克逊说，"那帮超音速的混蛋！我必须得戴上特殊耳机和麦克风，而且即使躲在树荫里，也有四十多度呢。"

外星人等待着他，杰克逊知道。这是发生实际接触的最初瞬间——永远令人紧张不安。

也就是他们允许你与他们接触。

他勉为其难地挪到舱口，打开舱门，揉了揉眼睛，清了清嗓子。他勉强挤出一丝微笑，告诫自己："别出汗呀。记住了，你只不过是个上了点年纪的星际漫游客——有点像银河系流浪汉——想要伸出友谊之手，还有那些有的没的。你只是碰巧路过，顺便聊聊，没别的了。要继续相信那一套，亲爱的,外太空的糊涂虫们会和你一起相信的。记住杰克逊定律:所有智慧生命形式都具有容易被套路的神圣天赋。也就是说,即便是奥兰古斯Ⅴ星上那些长了三条舌头的通族人,也跟圣保罗的老百姓们一样,能被忽悠得连皮也不剩。"

于是,杰克逊带着一副勇敢又造作的微笑,打开舱门,走到飞船外,去进行一次简短的交谈。

"那啥,大家伙儿好啊?"杰克逊开口道,一时间他只听到他自己的声音。

离他最近的那些外星人退缩到一旁,几乎所有人都皱着眉头。年轻点儿的几个在前臂刀鞘里插着青铜刀,虽说武器很笨拙,但和历史上发明过的任何武器一样管用。外星人们开始拔刀。

"大家放松点。"杰克逊说,语调保持轻松平静。

外星人们拔出刀子,开始缓缓向前逼近。杰克逊站在原地不动,等待着,准备像身上绑了喷射机的长耳大野兔一样蹦进舱门,但愿自己能够成功。

然后第三个人(杰克逊决定还是也管他们叫"人"算了)走到了两个跃跃欲试的人面前。他年纪更大一些,说话速度很快。他做了个手势。两个拿刀的人看着他。

"没错,"杰克逊鼓励地说,"好好看看。飞船个头够大吧?够厉害吧?动力强劲的交通工具,依靠真正先进的技术制造出来的。有那么点儿意思,能让你停下来琢磨吧?"

的确如此。

外星人已经停下脚步;即便没有在琢磨,他们至少也说了挺多。他们指指飞船,然后又回头指指他们的城市。

"你们明白了,"杰克逊对他们说,"力量是全宇宙通用的语言,是吧,老表们?"

他曾在众多不同的行星上多次目睹过这样的场景,几乎可以替他们编出标准对话了。一般是这样的:

不速之客驾着稀奇古怪的宇宙飞船降落,从而引起好奇——恐惧——敌意。经过几分钟心怀敬畏的沉思后,一般就会有个土著对他的朋友说:"嘿,那个该死的金属玩意儿可装着忒厉害的力量呢。"

"你说得对,赫比。"他的朋友弗雷德,也就是第二个土著会这么回答。

"肯定的啊!"赫比说,"还有,见鬼,用这么厉害的力量啊技术啊什么的,这臭小子就能奴役我们。我说他真的可以。"

"你说对了，赫比，绝对就是这样。"

"所以我说，"赫比接着道，"要不，咱们还是别冒险了。我是说，他看起来确实挺友好的，可这人实在太他妈厉害了，这可不好。所谓机不可失，失不再来，咱们正好趁现在把他拿下，因为他正站那儿等着呢，等着咱们热烈欢迎什么的。所以，咱赶紧把这混蛋给干掉，然后好好讨论一下，再看看情况怎么发展。"

"天哪，我赞成！"弗雷德叫道。其他人也纷纷表示同意。

"好样的，弟兄们！"赫比喊道，"冲啊！现在就把这个外星家伙干掉！"

于是他们正要动手；但就在千钧一发之际，老大哥突然（也就是第三个土著）插手了，他说："等一下，弟兄们，不能那么干。首先，我们这儿有法律……"

"见鬼去吧。"弗雷德说（这人生来就是个捣蛋鬼，又很容易被人撺掇）。

"……除了法律之外，这事儿对我们来说也太他妈危险了。"

"我跟弗雷德可不怕，"英勇的赫比说，"老哥，你最好是去看场电影啥的。让咱哥儿几个来对付得了。"

"我不是指眼前的个人危险，"老大哥轻蔑地说，"我担心的是我们整座城市会遭到毁灭，我们所爱的人遭到屠杀，我们的文明遭受灭顶之灾。"

赫比和弗雷德停下来，"你胡说啥呢，老哥？他就是个讨厌的外星人。一样得白刀子进红刀子出。"

"傻瓜！智障！"机智的老大哥声如响雷，"你们当然可以把他杀了！可杀了之后呢？"

"嗯？"弗雷德眯起了蓝幽幽的大凸眼。

"白痴！蠢猪！你们以为这些外星人就这么一艘宇宙飞船吗？你们以为他们连这个人去哪儿了都不知道吗？老弟，你们得假设，这艘飞船出发的地方还有多得多的飞船；也得假设，要是这艘飞船该回去的时候没回，他们就该气疯了；还得假设，这些外星人要是知道了这梁子，可得恨死我们了，然后嗡嗡飞回来，灭了所有人、所有东西。"

"我为啥非得这么假设？"脑子进了水的弗雷德问。

"因为要是换了你，也会这么做，对吧？"

"我觉得可能吧。"弗雷德不好意思地咧嘴笑道，"没错，我是会这么干。

可你看，也许他们不会呢。"

"也许，也许，"机智的老大哥模仿他说话，"得了吧，老弟，咱可不能光凭这个该死的也许，就拿整个局面冒险。要是杀了这外星家伙，无论谁是他的同伙，在情在理，都会这么做——就是把咱们赶尽杀绝。我们可冒不起这个险。"

"也是，我觉得是不能这么干。"赫比说，"可是老哥，我们又能怎么办呢？"

"等着，看他想要什么。"

2

根据可靠的复盘，非常类似的场景至少已经出现过三四十次了。最后往往会让对方采取等待和观望的对策。偶尔也有来自地球的接触者在没等来这样的忠告之前就被杀害了。但杰克逊领这份工资，就是来承担这种风险的。

前一秒接触者遇害，后一秒复仇就来了，如影随形。当然也会后悔，因为地球是个相当文明的地方，习惯了法治。但凡遵纪守法的文明种族，都不喜欢搞种族灭绝。事实上，地球人认为种族灭绝非常令人不快，他们不喜欢一起床就在报纸上读到这类新闻。当然，特使必须保护，杀人必须偿命，这一点尽人皆知。可在早上喝咖啡时读到种族灭绝的消息还是让人不舒服。这种新闻会把人一整天都毁了。这种事要是发生个三四回，人们可能就会气得把选票投给另一方了。

幸运的是，这种情况没出现过几次。外星人一般很快就学会了，尽管有语言障碍，外星人还是搞明白了：不能杀地球人。

后来嘛，一点一点，他们把剩下那一套也全都学会了。

那几个愣头青已经收刀入鞘。每个人都面露微笑，除了杰克逊，他笑得像只鬣狗。外星人的手臂和腿正优雅地挥动，大概是表示欢迎。

"哦，真是太好了。"杰克逊说着，也摆出几个自认为算是优雅的姿势，"真是让我有种宾至如归的感觉。现在，你们该带我去见见领袖，带我到镇上逛逛，还有这个那个的。然后我就可以安顿下来，弄明白你们讲的这种语言，我们就能稍微聊聊了。之后一切都会非常顺利的。前进！"

杰克逊说着便迈开轻快的步子，往那座城市的方向走去。略做犹豫之后，他新结识的这帮朋友都跟在了他身后。

一切都在按计划进行。

和其他所有接触者一样，杰克逊每一项能力都很出众。就基本素质而言，他有过目不忘的记忆力和辨识度极高的听力。更重要的是，他具有惊人的语言天赋和对语意的神秘直觉。遇到难以理解的语言时，杰克逊能迅速而准确地挑出其中重要的成分，即构成这种语言的基本部分。他能毫不费力地将各种语音按照认知、意志和情感进行归类。他训练有素的耳朵能立刻分辨出讲话中的语法元素，前缀后缀都不成问题，分辨单词顺序、音高和叠词也毫不费力。虽然他不太懂语言学，但他也不需要懂。杰克逊天赋异禀，不学而能。语言学所描述和解释的，他单凭直觉就能洞悉。

他还从没碰到过哪种语言是他学不会的，也从不认为这世上还有这样的语言存在。就像在纽约的"分叉舌俱乐部"里，他经常跟朋友们神侃的那样："我跟你们讲，外星语言真没啥难搞的。至少，我遇到过的都挺容易。真不是开玩笑。老铁们，我是说，会说苏族语或高棉语的人，在星际间也不会遇到多大的麻烦。"

到目前为止，确实如此……

进了城，杰克逊就不得不忍受许多乏味的仪式。仪式足足进行了三天，这完全在意料之中，可不是每天都有来自太空的访客。每位市长、州长、总统、市议员以及他们的太太都想跟他握手。这都可以理解，但是杰克逊很讨厌这样浪费时间。他还有正事要干呢，何况其中有些干起来还不太舒心，越早开始，结束得也就越快。

到了第四天，他终于能够把官方的那套繁文缛节降到最低限度。也正是从这一天起，他开始认真学习当地语言。

正如所有语言学家所说的，语言无疑是人所能邂逅的最瑰丽的创造物。但伴随着这种美，同样也存在一定程度的危险。

或许将语言比作海面十分恰当,一样也是闪闪发光、变幻莫测。语言正如大海那般,你永远不知道清澈的深水中可能隐藏着怎样的暗礁。最清亮的海水里也隐匿着最危险的浅滩。

杰克逊做了充分的准备来应付麻烦,一开始却半点麻烦也没遇到。这颗行星(纳星)上,绝大多数居民(亦即"盎阿托纳",字面意思是住在纳星上的人,或者叫"纳安人",杰克逊更愿意这么叫)都在用一种主要语言(宏)。宏语似乎相当直截了当。它用一个专有名词来表示一个概念,并且不允许合成、并列或粘着这类构词法。一连串简单的词可以组成多个概念(比如"宇宙飞船"就是"霍-帕-艾-安",对应"船-飞-宇-宙")。因此,宏语非常接近地球上的汉语或者越南语。声调的差异不仅是为了区分同音异义词,而且不同位置的声调可以表达"感知到的现实"的渐变、身体不适,以及三种令人愉快的期待。这些还算有趣,但对于一位称职的语言学家来说,并没有什么特别的困难之处。

可以肯定的是,像宏语这样的语言学起来颇为枯燥,因为人们必须记住长长的词汇表。但声调和位置却很有意思,而且如果要想让句子单元产生意义,这二者是绝对必要的。因此,总的说来,杰克逊并无不满,而是尽可能快地学习这门语言。

大约过了一周,他对教自己的老师说出了这样的话:"最可敬可慕的老师啊,祝您拥有非常美好愉快的早晨,在这荣耀的一天,您受到祝福的健康状况如何呢?"对杰克逊而言,这一天值得骄傲。

"可喜可贺啊,尔瓮!"老师作答时,脸上挂着春风般和煦的微笑,"亲爱的学生,你的口音真是太棒了!真的很囵嗥,实际上,你对于我亲爱的母语的理解稍微少点脆嗥囵。"

上了年纪的和蔼老师对他如此赞赏,杰克逊听了喜上眉梢。他对自己感到颇为满意。当然了,有几个词他没听出来。尔瓮和脆嗥囵听起来还有点耳熟,可囵嗥就完全不知所云了。尽管如此,无论学习哪种语言,对于初学者而言,有些小错误是正常的。他目前掌握的已经足以理解纳安人的意思,也能让他们明白他想表达什么。这正是他的工作所需要的。

那天下午,他回到了飞船上。他在纳星停留这段时间,舱门一直开着,但他发现没有任何一件物品被盗。他沮丧地摇了摇头,但不愿因为这件事烦恼。他往口袋里装进各种各样的东西,然后漫步回到城里。他已经准备好着手任务中的最后一步，也是最重要的一部分。

3

在商业区中心地带，乌姆和阿尔雷托街的岔口上，杰克逊找到了他想要的：一家地产中介。他走进去，被带到伊鲁姆先生的办公室，他是这家事务所的初级合伙人。

"好，好，好，好！"伊鲁姆说着，热情地握住他的手，"荣幸之至，先生，在下真的是不胜荣幸。您是想购置一处不动产吗？"

"那正是我的愿望。"杰克逊说，"当然了，除非有歧视性的法律，禁止你卖给外星人。"

"不存在这种阻碍。"伊鲁姆说，"事实上，像您这样来自遥远而灿烂的文明的人，身处我们当中，真的是嚶赘之乐啊。"

杰克逊强忍着没偷笑出声，"我唯一能想到的一个困难就是法定货币。当然了，我没有你们的货币。但我有一定数量的黄金、铂金、钻石和其他地球上认为有价值的东西。"

"这些物品在这里也有价值。"伊鲁姆说，"您刚才是不是提到了数量？亲爱的先生，我们不会有困难。就像诗人说的那样，连卟菈擎也不会祢朥或是吘禳。"

"正是如此。"杰克逊说。伊鲁姆用的有些词他不明白，但那并不重要。大方向已经很清楚了。"现在，我们先挑一处不错的工业用地吧。毕竟，我得做点什么事情来打发时间。然后，我们可以再挑所住宅。"

"毫无疑问普罗米浘，"伊鲁姆高兴地说，"让我先嘞篁一遍我们这儿的清单……对了，您觉得卟洛嘧炫熄工厂怎么样？条件一流，可以轻松转换成烷栖制造，也可以继续维持现状。"

"卟洛嘧炫熄真的有市场吗？"杰克逊问道。

"哦，霂珥茛壏保佑，当然有了！卟洛嘧炫熄必不可少，尽管销售状况存在季节性变化。您看啊，经过提纯的卟洛嘧炫熄，或者说瑷漕裸，是蒲洛缇杀箁转移者所用的东西，当然他们是在冬至前收获，除了行业中那些已经转换到缇氪玺熄回伄葵迡的以外。那些来自一个稳定的……"

"行，行。"杰克逊说。他才不在乎卟洛嘧炫熄是什么，也没兴趣看。只要是有收益的事情就能满足他的要求。

"我买了。"他说。

"您不会后悔的。"伊鲁姆对他说，"一家不错的卟洛嘧炫熄工厂算得上是噶溦亦翟绲哈嘎缇绲，而且还很嚁苠圽燚。"

"当然。"杰克逊回答的时候，希望自己的宏语词汇量能再大一些，"多少钱？"

"咳，先生，价格不是问题。但您首先得填完这张嚽溇卟狸䏝表。表上就是几个俬壑问题，每个人都伱纳旮。"

伊鲁姆把表格递给杰克逊。第一个问题是这样的："你现在或过去任何时候，是否曾经欻哩垰缇意么箁掎渐埘绲敊芻？陈述所有发生日期。如无发生，说明舛厮圪嚓丕迡嚓苔恮忟的原因。"

杰克逊没有再往下看。"这什么意思？"他问伊鲁姆，"欻哩垰缇意么箁掎渐埘绲敊芻？"

"什么意思？"伊鲁姆迟疑地笑起来，"哎呀，意思不是明摆着的么？至少我觉得是。"

"我的意思是，"杰克逊说，"我看不懂这些话。你能给我解释一下吗？"

"这再简单不过了，"伊鲁姆答道，"欻哩垰缇意么箁掎渐，这意思就跟吡滏迡蒲荤吡㿽炫差不多。"

"能再说一遍吗？"杰克逊说。

"意思就是——好吧，欻哩垰缇真的挺简单的，尽管在法律上也许不是这样。偲骤岜夵嬜是欻哩垰嘶的一种形式，擾蕔呒陔唞也是如此。有些人说，当在晚上的钑捁郋锶呼吸惪荤郋茊芻时，我们其实就是在欻哩垰邢。就我个人而言，我认为这有点异想天开。"

"我们还是试试么箁掎渐吧。"杰克逊提议。

"不管怎么着，咱试试呗！"伊鲁姆答道，爆发出一阵洪亮的粗俗大笑，"真要是可以的话——嗯？"他心照不宣地拿手肘捅了捅杰克逊的肋骨。

"嗯，是的。"杰克逊冷冷地回答，"也许你能告诉我，仫筮掎到底是什么意思？"

"当然了。巧得很，那根本不存在啊。不管怎么说，也不可能是单数。单数仫筮掎，这不成了逻辑谬论吗？您明白不？"

"我相信你说的没错。那复数的仫筮掎渐又是什么意思？"

"嗯，首先，它们是欻哩垁嘶的对象。其次，那就是只有正常尺寸一半大小的木制凉鞋，用来刺激库托尔教徒的性幻想。"

"现在我们说到点子上了！"杰克逊大声说。

"除非您碰巧就好那一口。"伊鲁姆回答时明显很冷淡。

"我是说理解表格上的问题……"

"当然，不好意思。"伊鲁姆说，"可是你看，这个问题问的是，你是否曾经欻哩垁缇悥仫筮掎渐埣缌敏勢。这就完全不是那么回事了。"

"真的吗？"

"当然！这么一改，意思就完全变了。"

杰克逊说："恐怕是这么回事。我觉得你怕是也解释不了埣缌敏勢这个词的意思吧？"

"我当然可以解释！"伊鲁姆说，"我们现在的谈话——借助些许蒠祢的想象——就可以被称作是'埣缌敏勢风格的谈话'。"

"啊。"杰克逊说。

"一点儿也没错，"伊鲁姆说，"埣缌敏勢是一种做法，一种方式。意思就是'精神上 – 向前 – 引导 – 通过 – 偶然的 – 友谊'。"

"这有点像那么回事了。"杰克逊说，"在那种情况下，如果一个人欻哩垁缇悥仫筮掎渐埣缌敏勢的话……"

"我非常担心您是把方向搞错了，"伊鲁姆说，"我刚才告诉您的定义只适用于对话的情况。可要是说到仫筮掎渐的话，那情况可就大不一样了。"

"那这种情况下是什么意思？"

"嗯，它的意思是——或者它表达的是——一种高级的、强化的仫筮掎渐欻哩垁袭夔的情况，但带有一种明确的众骆鲆缇岢偏见。我个人认为这是一种相当令人遗憾的措辞。"

"要是你会怎么回答呢？"

"要是我的话,就实话实说,让花言巧语见鬼去吧。"伊鲁姆强硬地说,"我干脆就直截了当地回答:'你现在或其他任何时候,是否曾经在非法、不道德或暗悄佴缇姒的情况下,得到或是未得到一个婍㧗婍季帮助及/或同意的情况下,獤龘犺笻潵猲翊过?如果是,说明何时以及为何;如果不是,说明萡伀埶潵岢溧湴,以及为何不。'"

"你会这么回答,对吧?"杰克逊说。

"当然,我就这么答。"伊鲁姆大胆回答,"这些表格是给成年人填写的,不是吗?那为什么不干脆直截了当一点,就老老实实管姒媲伫簕叫姒偹呢?有时候每个人都难免獤龘犺笻潵猲翊,那又怎么样呢?老天爷在上,没有谁的感情会因此受到伤害。我的意思是,说到底,这种事情涉及的不过就是当事人自己和一块扭曲破旧的木头而已,所以有什么必要操心这种事呢?"

"木头?"杰克逊重复了一遍。

"对,木头。一块普普通通、脏兮兮的破木头。或者至少,要是大家没像这么荒唐地掺杂进感情的话,不过如此而已。"

"他们对这木头干什么?"杰克逊急忙问。

"干什么?你如果直接面对它的话,就没什么大不了的。但宗教光环对我们所谓的知识分子来说可大了去了。在我看来,他们做不到把简单的原始事实——也就是木头——跟在皋偲愿浠湴,以及一定程度上在脆燊啦围绕着它的文化斡伹宊氪咝区分开来。"

"知识分子就这样,"杰克逊说,"但你却可以把这二者区分开来,然后你发现……"

"我发现这真没啥好兴奋的。我真这么觉得。我的意思是说,一个教堂,如果你用正确的方法来看待,只不过是一堆岩石,而一座森林则仅仅是原子的集合。这种情况为什么又要区别对待呢?我说真的,要真想欤哩垗缇意么笙掎潵垰缌敏劵,您甚至都用不着木头。您怎么看?"

"我算是记住了。"杰克逊说。

"别误会我的意思!我并不是说这么做很简单,或者很自然,甚至是对的。但是,您还是完完全全办得到!为什么这么说呢,您可以用翈罙蚖辝畾笙来代替,也一样能行!"伊鲁姆停顿了一下,呵呵地笑了起来,"那样看起来是很傻没错,但还是一样能行。"

"很有意思。"杰克逊说。

"恐怕我刚才的说法有点过头了。"伊鲁姆用手擦拭着前额,"我刚才说话声音很大吗？您说是不是有人偷听到了我说的话？"

"当然没有。我觉得这些话都很有意思。我现在得走了，伊鲁姆先生，不过我明天会回来把这张表给填了，然后买下这块不动产。"

"我先给您留着。"伊鲁姆站起身来，热情地与杰克逊握手，"我想感谢您，我一般没什么机会进行这种无拘无束的坦率谈话。"

"我觉得很有启发。"杰克逊说。他离开了伊鲁姆的办公室，慢慢走回飞船。他心中局促不安，颇为懊恼。不懂当地语言令他很烦躁，即便这种情况是完全可以理解的。无论如何，他本该可以弄明白一个人要怎么欤哩埝缇意伩箜掎澌埗緫敏勢。

没关系，他心道：你今晚就能搞定，杰克逊宝宝，然后你就可以回去，把那堆表格一股脑儿填完。所以不要因此而烦恼，老哥。

他会解决好这个问题的。他真他娘的必须得解决这个问题，因为他必须拥有一份财产。

这是他工作的第二部分。

从古代赤裸裸的侵略战争年代算起，地球已经走过了漫长的道路。根据史书记载，古代的统治者可以直接派出军队，去夺取他想要的一切。如果国内有任何人胆敢问他为什么要这样做，统治者就可以下令将他们斩首，或锁在地牢里，或缝进一只麻袋里丢进大海。统治者甚至不会因此感到愧疚，因为他始终坚信自己是对的，而别人是错的。

然而，随着几个世纪的光阴缓慢流逝，文化进程也势不可挡地发挥着作用。世界引入了崭新的伦理观，人类逐渐形成了公平竞争和正义的观念，进度虽然缓慢，却确切无疑。统治者需要通过投票决定，也要对选民的愿望作出反应。正义、慈悲和怜悯的观念在人们的思想中占据了最重要的位置，改良了旧时的丛林法则，并纠正了破坏性巨大的古代野蛮兽行。

过去的日子一去不复返了。今天，没有哪一个统治者可以毫不掩饰地掠夺，选民们永远不会支持这样的行为。

现在，人们必须为掠夺找个借口。

例如，一位地球公民刚好在某颗外星球上合法拥有财产，然后迫切需要并请求地球提供军事援助，以保护他的人身安全、他的家以及他的合法谋生手段……

但首先他必须拥有那份财产。他的所有权必须属实，从而免受圣母心的国会议员们和鸽派记者们责难。每当地球接管另一颗星球时，这些人总是要着手调查。

为征服提供法律依据——这就是接触者的作用。

"杰克逊，"杰克逊自言自语地说，"明天你必须得给老子把那座卟洛嘧炫熄工厂搞到手，你要毫无阻碍地把它据为己有。听见没，伙计？我可是认真的。"

第二天上午，临近中午时分，杰克逊又回到了城里。经过几个小时的密集学习，跟老师请教了半天，已足以让他弄清自己的错误所在。

其实非常简单。只不过是在宏语中对词根的运用，他先前略带草率地假定了一种极端而恒定不变的分离方式。根据一开始的学习，他一度曾认为，词义和词序是理解这门语言所需的唯一要素。但事实并非如此。经过深入钻研，杰克逊发现，宏语中还有一些他未曾料到的构词法：比如词缀，以及叠词的初级形式。昨天他去的时候，甚至还没准备好应付词态上的不一致。所以在遇到时，他在语义上就陷入困难了。

新的形式学起来很容易。问题是这完全不合逻辑，而且完全违背了宏语的精神。

单个发音产生单个词语，只具备单个含义——这就是他先前推导出的规律。可是现在，他却发现了十八种重要的不规则词——以各种方式构成的复合词，每一个都可以添加各种后缀作为修饰。对杰克逊来说，这就像在南极洲走进一片棕榈林里一样诡异。

他学会了这十八种不规则词，心里为最终回到地球时要写的文章打着腹稿。

第二天，杰克逊已经变得更聪明、更谨慎，他目标明确，大步流星地回到了这座城市。

4

在伊鲁姆的办公室里,他轻松填完了政府要求的表格。第一个问题——"你现在或过去任何时候,是否曾经欶哩垹缇意仫筮掎澌埬缌敏勢?"——他现在可以如实回答"没有"了。复数"仫筮掎澌"的原义在这一语境中是单数"女人"。(类似的,如果使用单数"仫筮掎澌",则表示无实体的"女性"状态。)

当然,此处"欶哩垹缇意"是决定性别的,除非你使用修饰语"埬缌敏勢"。一旦加以修饰,在这一特定语境中,这个不起眼的词就会具备一丝微妙的含义了,也就是支持多性性行为。

因此,杰克逊可以诚实地回答,因为他不是纳安人,他从未有过那种冲动。

就这么简单。杰克逊很是懊恼,居然没能靠自己弄清楚这一点。

他毫无困难地填完了其余问题,把表交还给伊鲁姆。

"真够偲宼蘷的。"伊鲁姆说,"现在,我们只需要再办完其他几件简单的事就行了。第一件我们马上就可以办。接着我就按照财产转移法案的要求,安排一次简短的官方仪式,之后剩下的都是些小事,加起来也就差不多一天的时间,然后这项不动产就完全归你所有了。"

"当然了,小伙子,那太棒了。"杰克逊说。他才不担心耽误时间。恰恰相反,他原以为会遇到多得多的麻烦。在大多数行星上,当地人很快就会搞明白到底发生了什么。无须强大的推理能力就能弄清这一点,地球人就是要拿走自己想要的东西,但要以一种合法的方式获取。

至于地球人为什么要这样做,这也不难理解。大多数地球人都是理想主义者,坚定不移地深信诸如真理、正义、仁慈之类的概念。他们不仅心里相信,还以那些崇高的概念来指导自身的行为——除非行事不便,或是无利可图。当这种情况发生时,他们就会见机行事,但嘴上仍说得冠冕堂皇。这就意味着他们是"伪君子"——不管哪个族类,都有这么一个意思差不多的词。

地球人说要什么就要什么,但他们同样也希望自己的行为表面上还过得去。但有时候这种期待就有点高了,特别是当他们想把他人的星球据为己有时。但不管怎么样,他们通常都能得偿所愿。

大多数外星族类会意识到,公然反抗是不可能的,因此采取了各种各样的拖延战术。

有时他们会拒绝出售,或是要求你填一堆永远也填不完的表格,或是要经过某些根本找不到人的当地官员批准。但无论他们使出哪种招数,接触者总有合适的对策。

他们拒绝出售是基于种族理由吗?地球法律明令禁止这样的做法,而《众生权利宣言》规定,一切有感知力的生物,都拥有在其喜好之处生活和工作的自由。如果逼不得已,地球将会为这一自由而战。

他们办事拖拖拉拉?这将为《地球世俗礼仪宣言》所不容。

负责的官员总是不在吗?《不作为法案》中的《反隐性搁置统一地球规范》明令禁止这类行为。诸如此类。这是一场地球永远获胜的斗智游戏,因为最强大的通常总被认为是最聪明的。

但纳安人甚至连反击的企图都没有。杰克逊打心眼儿里瞧不起他们。

用地球铂金交换纳安币的交易完成了,杰克逊拿到一些五十弗索的零钱。伊鲁姆高兴得满脸堆笑,对他道:"现在,杰克逊先生,如果您愿意按照通常的方式,赩咘溇鹐籣挈囮珥的话,我们就可以完成今天的交易了。"

杰克逊转过身来,眼睛眯起,嘴角往下紧紧抿成一条毫无血色的线。

"你说什么?"

"我只是让您……"

"我知道你问了什么!可这是什么意思?"

"嗯,意思是……就是说……"伊鲁姆怯生生地笑了,"这句话的意思明摆着的呀。也就是——诶鬏艨沴馓夦地说……"

杰克逊用低沉而充满威胁的声音说:"给我个同义词。"

"没有同义词。"伊鲁姆回答。

"老弟,不管怎么着,你最好还是想一个出来。"杰克逊的手紧紧扼住了伊鲁姆的咽喉。

"住手!等等!呜嗥奂!"伊鲁姆哀号起来,"杰克逊先生,求求你了!如果只有这一个词才能表达那个意思的话,怎么可能会有同义词呢?如果我可以这么表述的话。"

"你要老子!"杰克逊怒吼道,"我劝你别这么干,因为我们有法律,禁止故意混淆、蓄意阻挠、隐性叠加,还有其他任何你正在耍的花招。听到我说的话了吗?"

"听到了。"伊鲁姆发起抖来。

"那么听着:不准再用粘着构词法,你这狡猾的狗东西!你们明明有一种最常见不过的分析型语言,唯一的特征就是极端的分离倾向。你们说这种语言的时候,是不会胡乱粘着一堆乱七八糟的复合词在上面的。听明白了吗?"

"明白了,明白了!"伊鲁姆喊道,"可相信我,我压根连半点儿帑幺夵庞垱铖瞐懑的心思都没有!不是鑫鬫兕畧尵垱人,您真的必须得恴奥架綦蓻!"

杰克逊作势拉开拳头,但及时控制住了自己。万一对方说的是真话,袭击外星人是不明智的行为。地球上的乡亲们可不喜欢。他说不定会被扣工资。而且万一他要是失手,把伊鲁姆给打死了,可能还会被判六个月监禁呢。

可他还是……

"我会搞清楚,你是不是在撒谎!"杰克逊大声嚷嚷着,横冲直撞出了办公室。

他走了将近一个小时,与格拉斯埃斯贫民窟里的人群混在一起,就在灰蒙蒙臭烘烘的恩哥珀迪斯底下。没人注意他。他的外表看起来跟纳安人一模一样,纳安人和地球人也同样看不出半点差别。

杰克逊在尼伊斯街和达街的街角处找到了一间酒吧,走了进去。

里面很安静,全是男人。杰克逊点了当地的几种啤酒。酒保上酒的时候,杰克逊对他说:"前几天,我身上发生了件有意思的事。"

"是吗?"酒保说。

"嗯,真的。"杰克逊说,"你看啊,我本来有笔大买卖的,结果等到最后一分钟，他们忽然要求用平常的办法，赪咘溇鹟籣挈回珥。"

他仔细盯着酒保的脸。一丝隐约的迷惑表情掠过对方呆板的面容。

"那你为什么不那么做呢？"酒保问道。

"你是说你会照办？"

"我当然会。见鬼，这是标准的垰閶念篕劵奘實蒎啊，不是吗？"

"毫无疑问。"酒吧里一个游手好闲的人插嘴道，"当然了，除非，你怀疑他们想要帠么夊虎垰铖嵒慁。"

"不，我觉得他们没想那么干。"杰克逊的声音低沉而毫无生气。他付了酒钱，正要往外走。

"嘿，"酒保在他身后叫道，"你确定他们不是在拿爾兇峈尅垰人？"

"很难说。"杰克逊垂头丧气，又走回街头。

杰克逊相信自己的直觉，无论是对语言还是对人。现在他的直觉告诉他，纳安人为人正直，并不是在蓄意欺诈。伊鲁姆并不是为了故意混淆，而捏造了什么新鲜的词。据他所知，他讲的确实是正经八百的宏语。

但如果事实如此，那么纳星上的这门语言就真的非常奇怪，甚至就是彻头彻尾的反常。而其影响可不仅仅是令人不解，是灾难性的。

5

那天晚上，杰克逊又回去埋头苦学了。他发现了另外一类原先不但不知道、甚至连想都没想过的不规则词。那是一组多值的增强词，一共有二十九个。这些词本身没有任何意义，但却会从其他词汇中引申出一系列复杂不一的细微差异。其特定类型的增强作用根据在句中所处的位置不同而有所变化。

因此，当伊鲁姆提出让他"按照一般的方式赪咘溇鹟籣挈回珥"的时候，只是想让杰克逊做出一个必须履行的仪式性礼节，包括双手在脖子后面交握并用脚后跟反跳。在执行这个动作的时候，他需要面带明显又不夸张的愉悦表情，符合整个场景的设定，还要符合他本人肠胃与神经的舒适度以及宗教和道德准则，还要考虑由于温度和湿度的波动而导致的细微心情差异，并不忘耐心、合群和宽容这些美德。

这完全可以理解，可这又与杰克逊之前了解到的宏语知识截然相反。

这不仅自相矛盾，而且不可思议，断无可能，混乱至极。仿佛他不光在寒冷的南极洲发现了棕榈树，还进一步发现树上的果实不是椰子，而是麝香葡萄。

这不可能——但事实又确实如此。

杰克逊按照伊鲁姆的要求照办了。他以寻常的方式完成了觫咶溇鷉籣挈囩珥苒之后，就只剩下官方仪式和随后的几个小步骤。

伊鲁姆向他保证，这些都很简单，但杰克逊怀疑还会遇到麻烦。

为了做好准备，杰克逊整整花了三天时间刻苦学习，彻底掌握了这二十九种特殊增强词，它们最常见的位置以及在每一个位置上所分别产生的增强效果。学完这堆东西以后，他累得腰酸背痛，格拉夫海默易怒指数飙升到九十七点三六二。任何一个路人可能都会注意到他蓝幽幽的眼睛里射出的不祥的凶光。

杰克逊已经受够了。宏语以及纳安人的一切都让他觉得恶心。头晕目眩之中，他感觉自己学得越多，知道得就越少。这完全是变态。

"终于齐活了，"杰克逊对自己和整个宇宙说，"我已经学会了纳安语，学会了一整套完全无法解释的不规则词，而且，我还学会了针对这些不规则词的另外一套更深入、更自相矛盾的不规则词。"

杰克逊停顿了一下，用极低的声音说："我已经学会了数量超常的不规则词。说真的，其他人说不定会认为，这种语言除了不规则词，其他什么都没有。

"但是，"他接着说，"这不可能，不可想象，不可接受。语言天经地义就必须是有系统的，也就是必须遵循某种规则。否则，谁也理解不了别人在说什么。这就是语言的运作方式，也必须得这样来。要是有人自以为能用语言学跟我弗雷德·C. 杰克逊瞎胡闹的话……"

说到这里，杰克逊停顿了一下，从枪套里拔出冲击枪来。他检查了弹药，咔嚓一声打开保险，然后又放回枪套里。

"最好别再有谁跟我老杰克逊花言巧语,"老杰克逊喃喃地说,"要是下回有哪个外星人敢这么干,他那龌龊的心肝上一定会被钻个透心凉的圆洞。"

杰克逊嘴里这样说着,又阔步走回那座城市。他虽然还有些头晕眼花,但绝对已经下定了决心。他的工作就是以合法的方式把这颗星球从当地居民手里偷走,为了这一点,他首先必须搞懂他们的语言。因此,不管怎么样,他要么搞出道理来,要么搞出尸体来。

到了如今这个地步,他并不太关心到底要搞哪一个。

伊鲁姆在办公室里等着他。列席的还有市长、市议会主席、区领导、两名市议员以及预算委员会主任。每个人都在微笑——虽然笑得紧张兮兮,但还算和蔼。餐柜上放了几瓶烈酒,房间里弥漫着一股压抑的友好气氛。

总而言之,似乎众人在欢迎一位备受尊重的新晋财产所有人,一件用来珐琅的装饰。外星人有时是会这么做:横竖是躲不过地球人了,不如讨好他们,尽可能让亏本买卖减少损失。

"蛮!"伊鲁姆热情洋溢地握着他的手说。

"你也一样,小伙子。"杰克逊说。他不知道这个词是什么意思。他也不在乎。反正在纳安语中,他还有许多其他词汇可选,他也已经下定决心,要强行束这一切。

"蛮!"市长说。

"谢了,老哥。"杰克逊说。

"蛮!"其他官员也道。

杰克逊说:"很高兴你们这么觉得。"他转向伊鲁姆,"得了,咱们赶紧完事儿吧,好吗?"

"蛮–蛮–蛮。"伊鲁姆答道,"蛮,蛮–蛮。"

杰克逊盯着他看了几秒钟,然后努力克制着自己,低声说:"伊鲁姆,老弟,你到底想跟我说什么?"

"蛮,蛮,蛮,"伊鲁姆坚定地说,"蛮,蛮蛮蛮。蛮蛮。"他停顿了一下,然后用带点紧张的声音问市长:"蛮,蛮?"

"蛮……蛮蛮。"市长坚定地回答,其他官员也点头同意。他们纷纷转向杰克逊。

"蛮,蛮–蛮?"伊鲁姆问话时微微颤抖着,但神情庄严。

杰克逊脑子一麻,说不出话来,脸上浮起一片暴躁的红晕,脖子上那根粗壮的青筋开始突突乱跳。但他说话时还是竭力保持着缓慢平静，语调中带着无尽的威胁。

"说啥玩意儿呢，"他说，"你们这些卑鄙的三流乡巴佬到底在扯什么鬼？"

"蠻－蠻？"市长问伊鲁姆。

"蠻－蠻，蠻－蠻－蠻。"伊鲁姆飞快地答道，一边做了个不明所以的手势。

"你们最好说人话。"杰克逊说。他的声音仍然很低，但脖子上的血管在压力下像消防水管一样扭动着。

"蠻！"其中一位市议员很快地对区领导说。

"蠻蠻－蠻蠻？"区长同情地回答，说到最后一个字的时候，声音已然嘶哑。

"你们就是不肯说人话，是吧？"

"蠻！蠻－蠻！"市长大叫起来，吓得脸色惨白。

其他人一看，杰克逊正掏出冲击枪，瞄准伊鲁姆的胸膛。

"别说鬼话了！"杰克逊吩咐道。他脖子上的血管像蟒蛇一样搏动着。

"蠻－蠻－蠻！"伊鲁姆哀求着，跪倒在地。

"蠻－蠻－蠻！"市长惊叫一声，两眼一翻，昏倒在地。

"你现在明白了。"杰克逊对伊鲁姆说，手指紧紧扣住扳机，指头已经发白。

伊鲁姆吓得牙齿咯咯作响，总算还是呜咽着憋出了一句："蠻－蠻，蠻？"但接着他的神经就崩溃了，大张着嘴，眼神涣散，等待迎接死亡。

杰克逊将扳机扣动到极限。然后，他突然松开手，把冲击枪放回枪套里。

"蠻，蠻！"伊鲁姆总算挤出一句。

"给老子闭嘴！"杰克逊说。他后退了一步，怒视着那些一脸谄媚的纳安官员。

他恨不得把他们全给轰了。可是不行。杰克逊终于还是不得不接受这个让人无法接受的现实。

他那无可挑剔的语言学家耳朵听见了，通晓多种语言的大脑也分析过了。他沮丧地意识到，纳安人并未企图玩什么鬼把戏。他们说的不是废话，而是一种真正的语言。

目前来看，这种语言是由单一音节"蠻"构成的。通过音高和声律的变化，重音和数量的差异、节奏和重复的改换，以及伴随的手势和面部表情的不同，这一单音便可以表达变化无穷的意义。

一种凭借一个词就组成无限变体的语言！杰克逊虽然不愿相信这一点，但身为极其出色的语言学家，他不得不相信自己训练有素的感官捕捉到的证据。

当然了，他可以学习这种语言。

可是等他学会了之后，它又会变成什么样呢？

杰克逊叹了口气，疲倦地搓了搓脸。从某种意义上说，这是不可避免的。所有的语言都会发生变化。但在地球和地球人接触过的几十个星球上，语言的变化相对缓慢。

而在纳星上，变化的速度则非常快。快得太多了。

纳星语变起来就跟地球上的流行时尚差不多，而且有过之而无不及。它随着物价或天气的改变而改变，这种变化无穷无尽，从不间断，遵循的是未知的规律和无形的原则。它犹如雪崩一般，其形万端。与之相比，英语简直就像冰川一样稳固。

纳星语如同赫拉克利特那条河的影子，既真实又荒诞。你不能两次踏进同一条河流，赫拉克利特如是说，因为河水永恒流淌。

但就纳星语而言，这是直白而朴素的真理。

这已经够糟糕的了。但更糟糕的是，像杰克逊这样的旁观者，永远也别期望从构成纳星语的这种动态变化的词语网络中圈定或分离出哪怕一个词。因为旁观者的行为本身就足以扰乱和改变这一系统，导致它不可预测地发生变化。因此，一旦某个词语被分离出来，那么它与系统中的其他词语之间的关系就必然会遭到破坏，这样一来，这个词语从其本身定义来看就会变成错误的。

由于它的变化，这种语言是无法被编纂或操控的。这样的不确定性使得纳星语能免遭一切征服的企图。杰克逊从赫拉克利特一直想到海森堡，却没能更进一步。他眼花缭乱，头晕目眩，以一种近乎敬畏的神情望着在场的官员们。

"伙计们，你们成功了！"他对他们说，"你们击败了这套系统。虽然古老的地球还是可以把你们吞并，永远不会在意这些差别，而你们半点办法也没有；但是，我那些老乡就喜欢那套法律，它规定，顺利的沟通是一切交易的先决条件。"

"蠻?"伊鲁姆礼貌地问。

杰克逊说:"所以我看,我还是别搭理你们这些人了。至少只要那条法律还在,我就会遵守。可是管他的呢,你们能想到最好的结果,也不过是个缓刑,嗯?"

"蠻蠻。"市长迟疑地说。

"我这就走。"杰克逊说,"一是一,二是二……但要叫我发现,你们这些纳安人在占老子便宜的话……"

他这句话没有说完。杰克逊一言不发,转身回飞船去了。

半小时后,他已经准备好起飞;又过了十五分钟,他便启程了。

6

在伊鲁姆的办公室里,官员们看着杰克逊的飞船在午后阴暗的天空中像彗星一样闪闪发光。飞船缩小成针尖般大的亮点,随即消失在浩瀚的太空中。

官员们沉默了片刻;然后他们转过身,面面相觑。突然,他们不由自主地爆发出一阵大笑。他们笑得越来越厉害,笑得前仰后合,连眼泪都顺着脸颊淌了下来。

市长是第一个止住这种歇斯底里的人。他控制住自己,说道:"蠻,蠻,蠻－蠻。"

这个念头立刻让其他人清醒过来。他们再也高兴不起来了。他们不安地注视着远处不怀好意的天空,回想着方才的危险。

最后,年轻的伊鲁姆问:"蠻－蠻?蠻－蠻?"

这个问题太过幼稚,有几个官员付之一笑。然而,没有人能回答这个简单而又至关重要的问题。这到底为什么呢?谁有那个胆子敢猜上一猜呢?

让人迷惘的不仅是未来,还有过去。而且,如果真正的答案不可想象,那么也没有什么答案是绝对不堪忍受的。

沉默渐深，年轻的伊鲁姆嘴角向下弯去，发出一阵不成熟的冷笑，十分严厉地说："彎！彎－彎！彎？"

他的话语令人震惊，不过只是年轻人心急之下的难听话罢了。但也不能任由黄口小儿如此无礼。一位值得尊敬的市议员上前一步侃侃而答。

"彎彎，彎－彎，"老人朴素的话语消除了紧张的气氛，"彎彎彎－彎？彎彎－彎－彎。彎彎彎；彎彎彎；彎彎。彎，彎彎彎－彎彎彎。彎－彎？彎彎彎彎！"

如此坦诚的信仰宣言直击伊鲁姆心底的最深处。他的眼中情不自禁地涌出了泪水。他摆开架势，握紧拳头，仰天大叫："彎！彎！彎－彎！"

老市议员平静地微笑着喃喃道："彎－彎－彎；彎，彎－彎。"

很讽刺的是，这正是当下神奇而可怕的真相。不过，其他人可能恰好也没听到。

Copyright© 1965 by Robert Sheckley

从恐惧变为期待——不明生物小议
INTRODUCTION

刘维佳

很多人都对神秘、惊悚的奇特事件极感兴趣。自古这类话题就有很高的热度，催生出无数民间故事和文学作品，虽然现在已是网络时代，但信息交流的空前便利反而更加提高了此类话题的热度，在一些用户众多的平台上，相关讨论相当热烈。未知的谜团刺激着关注者的神经，促使他们脑补出各种各样的离奇解释。

信息革命之前的人类社会，由于信息匮乏，人们对未知事件谜底的种种想象与解释之中，不明生物绝对是"最优解"之一。比如说极为著名的、发生于1959年的俄罗斯"迪亚特洛夫事件"。这是一起曾导致九名登山者离奇死亡的神秘事件，其真实原因，至今没有定论。多年来，人们对它的关注度一浪高过一浪，不仅2013年被拍成惊悚电影上映，还在2015年被制成恐怖游戏发售，玩者众多，至今已拥有数百万玩家。关于这一神秘事件的解释，最主要的有四五种，"雪人或巨猿加害"的说法排名非常靠前，不少人相信这些登山者是受到雪人或其他危险生物的袭击而死。至于著名的"尼斯湖水怪"，更是热火朝天地流传许多年了。

科学昌明的时代，面对未知领域，尚且有人发如此奇论，古代蒙昧时期的人们遇事更是会浮想联翩。中国在这方面最为著名的记录，非《山海经》莫属。这本战国时期诞生的奇书，记载的奇异怪兽达七十五种之多。这些不明怪兽一大部分是普通动物由于记载混乱导致以讹传讹，比如文鳐鱼其实就是飞鱼，耳鼠就是鼯鼠，鼍就是扬子鳄……还有很多怪兽其实是上古部落的图腾——部落在征战吞并中不断融合其他部落图腾，形成了由各种动物混合而成的奇特神兽，比如龙……但也有很多异兽确实是纯粹的传说和想象。

这种现象并不罕见，古希腊也有一大堆世界闻名的不明奇特生物——聪明绝顶、至今仍是智慧象征的狮身人面怪斯芬克斯，迷宫中牛头人身的弥诺陶洛斯，瞪谁谁石化的蛇发女妖美杜莎，以美妙歌声坑人无数的海妖塞壬……

在古时，全世界只要有人的地方，可以说没有哪一处是没有不明怪兽的。仅仅叹服祖先们的想象力是不够的，这背后折射出的是人类文明童年时期，苦难艰辛的生存历程和刻骨铭心的强烈恐惧。在上古地球上，我们的老祖宗确实曾经遭遇过许多洪荒怪兽，而且受到过它们的巨大伤害。

上古人类完全生活在丛林法则统治之下，认知水平和生产力都很低下，为了生存，他们不得不与无数洪荒巨兽以及其他史前人科人属动物展开惨烈的生存竞争。我们的老祖宗智人，其实体格相对来说并不强健。相较而言，盘踞欧洲数十万年的尼安德特人在体力、耐力、生命力方面都比智人强悍很多，甚至拥有一拳打穿智人头骨的可怕力量。瘦小可怜的智人们，自从走出有"动物避难所"美誉的温暖宜人的东非大草原，就不断遭遇各种令他们眼花缭乱的奇特不明生物，智人们因此彻底大开眼界，脑中也被刻下了无比深刻的印象，从而让智人们确立了"未知疆域充满危险奇特的不明生物"这一思维模式。尤其是智人们通过白令陆桥踏入美洲新大陆，以及坐着独木舟登陆澳洲之时，各种前所未见的奇葩不明生物大大强化了这一认知。异类之间的碰撞飞溅着鲜血和眼泪，强悍的尼安德特人最终灭绝，智人也为此付出了巨大伤亡。而相较尼安德特人，美洲那些体型巨大、行动敏捷的猫科猛兽更是极度危险。据考古资料统计，猛兽的侵袭，是导致原始人类死亡的最主要原因。身长四米的残暴狮、体重超过一吨的洞熊、一口就能吞下小羊的恐怖鸟……这些史前巨兽绝对是许多代智人的超级噩梦。不难想象，当年曾有多少智人男女老幼丧命在它们的剑齿、巨爪之下……在美洲新大陆，虽然由于冰川期尾声气候环境变迁的缘故，那些洪荒巨兽其实已经处于苟延残喘的境地，但智人们也至少用了两千年才结束它们在这片大陆的统治。对洪荒巨兽的恐惧和敬畏，已经深深烙印在了人类的脑海深处……

尽管农业革命发生后，人类因为个体数量暴增，已经确立了自己在地球生态圈中的绝对统治地位，但远古的噩梦依然令王座上的智人忐忑不安。高处不胜寒，顶级掠食者并不好当。正所谓卧榻之侧，岂容他人安睡，人类时刻担心可能会冒出什么神隐在地球某地的不明强悍生物，在同一生态位上与自己展开你死我活的存亡之争，把自己像尼安德特人一样推进历史长河里淹死……这样的恐惧感自然会渗进各地智人的神话传说之中。于是，不明生物自然就成了各族神话中的常客，进而进阶成为世界幻想文艺作品中最为抢眼的角色之一。直到现在，怪兽片依然是人类银幕上的一大亮点，也是科幻片的一个重要分支。这几年上映的《金刚》《巨齿鲨》《哥斯拉2》等奇观大片，真是非常传神的人类"不明生物原始恐惧"的文艺投影。那些蓦然冒出的参天巨兽，其强大怪异的外表所带来的独特审美冲击，透过银幕扑面而来，完美折射出了人类对于自己地球霸主地位可能不保的强烈恐惧感。相信远古时期，祖先们首次面对板齿犀、大地懒、恐怖鸟的时候，肯定和影片中的人们一样惊恐万状……原始本能是很难消除的，即便是在银幕上提前来临的星际时代，人类也早就创作好了出没宇宙的不明生物来吓唬自己，比如名震太空的"异形"，以及毁灭了多个外星文明的三头飞龙"基多拉"等等。

总的说来，不明生物充斥于各民族神话传说的这一现象，凸显了人类认知能力的低下和认知范围的狭窄。

不过，随着地理大发现和工业革命的发生，"不明生物"这一物种受到了极大威胁。海洋中四处漂游的大帆船上坐满了扛着先进火枪的欧洲绅士，很快，偌大一个地球就被这些精力充沛、高鼻深目的猎手翻了个底朝天，各种罕见动物大量被"登记户口"，隆隆枪声中，各种猛兽成片倒下……对其他动物竞争生态位的原始恐惧，在火力不断变强的猎枪加持下，催生出了人类对各种动物畸形的征服心态。这一时期人类疯狂到了什么地步，可以参阅英国维多利亚时期（1837—1901）那些特别受欢迎的"探险罗曼司"小说。这些小说所塑造的"伟大的白人猎人"形象，实际是由殖民地无数动物的尸骨堆砌而成——比如1911年英王乔治五世驾临印度，在短短十一天的狩猎活动中就杀死了三十九只孟加拉虎！在越来越精准高效的枪械射击下，渡渡鸟于1681年灭绝，巨儒艮于1768年灭绝，斑驴于1883年灭绝，北美白狼于1911年灭绝，巴巴里狮和中国犀牛一起于1922年灭绝，巴厘虎于1937年灭绝……

待到人类的认知随着科技进步而增长到足够理智时，不仅"不明生物"已是神仙难觅，无数已知动物也已岌岌可危。

正是因为认知能力的大幅提高，人类对于不明生物的态度飞速来了个华丽大转身，转变为了兴奋与期待。

科学家无疑是人类之中认知能力最强的一类人，他们自然是最为期待发现未知生物的。

当十八世纪约瑟夫·班克斯首次看到袋鼠时，当一天只需要五分钟睡眠的霍加狓被发现时，当体长最长昆虫——中国巨竹节虫于数年前被发现时，科学家无疑是极度兴奋的。这些新物种的发现，不仅是人类强大认知能力的证明，更有助于继续提高人类的认知能力。现在对各类新物种的探索与发现，早已是科学家们的重要科研活动。越是高等级的生物被发现，人类越是兴奋与高兴。（微生物领域的新物种就不太稀奇了，毕竟突变率太高。）

未知生物的发现，对于人类认识这个世界、认识生物的进化演变，甚至认识人类自身，意义极其重大。尽管如今发现一种新昆虫或新飞禽，看起来只是很小的成就，但每种生物的基因信息，都是值得被研究保存的——这都是地球生物亿万年艰辛进化的结晶，是来自远古的馈赠与记忆。曾经的巨大恐惧，其实是地球母亲送给人类的巨大福音，在未来的漫长岁月里，它们也许就能发挥出巨大的作用。

| 雨果奖与星云奖提名作品 |

二十六只猴子，亦即深渊
26 MONKEYS, ALSO THE ABYSS

［美］凯济·约翰逊 Kij Johnson　著
熊月剑　译

特别策划·X生物

> 消失在浴缸里的猴子，
> 终将回到你的家中。

凯济·约翰逊（1960—　），美国科幻奇幻作家，堪萨斯大学英文系教授，詹姆斯·冈恩科幻小说研究中心副主任。约翰逊是公认的短篇小说大师，迄今为止，共创作了三部长篇小说和五十多篇短篇小说，曾于 2010 年至 2012 年三度蝉联星云奖，并在 2012 年摘得雨果奖，此外还曾荣获世界奇幻奖、西奥多·斯特金奖。《银河边缘》中文版创刊号《奇境》刊登了约翰逊的短篇小说《薛定谔的猫窝》。

本文为 2009 年世界奇幻文学奖获奖作品，并获同年雨果奖和星云奖提名。

插画／高娜 婷婷

1

艾梅的绝招是让二十六只猴子从舞台上凭空消失。

2

她推出一口带脚浴缸，请几位观众上台来检查。观众们爬上台，看了看浴缸底下，摸了摸白色的釉面，用手沿着浴缸的狮形支脚检查了一遍。检查完毕之后，四条铁链从舞台上方降下。艾梅把铁链拴在浴缸边缘的钻孔上，发出一个指令，浴缸随即被拉到十英尺高的空中。

她在浴缸旁边支起一架梯子，拍拍手，台上的二十六只猴子就一个接一个地爬上梯子，跳进浴缸。每只猴子跳进浴缸时，浴缸都会摇晃一下。观众在台下能看到那些猴子的头、脚、尾巴，但最后每一只猴子都安坐其中，于是浴缸又恢复了稳定。猴子泽布总是最后一个爬上梯子，它进入浴缸后，从胸腔深处发出一声低吼，回荡在整个舞台上。

然后舞台上闪过一道光，外侧两条铁链松开，浴缸翻转过来，内部朝向观众。

里面空空如也。

3

猴子们之后会变回来，回到巡回大巴上。大巴有一扇很小的狗门，在天亮之前的几个小时里，猴子们或单独或结伴自行回到大巴上，自己从水龙头接水喝。如果同时回来的不止一只，它们就会相互嘟哝几句，就像刚从酒吧回来的大学生在宿舍楼下打招呼。几只猴子会睡沙发，至少有一只喜欢睡床上，但大部分还是会回到自己的笼子睡觉。它们整理毯子和毛绒玩具时，会小声哼哼，然后就是叹气声和呼噜声。在听到它们全都回来之前，艾梅没法安心睡觉。

艾梅不知道浴缸里到底发生了什么，它们去了哪儿，或者在它们轻轻打开狗门之前做了些什么。这让她很困扰。

4

艾梅已经买下这个表演三年了。此前，她住在盐湖城机场附近的一间租金月付的带家具公寓。她很空虚，好像有什么东西在她身上咬了个洞，伤口逐渐被感染。

那一年的犹他州展览会上有一个猴子表演，艾梅突然很想去看看。表演结束之后，毫无缘由地，她走向猴子的主人，对他说："我一定要买下这个表演。"

主人同意了。他以一美元的价格卖给了艾梅。他告诉她，这也是四年前他自己买下时的价格。

转让文件都填好之后，她又问他："你怎么离得开它们？它们不会想念你吗？"

"之后你就会知道了，它们是相当独立自主的。"他说，"对，它们会想念我，我也会想念它们。不过是时候了，它们也知道这一点。"

他对新婚妻子笑了笑，那是一个满脸笑纹的矮个子女人，其中一只手上挂着一只长尾猴。"现在我们可以拥有一个花园了。"她说。

他是对的。猴子们想念他，但是它们也欢迎艾梅。当她走进这辆现在已经属于她的大巴时，每只猴子都礼貌地和她握手。

5

艾梅现在拥有了：一辆十九年车龄的巡回大巴，里面有按照大小排列的笼子，从鸟笼大小（适合长尾猴）到皮卡车后斗大小（适合各种猕猴）；一摞关于猴子的书，从《关于猴子的一切》到《狒狒社会的进化与生态学》；一些带亮片的演出服，一台缝纫机，一堆工装和 T 恤；一叠几年前的演出海报，上面写着："二十四只猴子！直面深渊"；一只破旧的绿色格子沙发；还有一个帮着照管猴子的男朋友。

她说不太清楚为什么会拥有这些，甚至包括她的男朋友吉奥夫，他们不过是七个月前在比林斯[1]相遇的。艾梅不知道这一切是怎么来的。她不再相信有什么事是有意义的，但即便如此，她还是怀抱希望。

跟你想象的一样，这辆大巴闻起来就是装满猴子的大巴的味道，即使在猴子们表演完浴缸把戏，还没回到大巴之前。它闻起来还有肉桂的味道，那是艾梅偶尔会喝的肉桂茶。

6

至于表演内容，猴子除了表演浴缸把戏，还会穿着戏服表演热门电影——最受欢迎的是《黑客帝国》，还有那些由猴子扮演半兽人的电影。长毛猴、狮尾猴和疣猴，以及一只年老的雌性卷尾猴庞戈一起合作驯兽表演，庞戈穿着红色夹克，拿着鞭子和一张小椅子。黑猩猩（名叫咪咪，对，她不是猴子）会用手变戏法；她的表演不怎么样，但她是世界上最会表演从别人的耳朵里掏出硬币的黑猩猩。

猴子们还会用木头椅子和绳子搭吊桥，造出四层的香槟塔，以及在白板上写出自己的名字。

猴子表演非常受欢迎，今年在各地的展览会和节庆活动上安排了一百二十七场演出，横跨美国中西部和大平原。艾梅本来可以安排更多演出，但是，她想让大家在圣诞节期间休息两个月。

7

浴缸表演的过程是这样的：

艾梅身穿一件闪闪发光的深紫色裙子，看起来就像一件寒碜的魔术师

---

1. 美国蒙大拿州南部城市。

长袍。她站在一块缀满星星的深蓝色帘幕前,猴子们排好队站在她前面。在她说话时,它们脱下衣服,叠得整整齐齐。泽布坐在一旁的凳子上,一道白色的追光照着它,在它身上投下阴影。

她举起双手。

"这些猴子让您开怀大笑,也让您惊叹不已。它们已经为您创造了奇迹,表演了神秘。下面,它们将为您带来压轴表演——最奇妙、最伟大的表演。"

她突然张开双手,帘幕升起,露出放在高台上的浴缸。她绕着浴缸走动,用手抚过浴缸的边缘。

"这是一口简单的浴缸,普普通通,就像每天的早餐一样。过一会儿我会邀请几位观众上台,让他们亲自检查一遍。

"但是对于猴子们来说,这是件神奇的东西。它能让它们四处旅行——没人知道去了哪儿。甚至我——"她停顿了一下,"也没法告诉你们。只有猴子们知道,而它们从不分享秘密。

"它们去哪儿了?去了天堂,别的国家,另一个世界——还是某个黑暗的深渊?我们没法跟过去。它们会在我们眼前消失,从这个最普通的东西之中消失。"

在观众检查完浴缸之后,她告诉观众,这场表演不会有什么最终的彩蛋——"好几个小时之后,它们才会从神秘的旅行回来"——她请观众为它们鼓掌,然后给出了开始表演的指令。

8

艾梅的猴子分别是:

· 两只合趾猴,它们是一对儿。

· 两只松鼠猴,不过因为它们太活跃了,也可能其实有四只。

· 两只长尾黑颚猴。

· 一只长尾猴,可能怀孕了,虽然现在还不能确定。艾梅完全不知道她是怎么怀孕的。

· 三只恒河猴,它们会一点杂耍。

· 一只年纪较大的雌性卷尾猴,名字叫庞戈。

- 一只黑冠猴，三只日本雪猴（有一只还很小），一只爪哇猕猴。尽管种类不同，但它们组成了一个小团体，喜欢睡在一起。
- 一只黑猩猩，实际上不是一只猴子。
- 一只脾气不好的长臂猿。
- 两只狨猴。
- 一只金色绢毛猴；一只白头绢毛猴。
- 一只长鼻猴。
- 一只红疣猴，一只黑疣猴。
- 泽布。

9

艾梅觉得泽布可能是一只德氏长尾猴，只可惜它太老了，大部分毛发已经掉光，很难确定种类。艾梅很担心它的健康，但是它坚持要参加表演。现在它在表演中要做的就是最后跳进浴缸，对它而言，已经更像是散步。其他时间里，它坐在一张漆着橙色和银色的凳子上，看着其他猴子，就像一位年迈的舞台总监，从侧台上看着自己排练的《天鹅湖》。有时候艾梅会让它拿着一件东西，比如一只银色的圆环，让松鼠猴从圆环中跳过。

10

似乎没人知道猴子是怎么消失的，以及它们去了哪里。有时候它们回来时，会拿着外国的硬币、榴梿，或者穿着尖头的摩洛哥拖鞋。经常还有猴子回来的时候怀孕了，或者手里牵着一只陌生的猴子。猴子的数量并不是固定的。

"我实在是不明白。"艾梅总是问吉奥夫，就好像他能知道点什么。艾梅对一切都一头雾水。她的生活充满了不确定，不单单是猴子消失这一件事——其实是所有事，包括猴子们相处得这么好，而且知道怎么表演扑克牌魔术，它们就这么出现在她的生活中，然后从浴缸中消失；这所有的一切——

她大部分时间可以糊里糊涂地过，但是有些时候，当她觉得自己的生活正在没有刹车的情况下滚下一片长长的山坡时，她又会开始在意这些。

吉奥夫远比艾梅更相信宇宙本身。"你可以直接问问它们。"他说。

11

关于艾梅的男朋友：

吉奥夫完全不是艾梅期待的那种男朋友。首先，他比艾梅小十五岁，艾梅四十三岁，他才二十八岁。其次，他有点内向。第三，他很好看，柔顺浓密的头发扎成马尾辫，有到肩膀那么长，两颊的胡须剃得干干净净，露出线条分明的下巴。他常常微笑，但很少大笑。

吉奥夫在大学学的是创意写作，所以当艾梅在蒙大拿集市上遇见他时，他正在一间自行车修理店工作。艾梅在演出结束之后总是很闲，当他提出请她喝一杯时，她同意了。凌晨四点，他们在大巴里亲吻时，猴子们自己回来了，准备睡觉。而艾梅和吉奥夫做了爱。

早餐之后，猴子们一个个上前，郑重其事地与吉奥夫握手，然后他就顺理成章成了演出团队的一员。艾梅帮他一起收拾相机和衣服，还有他姐姐某年作为圣诞礼物亲手为他装饰的冲浪板。车里已经没有地方放冲浪板，只能挂在天花板上。有时候松鼠猴会挂在上面，从一旁偷看。

艾梅和吉奥夫从未谈论过爱情。

吉奥夫有C类驾照，就当是找个男朋友附赠的。

12

泽布活不长了。

总体而言，猴子们的健康状况很不错，艾梅能够处理一些偶发的鼻窦炎和胃肠道疾病。至于更复杂的疾病，她会求助于几个在线社区，还有几位乐于帮忙的专科医生。

但是泽布时不时就会咳嗽，残留的毛发也慢慢掉光。他已经行动缓慢，有时甚至记不住一些简单的任务。六个月前,当圣保罗开始下雪时,科莫动物园的一位动物学家曾经来看望猴子们,她称赞艾梅维持了猴子们的基本健康和良好状态,然后应她的要求检查了泽布。

"它几岁了?"动物学家吉娜问道。

"我不知道。"艾梅说。猴子的前任拥有者也不知道。

"那我可以告诉你,"吉娜说,"它很老了。我是说,非常非常老。"

老年痴呆、关节炎、心脏杂音,吉娜说,无法预料它还能活多久。"它是一只快乐的猴子,"她说,"到时候它会安然离去的。"

13

关于泽布,艾梅想了很多。泽布死后,表演会发生什么变化?每场表演它都镇定地端坐在闪亮的凳子上。她觉得它是这群友善而聪明的猴子的核心。她一直觉得它就是这些猴子消失和返回的原因。

因为每件事都有原因,不是吗?因为哪怕有一件事是没有原因的,比如你为什么得病,或者你的丈夫为什么不再爱你,或者你爱的人为什么死去——那么其他任何事也就都可以没有原因了。所以猴子们的消失和返回肯定也有原因。这个原因很有可能就是泽布。

14

艾梅为什么喜欢这种生活:

它不意味着任何事情。她不会在任何地方久居。她的世界就是三十八英尺长的大巴、一百二十七场表演,和目前数量为二十六只的猴子。她还可以应付得来。

展览会也不意味着什么。只不过她的小世界穿行在那些更大一些的世界中,那些一成不变、大同小异的展览会。有时候,唯一能让艾梅进城的原因是夜里的气温和地平线的形状:荒原,山脉,平原或天际线。

展览会就像钛金属膝盖一样充满人造的痕迹:嘉年华,动物养殖场,家畜车比赛，音乐会，混合着焦糖、漏斗蛋糕和牲口草垫的气味。相比那些真实的事物、食物、宠物或者与朋友相处，这里的一切都是过于明亮的象征。这一切都与艾梅从前生活的世界无关，而展览会上的人们正是从那个世界来到这里的。

她已经决定像看待其他事物一样看待吉奥夫：暂时的，没有意义。无关爱情。

15

以下是导致艾梅的生活早已分崩离析的一些情况：

·她可能会在几年前摔断脚踝，从而引发骨感染，必须拄着拐杖十个月，而疼痛将会伴随她很长时间。

·她丈夫可能爱上管理员，离开了她。

·她可能在她的姐姐被查出肠癌的同一周里被解雇了。

·她可能一度失去理智，作出了一系列不合理的选择，最后一个人生活在从地图册上随便挑选的城市中一间带家具的公寓里。

没有什么是确定的。你可能会失去一切。即便你运气最好，最终还是会死去，到头来还是一无所有。当你到了一定的年龄，或者当你失去了某样东西或某个人，那么类似以上这些情况带来的深切悲痛将会像可怕而有毒的黑暗一样淹没你。

16

艾梅读了很多书，所以她知道这一切有多离奇。

笼子上没有锁。猴子们把笼子当作卧室，专有财产的储存间，或者是远离别的猴子可以独自静静的地方。然而，在大部分时间里，它们分散在大巴里，或者拨弄着大巴周围光秃秃的草皮。

此刻，三只猴子正坐在床上玩游戏，把彩球按颜色分别配对。其他猴子有的拉扯着毛线团，有的在地上打滚，有的用螺丝刀戳着一块木头，有的爬到艾梅和吉奥夫身上，或者爬上沙发。还有几只围着电脑，正在YouTube上看猫咪视频。

黑疣猴正在餐桌上垒着儿童积木。几周之前的一天晚上，它带回了这些积木，从那时起，它就一直在尝试要搭一座拱门，试了两周还没有成功，于是艾梅开始反复向它展示拱心石的作用，它还没弄明白，但仍然没有放弃。

吉奥夫正在给卷尾猴庞戈大声朗读一本小说，庞戈看着书页，好像它也在一同阅读。有时它指着一个词，抬起头用明亮的眼睛看着吉奥夫，他就会笑着再给它读一遍，然后拼写出来。

泽布正在笼子里睡觉。黄昏时，它蹑手蹑脚地走进笼子，拍松它的玩具和毯子，关上了笼门。它最近常常这么做。

17

艾梅很快就会失去泽布了，然后呢？其他猴子会怎么样？二十六只猴子不是一个小数目，但是它们相处得很融洽。除了动物园或马戏团，没有什么地方能养这么多猴子，她也不认为其他人会让猴子们睡在任何它们喜欢的地方，或者看猫咪视频。如果泽布去世了，那么在那些无法再穿越浴缸、进入它们的神秘之地的夜晚，它们会去哪儿？她甚至不知道泽布究竟是不是这一切的源头，还是说这只是她又一次的牵强附会。

艾梅呢？她将会失去这个给自己带来安全感的人造世界：大巴，一成不变的展览会，没有意义的男朋友。还有猴子们。那又怎样呢？

18

买下猴子表演的几个月之后，艾梅有一次在演出结尾时跟着猴子们爬上了梯子。泽布爬上梯子，踏进浴缸站立着，正在往胸腔里吸气，准备发出它那声巨吼。她跟着它跑上去，瞥了一眼浴缸里面，猴子们像沙丁鱼罐头一样挤在浴缸里，当它们发现她也上来了，便竭力给她挪出一块地方。她跳进它们让出的空隙里，紧紧缩成一团。

一切都发生在短短一瞬间。泽布吸完了那口气，猛地吼出来。一道光闪过，她听到铁链松开，感觉到浴缸往前翻，猴子们在她周围移动。

她独自从十英尺高的地方坠落。落到舞台上的时候，她的脚踝扭伤了，但她还是挣扎着站了起来。猴子们已经不见了。

现场陷入一片令人尴尬的安静。这不能算是一次成功的表演。

19

艾梅和吉奥夫走在萨莱纳[1]展览会上。她饿了，但又不想做饭，所以他们在找有什么地方能买到四美元五十美分的热狗和三美元二十五美分的可乐。吉奥夫转向艾梅，说："这鬼地方简直一团糟。我们为什么不进城去，像正常人一样吃点正经的食物？"

于是他们进城了，在一个叫作"艾琳娜小屋"的餐馆享用了意大利面和红酒。喝掉一瓶半红酒之后，吉奥夫说："你总是在问，它们为什么离开。"他的眼睛是雾蒙蒙的蓝灰色，在这种光线下，看起来更像是黑色，目光温暖，"你知道吗？我不认为我们非得去弄清楚发生了什么。况且我也不认为这是真正的问题。也许问题在于，它们为什么要回来？"

艾梅想起了那些外国硬币、木块，那些它们带回来的神奇的东西。"我不知道，"她说，"它们到底为什么要回来呢？"

那天晚上，他们很晚才回到大巴上。吉奥夫说："无论它们去了哪儿，都不要紧，真的。你听听看，我的想法是这样。"他向着堆满玩具和工具的大巴打了个手势。两只绢毛猴刚刚回来，正坐在餐桌上，头靠头，好像在把玩一些新带回来的小玩意儿。"没错，它们喜欢到处旅行，但这里是它们的家。所有人都乐意回家，或早或晚而已。"

"前提是它们有一个家。"艾梅说。

"每个人都有家，即使他们自己不相信。"艾奥夫说。

---

[1]. 美国堪萨斯州中部城市。

20

那天夜里，吉奥夫蜷缩着睡在一只猕猴身边，而艾梅则跪在泽布的笼子边上。"在你离开之前，能不能至少让我知道是怎么回事？"她说，"求你了。"

泽布已经蜷在它的浅蓝色毯子底下睡着了，但它还是叹了一口气，慢慢爬出笼子。它用温热坚韧的手掌握着她的手，一起走出大巴，走进夜色中。

停放着房车和大巴的露天停车场一片寂静，只有发电机在嗡嗡作响，还有一些微弱的声响从拉着帘子的大巴窗户传出来。深蓝色的天空中群星闪烁，月光照在他们身上，在泽布的脸上投下了阴影。它抬起头，双眼仿佛深不见底。

浴缸已经放在后台一个带轮子的台子上，等待着下一场演出。整个舞台一片漆黑，只有一些红色的出口标志和舞台一侧的一盏钠蒸气灯还亮着。泽布领着她走向浴缸，让她用手摸摸浴缸冰冷的边缘和狮子形的支脚，又让她看看被微微照亮的内壁。

然后它撑上台子，爬进浴缸里面。艾梅站在它身边低头看着它。它直立起来，发出巨吼。然后它直接落了下去，浴缸空了。

她亲眼看着它消失了。它刚才就在那儿，突然就不见了，而且没有任何机关，没有门，没有视觉上的诡计，也没有空气被吸进真空时那种轻柔的啵啵声。这完全不合常理，但这就是泽布给出的答案。

她回到大巴的时候，泽布已经回来了，紧紧地盖着它的毯子，发出熟睡的喘气声。

21

之后的某一天：

所有人都在后台。艾梅正在化妆，吉奥夫在仔细检查一切。猴子们在更衣室里整齐地坐成一圈，好像是在避免它们闪亮的背心和裙子产生折痕。泽布坐在中间，旁边是穿着绿色亮片装的庞戈。它俩轻声咕哝着，然后向后靠。其他的猴子一只接着一只向前爬,先和泽布握手,然后再和庞戈握手。庞戈向每一只猴子点头,就像一位花卉展览上的小皇后。

那天晚上,泽布没有爬上梯子。他留在凳子上,庞戈成了最后一个爬上梯子的猴子,它爬进浴缸,发出一声尖锐的叫声。艾梅错了,泽布并不是猴子表演的核心,现在她很肯定自己完全弄错了前因后果。但是吉奥夫可没有疏忽任何一个环节,所以当庞戈发出尖锐的叫声时,他按下了灯光的电源。一道光闪过,浴缸空了。

之后,泽布站在它的凳子上,像乐队指挥一样向观众鞠躬谢幕。幕布最后一次落下时,它伸出手,好像在期待一个拥抱。一起走回大巴时,艾梅拥抱了它。吉奥夫用胳膊揽住了他们俩。

泽布那天晚上睡在他们俩中间。早上她起床时,泽布已经带着自己最喜欢的玩具回到了笼子里。它再也没有醒来。其他猴子聚在栏杆前往里看。

艾梅哭了一整天。

"没事的。"吉奥夫说。

"我不是为了泽布。"她抽泣着说。

"我知道。"他说。

22

关于浴缸把戏,其实没有什么奥妙。猴子们穿过舞台,爬上梯子,跳进浴缸,坐好,然后消失。这个世界充满了毫无意义的怪事,也许这就是其中一件。也许猴子们选择不分享,这没关系,没有人会责怪它们。

也许这就是猴子们的秘密,它们找到其他提出问题和尝试不同事情的猴子,并找到一种方法一起分享。也许艾梅和吉奥夫真的只是猴子世界的访客:他们在那里待上一段时间,然后离开。

23

泽布去世六周之后,艾梅和吉奥夫刚刚结束了一场表演,正在亲吻,一个男人走到艾梅面前。他是个矮个子，秃头，面色苍白。他看起来好像刚经历过战争一样，整个人已经从内部被掏空了。"我一定要买下这个表演。"他说。

艾梅点点头，"我知道。"他们以一美元的价格成交。

24

三个月之后，艾梅和吉奥夫在贝灵汉[1]的新公寓迎来了第一位访客。

他们听到冰箱门关上的声音，于是走到厨房查看，发现庞戈正在从一个纸盒包装里倒橙汁。他们让它带了一副皮纳克尔[2]纸牌回家。

Copyright© 2008 by Kij Johnson

---

1. 美国华盛顿州北部城市。
2. 流行于北美洲的一种纸牌游戏。

更快的枪*
FASTER GUN

［美］伊丽莎白·贝尔 Elizabeth Bear 著

罗妍莉 译

特别策划·X生物

更快的是枪，

还是记忆？

伊丽莎白·贝尔，美国著名科幻作家，2005年获得约翰·坎贝尔最佳新人奖，2008年，她凭借《潮汐》获得雨果奖最佳短篇小说奖，2009年凭借《修格斯盛放》获得雨果奖最佳中篇小说奖。贝尔是一位高产作家，尽管她的科幻创作生涯尚未超过十年，目前却已出版了超过二十五本书。

★ 本文章节顺序为作者有意为之。——编者注

2

霍利迪医生[1]往后仰着头,帽檐滑下来,遮住了他眼前十一月骄阳的强光,"好吧,我还是觉着像儒勒·凡尔纳之类的胡说八道。"

赫然高耸的庞然大物向外延伸出一道平缓的曲线,直至杆状的船首。或许它原本是荒废无主的装甲舰,船体装点着橙色的铁锈。但是距离最近的海足有一千英里之遥,且不论它的体积是普通船只的一百倍——它实在太大了,也不可能是歌剧院,医生的想象力也就只能到此为止了。

他身后的四女一男在马鞍上挪了挪身子,皮革嘎吱作响,谁也没说话。医生估计他们和自己一样满怀敬畏,或许更甚于自己:毕竟去年骑马到墓碑镇时,他曾在此地停留过一次;他们几个却都没见过。

其中一匹马喷了个响鼻,马蹄跺着骄阳炙烤过的钙积层,准是扬起了一蓬尘土。医生可以闻到铁、盐分和沙砾的气味。他自己的坐骑在大坨破碎的金属块和形似树脂或龟壳的熔化的焦物间择路而行。

其中一个女人朝着她的同伴们开心地说了句什么,听不清楚。医生没有刻意去偷听。

一阵热风吹干了医生三天没刮胡子的邋遢面孔上的汗水。他的栗色骟马焦躁不安。医生轻轻用腿蹭了蹭坐骑,让它少安勿躁。骟马的汗浸透了马鞍边缘和靴口之间的牛仔裤接缝。

医生任由众人继续沉默,凝视着覆盖于那玩意儿表面、状如巨大圆盘和尖椎的铁锈。弯曲的断脊在热浪中映射出虚像。它身后的沙漠上嵌着一段长长的犁沟。那阵冲击——也可能是沙漠本身——在它的侧翼侵蚀出了几

---

[1]. 霍利迪医生,真名为约翰·亨利·霍利迪(1851—1887),美国西部历史上的传奇人物,他的本职是牙医,同时也是一名赌徒和百步穿杨的枪手,三十六岁时死于肺结核。

个洞，露出变形的甲板、悬挂的管道和电线，以及扭曲的结构部件。

在幽暗的废船深处，仍然可见蓝白色的灯光，与医生第一次看到的时候并无二致。

另外五人和他一起走上前来，胯下的马匹在酷热中懒洋洋的。坦率地说，他对于把四位女士带进无路可循的沙漠并不怎么乐观——即便是像男人一样穿着牛仔裤、带着武器、劈着腿跨骑在马上的这种女士——但她们已经铁了心要骑马过来了，无论有他没他跟着。他估摸着，"没他"比"有他"要他娘的危险得多，最后骑士精神占了上风。骑士精神，还有赚点现金，好结清在法罗牌桌上欠下的账。他欠了该死的约翰·林戈一笔债。

林戈还占着另外一个原因——不仅仅是因为欠他的债。如果医生不来给女士们当导游，穿着黄黑格子衬衫的林戈肯定会他妈的接下这活儿。那样的话，等这几只弱鸡一死，医生的良心就该不得安生了，和自己亲手开枪射死她们差不多。林戈只会不择手段把她们的马和现金都弄到手，完全不会愧疚……他才不在乎钱赚得正不正当。

马儿们再度停了下来，然后拖着步子缓慢前行，马队保持着不规则的弧形：一匹栗色，一匹灰色，一匹深褐色，还有三匹是深浅不一的棕色和枣红色。仅就目前而言，这几个与医生同行的人——他还不确定是否可以称之为同伴——满足于在沉默与敬畏中观赏那堆残骸。医生对此求之不得，他被灰尘呛得胸口生疼，不想说话。

他把手伸进兜里，掏出一根苦薄荷糖，剥开蜡纸，咬下一块，含在嘴里。他现在最怕该死的咳嗽发作。

在医生的左手边，他以外唯一的男人摘下帽子，露出斑白的头发，用一块手帕擦去秃顶上的汗水。这块手帕原先应该是红色的，现在已经褪成了暗淡的土黄色。他叫比尔，颇为安静，该刮一刮胡子了。除此之外，医生对他的了解并不多。

比尔说："我想我们应该先绕着它走一圈。"

"我们先不下马吧？"一名又高又瘦的女士侧着脸朝他点了点头，医生觉得她可能是比尔的太太，但他和其他几位女士把她称作舒特太太。她的手腕和手掌都颇为修长，颈后铁灰色的头发修剪得比大多数男人还短，那双灰眼睛闪烁着魅力和智慧。医生想，她本来应该很漂亮的，只可惜鼻子太小了。

她左手边娇小的金发女人几乎被满头波浪般凌乱的焦糖色卷发遮挡得看不见了——铺满男人枕头的那种头发。她的胸脯如一对鸽子，屁股像一匹横冲直撞的小马驹，塞在臀部磨得锃亮的裤子里。她坐在红色的骟马上，脊背挺得笔直，扬起下巴，像医生老家的一位表姊妹，仿佛还不习惯这种松垮的西部马鞍。这一位叫乔根森太太。

她后面是丽尔小姐，一个看上去有部分墨西哥或印度血统的大个子，也可能两者兼而有之，反正差不多。丽尔小姐这身材不仅对于女性来说算得上高大——她肩宽背阔，医生身高有五英尺十英寸，她比医生还要再高上半英尺。她的头发盘绕成一条黑色的发辫，从帽子下面蜿蜒伸出，胖嘟嘟的，就像一条喂饱了的响尾蛇。

探险小队里的第六人，也是第四位女士，是个美丽的混血儿，修长的下颌线条优美，牙齿有点歪。这位黑妞儿的名字叫弗洛拉。尽管天气炎热，她还是穿了一件缀有流苏的小山羊皮夹克，和她膝边马鞍上的枪套很搭，套里装着双管猎枪，和其他所有人都携带的手枪相比，她似乎更喜欢这一款。

医生可不是傻瓜，这两种枪他都带着。

"等我们绕着这东西转完了，阴影的位置就该变了，"医生说，"我们可以把马拴在阴影里。"

比尔问："把它们留在离残骸这么近的地方安全吗？"

医生用舌尖拨弄着那块苦薄荷糖，在上牙背后硌得直响，"我们能拿来当掩体的就只有这个了。"

大个子女人从马鞍上探出身来，让她的马侧步遛圈。"这东西周围什么痕迹也没有，"她打量了一会儿之后说，"不管怎么着，都看不出有什么玩意儿可能爬出来过，或者拖了什么东西回去的迹象。"

众人纷纷转过头去。医生可能算是导游，本地（这么说挺搞笑的）专家。但显而易见，在雇用他的这一小队人马里面，这位混血女人才是大姐大，其他人好像都不觉得这有什么可奇怪的。

医生打开水壶，吞了一大口水，冲掉苦薄荷糖那挥之不去的苦味。别人怎么个活法跟他没有半点相干。他的工作就是把这些人全带进那个残骸里，然后再平平安安地弄出来，无论里面有什么她们认为值得付出金钱和子弹、冒着生命危险去寻找的东西。

他们慢慢地绕着残骸转了一圈，耗费了大半个钟头，其间虽然确实发现了一些踪迹，但都是些郊狼、蜥蜴、野猪和野兔留下的。夜间温度下降时，在锈迹斑斑的船体内部会形成冷凝水——无论哪种沙漠生物都不会忽视这种资源。

医生和丽尔小姐的坐骑稍微比其他人领先一点，两人都安静而专注地俯下身，仔细审视着伤痕累累的大地。此时，她清了清嗓子，勒住那匹身材粗壮、面有白斑的棕色母马——那马儿轻松地支撑着她的体重——喃喃地说："医生？"

他转过身来，顺着她那优美大手比出的手势望去，低头盯着尘土里几排平行起伏的抓痕，皱起了眉头。当他再次抬起头时，丽尔小姐正平视着他，双眼与她那匹母马一样是棕色，一样的聪慧。她扬起眉毛，表示疑问。

"是有人扒拉出来的痕迹。"医生的防尘外套底下，肩胛骨之间，生起一股熟悉、森冷的寒意。他意识到自己泄露了多少天机，却收不住嘴，任由目光扫过那来历不明、参差不齐的残迹。他兴许会走运呢：他的眼睛兴许会捕捉到枪管上闪烁的阳光，或者有人在那片黑暗里举枪瞄准时随着动作闪过的光芒。

"没错。"她的声音高亢而悦耳，与她那副身板很不协调，倒有种反差美，"不过这人是在离开还是前来呢？"

其他人在后面大约五英尺的地方慢吞吞地停下，等待着追踪者们的结论。听见丽尔小姐的问题，娇小撩人的金发姑娘乔根森太太抬起搭在鞍桥上的双手对搓起来。

"貌似，"她引用道，"是在所有问题的真实航向中。"[1]

医生嗤笑，然后回敬道："嗯，我很高兴万事都如此顺遂。"[2]

她露出微笑，下颌方正的脸庞被笑容点亮，显得颇为顽皮，"我听说你是个有文化的人，好像倒不是误传。"

"夫人，"他回答，碰了碰帽檐。他望向弗洛拉，提醒自己是在给谁干活，"不管你们来这儿是为了什么，如果有别人掺和，你们还想接着找吗？"

"我们在找船上的日志。"弗洛拉说。

---

1. 2. 两者均引自威廉·莎士比亚著名喜剧《无事生非》，第五幕第四场。

"日志？"

她的头发编作跟她手腕一般粗的一对扁辫，在她点头时滑过了肩头，"那是一艘船，霍利迪医生，在群星之间航行的飞船。"

"嗯。"医生说着，回头看了看。还是没有卡宾枪管的痕迹，没有半点动静，也没有丝毫生命的迹象，只有残骸深处那些蓝灯静止的光芒。这东西没有翅膀，也没有气球罩的痕迹，甚至在他认作船尾的地方——就是朝着刹车痕迹的那一端，整体损伤相对较小——连巨型火箭上的锥形口也没有。

他耸了耸肩，"我待在隐蔽处感觉会好点。"

"同意。"弗洛拉说，"既然可能有别人抢在了咱们前头，你们觉得把马拴在里面某个损坏区域怎么样？至少随便瞥一眼是看不见的。"

"如果真有人要偷马，"比尔说，"不管是拴在外头还是里头，偷起来都一样轻松。咱们要是得跑着去追的话，唔，我宁可不要步行穿过火力覆盖下的开阔场地，或者说我宁可不去追。"

他瞥了医生一眼，好像在琢磨下一句话该不该说似的，"我可以在它们周围圈上一道结界，不管是拴在里头还是外头。"

医生嘬着牙，想吸点水分到嘴里，"你会法术啊。"

比尔耸耸肩，"总得有点儿理由才能让女士们容忍我。"

"嗯。"医生说。所有人都能察觉到秋天已至，却架不住天气热得令他肩胛间汗水直淌。

既然比尔对他这么开诚布公，他便答应了，"我自己可能也见过一两次这种花招，吹嘘自己行的人可比真行的人多。不过，结界的话，有点儿超乎我的经验。"

"那你还拿着那杆枪呢，"比尔回答，"这也超乎我的经验。"

医生歪了歪头，没有理会这句恭维。

舒特太太往下压了压帽子，盖住铁灰色的短发，"不管有没有结界，我都想象不出这些马放在里面会比放在野外更危险。"

"除非残骸自个儿把它们给吃了。"医生说。

众人都看着他。他已经吮完了苦薄荷糖的最后一块碎片，憋住了一记咳嗽，擦擦嘴。这回可别流血啊，饶了我吧。

"你觉得会不会那样？"乔根森夫人问。

"我觉得有可能。"医生回答，"至于会不会，那又完全是另外一回事了。"

马儿们进入残骸中昏暗的反射光下，仿佛进了马厩一般，平静地低下头。它们的镇定让人安心，不过，如果这艘损毁的"星舰"潮湿阴凉的船身内部没有比外面低十五华氏度左右的话，医生可能会觉得更奇怪的，尽管这本身确实是件怪事：一般大家都会认为，在烈日下渗出水珠的金属棚无论有多大，都应该闷热无比。

结果却相反，残骸释放出一股潮湿的气息，似乎很凉爽，即便只是与外面相比而言。医生的同伴们兴奋不已，在阴凉处挺起身子，变高了些，仿佛之前沙漠里的光把他们都压矮了。她们绕着选作临时马厩的拱形空间移动，留意着那三条伸进残骸深处的变形通道——其中一条与地面平齐，另两条则在上方。马儿们朝挂在脖子上的饲料袋里喷着气，静静地安顿下来，尽管大家只是松开马嚼子而已，腹带仍然系得紧紧的，以防万一需要匆忙撤退。比尔像追着老鼠的狻犬一样，沿着这处空间的边缘四下搜寻，医生猜想他在准备设置结界。他那专注的眼神像是某种专业人士——外科医生、赌徒、术士或者神枪手——正在排除各种不合适的因素。医生没有干涉他。

医生并不情愿把马匹安顿在这么乱七八糟的地方，这无异于主动给破伤风开门行方便，但他找不到更好的替代方案。他检查了枣红马的蹄子，然后把双管猎枪从马鞍上拔出来，就在此时，他听到两位套着长靴、没穿紧身褡的女人从马匹之间走来的脚步声，踩得脚下的锈屑发出嘎吱嘎吱的声响。其中一位是乔根森太太，他分辨出她尖锐冷淡的语调，听不清楚内容。脚步声、马蹄声，还有一匹母马正在撒尿，那哗哗声犹如雨水从落水管喷进接水桶里一般，这些声音混杂成一片闪动的回音，而医生竭力想从中分辨出她说的话，然后才意识到自己这是在做什么。

如果你善良的母亲发现你在偷听，约翰·亨利·霍利迪，你知道她会皱起眉头的。但医生不确定他对弗洛拉的说法信了几分——这支探险队要找回丢失已久的航行日志——公平地说，他的性命正面临着危险。有趣的是，自从遇见达拉斯之后，他就对拿枪指着别人，或者以赌博为生毫无内疚了；但他仍然不愿意偷听可能不该听的东西。

这无关紧要——反正在马蹄哒哒声和皮革嘎吱声中，他也听不出什么来，只听见丽尔小姐回答乔根森太太说过的什么话："……寻找细节的天才。"

"我很期待这一个，"乔根森太太回答，"这有可能是我们自魁索·格兰德的蜘蛛女以后最伟大的一次任务。"

"嘿，"弗洛拉打断了她们的话，"不——"

她说的话同样被背景噪音掩盖了。医生暗自摇摇头，直起身子，让那匹骟马的前腿落地。对他的这种粗鲁行径而言，即便感到有点儿困惑、好奇心受到打击，那也是活该。

在骟马蹄下发出的空洞咔嗒声中，他差一点就漏听了某种出乎意料的东西踢过锈屑和垃圾时发出的沙沙声。

"嘘。"他示意安静，但你没法让马匹不出声，而且他是第二个发出嘘声的人，比舒特太太晚一点，她拧着腰，手腕翘起，瘦骨嶙峋的手按在枪上，仿佛她拔枪的速度不逊于任何一个男人。

"怎么了？"比尔的声音在队伍外面响起，很轻柔，但仍然在这扭曲变形、洞穴般的空间里四下回荡。

"有客人。"医生柔声道，此时他将双管猎枪掂在手里。他有一回曾经见过一个男人死掉，就因为他一直等待时机想去拿马鞍上的来复枪，结果枪声响起，惊了那匹马。

在医生身后，弗洛拉缩在骟马的肚皮底下，身体紧贴在马鞍上。"你听到什么了？"她问，几乎听不到声音，唯有她呼出的气息。

医生做出口形："脚步声。"他想起刚才那声音，不是嘎吱嘎吱，而是沙沙声。"是软底鞋或者赤脚，没穿靴子。"

弗洛拉皱起了眉头，但表情似乎是生气或失望，而非害怕，"哦，我希望他们没去那儿。那会让我伤心的。"

医生翘起了嘴角，她面临危险时的反应居然是生气。但她的话里有条线索令人费解，而且——呃，好吧，他今天已经证明自己好奇过头了，"你希望谁别来这儿？"

她一直使劲盯着那堆马匹黑乎乎的身形后面的阴影，此时看向医生，吃了一惊，"对不住，只是措辞……"

又是一阵沙沙声，让她住了口。这一回更响，也更近。医生让双管猎枪靠在腿上。他不想用散弹枪来扫射围在两旁的马，尽管被逼无奈的话，他可以把那匹大棕马当作掩体和搁枪的枪座。就一次。然后就该到处都是马蹄和惊慌失措的半吨重的家伙们了，在一个拥挤的空间里，毫无立足之处。

如果能在不开火的情况下离开这里，对每个人都更好。

弗洛拉肯定也是这么认为的。"比尔，"她这次是小声说的，摆出交谈的架势，好让对方听到，"结界线弄得怎么样了？"

"比刚才快点儿了。"比尔回答，伴着一阵刮擦声。医生闻到一股鸢尾根[1]燃烧的味道。结界线挡不住射来的子弹——魔法对铅无效——但能把人挡在外面。

"嘿。"丽尔小姐说，忘记了用耳语——当医生把头转向她的时候，她突然向他肩膀后面一指。

他飞速转过身来，双管猎枪与眼平齐，踮起脚尖，好让视线从那匹棕色母马的背后越出。他努力提醒自己别屏住呼吸，因为一旦屏住呼吸，他就会开始咳嗽，一咳起来就不见得能止住了。

在枪身的金属瞄准器上，医生瞥见了一个东西，差点把他手里的枪都惊掉了。

在高过地面的其中一条隧道后端，蓝光半衬托出一道身影，似乎是个赤身裸体的孩子，即将踏入青春期——身材苗条，四肢纤细，修长优美的脖颈衬得头部颇为硕大。只不过他——或她，甚至可能是它——用脚趾钩在隧道入口处，头下脚上地倒挂着，就像医生幼年时在乔治亚州见过的滑溜溜的泥绿色树蛙，叉开的双手上，长长的手指尖端胖嘟嘟的，丝毫无益于纠正这种联想。

手——

它手里空荡荡的。

医生慢慢放下双管猎枪，发觉身边的弗洛拉也一样。他的伙伴们发出的刺耳呼吸声在四面八方回响着，彼此重叠成一支不成调的赋格曲。

医生把猎枪指向安全的位置，松开扳机。他把枪托搁在地上，让枪管靠在膝盖上。他再次举起双手，手指像那个跟青蛙差不多的家伙一样叉开，表示手里是空的。

"好吧，"他说，"我猜你不是本地人。"

这东西没有发出声音作为回应，但它从臀部开始前倾。在医生背后，舒特太太从马群中间走出来，她的枪也重新塞进了皮套。医生想对她嘘一声，

---

1. 通常为德国鸢尾和香根鸢尾的根茎，除用做草药和香水原料外，在部分国家和地区也是治退恶灵的工具。

让她先待在掩护下——这四肢瘦得皮包骨的小家伙可能是个诱饵，用来转移他们的注意力。但是她向前走去，靴尖缓缓穿过地上的铁锈和垃圾，每走一步，都要先试探一下，然后才把重心转移到前脚上——唔，医生发现自己完全无法干涉。

而舒特太太的同伴们只是站在一旁，眼睁睁看着她拿自己愚蠢的性命去冒险，仿佛和月球人玩看手势猜字谜是什么流行的室内游戏似的。

"嘿，朋友。"舒特太太说着，展开双手，医生能看见光与影在她的指尖之间延伸开来。当医生看见比尔设下的结界线淡淡的幽绿光芒照在她那双伤痕累累的皮靴上时，她停住了脚步，"我们不知道坠毁事故还有幸存者，我们是来这儿帮忙的。"

月球人一动不动，但是他——它——的胸腔明显地膨胀起来，仿佛是在深呼吸。医生发现这一点让人感到一阵不可思议的宽慰：既然它会呼吸，那就说明它是活的；既然它是活的，就很容易被飞出的金属碎片和有效的魔法所伤。

舒特夫人必定是从它那沉着的姿势中读出了某种鼓励的意味，因为她将双手轻轻垂落在大腿边，说道："我叫伊丽莎·舒特，是詹姆斯·加菲尔德正式任命的代表，他是美国总统，就是这片领土所属的政治机构。我有权代表我国政府向你提供帮助。"

哈，医生心想，我就知道这可不光是寻宝什么的。

丽尔小姐在他身后（不是对他）低语："我还以为这是个射击冒险游戏呢。"乔根森太太答道："还没完呢。"她的语气一本正经，像个当女老师的北方佬。

"嘘。"弗洛拉回头嘘了一声，冲着医生猛地一甩头。

丽尔小姐回答说："他听不出这里边——"

这句费解的话回响着，只说了半截，也许她把头扭过去了。

也许她用了某种法术，使他无法听到她认为不该让他听的事。

弗洛拉蹲下来，背抵着马。当她斜靠在马鞍上对丽尔说话时，医生从她的声音里可以听出内容。她想发出低沉而尖锐的嘶嘶声，但是回声不太靠得住，而且他的耳朵很好使。

"那位是该死的约翰·亨利·霍利迪。"混血儿悄声低语，仿佛他的名字可以念出来当咒语似的。她念到他的名字时着重强调了一下，比舒特太太方才提到加菲尔德总统的时候更甚。"他会彻底把你消灭得干干净净，而不光是杀了你。所以，除非你再也不想见到1881年了……"

医生哼了声，从牙缝里挤出一句："我听见了。"他的枪法很好，速度很快，尽管有咳嗽的毛病，但当法律需要他的时候，他还是与墓碑镇民兵团一起骑马御敌。可是他连一个人也没杀过——尽管在别人口中，他可能干倒了两三百人。

他听到她的声音里始终带着一种语调——仿佛对什么传说中的人物感到敬畏似的……他紧盯着那只一动不动的月球人树蛙——它（他）呼吸了一下，看看他们，然后又呼吸了一下。

她提到他的语气就像他是个大人物一样。

打断医生心中困惑的，是月球人那没有巩膜的黑色大眼睛里的闪光，它的头微微转动，搜寻着其他人的声音。他没有伸手去拿双管猎枪；如果迫不得已的话，他拔出手枪的速度会更快一些。但他真的开始觉得自己可能不必开枪了。

"我们为了和平而来。"舒特太太说。

月球人仍然笼罩在邻近的阴影里，但它的头转了过来，一缕光从侧面照在它脸上。医生看到它脑袋上方一道长长的裂口，是没有嘴唇的嘴——它仍然倒挂着——底下本该是鼻子的地方长着扁平的突起。医生看到舌头一闪。

"水。"那东西像孩子一样尖声尖气地说。

"你要水吗？"舒特太太问。

它伸出一只手，用颤音回答："我给你水。"

《西部准则》，医生心想，即使是月球人也能理解。他伸手抓住双管猎枪的枪管，举起来，重新塞回马鞍旁的枪套里。

一声枪响，在产生回音的空间里响得令人眩晕，仿佛有人冲着他的耳朵猛揍了一记，打得他往后一倒，靠在骟马上。那匹棕色母马侧了侧身，狠狠一搜束带，把双管猎枪从他手里撞飞了。那支枪掉到了乱踩一气的马蹄底下，扑过去捡枪就得冒着脑袋被踩烂的危险。

医生感到一阵耳聋，眼前全是黑点，他缩着头把自己拽上马鞍，右手拿着手枪。一匹马在嘶鸣，月球人也在惊叫——或者说医生认为是月球人的那个家伙：那声音就像一件簧片乐器吹出的音调，刺耳难听，传到医生耳中，比那噼里啪啦的枪声更为尖锐。

月球人已经不在刚才的位置了。医生猜测，它已经明智地从隧道中撤退寻找掩体去了，谁都会这样做吧。

母马和骟马跺着蹄子，扭来扭去挣扎着，想挣脱拴住它们的缰绳。它们之间真不是什么适合待的好地方，就算能躲开它们的后腿也好不到哪里去。惊慌失措的母马转身从后面撞向医生，而弗洛拉正紧紧抱住他身边的马鞍，死死抓住鞍桥，想守在骟马的肩旁，以免被马蹄马臀所伤。

有人开枪还击了。似乎是舒特太太和丽尔小姐，舒特太太倚在墙上，瞄准了月球人刚才倒挂着的那条通道的方向；丽尔小姐昂首站立，两腿叉开，双手擎着手枪，活像一名射击运动员。

医生用胳膊揽住弗洛拉的肩膀，把她拉过来紧贴着自己，紧靠在墙上。在马匹的嘶鸣和一片回音中，他听不清她在说什么，只能看见她的嘴唇在动。正对着骟马脑袋的舱壁上，有个小小的弧形凹室。他看着乔根森太太把比尔推了进去，出来时手里的枪扫射着，在远处的走廊上划出一道掩护线。

医生和弗洛拉要想活下去的话，就必须得从马群里出去。他冲着她的耳朵大喊。她跟他一样聋了似的，完全听不见。她挣开了他，但她的身子苗条而轻盈，他毫不费力地将她拦腰搂住，推到自己身前，从骟马的脑袋底下走进了那间凹室，而那匹恼火的马正奋力想挣脱缰绳，企图后退。

"可是一旦耳边响起了战号的召唤，咱们效法的是饥虎怒豹[1]！"医生嚷道，这同样是在鼓励他自己。他的声音像是隔着层层棉絮传来一般。弗洛拉盯着他，比尔也是。

他们当然看见他的嘴唇在动，却连一个该死的字也听不出来。

他推了推弗洛拉的肩膀，让她待在原地别动，自己则迅速探出脑袋，观望了一下形势。马儿们仍在侧身挪动，马蹄噔噔踩踏着，但枪声没有再响，它们也就没再后退着想要挣脱缰绳了。丽尔小姐、舒特太太和乔根森太太肩并肩站在房间中央，分别注视着一个通道口。至于月球人，则无影无踪。

医生打着呵欠，希望能让耳朵恢复过来。他自欺欺人地以为那嗡嗡声稍微轻了一点。

"妈的！"弗洛拉咆哮着，然后在他温柔地看向她时惊骇地捂住嘴唇，

---

1. 引自莎士比亚著名悲剧《亨利五世》，第三幕第一场。

发觉他的眉毛挑了起来。

"我妈妈会感到丢脸的。"医生说着,飞快地吻了吻她那张没有女人味的嘴。比尔在一旁晃着身子,往后靠到墙上,迅速移开了目光。

医生,他想着,把弗洛拉放回凹室,你刚刚亲了个黑妞吗?唔,那可半点也不像自己的风格。

她当然没有待在原地。他装腔作势地拿着手枪走出去的时候,她也出去了,那把她不知怎么还牢牢抓在手里的猎枪已经准备就绪。他慢悠悠地踩在自己那杆猎枪上,蹲下身,把它捞起来,希望在有机会检查一下枪管之前用不着开火。

医生再度站起身来,咳嗽得非常厉害,根本停不下来。他的肺痉挛着,憋得死死的,还没来得及勉力抬起头,就先用手背抹去嘴边的血沫。他见得多了,知道这血沫红得如罂粟花瓣或樱桃酱那般鲜艳绚烂——但在残骸里幽暗的蓝光中,却不过是一抹黯淡的污渍,与月光下的其他血迹并无二致。医生兼诗人约翰·济慈在咳出这样的红痕时曾说过:"这艳色骗不了我,那滴血便是我的死亡通知。"

约翰·亨利·霍利迪是位牙医,也是一名肺痨病患之子,他同样不太可能被这血色所误导。但他已经比可怜的济慈多活了五年,那颗使他免于煎熬的子弹暂且还没有射中他。

无疑是在来路上耽搁了。

一只温柔的手拂过他的肩膀,带来一阵温暖和放松。是丽尔小姐。他把鲜血淋漓的手按在嘴唇上,免得咳她一脸,这才抬起头来。

"我是个疗愈师,"她说,"需要帮忙吗?"

他听说过类似的术士,却从未遇见过。即便是最有能耐的疗愈师,也无法治愈肺痨、"波特腐烂"[1]或癌症;但她多半可以减轻他的痛苦。他想象着吸入一口气、充盈到肺部最深处时那种清爽的愉悦感,而非吸气时如同肺里堆满了石头一样堵得慌。

他说不出话来,只好点点头。

她一只手放在他背后,两肩之间,低声念出含糊的词语。当她抽回手时,

---

1. 即今天医学上的硅肺病,由于长期吸入二氧化硅,日积月累,引起肺部广泛的结节性纤维化的疾病。

他站直身子，打了个寒噤。

"谢谢您，仁慈的夫人。"他说。

她拍了拍他的肩膀，"别客气。"

他们前去寻找月球人，也为了找拿枪的那个人。丽尔小姐在通道下方的垃圾堆里找到了月球人掉落之处被砸坏的地方，追踪到了许多墙上刚刚碎裂的许多锈屑，暴露出他逃跑的方向，那家伙像蜥蜴一样黏糊糊的，可以沿着垂直的表面奔跑。

"我没事了。"医生说着，从两匹母马中间挤出来，以便好好打量那堵墙，"这里有弹片弹起的痕迹。"

他用指尖戳了戳，判断了一下角度，又扭头瞥了一眼，以便确认，"开枪的人在月球人后面的通道里，我不知道他怎么会没打中，那小家伙的背明明就摆在他面前。"

"还有那个……月球人……他从我们身边跑过，想甩掉那个射手。"丽尔小姐说出这个词的时候犹豫了一下，但仔细思忖了片刻之后，她似乎就接受了。乔根森太太从她们右边走过来，在对话快结束时停了下来，缕缕花白的头发松散地披在脸上，枪套还没扣好。

医生耸耸肩，"换作是你，不也一样？"

"他可没穿靴子，没法换。"乔根森太太说，逗得丽尔小姐咯咯地笑起来，作为一个单肩扛起弗洛拉的猎枪的女人，这笑声相当惊悚。

"他差不多什么都没穿。"弗洛拉说着，从其中一匹母马的另一边走过来。

医生忍住笑。此时他的呼吸已经松快了些，但他不想把好运都耗光，"你以为就那一个吗？"

"我觉得它不构成威胁，"乔根森太太说，"我猜它想交朋友。"

医生迎上她的目光，点了点头。"开枪的人八成想要一个战利品，"他说，"死月球人的余兴表演能卖个好价钱。"

乔根森太太往后一缩，收紧下巴，好像挨了一记，"但他们……"

"显然具备智能。"弗洛拉替她补完了这句，她嘴边皱起深深的褶痕，"很多人才不会管那个呢。"

"是的。"医生说，回想着那短暂的瞬间她嘴唇的弹性，自从凯特离开以后，他还没吻过女人呢。"人们从来不管。"

过了相当久的一瞬，她猛然移开与他相对的目光，"我说，我们跟着那个枪手沿着走廊往回走吧，他才是威胁。"

乔棍森小姐说："他要找的东西说不定跟我们一样呢。"

她和弗洛拉交换了一个医生看不懂的眼神。

弗洛拉说："我们的目标已经改变了，现在是救援行动。不管什么可以从文字记录中了解到的东西，不管什么可以帮我们进行技术复制的东西——"她摇了摇头，"如果我们承诺尽力帮助它重返家园，它兴许也会乐意帮我们理解它的科学。"

"确实如此，"丽尔小姐说，"总统还想和幸存者们当面聊一聊呢。"

医生下巴都惊掉了，"管我叫娘娘腔得了。"重新吸进一点空气以后，他说，"你们根本就不是从东边来的吧？"

三个女人望着他，一副深受打击的模样。一时间，医生感到肩胛骨之间有种隐隐约约的脆弱感。他强忍住扭头看看背后，确认一下比尔和舒特太太有没有从侧面朝他动手的冲动。

"其实我来自波士顿。"弗洛拉说。

医生摇了摇头，他们滑稽的谈吐，弗洛拉提起1881年仿佛是提起古罗马的滑稽样子，他们对他一脸敬畏的滑稽样子，此刻全都一股脑儿地涌入他的脑海。"我不是这个意思。你们不光不是从东边来的，而且来自不一样的时间，来自未来。"

无论他们做何反应，他都没看见，因为即将爆发的咳嗽引起一股疼痛感，他的胸口一阵发紧，他弯下腰，双手搁在膝盖上。慢慢呼吸，浅一点，放松。就这样。他抖着手，眯起眼睛，在口袋里摸索着那根糖。

既然得了肺气肿的马可以被射死，为什么就找不到人来朝他开上一枪？

苦薄荷糖让他的喉咙放松了点。什么也无法缓解他胸口那股憋闷的感觉，除了早已用惯的解决办法，或是丽尔小姐的治疗，他意识到，此时她抓住了他的手肘，扶他站直。

"王八蛋，"等到总算能开口的时候，他说，"我母亲就是得肺痨死的，我可能也会。"

"我知道。"弗洛拉说。

他迎上她的目光，被吸引住了，点了点头，"你们来的地方我猜得对不对？"

"哦,"舒特太太说,"没错,霍利迪先生,你猜对了。"

"这么说,那可真够厉害的。未来他们找到治这个病的办法了吗?"

"我们找到了。"舒特太太回答。

"好。"他说着,伸手去摸手枪,把枪掏出来转动着弹膛,确保在击铁底下有颗子弹。

比尔和女人们默默地看着他,马儿们嘎吱嘎吱地嚼着饲料袋里的粮食。

"嗯,"霍利迪说,"我们早点找到这个狗娘养的,就能早点救出你们的月球人,然后回镇上去。我虽然不认识你们,但我这会儿可憋得狠了,挺馋威士忌的。"

医生和比尔把乔根森太太、舒特太太和弗洛拉托进他们第一次见到月球人的通道里,先上去的几个女人跪下来,把丽尔小姐拽上了边缘。然后,比尔让医生把一只脚踩在他手上医生爬上去的时候往高处一蹬,好让女人们稳住他。比尔本人则让医生大吃一惊:虽然他头发花白,腰腹有点软塌塌的,但他的双手牢牢扒在边沿上,把锈屑和碎片扫到一边,纵身跃起,身子一摆便翻越了与头顶齐平的入口,扬起一阵凌乱的金属碎片。

医生伸手扶着这位术士站了起来,而乔根森太太和舒特太太则盯着走廊里枪手逃走的那个方向。当医生的目光与比尔对上时(他的脸在朦胧的蓝光下显得憔悴而陌生),比尔点了点头。

六个人一言不发地分作三组,每组两人,医生和丽尔小姐举着散弹枪,走在最前面。另外四个人踩着碎步跟在后面,手枪随时待命,靴子踩在金属上发出的刺耳声音在四下里回荡。

这条走廊,或通道,或步桥——如果这是一艘星舰的话,医生记得的那点船舶术语根本不足以形容其构造——必曾沿着弓形曲线贯穿整艘飞船,现在却只剩开头的五十英尺左右还算是完好无损。医生和丽尔小姐每走一步,都先用脚趾头试探一下,再小心翼翼地将重心向前移动。在距离月球人用脚趾倒挂的地方大约三十英尺的位置,他们发现了枪手的踪迹。

再往前,走廊已然变形,金属扭曲塌陷,想通过的人只能在变形的廊顶下蠕动前行,就像肚皮着地滑行的蛇那样。成堆的碎片早就被推到一侧,让人可以这般通过;而锃亮的划痕则表明,那个人从这条缝里匆忙地原路返回了。

医生蹲下身，侧向一边，一只手放在廊顶上支撑自己的重量。他埋头往缝中窥视时，更多金属碎片撒落在他肩头和帽子上。

里面黑洞洞的，蓝白色的光线并没有穿透这条狭窄的通道，这让医生感到不安，觉得自己好像正盯着一个洞穴，洞里兴许有他所能想象得到的不知什么吓人的怪物，或许还有些不可思议的恐怖之物。洞口处，一团锯齿状的扭曲金属上，还挂着几根黄黑相间的棉线，一端湿漉漉地沾着血。

丽尔小姐蹲在缝隙的另一边，同样小心翼翼地避免暴露自己的身影。医生摸了摸被钩住的纤维，她打量着他指尖残留的黏糊糊的污渍，对他皱了皱眉，"有人在赶时间。"

"上一回我们见到约翰·林戈的时候，他穿的就是件黄色的格子衬衫。"医生说。

"约翰·林戈？"弗洛拉问道。

"就是我第一次拒绝你们的时候，那个想说服你们雇他当向导的人。"医生说，"夫人，如果他认为你们有什么东西值得一偷的话，他肯定会毫不犹豫地跟着我们到这儿来，先设下埋伏。"

"这些马值得偷。"比尔说。

"流血了，"丽尔小姐说着，腰弯得更低，把头探进裂缝里，"可是不多。"

弗洛拉把手放到背上，好像给弄疼了似的，"这种程度的剐蹭还不至于让谁放慢速度。"

乔根森太太发出的声音若是放到不这么紧张的局面下，可能会被认作一声苦笑，"除非他在一周左右的时间里染上了破伤风。"

"我们可以冒险点灯吗？"比尔问。

当时所有的交流都是在沉默中进行的，只是互相使使眼色、牵牵嘴角，但医生觉得自己还是能明白的……或多或少吧。不过，当弗洛拉说"我来当靶子"的时候，他犹豫了。

"怎么能让你打头？"他惊愕得忘掉了礼貌，"就你这小身板？我就算死了也无所谓的。"

"就因为这样我才要先走，霍利迪医生，"她用吩咐的口气说道，仿佛在提醒他是谁掏钱谁干活似的，"我行动起来又快又自在，远远超过你们这两位先生。"

他对她皱起眉头，表示抗议。她用指尖拂过丽尔小姐那把左轮手枪的珍珠柄，她们交换了枪以后，她就一直带着。

"你打算和我争吗？"

"当女士下定了决心的时候，千万别挡她的路。"他说着，彻底站起身来好往后退，"能不能至少让我们在你身上吊根绳子，如果有必要的话，就可以把你拽回来？"

"这个嘛……"弗洛拉掸了掸双手的灰尘，"我觉得倒是可以商量。"

事实证明，他们的防范措施有些多余，但医生还是觉得这样更好。弗洛拉爬过走廊垮塌的那一截，身后拖着一根绳子，消失在视野里。过了让人捏汗的七到十分钟，她的声音传了回来："这边没问题！"队伍里的其他人一个接一个地跟上。以丽尔小姐的个头来说，这地方实在是太憋屈了，她蹭破了点皮，挣扎了一两次，最终就连她也成功地爬了过去。

医生殿后，顺着那根绳子，在黑暗中摸索着前进。他把大手帕绑在嘴上，以免吸入锈屑。他不得不控制自己的吸气量，以适应手帕的过滤效果。他希望这样一来咳嗽发作的可能性会降低。他几乎想象不出还有什么比躺在黑暗中、挤在扭曲的金属板之间，咳得死去活来更糟糕的处境了。

锈粒摩擦着他的膝盖和手掌，以及甲板和腹部之间的衬衫。廊顶刮着他的背，弄乱了他的头发。他不得不一只手把帽子推在面前，另一只手拿着双管猎枪。到了某个地方，通道变成了下坡，他肚子着地往前爬行，不知道如果通道重新往上的话，他怎么才能应付得了。但到了底部，地势只是变得平坦起来，他的眼睛已经适应了黑暗，此时捕捉到一种微弱的反射光线，似乎悬浮在空中，而非来自某个特定的地方。

绳子引着他继续往前走，不久他就拐过一道弯，只见过道两边逐渐变得开阔起来，同伴们锈迹斑斑的裤子和长靴立在前方。现在他有了足够的空间，可以膝盖着地爬动，然后可以屈膝前行了。

他把帽子在屁股上拍了拍，好歹能稍微弄干净一点，然后扣到头上。

"好嘛，"他说，费力地挺直僵硬的脊柱，"这路可真长。"

他猜想自己看上去不比其他人好到哪里去——汗流浃背，蓬头垢面，全身蹭上了深深浅浅的赭色，跟在画家的画室里经历了一场爆炸似的。但每个人的脸上都摆出一副坚定不移的神情。

"他朝那个方向跑了，"丽尔小姐伸出手，"领先了我们一步。"

"他先前就已经领先一步了。"弗洛拉拿起绳子,好像要卷起来似的,皱了皱眉头,绳子的末端再次掉落在地,"我希望能找到更简单的办法。但要是没有……"

"得了吧,"乔根森太太说,"我们得走了。我先走?"

"不好意思……"医生开口道。

但是弗洛拉举起一只手。"她的视力是我们几个人里头最好的,"她说,"万一这位看不见的朋友给我们下了什么绊子,或者弄了点别的让人讨厌的惊喜,她会发现的。"

"那是当然。"医生说。尽管这让他着恼,他还是站到了一边,让那位女士先走。

过了塌陷点,通道开始分岔,变得迂回曲折起来。乔根森太太敏捷地走在前面,间或在走到岔路口或坠毁时被撞开的舱室时,让医生或者丽尔小姐指指方向。踪迹很清晰,他们的猎物逃跑了,身后偶尔留下几滴血痕。很明显,他正在控制不住地流血,尽管不是很多——伤口是被刚才那条狭窄通道里锯齿状的金属割的。

"我看他是迷路了。"丽尔小姐说,这时他们已经追了大约十分钟,"惊慌失措了,他几乎是在绕着圈子跑。要是朝着那个方向走的话会更快点儿,他还是会兜回到原来的地方。"

医生想着穿过这座锈迹斑斑的钢铁迷宫,背后紧跟着六名全副武装的男女的滋味,其实他倒替约翰·林戈感到有点难过。但也只有那么一点儿而已。

他咳嗽起来,努力想忍住,不过事实上他们并非完全无声无息,反正林戈应该也没听到他们过来的动静。然而还是突然响起了回声,医生嘴里满是鲜血,一股海水般的咸腥味,他把手伸进兜里,扒拉那根苦薄荷糖。丽尔小姐摸了摸他的背,很快让他放松下来,那块糖则抚慰了他的咽喉。不过,他还是被这阵发作搞得呼哧呼哧喘不过气来。

他干巴巴的咳嗽声发出的回音尚未完全平息,一个男人的声音就回荡着传了过来,被走廊和洞穴般的房间弄得有些失真:"是你吗,霍利迪?还是只鬣狗?"

"是救赎天使,"霍利迪扬声回答,声音比他希望的要微弱一些,"我明白你要解释解释。"

弗洛拉朝他瞄了一眼。他点点头，站在走廊中央，她、比尔和其他几个女人往两边呈扇形散开，后背贴在墙上，众人的手枪和丽尔小姐的双管猎枪都已准备就绪。医生等她的目光扫过走廊，这才大胆地向前走去，他走在最前方正中的位置，经过了位于走廊拐弯处之前的几条侧通道中的第一条，向前走去。

吸引火力。

"我听到你来了，肺痨佬，"林戈警告，"我猜，你们想活捉这个猴子似的好玩儿的灰家伙。要是那样的话，你们就原地停下吧。说实在的，你们得往后从这儿爬出去——还要把你们带来的那些马和它们身上所有的水和食物都给我留下。"

医生停下脚步，"你诈我呢。"但他已经在向弗洛拉摇头，表明他的想法是对的。

"没错啊。"林戈回答。

砰的一记重击，某种非人的生物发出了一声被掐住的惨叫。医生没有退缩，但丽尔小姐畏缩了。

"你这些花招是从牙医学校里学来的吗？"林戈叫道。

"还真是。"医生说。

弗洛拉一挑拇指，指了指一条侧通道，向丽尔小姐扬起眉，以示询问。

丽尔小姐瞥了一眼，点点头，笑了。

弗洛拉报以露齿一笑，露出的那几颗门牙歪得那是相当厉害。

医生想起了丽尔小姐准确无误的方向感，胸口闪过一种陌生的感觉——一丝光明的希望，就在那发现已久、折磨得他奄奄一息的陈年病灶旁。

但乔根森太太举起一只手，不是窃窃私语，而是把话音压得极低，以免对方听见："约翰·林戈没死在这儿。"

"废话。"弗洛拉嘶了声，环视了一下四周，"好吧，没有射杀。"

"他什么时候死的？"医生还没有反应过来，就已经问出了口。干脆一不做二不休，他心想，"又是谁杀了他？"

乔根森夫人摇摇头，"你知道我不能告诉你。"

"也是。"医生说，"要是你改变了过去，未来也就变了。那你可能根本就不存在。"

她点点头，"医生……"

"别担心，夫人，"他说，"不管你怎么回答，我都不会满意的。"

医生把双管猎枪插回枪套里，挂在肩膀上，双手高举，又向前走去。他是一个人去的——或者说几乎孤身一人：比尔从他身旁的墙边悄悄溜过来，就算干不了别的，至少也能给他打打气、打打掩护什么的。但医生并没有看他。事实上，在走过走廊拐角、进入约翰·林戈的视线时，医生什么也没干，只是把手稍微举高了那么一点点。

林戈皮肤黝黑，长着窗帘一样的小胡子，远远站在一间舱室那头的墙边（这舱室和他们安顿马匹的那间一般大），正掐着月球人的脖子。不过，这间屋子收拾得更齐整一些——当然了，墙壁和地板也锈迹斑斑，却擦得干干净净，没有堆满杂物。屋子那头放着一个形似布料织成的窝的玩意儿，还有一只只透明的水壶，里面装得满满的，应该是饮用水。

林戈抓着的月球人身高不会超过十二岁的男孩，也一样瘦骨嶙峋。它长长的手绕在林戈的手臂上，就在他掐住它、逼它抬头的位置。林戈把手枪的枪口狠狠抵在那怪物脑袋上，这般用力，即便站在房间这一头，医生也能看到它那滑溜溜的灰色皮肉凹陷了进去。

可怜的家伙，医生心想。像鲁滨孙一样被孤零零地放逐到这里，而我们就是那些吃人肉的野蛮人。

当医生在离他十二到十五英尺远的地方停下时，林戈从月球人的头顶上方对他咧嘴一笑，"我现在可是有枪，霍利迪。"

"我看见了。"医生用舌头和牙齿将那块糖拨得咔嗒响，张开双手，"我说过，我想要你做的无非就是在街上离我十步远，约翰。这又不是街上，那一个也不是战士。"

"但它值钱，不是吗？"林戈问道，"肯定有赏金的，所以你们才会都跑到这儿来。"

医生张了张嘴，又合上。该扭转局势了，他思忖片刻。

"没错。"医生说着，向林戈的位置缓缓挪动了一两步，也就是远离了比尔以及走廊拐角处潜在的火力掩护一两步，"是有赏金，三万美元，但前提是我们得把它活着带回去。"

他没有听到女人们从侧廊里走过来的脚步声，却不得不假设她们就在那里，而她们之所以悄无声息，是为了对林戈有利……或不利。

"三……万？"林戈说这话的时候就跟从来没听过这多钱似的。医生能理解他这种拜服的感觉。假设两人此时易地而处的话，他可能也会用同样的语气说出同样的话。

"捉活的。"医生说。

林戈自己可能都没有注意到，但他摁在枪上的手稍微松开了一点。月球人的头抬得更直了，它那海水般黝黑的大眼睛朝医生眨了眨。

他不敢看它，只把注意力集中在林戈脸上，"我跟你平分。"

"其他那些人在哪儿呢？"林戈问道。

医生耸耸肩，"三万好像比五千强。"

林戈嗤笑了一声，但医生知道，这是成功骗过他的关键。人们会通过自身可能采取的行为来判断别人怎么做。从一个人猜测别人会要什么诡计，你对这个人就可以判断出个七七八八。如果你在搜寻小偷，那不妨赌一赌就是那个总在指责邻居的人。

"那我干吗不独吞那三万呢？"林戈把枪口从月球人的头上掉转了过来，对准医生。硕大的枪管看上去黑洞洞的，所有枪管都这样。

现在，医生暗想，就现在！但从侧廊上并未传来噼里啪啦的枪声，林戈的脑瓜也没有血花四溅。医生逼着自己死死盯住林戈，"可你不知道去哪儿领赏，你以为抓这玩意儿会贴通缉令吗？"

"所以你得告诉我去哪儿，"林戈说，"要不然我就开枪先打死你，*再*打死它。"

他就是那种自己捞不到、别人也甭想捞到的人。"我可以画张地图，"他嗤之以鼻，"当然，假设你看得懂的话。"

"霍利迪，现在咱俩是谁拿着枪啊？"

"算不上什么威胁，"医生说，"我们都知道，不管我说什么，你都用得上它。"

林戈咧嘴一笑，小胡子不由得跟着掀了起来，就像地狱之帘在一道邪恶的舞台拱门上拉开了一样，"你最好告诉我从哪儿、在谁手里领这笔赏金。"

"或许，"医生说，"说不定我倒宁愿咽下一颗子——"

一支枪猛然迸出枪响，其回声与在先前拴马的那间舱室里相比，难以忍受的程度相差无几。医生的脸抽搐了——见鬼了，这样的一枪，约翰·林戈怎么可能还不死，一直活到某个倒霉的日子，才被无常索命呢？就像这五个人替他筹划好的那样——然后他明白过来了：此时，弗洛拉走上前来，用手里丽尔的那把六发式左轮枪瞄准前方，枪口还在冒烟，她把那支手枪从林戈手里打落了。医生知道，要做到这一点，比女作家们在廉价小说里写的可他娘的要困难多了。

"想跑的话，现在是个好机会，"弗洛拉说，她的队伍在她身后摆好了阵势，而林戈还一副难以置信的样子站在那里，晃着那只血淋淋的、失去知觉的右手。

他仍然一动不动地站在原地，直到月球人转过头来，那张没有嘴唇、只有一条缝的阔嘴钳住了林戈的胳膊。

他们让他跑了。丽尔小姐向月球人走去，双手张开，声音柔和。当她在它旁边蹲下的时候，它没有畏缩。

"赢了？"比尔对舒特太太说。

"赢了。"她表示同意。

约翰·亨利·霍利迪低头看着橙黄色锈屑上四溅的血迹，摇摇头，"我累死了。"

弗洛拉和她的伙伴们在最后一个岔路口与霍利迪分手，她们那位灰扑扑的小客人被包裹在掩人耳目的衣服里，骑在丽尔小姐背后那匹棕色的母马上。离开之前，弗洛拉把医生拉到一边，把剩下的那一半钱也给了他，额外添了一点，还跟他讲了一两句悄悄话。

不过是他先开口的："这么说，你们真的来自未来？"

"差不多算是吧，医生，"她说，"但也不完全是，我不能解释，这是违反规定的。"

他看着她的眼睛。"叫我约翰吧，"他说，"规定在我这儿没什么用，弗洛拉小姐。"

"约翰，"她说，"这也是我想见见你的原因之一。"

1

1881年11月的第一天，灰蒙蒙的太阳从墓碑镇的屋顶上方升起。霍利迪医生跟跟跄跄地穿过紧挨着弗莱寄宿公寓的那块空地。在他的生活中，除了喝上一杯威士忌，以减轻他左眼以及眼球后部那锥扎似的刺痛以外，再没有什么更迫切的需求了。

在他的生活中，再也没有什么比约翰·林戈穿着件早就该洗洗（或者烧掉）的黄格子衬衫，在弗里蒙特大街上溜达更讨厌的事了。

林戈转过头，冲着医生两只靴子中间的尘土啐了口唾沫。

如果换了别的日子，霍利迪可能直接跨过去就了事了。

可是这一天，他在街上猛地停下脚步。担任镇代表之后，他便有权在墓碑镇的大街上携带武器。并非人人都有这种权利的。

当他转身面对林戈时，手在枪套上犹豫着。阳光穿透了他的瞳孔，他以为自己的脑袋在这样的压力下可能会炸开，但他仍然把声音控制得稳稳地，话音中渗透了人类的善良琼浆和甜美的理性毒液。

"你个狗娘养的，"医生说，"要是没带武器的话，就去给自个儿弄一支来。"

林戈却只是转过身，给他看自己空荡荡的右臀，双手嘲弄地大张着。

医生说："林戈，我要你干的无非就是在街上跟我保持十步的距离。记住我说的，总有一天我会说话算话的。"

"你最好期待这一天不会到来，霍利迪。"林戈说着，一面用单脚的前脚掌转了个圈。

医生眼睁睁看着他晃晃悠悠地走开，从走路的姿势来看，林戈这是头天晚上的宿醉还没醒呢。

医生倒是希望自己也能欣然接受这个解决办法。不过并没有，他接着往前走，一心一意地想要祭出次佳办法：再次喝醉。

约翰·林戈走进来的时候，他正坐在那里，盯着阿尔罕布拉酒馆那花哨的饮料柜。他仍旧没带武器，仍旧像上了岸的水手或者喝得醉醺醺的人那样摇摇摆摆地走着。他假装没看见医生，医生也假装没看见他。

医生正喝到第二杯威士忌时，三男一女从他左手边走来。领头的人——或者至少是走在最前面的那个——小心翼翼地与他保持着一段表示尊重的距离。

"霍利迪医生吗？"领头的男人问。

他身材高大魁梧，生姜色的胡茬底下双颊通红，是个看上去很健康的家伙，衬衫领子在高温下敞开着。医生的手向上摸去，检查了一下自己的衬衫纽扣。

"我是，"医生说，"可我清楚得很，我可不欠你钱。"

那人说："正好相反，先生，我们希望有机会付给你一笔钱。"

医生把手放在威士忌酒杯旁边，但没有举杯。他脑袋里的疼痛并未消失。

他问："你是谁？"

"鲁本，"男人说，"杰里米。我们听说沙漠里有架破烂的残骸，我们还听说你去过那儿。"

"就一回。"医生谨慎地承认，"在我进入墓碑镇的路上。"

"我们想雇你带我们去那儿。"

"今天恐怕不行。"

"霍利迪医生——"

但医生转过身对着柜台，那人就没再坚持。他和他的朋友们在空着的法罗牌桌旁围坐成一堆，悄声争执着什么，医生乐得不去理会，直到他发现了一道脏兮兮的黄黑色身影一闪而过，朝那个方向走去。

林戈在离鲁本和他的队伍大约四英尺远的地方停了下来，清了清嗓子："我可以带你们去找残骸。"

医生把前额搁在手掌上。

"你是？"

"约翰·林戈，"林戈说，"我对这片沙漠了如指掌。"

医生深吸了一口气，又吐出来。他还剩半杯威士忌。

他还真有点想让林戈去试试。这些人虽说可能是从东边来的，但是他们枪套上的皮革已经磨得软绵绵光溜溜了。要是这牛仔给他们设下什么埋伏的话，和他预料中的相比，他们可能会给他算一笔更狠的账。

他尽力控制了自己整整三秒钟，这才把凳子转过来，"鲁本。"

正在和林戈讨价还价的鲁本抬起头来，"霍利迪医生。"

林戈朝医生投来愤怒的一瞥，眼中蓄满了"一定给你好看"之类的怨愤。医生耸耸肩，"约翰尼，你最好快走。"

林戈张开嘴——医生几乎能看见他话到嘴边的那句"你还没听我说完呢"。然后他又默默地闭上嘴，板着肩膀，像只湿淋淋的猫似的扬长而去。

医生说："我去，就这一次。我可不会老这么干的，先生。"

鲁本背后的一个人凑过去对另一个人激动地说了句什么，听不明白。医生想擤一下鼻涕，让耳朵好使一点。

让医生心头升起一阵了然的寒意的，既不是这个，也不是林戈的表现。他皱起眉头，揉了揉眼睛。

鲁本问："怎么了？"

"感觉似曾相识。该死。真有意思。"医生听到自己模糊不清的话音，就像一条被捉住的蛇发出的咔咔声。一种令人费解的徒劳感沉入他的心底，"我发誓，我们说的这些话，每一句我都听过，不知道是他娘的什么时候的事儿。"

Copyright© 2012 by Elizabeth Bear

空气与水
AIR AND WATER

［美］罗宾·里德 Robin Reed 著
吴　垠 译

特别策划·X生物

就像空气与水，

相存相依，若即若离。

　　罗宾·里德，美国新锐科幻作家，曾参加凤凰精选*举办的"胜利之航"作家研讨会。该研讨会要求所有学员每人独立完成一篇故事，而其中只有一篇能发表在《银河边缘》上面。《空气与水》正是其中的胜出者。

---

* 凤凰精选,美国科幻与幻想小说出版商,出版了丹尼尔·F. 伽卢耶的《黑暗宇宙》等经典作品。

玛拉目送乘着一柱烟火的火箭，结茧的双手攥紧了船桨。火箭没入云端，短时间内仍然可以看见尾部的火焰。烟际弥漫到了码头，融入工厂和发电厂的迷雾中。

"干活儿，"卡库瘦削的脑袋闯进了她的视野，"我买下你，不是为了带你看天的。"

玛拉俯视着湖泊边缘的褐色湖水，撑起船桨，小木船在呈现出彩虹光泽的湖面油膜中前行。

"你看什么看？"卡库抬起身子，六条腿中的四条扒在船两侧，"天上没有什么归我们。"

"我从天上来。"

卡库伤心地啁啾："我真不应该告诉你。"

"在那儿。"玛拉指了指。一根呼吸管隐藏在纤细的植物中，暴露了一枚深埋于下方泥土中的空气贝壳。它伪装成绿色枝丛中的一根，唯有通过呼吸时轻微的颤抖才能识破。

她把船桨递给卡库，潜入湖中。她两腿一蹬，顺着管子往下方游，然后抓住了它的根部。

卡库很瘦，皮肤很硬，无法浮在水中。玛拉是秘密工具。卡库在集市贩售空气贝壳，打着"最优秀的采集者"招牌，但是对采集过程只字不提。

玛拉谨慎地控制拉扯的力度。如果管子破了，空气贝壳就不会钻出泥土——它会溺死，而她则会遭到卡库的嫌弃。

这枚贝壳埋得不是很深，说明它很年轻，体积应该也比较小。但是它仍然可以食用，而且能在集市上卖一个好价钱。玛拉把山脊状的贝壳拉出泥土，然后浮上水面。

她爬进小船时，卡库牢牢抓住摇晃的船身，生怕落水。这枚空气贝壳和其他三枚被一道装进了袋子。她拿过船桨往前划，身上仍然滴着闻起来油腻腻的湖水。

短上衣的水分逐渐蒸发，她胸前新长的怪肉上的软点硌着粗糙的布料。她痛得扮了一个鬼脸。

"怎么了？"

玛拉不自然地把一只手臂遮在新长的肉上，想用另一只手撑船。这段时间她起了一些变化：胸前的小圆点开始胀痛，然后变丰满，里面长了新肉。

"没什么。"

"那就干活儿。"

玛拉低下头，无法解释这种自己也不明白的现象。

他们采集了七枚空气贝壳。这些贝壳越来越难找了，而且今天玛拉带上来的比去年的小。湖水也更污秽了。

光线逐渐黯淡，卡库吩咐玛拉让船驶离阴暗而杂乱的码头。小船在愈发茂密的低矮植物中穿行，当它触到一块高地时，玛拉跳出来，把船拽上了岸。

卡库走下船，四只脚在泥土中嘎吱作响。卡库的六只脚都有爪子，可以攀爬和使用工具，其中四只负责行走，剩余的一对前肢举起，保持相对的洁净。

"你应该剪头线了。"卡库提着空气贝壳的袋子经过玛拉身边，来到一小块土地的中心。卡库把它们倒进盛着水的小水洼，这样在明早前都可以保持新鲜。

水洼旁竖着一顶工厂生产的庇护篷。本来应该每次只使用几天，旅行时折叠起来随身携带，但是在玛拉的记忆中，它一直是玛拉和卡库的家。

几乎一直是。当她闭上双眼回想曾经的记忆、别处的记忆，她能感觉到温暖的怀抱，听到一阵柔和的哼唱。她还知道自己的名字，以及自己是"女孩儿"，无论这个词语有何意义。

卡库抓着她的脑袋，不让她乱动。她的主人用一把装有很多折叠部件的工具修剪她的黑色头线，直到它们短得像棕色头皮上的小刺。"如果不剪短，头线会一直长一直长。奇利人从来不长这种怪东西。"

玛拉不知道哪些是怪东西哪些不是，但是卡库的某些特征也会逗她发笑：她的主人生气时，嘴巴的部位会张得老大，愉悦时会咔嗒作响；还有前肢关节处无端地长着尖叉。

卡库穿那件装着工具的背心的模样也很傻。那件背心不像她的短上衣一样遮挡身子，作用仅限于在口袋里装东西。卡库看起来像一只沼泽里的小跳虫，它们从一株植物跳到另一株，体型巨大，穿着衣裳。她曾经说过一次，惹卡库生气了。"奇利人是与众不同的，是特别的，"卡库说，"我们主宰这个世界。跳虫只是害虫而已。"

卡库修剪她的头线时，玛拉环抱双臂，盖在胸前胀痛的小圆点上。剪完后，卡库把工具移开，然后拉开她的双臂，掀起短上衣。

"这些是什么？"

她想遮住它们，但是卡库捏着她的手，"你要长出更多的腿来吗？"

"我不知道。"

"为什么遮着它们？"

"痛。"不算一个答案，但是她只知道这些。

卡库放下短上衣，松开她的双手，"不管身上长什么，你都要干活儿。"

湖泊和小岛上夜色渐浓，卡库和玛拉开始吃她采集的可食用植物。上次卡库从集市买回来的食物已经吃光了。有时他们能抓到水中的游虫，那是一种光滑的小生物，速度非常快。今天的晚餐没有游虫。

天气转凉了，但是这里从来不寒冷。炎热时，玛拉的皮肤会向外渗水，这是卡库发现的另一件新鲜事。她进食时喝很多水，用双手掬一捧水，送到嘴边。水很难喝，以前并不是这样的，但是近年来湖泊逐渐染上了码头的味道。

入夜后，卡库走进庇护篷。里面比较狭窄，容纳一名成年奇利人未免太小了。卡库的六条腿就那样交叠着，头缩起来，没有眼睑的黑色眼睛盯着外面，直到一块帘布套下来，盖住入口。

玛拉蹲在水边卡库挖的坑上，排干自己。这次她没有排固体废物。睡觉、吃饭和排废物是她与卡库共通的生活习惯。卡库说，这证明世间生物在很多方面是平等的。当然，卡库是主人，玛拉是干活的人，这是万物的生存之道。

三根立杆支撑着庇护篷，它们之间系着一块防水床单，悬在地面上。它原先的用途是放置补给和食物，现在是玛拉的床。她滚进去躺在那儿。她总是要过一会儿才能入睡。

她可以趁卡库蜷在庇护篷里，发出酣睡的轻微声音时逃走。随时都可以。她可以从小船潜入水中，蹬着双腿游开，直到远离她的主人。

但是她能上哪儿去呢？码头只有奇利人，还有从天空站下来做生意的稀有异乡人。数年前，是奇利人把她关进笼子，在集市上把她当作食物出售。

幸好卡库出现了。卡库出于怜悯买下了她。那时，卡库还不是一名被放逐的社会边缘人士，可以给卖家开一个好价格。

"我不知道应该拿笼子里粉色的小家伙怎么办，"每次讲到这个故事卡库都说，"但是我不希望它被吃掉。因为我隶属于产卵的社会阶层，不大可能有后代。我并非生来就有显赫的地位或家庭关系。"

卡库还解释这个"粉色的小家伙"会变色，起初在太阳下晒红，然后开始脱皮，全身疼痛。最后她的皮肤呈现出轻柔的棕色。

玛拉几乎没有印象了，关于晒伤的回忆很模糊。她学习了奇利人的语言，然而有一部分她怎么都学不会，因为音调太高了，她既听不到也说不出。

卡库从来不解释为什么他们必须依靠采集和贩售空气贝壳为生，是什么迫使他们以湿地为家。她记得自己在小船上帮卡库把长柄工具探入水中，然后用网捞起空气贝壳。有一天，她直接跳进了水中，把空气贝壳拉出泥土，然后献给卡库。

她的主人为她骄傲。他们的劳动成果远超卡库一个人所采集的。玛拉很开心，她学会了潜水和在水中移动。他们可以在更深的水域中寻找空气贝壳了，卡库也能购置食物和工具了。被关进集市的笼子里时，玛拉穿着衣裳，所以卡库也给她买了裁制宽松短上衣的布料。

第一次注意到火箭在码头上升空和着陆的情形，她已经不记得了。她问卡库那些是什么。

"它们不重要。"

有一天吃完晚饭后，玛拉又问了一遍。卡库心情愉悦，告诉了她：

"它被称为火箭。奇利人乘着它去天空站。"

玛拉知道一定不是这样，"它那么小，奇利人进不去。"

"它太远了。如果你凑近了看，就会发现它非常大。奇利人带着货物上去和异乡人做生意。"

这是一个新概念，"什么是异乡人？"

"长得和奇利人不同的生物。"

"比如跳虫？或者游虫？"

卡库发出愉悦的咔嗒声，"比跳虫或者游虫小。当然，也没有奇利人聪明。"

"他们长什么样？"

"他们长得各式各样。有一种长着坚硬的绿皮肤；有一种很矮，用手势交流。"

玛拉发出了笑声，卡库一度感到惊慌失措，直到玛拉说这是开心的表现。

她用双臂抱着膝盖,"我是异乡人吗?"

漫长的沉默后,卡库终于缓慢地回答:"你肯定是,但是我从未见过和你一样的异乡人。集市的卖家说你是一种愚蠢的生物,一种食物,卖家不知道也不在乎你从哪儿来。"

"那我肯定是坐火箭下来的。"

"对。"

夜色已深。卡库走进庇护篷,放下帘布。玛拉没有睡觉,她凝视着黑夜,无法想象人们如何能生活在天空之上。

卡库会在去集市的那几天早起。玛拉帮忙取出水洼里的空气贝壳,有几枚想把自己重新埋进泥土里,但是它们的呼吸管立在水中,很容易被找到。玛拉用脚趾摸索着,然后手探下去,把它们全部捞起来放进袋子里。

卡库把袋子装上船。玛拉看着她的主人,知道接下来会发生什么。

"你知道我没有其他办法。"卡库从庇护篷后面取出叮当作响的链子。

"我不会逃跑的。"她总会这样说,但是什么也无法改变。

"我不能冒险。"链子系在一根深深插进地里的铁栓上,"快过来。"

卡库坚持认为玛拉不能去集市,"他们会吃掉你,就像你小时候一样。你对于我而言太珍贵了。"

卡库把链子捆在她的左小腿上,从背心口袋里取出一把锁,啪的一声扣上,然后用钥匙锁住。

每次去集市前,他们都会如此争论一番,尽管不会发生任何改变。卡库把船推入湖中,涉水爬进去。小船左右摇摆,卡库的决心仿佛在一同摇摆,一如往常。

当小船消失在湿地中,玛拉蜷着腿坐下。她等待着,直到有了十足把握。有次卡库半路折回来取东西,差点抓住她了。

她可以在链子的长度范围内走动,在庇护篷的阴影下休息。干等整整一天实在无聊,不久之前,她找到了增添乐趣的法子。

玛拉摸索着自己的短上衣。她也有一只口袋,但卡库不知道。她折了一小块布,用衣角中揿出的一根线缝上去了。里面装着一块储食罐的废弃金属片,她花了很长时间才把金属片拧成合适的形状。

她把金属片推进锁里,捣鼓几下,锁发出咔嗒一声。她把锁打开,然后取下链子。她拥有了整整一天的自由时间,无须工作。

她的大部分时间在水中度过。她追逐游虫；潜入湖中，直到不得不换气；漂浮在湖面上望着天空。她游得很远，水很深，无论下潜多少都望不到底。卡库从来不允许她把船带到这么远的地方。这里没有植物，所以也没有空气贝壳，自然没有去的理由。而且卡库很害怕落水，没有奇利人能从这么深的地方生还。

天色渐暗，玛拉回到小岛，坐在庇护篷前。她重新给腿上了锁，蜷在庇护篷的阴影下，然后开始睡觉。在卡库回来前，她必须留出充裕的时间把短上衣晾干。

船回来了，疲倦的卡库唤醒她，让她帮忙把集市的货物放进庇护篷里。有两箱她最喜欢的食物，是又酸又甜的切片水果。卡库每次只允许她吃几片，这样可以吃很久。另外一只箱子里装着卡库喜欢的普通肉酱。

卡库用一种古怪的眼神看着她。她的主人看起来有一点伤心，虽然不明显。卡库总说奇利人不怎么表达悲伤和喜悦，但是玛拉可以察觉到。

把锁链解开，然后再放好，卡库给了她比平时更多的水果，然后打开一罐肉酱，一边吃一边用黑色的眼睛望着她。

"你为什么盯着我？"

"什么？"

"你没法把目光从我身上移开。"

"你想多了。"卡库望向别处，但是不一会儿，黑色的眼睛又转回她这边了。

她早早地上床睡觉，以躲避卡库的视线。有什么事情正在困扰她的主人。

早晨采集空气贝壳时，卡库试图不再盯着玛拉看。她的主人垂下眼睛，扭过头去，整整一天都没有看她。

有次她递过去一枚空气贝壳，一只手倚在船侧，一只手高举山脊状的大贝壳，不得不吼出声才让卡库注意到自己。

卡库不再阻止她遥望飞行的火箭。

时间流逝，玛拉开始担忧。难道在集市上发生了什么事吗？

"怎么了？"某天晚上她终于问道。水洼里已经积累了一定数量的空气贝壳，是时候拿去集市了，但是卡库对此一言不发。

"没什么。"

"你变了。"

"没有。别说话。"

早晨他们像往常一样出发。玛拉在水中摸索，但是没有真正地寻找空气贝壳。小岛的水洼里已经放不下更多了。

卡库向下看，毫不在意船的行进方向。玛拉把船推至深水区的边缘。她胸前柔软的点比以前大了，也不那么疼了。她仍然可以感觉到它们在短上衣内侧摩擦；在水中时，它们会舒服一些。

她停下船，"告诉我发生了什么。"

"没什么！"

玛拉看了一会儿她的主人，然后放下船桨，转身跳进湖中。

"你看见贝壳了吗？"

玛拉摇着头，站在湖中，水没至腰部。她把双手放在船上，看着她的主人。卡库也看着她，这些天来，卡库黑色的眼睛第一次望向她。

她把船推向深水区。双脚离地后，她蹬着腿把船推得更远。

"你在干什么？！"卡库的声音充满了惊惧，六条腿全部扒在船上。玛拉继续蹬腿，身后传来巨大的水花声。

"回去！立刻回去！"

当标记浅水区界线的植物足够远时，玛拉停下了。

"我是你的主人！"卡库尖叫道，"带我回去！现！在！"卡库朝她伸出爪子，把她拽出来。玛拉摇晃着小船，卡库不得不用六条腿维持平衡。

玛拉松开双手，从船边游开，一直游到卡库碰不到她的地方才停下。"告诉我发生了什么。"

"我说过了，没有！带我回去！"

"我可以把你丢在这儿。"

"不！不！"

"发生了什么？"

卡库蜷着腿瘫倒在船里。玛拉从未见过主人这副模样，神态中流露出痛苦。

"在集市里……"

玛拉等待着，缓缓移动以浮在水中。

卡库抬起黑色的眼睛，望着她，"我这么做都是为了你。不要再问了。"

玛拉感到非常糟糕。她应该服从她的主人。卡库从被吃掉的命运中拯救了她,喂养她,给她安身之处。她几欲游向小船,却一转身,"在集市里发生了什么?"

卡库再次垂下眼睛,她勉强听清了卡库的话:"我看见了异乡人。"

她等了一会儿,肯定有后文,"你说过异乡人有时会下来。"

"和你一样的异乡人。"

玛拉哆嗦了一下,在温暖的水中感到一阵寒意。

卡库转向她,朝她伸出一条腿,"他们比你高,头上都有那些奇怪的线,其中一名的头线比其他人长很多。"

"他们像我一样?"玛拉感到自己的话在脑海中回响。

"而且……头线很长的那位胸前也有肿块……和你长的那些一样。"

她抓住自己的胸。这些东西,她的肿块,传来一阵刺痛。异乡人也有这些东西吗?

"带我去见他们。"

"不不不,我不能。你知道的。奇利人会吃了你。"

"他们也吃那些异乡人吗?"

卡库一言不发。

"带我去见他们。"

"我不能,我不能,我不能。"先前卡库看起来只是很痛苦,而现在简直要被吓死了。

玛拉在水中扑腾,游向小船。她抓住船身猛地一推,卡库跌向一边,差点滑进水中。

"带我去见他们!"

卡库蜷缩起来,好像要进庇护篷过夜了一样:六条腿全部收拢,爪子从船边松开。

"他们会杀了我。"

玛拉停下来,"异乡人会杀了你?"

"奇利人。如果他们看见你和我在一起,就会知道。"

玛拉不知道应该说什么,或者问什么。她起身上船。她几乎从未触碰过卡库,但是不知怎么的,这一次她把手放在了它最近的那条腿上。

"我不明白。"

卡库发出了一种玛拉从未听过的声音,一种让她感到悲伤的声音:"你不是我买来的。"卡库说。

玛拉等待着。这句话说不通。

"我把你放出笼子。我把你带走了。我偷走了你。"

"这是坏事吗？"

"奇利的法律很明确。身处我的社会阶层，永远无法产卵，也没有安身之处，盗窃的量刑是死刑。"

一瞬间很多真相浮出水面。为什么卡库从来不带她去码头。为什么她不得不被锁起来，以防跟过去。为什么他们不得不在码头外以采集空气贝壳为生。

玛拉坐在船里。她的眼睛开始渗水，鼻子被堵住。自从小时候起，她从来没有这样过。卡库为她离开了奇利社会，为了保护她过着边缘人的生活。

但她仍然想见那些像她一样的异乡人。

"我变了，我长大了，也不是粉色的了。他们只会以为我是另外一个异乡人。"

"不，"卡库表示反对，"太冒险了。"

"如果我不和你一起去，他们永远不会知道。"

"我们先回小岛吧。明天我会去集市，而且不把你锁起来，现在你知道为什么不能跟着去了。"

玛拉几乎没有听卡库说话。她的脑海中满是希望、恐慌和种种遐想：与异乡人见面，一起乘坐火箭，寻找自己的出生地……

她潜入水中，然后再次浮出水面，转身看见卡库盯着自己。"别把我丢在这儿。"

玛拉推着小船，蹬腿游向浅水区。当双脚可以触碰到水底时，她望着自己的主人。

"我怎么找空气贝壳呢？"卡库的黑色眼睛没有渗水，但是她知道他们的感受相同。

"你还有网和挖掘工具。"

他们长时间彼此凝视，玛拉难以转身离开。当她转身时，卡库说："你走了我会伤心的。"

"我可能会回来。"

"你不会的。"

卡库说得对。确实如此。"我也会伤心的。"

玛拉望着地平线上的深色建筑，那里有酷似她的异乡人，还有也许会带她远走高飞的火箭。她回头看了卡库一眼。

她潜入水中，游动起来。

Copyright© 2014 by Robin Reed

志愿除魔,你来吗?
WILL YOU VOLUNTEER TO KILL WENDY?

[美]埃里克·克莱因 Eric Cline 著
杨 嵘 译

特别策划·X生物

所有的密室凶杀案,
真相只有一个!

埃里克·克莱因,美国新锐科幻作家,曾入围"未来作家大赛"决赛。他擅长创作推理小说和科幻小说,曾在《希区柯克推理杂志》《类比》等杂志发表作品。

已经很久没有出现过优秀的密室疑案了。它们往往都是大案，虽然有时只是珠宝盗窃案，但谋杀案占大多数。这些谋杀案的套路如下：

仆人们听见书房中传出克莱顿先生的喊声，挣扎的动静……然后是死一般的寂静。他们想打开书房门，但发现门锁上了，于是叫来警察，大伙儿破门而入，看见屋子的主人克莱顿先生摊着四肢，死在了自己的皮椅上。一缕细细的血线从他的左耳流出。书桌上搁着一杯水，微染血色。几页纸上潦草的笔迹，显示出他曾绝望地挣扎于破产边缘。

负责这个案子的是警探巴塞洛缪。他到现场的第一件事，就是向最早到来的警察核实是否保护了案发现场，确认没有人进出。书房的门是从里面锁上的，也没有窗户通向外面。房间的地板由硬木铺就，没有地下室或小暗室之类的入口。

受害者被人用利器从耳朵刺入，但现场却没有发现凶器。在尸体和其他证据收集完毕后，警探安排了一名警员日夜值守在犯罪现场的门口。

经过化验，在玻璃杯中发现了一些受害者的脑组织。凶手明显用这杯水清洗过作案的凶器。

巴塞洛缪调查了死者的背景。克莱顿曾经和一位马戏团的女杂技演员有过一段情，她后来离开了他。可就在不久后，她被刺身亡。克莱顿并没有不在场证明，但是他花大价钱请来律师，逃过了指控。

最后，经过四十八小时的调查，巴塞洛缪回到了案发现场。他径直走到厚重的书桌前，敲敲桌面，说："出来吧。"从书桌的夹缝中走出了一个侏儒，他叫伊戈，一名马戏团的演员，是那位女杂技演员的爱慕者。

伊戈带着一只装在保温杯中的冰锥潜入克莱顿的书房，趁克莱顿不注意的时候钻出来，经过一番打斗，将锋利的冰锥刺入他的大脑。然后，他把冰锥放进空水杯，让其自然融化——警察破门而入的时候，桌上就只剩下一杯微微泛红的水。

伊戈硬生生挤进狭小的夹层，随身只有少量食物，保温杯用来做了马桶，静待犯罪现场解禁。

但是，他恰恰漏算了侦探巴塞洛缪的睿智。

故事很烂，对吧？太他妈老套了，没错吧？现在看来，马戏团侏儒的套路实在是烂大街。但是曾几何时,这样的戏码充斥着大大小小的地摊杂志。

大部分老百姓不知道的是,密室凶杀案实际上多多少少和我们组织有关。哦不,是正义的审判——我赶紧补充。有时候干净利落,有时候也会出些岔子——那就成了人们津津乐道的密室疑案。但和地摊杂志上的故事不同,那些案子从来都没有被破解。怎么可能破解呢?受害者实际上是犯罪者,而所谓的犯罪者——好吧,还是听我慢慢道来。

星期三早上,我的工作隔间内突然响起了手机铃声。是贾马尔打来的,他是我在罗诺克协会的联系人。

"你好,有什么可以效劳的?"我尽量用一副公事公办的语气说道。

"彼得,"他说,"我们已经联系上温迪了,斯文正在酒吧里和她聊天。我们要在酒店的房间里干掉她。你得放下手里的活儿,赶快准备!"

"我说,伙计!"我低声咕哝着(在工作时间接听私人电话!),"我的假早就请完了。老板虽然人不错,但也不希望办公室里整天没几个人啊。"

"温迪在召唤,伙计,"他说,"我们都得牺牲些什么。只要温迪落入我们的圈套,她就死定了。就这样吧,为了罗诺克!"

"为了罗诺克!"我低声致敬,"好吧,我带些有毒食物之类的玩意儿。不行,这样就成家庭意外事故了。我在酒店停车场和你们会合。"

每次我读关于秘密社团的小说——比如丹·布朗的烂文——我从来没见任何人质疑过他们微薄的活动经费。我所在的罗诺克协会是一个纯粹的志愿组织。作为地下组织,是不可能像501(C)1[1]规定的非营利组织那样接受捐款的。社团的每一名成员都得自掏腰包,而牺牲的个人时间更是不可计数。

可话说回来,杀死温迪是我的执念。十一年前,一只温迪杀了我的哥哥和嫂子,还差点要了我的命。当时协会救了我,后来我加入了他们。它是我生命中最重要的事儿。

当然,我必须得工作糊口。我希望该死的温迪们只在周末或节假日现身,比如马丁·路德·金的诞辰或复活节,那就帮大忙了。

---

1. 美国国内税收法的一项条款,列出了二十六类享受联邦所得税减免的非营利组织。

社会上还流传着另一种故事。其实，也不能算作故事，应该是历史谜团。它们和密室疑案异曲同工，但很少有人将这两者联系起来。我们社团可以把其中的关联公之于众，但谁会相信呢？而且温迪一向"羞于"与人交往，她们那些家伙每年出现的次数很少，很难侦测到，要干掉她们就更难了——但正如我刚才说的，历史上的一些悬案透露了她们的一些蛛丝马迹，比如：

弗吉尼亚州的罗诺克镇，美洲建立的第一个欧洲人定居点，殖民者莫名消失，没有任何打斗的痕迹。

"玛丽·赛勒斯特号"，孤零零地漂在海上，没有船长，没有船员，也没有乘客。

这些只是广为人知的事件，更有无数的拓荒者、船只或丛林里的士兵面对过罗诺克镇和"玛丽·赛勒斯特号"曾遭遇的恶魔，悉数消失。

他们当然都消失了！

这么说吧，你吃了一份索尔斯伯利牛肉饼、豆子和土豆泥，吃完还把盘子舔了个干净。你还指望能低头看见食物吗？都吃光了，伙计。都进了肚子。

我们在贫民区一个破烂的旅馆房间里设下埋伏。如果说这种地方往往臭虫成堆，这里简直可以说是臭虫大本营了。但我们共有六人，四男两女，自然不会害怕什么跳蚤虱子，或者为祸此地的任何人和其他玩意儿。

斯文是第七个，他在附近的酒吧。据他说，温迪最近对他飞了不少媚眼，如果她是人类，一定会让他受宠若惊。斯文的任务就是把她引到这个房间，而我们的任务是绝不能让她逃出这个房间。

这间屋子里的廉价地毯至少还算结实，混凝土地面，谢天谢地——我们不用担心会打塌地板了。屋子的石膏板墙上本来有好几处破洞，我们好心给免费补上了，尽管没有征求老板同意。看起来不是很美观，但是也绝对不比原来的差。窗户玻璃有些刮花，但并没有破损，就像大多数空调普及后修建的旅馆一样（甚至包括按时计费的汽车旅馆），窗户是镶在墙上的，也从来不会打开。为了保密，我们用很粗的安全别针把窗帘扎紧。

我们实际上不必把房间搞得密不透风，但按照以往的战斗经验看，这样效果最好。

所有人的手机同时发出了短信提示音——

斯文：来了。

"哦，上帝！"

"还没准备好啊！"

"就这么着吧！"

"藏起来！"

两个人藏在了床后面；三个进了卫生间；我则躲在房门后的隐蔽角落里，位置比较危险。一旦温迪发现有埋伏，斯文肯定是她泄愤的首选，下一个就是我——站在门后的小夹缝中，背靠折叠熨衣板，她一回头就能看见。

先说些别的吧。

我的确还没给你们提供足够的信息，让你们了解我。你们已经知道我叫彼得，是个坐办公室的，对吧？可能你们想我大概有二三十岁，或者四十多岁，都差不多。但这些描述不是真正的我。我可以告诉你们关于我哥哥的童年回忆（被温迪杀死的那位，我走上复仇之路的最初动因），我也可以描述自己请下午假之前的场景：在员工休息室里一边吃加热过的墨西哥卷饼，一边盯着微波炉门上自己的影像深思——大众的无知实在让我痛苦，他们对于温迪一无所知，无忧无虑地过着滋润的小日子，而我的生活却乱七八糟。

听着，我就要杀温迪了，行吗？自我介绍到此为止。我希望即将登场的热血厮杀会让你有兴趣看下去，我也只能做到这些了。

还有一个更简单的办法赢得你的注意。

我们身份各异。

我们的小组里有两名西班牙裔，一名非洲裔，还有两名我看是同性恋。斯文是移民，还有两位女性。

小组成员身份如此多样，就像是现代美国社会的缩影。值得佩服，是吧？但我不打算进一步做人物分析。

我们只是一群被逼急了的受害者，走到一起只为干掉温迪。

也许这就是该死的温迪最大的罪恶。她杀了我们的家人，还试图杀掉我们，这个老贱人让我们失去了自己的人格，成为一群愤怒的暴徒。所以我、贾马尔、斯文，或者我们这个罗诺克协会地方分会的任何其他成员，都没能发展出健全丰满的人格，也难怪你们对我们视而不见。

最糟糕的是，温迪实际上是一群形态各异的残暴怪物。毁灭罗诺克殖民地的怪物和吃掉"玛丽·赛勒斯特号"船员的怪物并不是同一种——至少我们觉得不是。但是，正如久经沙场的老兵把敌人们统称为琼尼、弗里茨、查理[1]，我们也给那些怪物起了一个简单的名字：温迪。 在《失乐园》里，撒旦比上帝更能引起人们的兴趣，我们这些血肉之躯的好人也只是嗜血恶魔传说的养料而已。

在一些印第安部落中，她被称作"温迪戈"[2]。

我们就是和拳王阿里对战的查克·韦波纳，无论赢了多少回合，都会被大家遗忘，你们只关注我们的对手——别告诉我你刚才没这样想！真他娘的不公平！

我从来没有参加过什么惊喜派对，只在电视上看到过：某人进门开灯的那一刻，其他人会从藏身的地方跳出来。看起来像极了我们给温迪准备的惊喜派对。

走廊里传来了他们的声音。斯文的笑声——过于夸张的强颜欢笑——还有一个女人的笑声。我看见门把手转动，听到插入房卡后的嘀嘀声。

斯文大声尖叫。

不知为何，她竟嗅出了陷阱，在走廊里袭击了可怜的斯文。

其他人从藏身之处一跃而出。"打开门！快开门！"不止一个人大喊。每个人都取出了护身符、加厚的大麻袋、绳子、圣水等装备，通常情况下，总有一个会成为对付温迪的撒手锏。

我打开门，被挡在门后的小缝里，看不清走廊里的情况。

模模糊糊的人影晃动，好像不知是谁冲进走廊，抓住温迪，把她拖进了房间。门被猛地关上，带起的强风和房间的灯光包裹着我。达娜·埃尔南德斯扣上旅馆房门的 U 形锁，瞥了我一眼，"防水胶带！"她大喊一声便冲进了混战中。

---

1. 琼尼（Johnny Reb），是美国南北战争时期，北方军士兵称呼南方军士兵的绰号；弗里茨（Fritz），是二战时期美军称呼德军士兵的绰号；查理（Charlie），是越南战争期间美军称呼北越士兵的绰号。

2. 温迪戈（Wendigo），是印第安阿尔冈昆人语言中的食人魔。

防水胶带（通常人们会误认为是管道胶带，但只要上谷歌搜一搜，你就知道了）和几把瑞典制造的剪刀一起装在纸袋子里。房门和地毯间的缝隙正好适合胶带的宽度，我的任务就是把那儿密封起来。我知道它很重要，可就在这当口，斯文的双腿从温迪嘴中露出来，正绝望地乱蹬，我不由得关注起房间中的打斗。

这些怪物吃人时没法维持完整的人形。这只温迪的脸和脖子涨得老大，就像是吞食山羊的蟒蛇。斯文的腿垂下来，我刚刚目睹了他的死亡。但是有些组员正抓着他的双腿，想把他拖出来——身而为人，他们必须做最后的尝试。怪物亮出了利爪，猛地挥向贾马尔，一下子把他的脸部豁开一个大口子，甚至可以看见嘴里的牙齿和口香糖。伙伴们有的用刀刺，有的用十字架烫，有的用绳子捆，没有任何把握，但希望这些手段管用。

而我还得弄这该死的防水胶带。

我转过身去的时候，斯文那双 Nike Air Jordan[1] 彻底被温迪吞了进去。先用一条胶带封住门缝，再在上方和下方各贴一条，这样就密不透风了。

可怜的斯文。他曾经不得不在另外一种故事中扮演角色，那种大众绝对意识不到实际上是我们罗诺克在行动的无头公案。

"酒吧陌生人"的故事。

你知道的，这种故事已经老套到杂志都不乐意刊登了，只在电台里有。通常故事都是这样的：

奈尔斯·吉百利端起那杯汤姆柯林斯鸡尾酒，在酒吧中搜寻。今晚还真有些靓妞。奈尔斯喜欢美女。他把妹，即便他的猎物不愿意，他也会霸王硬上弓。

酒吧那头有一个样貌不错的金发女孩儿，情绪高昂，大声谈笑。如果能把她从朋友们那儿引开，弄上出租车，他就可以为所欲为了。奈尔斯喜欢刺激的玩法。

"帅哥，给我买杯喝的吧？"

奈尔斯吃惊地转过头。旁边的座位上是一位性感的红发女孩儿，他

---

1. 耐克出品的一款畅销运动鞋。

竟然没有注意到她？她梳起来的头发比口红还要红。

红得就像鲜血。

（他们来到了一家旅馆的房间，理所当然的，这个玩弄女性的家伙得到了报应。）

他倚坐在床上，看着她扭身脱掉套裙。裙子落在地板上，她用脚踢到一边。

"告诉我你想要什么。"她呼吸急促，脱掉了高跟鞋。

奈尔斯可不想搞什么罗曼蒂克的把戏，除非必要。他会用最粗鲁的方式告诉她自己想干什么。如果她不愿意，他会把她揍到愿意为止。

干这个他可是老手。

"我要你把我吸干。"他低吼着说。

她的笑容扭曲。奈尔斯震惊地发现她的两颗牙齿又长又尖。

她的眼睛——如同烧得通红、发亮的煤块。

"乐意至极！"她一声咆哮，跳到了他身上，奈尔斯甚至来不及发出尖叫。

实际上，吸血鬼的神话也以温迪为原型。

我们的动静这么大，但也不会有人来帮忙。这里是廉价旅馆中的廉价旅馆，没人会在乎。走廊尽头的房间里传出刺耳的说唱；楼上的房间里有人大吵大闹，都和我们毫无关系。

这时，温迪的大嘴已经张得能装下一台高清电视了。她勉强维持着人形，一口吃掉了贾马尔和丹纳。尽管身上至少插着十几把刀子和斧子，她依然活蹦乱跳。如果她吃人前，我们能出其不意地用袋子把她的脑袋套起来，这一切就不会发生了。好像这些怪物都得蹦蹦跳跳，才能卸下人形的伪装。

三位伙伴进了她的肚子，她还是没吃饱。但是大家对她的攻击已经奏效了：她背上插着刀子的伤口里飘出一缕缕白雾；腋窝下的斧柄处也出现了弥漫的雾气。

罗诺克协会 8601 地区分会的三位优秀成员死了，沦为了怪物的食物。温迪又咬住了曼尼，一位 70 年代就入团的老队员，经历过无数的生死。随着一声吼叫，它抬头把他举到半空，合上巨大的下颚（就像吃鱼的鹈鹕），吞了下去。"伐木工"约翰·托里维，身高六英尺六英寸[1]，贴着地面挥动战斧，砍进它的膝盖，但并没有造成多少伤害。

我拉开一卷防水胶带，横在身前。

这把斧子对那只怪物造成的伤害比匕首还小，我不清楚为什么。我们一直搞不懂。

某些温迪似乎十分害怕十字架，甚至会完全放弃抵抗；我们不知道它们是否接受了类似的文化禁忌，抑或是我们在与完全不同的亚种打交道。

有些怪物可以轻易被绑住，而有的两下就能把绳子扯成碎片。

20世纪初的时候人们还尝试过铁链，却总是害得自己人受伤——不知为何，温迪竟能加热铁链，灼伤使用者的手。

枪械也没什么用，呼啸的子弹除了能在它们身上打洞以外，其他伤害微乎其微，而且很容易误伤自己人——我们的战斗可都是在狭小环境里进行的。

锋利的武器倒是能造成伤害，给这些怪物放血——白雾。在某些吸血鬼故事里（取决于作者），吸血鬼也可以变成一团雾气，这绝对借鉴了温迪身体受伤会散发雾气的事实。但它们可不会主动变形，幻化为一团雾气——只有濒临死亡时才会。如果雾气飘出房间，就有可能重新凝聚、复活，再次害人，所以我们每次都得把房间彻底封死。直到它们的身体挥发为雾，在墙上凝成水珠，那老贱人才算彻底死亡。

可该死的是，过程太漫长了。

就在温迪囫囵吞下曼尼和他的马丁靴时，我一下跳起，用灰色的防水胶带在它的大脸上打了个X（看起来就像橡皮泥漫画人物活了过来——压根儿没有一点儿美女的样子）。但是我失手丢掉了胶带，它晃晃悠悠地挂在她脑袋另一侧。

感谢上帝，还好有简。简是一名养生狂人，经常跑步，开会时总是大声批判美国人的肥胖症和糖尿病，疯狂吐槽政府补贴的玉米糖浆——你真希望她闭嘴，被豆角和豆汁奶昔噎住。但她的身材确实很棒。只见她身影一晃，抓着那卷胶带在怪物的头上结结实实地缠了三圈。

---

1. 1英尺等于0.3048米，六英尺六英寸大约为两米。

由一个减肥健将把那饕餮怪物的嘴捆上还真是再合适不过。你再也不能吃人了，温迪。

我们用麻袋套住了它的头，把它拉倒在地，再一屁股坐在上面。不久它的生命就会消耗殆尽，还需要一会儿。我们这里的动静可真不小，但附近压根儿没人报警。我们三名幸存者坐在怪物的身上一言不发，静静地等待温迪全部消散成雾气。这时，突然传来一对男女的大声吵闹，他们都说西班牙语。

很快我们就能悄悄地溜出去，回归日常生活。旅馆老板只会发现凌乱的房间，但绝对不会有尸体留下。

终于，温迪消失了。留下来的只有衣物的碎片，成团的防水胶带，和一只空麻袋——当然还有我们伙伴的残躯。

我们收拾完战场就离开了。

如果这场战斗发生了什么意外，就会有又一起密室疑案。

比如事情经过可能是这样的：我的伙伴们都被吃了，而我虽然经过搏斗终于杀死了温迪，却也死于伤势过重，人们就会发现房间里只有一具尸体，经过了明显的打斗，但房间从里面封死了，没有任何逃离的可能。

每个真实发生的密室疑案，其内情基本如此。

为了解释这样的密室疑案，人们会编造出一些复杂的作案手段，比如冰刺啦、夹层啦、秘密隔间啦，还有无色无味的毒药啦。他们还会挖掘一些人物背景。抱歉，我真的没法让你更了解我。但见鬼的是，假如我在路牙上崴了脚，第二天也得一瘸一拐地去上班，因为所有的病假都用来对付这些怪物了。为了谁啊？为了你们。如果你们一点也不觉得我是一个富有同情心和英雄气概的人，那都他娘的见鬼去吧！志愿除魔，你来吗？

Copyright© 2013 by Eric Cline

没有颜色的绿
COLORLESS GREEN

陆秋槎
Lu Qiucha

中国新势力

世界的底色乃是宿命的隐喻。

　　陆秋槎，复旦大学古籍所古典文献学专业硕士毕业。著有推理小说《元年春之祭》《当且仅当雪是白的》《樱草忌》《文学少女对数学少女》。作品被翻译成日文、韩文、越南文。首部科幻短篇《没有颜色的绿》（即本作）日文版收录于合集《献给群星的花束》。

1

完成了前十四章的润色工作之后,我摘下投影眼镜和耳机,准备回家。眼镜、耳机和键盘都必须接在公司的中枢电脑上才能使用,桌上的所有东西里,只有那瓶眼药水需要带回去。

今天的工作还算顺利,明天就可以换下本书了。如果下一本还是德语犯罪小说,那我就有望在一周内完成六本书的润色,这将打破我的最快纪录。不过,我的同事里也有人每周都能完成二十本的工作量。如果只是处理 Gavagai 系统标记出来的疑难句,我或许也能变得更有效率一些。但我总想改掉所有过于生硬或不符合语境的表达,甚至时常怀疑自己的语感,而让语音合成器把润色后的句子念给我听。起初,我选了一种和自己比较接近的声线,没用多久就因为太过羞耻,又换回了系统默认的中年男人的声音。

尽管小说经过人工润色后每本能多卖一英镑,也有些老派的读者不能接受未经润色的书,但就在不久之前,杜伦大学的一次调查表明,三十岁以下的读者中,只有不到百分之二十的人能明确判断一篇机器翻译的文章是否经过了人工润色。还有一些中学生表示,未经润色的文章因为少了很多修饰和委婉的表达,所以"更容易看懂"。

我的父母都是很老派的英国人,以至于曾有邻居误以为他们是"纯洁英语战线"的成员。当然,他们并不是恐怖分子,而是最遵纪守法的神职人员。他们直到四十年代还在订阅纸质的《泰晤士报》,从不读电子书,甚至拒绝使用投影眼镜(妈妈总说"那玩意儿让人头晕")。更重要的是,他们像大多数神职人员一样,把子女送进了古典文法学校。如果他们知道了杜伦大学的调查结果,说不定真要投身到"纯洁英语战线"的事业中去了。

我离开办公室的时候,有些同事已经走了。还在工作的几个同事,每天都会在吃过午饭后才来公司,九十点钟再下班享受夜生活。

今天还算走运，公司大楼门口就停着一辆单人车厢的自动驾驶出租车。这两天我都只找到了双人车厢的，价钱要贵出不少。自从我那辆只开了不到十年的Vicky报废后，我就再没买新车，一直乘出租车上下班。

坐进车里，我放下座椅靠背，准备小睡片刻，但刚刚润色的那本书里的种种血腥桥段却一直骚扰着我。我不愿却又不由自主地将许多文字想象成了画面——这是我的老毛病了。又是一本德语犯罪小说，这类书在其他地方几乎都已绝迹，只有德语圈的人还在不厌其烦地创作这类故事。

当我还在读文法学校的时候，犯罪小说的热度还没褪去，仍支配着全世界的书店和出版社。老实说，我一点也不喜欢那种"白人男性虐杀女性"的套路，读起来只会觉得不愉快，但在班上同学的推荐下倒也读过不少——虽说我并不觉得它们之间有什么区别。在这类小说的全盛期，每个有志于文学的青年都会在利益至上的出版社的逼迫下，写几本犯罪小说养家糊口。每年都会有那么几本热卖并改编成电影，然后迅速被遗忘。作家们为了想出虐杀的手段，或是去查阅十六世纪拷问女巫的记录，或是去医学类期刊上寻找有没有适合注射给被害者的新型病毒。也有资深法医投其所好，在网络上开办付费课程。作家们甚至写信向心理学家求教，只为知道怎样的童年阴影可能把人变成连环杀手。

但那个时代终究是结束了。如今在英国，只有我父母那辈人还在读这一类书。我的上司认为，是视觉生成技术的进步，给犯罪小说的热潮打上了休止符。如今最畅销的小说，是《第七个环》《修道士编年史》这一类主打视觉奇观的幻想类题材。

不过，必须承认的是，虽然我不喜欢读德语犯罪小说，书里的情节也偶尔会让我感到不适，但润色它们却是一件相对轻松的工作。文学翻译软件在处理那些法医学术语时从不会出错，而书里的很多描写，也很明显是使用场景生成软件来完成的。让人头疼的是用法文或意大利文写成的恋爱小说。我总要花费大量时间来润色那些连篇累牍的情话，努力让它们在冷淡的英国人看来并没有那么令人作呕。

因为睡不着，我戴上了车载耳机，听了一会儿二十年代的流行乐。过了三十岁之后，愈发觉得还是这种自己出生前的音乐更合口味一些。

回到家里，小心地绕开那些没来得及整理的藏书，我先去洗了个澡。每天，不管是离开家去上班，还是回到空荡荡的家里，都需要一定的勇气。

有同事建议我养条仿生狗，说很多独居女性都会这么做，她也不例外。但我听说仿生狗会咬碎纸制品，所以还是算了吧。洗完澡刚过八点，我决定在打开冰箱觅食前，先看看拍卖网站上有没有什么新货。

不知从什么时候开始，搜集上世纪的印刷品已经成为我生活中仅有的乐趣了。我喜欢搜集那些出于种种原因没有被电子化的书。最近几年，因为世界各地的图书馆接连关闭，有不少稀见的书籍流到了市面上。柏林墙倒塌前，民主德国出版过不少纯粹是为了政治宣传而写出来的小说，如今这类书被认为是德语文学的污点，应该被抹杀，所以几乎都没有被电子化。同样的情况在东欧也很普遍。尽管对内容并没有太大的兴趣，但只要一想到那些书仍没有——而且可能永远也不会——被电子化，我还是会忍不住参与竞拍。

我从书架上取下卷轴电脑，放在桌上摊开。这台用了四年的CPE958很多性能都老化了，就算完全摊在桌上，也不会像新机器那样自动平面化，必须用手把中间微微翘起的部分压下去，那张可卷屏才会变硬。

电脑启动后，先跳出了一条语音邮件通知，是艾玛发来的。

她一定是又要回伦敦出席什么学术会议、顺便约我见个面，我点开了那封邮件，结果却是一句完全出乎我预料的话：

"朱迪，你听说了吗？莫妮卡自杀了。"

她说得很平静。我用了几秒钟去理解这句话的意思。我从未想过"莫妮卡"和"自杀"这两个词会连在一起出现。对我来说，这几乎是一个语法上成立但语义上说不通的句子。

但艾玛不会开这种玩笑。我必须尽快接受这个事实。

我觉得有必要和她实时通话，又怕她不方便接听。犹豫之际，艾玛发来了通话请求。或许是她打开了既读提醒的功能，我一听完那条信息，系统就会通知她。

"莫妮卡自杀了。"开始通话后，她又重复了一遍。在她停顿的时候，我能隐约听到有广播在催促某航班的乘客登机，"她母亲联系了我。"

"她是什么时候……"

"前天。"艾玛以陈述事实应有的语调陈述着事实，"昨天有学生去家里找她，发现了尸体。"

"但是，为什么？"

"听她母亲说没有发现遗书。警方还在调查。"

"莫妮卡上一次和你联络是什么时候?"

"两年前吧。"艾玛说,"在 Pasithea 系统 6.0 版发布的时候,她发了一封邮件祝贺我,还问了一个数学方面的问题。我不是那方面的专家,就给了她一个同事的邮箱地址。"

"她已经有五六年没联系过我了。"

艾玛听我这么说,沉默了一会儿,"我准备回英国一趟,参加完葬礼再回洛杉矶。她母亲也想邀请你参加莫妮卡的葬礼,只是找不到你的联系方式,所以让我来通知你。葬礼后天举行,你方便吗?"

"嗯,我可以请假。"

"我还联系了伯明翰大学计算语言学研究所的主任,也就是莫妮卡的上司。他说莫妮卡前不久完成了一篇七百多页的论文,还没有发表,她生前也没有给同事看过。他问我有没有兴趣读一下。我准备明天先去那边一趟,买了明天早上到伯明翰的机票。我和他约在明天下午见面……"

"那我明天晚上去伯明翰找你吧。"

"朱迪,我知道这样说有些奇怪,但你知道,我不太擅长应对这些事情……我总担心自己会搞砸。你知道的,我搞砸了很多事情。"艾玛说得很无助,"能不能帮帮我,陪我去伯明翰大学一趟呢?就像那个时候一样……"

十四年前,艾玛去帝国理工学院面试时也提过类似的请求。后来是我和莫妮卡一起陪她去的。

而现在只剩下我了。

"我可以陪你去,但是以什么身份呢?"

"我就说你是我的助手,他们不会怀疑的。"她说,"老实说,我现在正在做的研究说不定真的需要你的帮助。不过这件事就先放一放吧。我们明天下午两点钟在伯明翰大学附近碰头,可以吗?"

"不需要我去接机?"

"还是算了吧,明天上午还有几封邮件要写。我临时叫一个同事替我去布拉格参加会议,有些事要向他交代,准备先在机场找个咖啡馆把事情处理完。"

"那就下午在大学那边见吧。随时联系。"

"明天见。"

结束通话之后，我在椅子上瘫坐了一会儿，心里仍然没能接受莫妮卡的死。但有关她的一切，早已成了久远的记忆。忽然听到噩耗，最先涌起的情绪似乎不是悲伤，而是怀念。怀念自己曾和她一起度过的时光，而那样的时光永远不会再有了。深呼吸几次后，我给上司写了封请假的邮件。幸好现在手上没有什么需要紧急出版的书。敲打触摸屏的时候，忽然有眼泪滴在手腕上。我调整呼吸，写完了那封邮件，然后放任自己痛哭了起来。

2

被学校派去参加青少年学术基金会的项目时，我刚过完十六岁生日。之前几年古典文法学校都没有收到邀请，之后似乎也没有，唯独我参加的那年，基金会认为项目需要一点"不一样的声音"，才给了我母校三个名额。我当时只希望，他们所谓的"不一样的声音"不是针对我们的嘲笑声。

早在分组的时候，我就已经意识到自己和这个项目格格不入了。大多数的小组只看名字就知道超出了我的知识范围——数理逻辑组、统计学组、机器学习组、基因工程组，甚至还有研究游戏开发引擎的团队。这些小组显然不会欢迎一个只学过初等数学和古典编程的人。起初我联系了历史学研究组，他们也认为我的语言能力对研究会有所帮助，然而当我听说他们的目标是用复杂系统理论来模拟历史乃至预测未来走向时，又有些迟疑要不要加入。任何一个读过《基地》系列的人都可能会萌生这样的野心，但这怎么看都不像是一个能在两年内完成的课题。

我的两个同学向主办方申请创立一个神学研究组，得到了批准。古典文法学校的学生大多和我一样出身于神职人员家庭，而日后大多也会以成为神职人员为目标。就在我点开报名页面，准备加入他们时，忽然发现新增的除了神学之外，还有一个语言学小组。申请人是一个名叫莫妮卡·布里顿的女孩。就这样，我草率地决定了自己的研究方向——我喜欢学习语言，也有兴趣去了解语言所承载的东西，或许这里最适合我。

项目要求学生们在课业之余完成研究。但是，每个参加者都很清楚，在申请大学时，这个项目的成果远比学校的成绩更重要。我们可以在周末使用基金会大楼的会议室，如有需要，也可以申请借用伦敦市内几所大学的实验设备，同时还能得到一笔研究经费。基金会还会介绍各个行业的专家来解答学生们在研究中遇到的问题。

基金会的大楼是三十年代最流行的纯色风格，是模进主义建筑师渡边纱也子"白色时期"的代表作。据说，他们每年用来维护表面涂层的钱，就远远超过了赞助这个项目所需的经费。第一次去参加讨论会那天，我在七层的莫比乌斯回廊迷了路。找到贴着"语言学小组"的小会议室的木门时，已经比规定的时间晚了五分钟。

我深吸了一口气，敲了敲门，见里面没有反应就伸手按下门把，却发现门锁着。就在这时，我听到一阵急促的脚步声从走廊一端传来。

"抱歉我来晚了。"

我转过头，只见是一名和我年纪相仿的女生正气喘吁吁地向我跑来，在离我半米远的地方停下了脚步。那个女孩有一头栗色的头发和绿色的眼睛。她身穿一件鸡心领针织衫，里面是一件白色衬衫，下身则是格子裙、黑色的过膝袜和圆头皮鞋。到四十年代末还强迫学生穿统一制服的学校已经寥寥无几了。从针织衫胸口处的雏菊纹样不难判断，她是伊迪丝中学的学生。

"我也刚到。"我说，"这层楼就像迷宫一样。"

"我也被这个建筑给骗了。"她用磁卡打开了门，"坐电梯到七层，如果沿着斜坡往上走，就会到八楼的办公区域，还要再下一段楼梯才能到这边来。其实，直接坐电梯到八楼然后走下坡路过来反倒更方便些。"

我们走进那间小会议室，里面有张不大的圆桌，旁边放着五把椅子。听说人多的小组都分到了六楼的大会议室。

"他们为什么要把大楼设计成这样呢？"

"可能是想测试一下参加项目的学生够不够聪明？"她在离门最远的一把椅子上坐了下来，"看样子我要让他们失望了。"

"我也迟到了。"

门在我身后自动关上了，我坐在了她对面。

"希望我们的研究能顺利进行下去。"她苦笑着说，"我叫莫妮卡·布里顿，是这个小组的发起者。"

"朱迪斯·利斯。"

向文法学校高年级的学生介绍自己后,他们总会问我的名字怎么拼写,继而问我祖先是不是威尔士人。不过莫妮卡没有。

"我可以叫你'朱迪'吗?"

我点了点头。

"朱迪,很感谢你来参加这个新成立的小组。有什么想做的课题吗?"

"我只是学过几门欧洲语言,完全不懂语言学。"我解释说,"我在古典文法学校念书。"

"学过几门语言已经很厉害了,我只学过一点法语。"

"为什么会对语言学感兴趣呢?"我随口问了一句,问完才发现这个问题非常失礼,仿佛是在说只会一点法语的你有什么资格对语言学感兴趣?不过,莫妮卡还是面带微笑地回答了我的问题。这或许是伊迪丝中学的大小姐们特有的从容。

"上个学期修了一门计算语言学的选修课,感觉还挺有趣的,以后想在大学里学这个方向。"

看样子,这个小组的全称应该是"计算语言学小组"才对。早知如此,我应该乖乖地去和我的两位同学一起研究托马斯·阿奎纳[1]。

"抱歉,我只学过初等数学,而且学得不太好。可能帮不上什么忙。"

"但你懂很多种语言不是吗?一定能找到适合我们两个人一起做的研究方向。"

"只有我们两个人?"

"暂时只有我们两个。"她说,"说不定还会有人从别的组退出,来我们这边。"

"所以,一个完全不懂怎么使用数学工具的文法学校的学生……"

"和一个几乎不会什么外语的组长。真是前途多难。"她努着嘴摇了摇头,"怎么样,准备换一个小组吗?"

"也没有什么更适合自己的小组了。"我对神学没什么兴趣。而且,如果我退出的话,就只剩下莫妮卡一个人了,这个小组说不定会被取消,"我

---

1. 中世纪著名神学家和经院哲学家。

之前问过历史学小组的人，他们想像拉普拉斯的恶魔那样，把人类历史全都模拟出来。"

"真是个疯狂的想法。我们要不要也试试，用电脑来模拟一下人类语言的演化史，顺便做做预测？"

"这只会更难。因为语言的演化受到更多外部因素的影响，政治、经济、战争、人口迁徙……"

"所以，我们得等历史学小组的人做出他们的'拉普拉斯的恶魔'之后才能开始研究，是吗？"

"是啊。但很明显，他们做不出来。至少两年内不可能做出来。"

"要不要试试机器翻译呢？"莫妮卡说，"这方面的研究说不定能发挥我们两个的长处。我们可以找几种市面上常见的翻译软件，测试一些比较容易出错的句子，你来判断翻译的结果是否准确，我来从算法的角度分析为什么会有这样的结果。"

"听起来倒是很可行。"

老实说，我并不喜欢机器翻译，甚至可以用深恶痛绝来形容。这方面的技术越是进步，就越让我觉得自己花那么多时间学习各种语言，都只是在做无用功。不过我愿意接受她的提议。毕竟我要做的只是给机器翻译的结果挑错而已。

挑错，我还是很乐意做的。

然而就在这个时候，莫妮卡补上了一句我最不愿听到的话：

"我们的研究说不定能推动机器翻译的进步，好让它尽快彻底取代人工翻译。"

3

"你是说，莫妮卡这些年都在做没有固定工资的临时讲师？"艾玛问道。

她的肩膀颤抖不已，还时不时刻意避开对方的视线，我看得出她正竭力抑制自己的愤怒。

"布里顿小姐给本科生开了几门课，听课费足够支撑她的生活。而且你应该也知道，她出身于一个很有名望的家族。我们并不认为她会为经济状况而苦恼。"

"但是，这太委屈她了。莫妮卡是我们这个时代最优秀的计算语言学家……"

"我们以前也这么认为。我们聘用她，是因为她的博士论文为抽象释义设计了一套全新的数学工具。"

"那你们为什么不肯给她一份正式的教职呢？"

"因为她没有继续那项研究。直到现在，她的那套数学工具在应用上取得的进展几乎为零。我们也劝过她，但她似乎没打算推进这方面的研究。"主任隔着一张办公桌耸了耸肩，"事实上，布里顿小姐来到伯明翰之后就没有提交过新的论文，哪怕一篇，也从不出席任何学术会议。为本科生上课也只是照本宣科，经常有学生投诉她。没有课的时候，她从来不到学校来。最不可思议的是，她从未申请使用任何实验设备，包括高速计算机。所以我们有理由相信她并没有在从事相关研究。"

"不。"艾玛捂着额头，像得了重感冒的病人一样大口吞吐着空气，我坐在她旁边都能清晰地听到她愈发急促的喘息声。"你们肯定猜错了。她一定是在做更加基础性的研究——这才是她的专长。很多数学研究只要有一支笔和足够多的纸就可以做了。"

"索弗罗尼茨基教授，那是古典主义时代的数学。现在很少有数学家不借助机器证明来完成自己的工作。更何况在我们研究所……"

听到这里艾玛终于忍无可忍了。

她站了起来，"我不知道你具体做的是哪方面的研究，也没兴趣知道。但有一点我可以肯定，你肯定理解不了莫妮卡的研究。她的博士论文是建立在范畴论的基础上的。范畴论被发明出来的时候，计算机还有几十吨重呢。"

"但是这并不意味着数学研究要一直停留在那个时代的水平，而且我们这里也不是数学系。"

"我不是来和你讨论学术问题的，柯曾先生。"艾玛以尽可能礼貌地方式把双手按在了办公桌上,"我只想知道,莫妮卡·布里顿在这里过得怎么样?"

"你现在已经知道了。"

"是啊,我已经知道了。这里没有人能理解她的研究。"

"她也没有寻求我们的理解。我们甚至不知道她在研究什么。"主任一脸无辜地看着怒视自己的艾玛,"也许读了她的那篇论文就能知道答案。但是我们还没来得及看。你知道的,当职员出了那种事之后,总有很多事情要处理。虽说只是个临时讲师……"

他彻底激怒了艾玛。

她摇了摇头,转身朝门口走去。我也追了过去。有叹息声从我们身后传来。艾玛握着门把手,却没有立刻按下去。她转过头说:

"对了,柯曾先生,请把那篇论文发到我的邮箱。邮箱地址可以在加州理工的网站上查到。"

"关于那篇被皇家特许语言学会退稿的论文……"

"退稿?"艾玛松开手,把身子完全转向主任那边,"这是怎么回事?"

"我们上午接到了学会的通知。他们说前几天刚刚驳回了她的论文。"

"所以,这就是她自杀的理由?"

"也许吧,但是,"主任停顿了片刻,"一个合格的学者不会因为这点刺激就想不开的。"

"莫妮卡可不是你这样的'合格学者',柯曾先生。"艾玛说,"她是个天才。"

说完这句话,艾玛就推开门走了出去。

我一路追着她走出那栋二十面体建筑,穿过一片草坪,她在一棵悬铃木下的长椅上瘫坐下来。我也坐在了她旁边。

草坪上一个人也没有,只有一台自动剪草机在缓缓爬行。

"我是不是又搞砸了?"她把头枕在长椅的靠背上,仰望着挂满枯叶的树枝,问道。

"这样才比较像你。"我说。

身为当代最知名的计算语言学家,艾玛似乎并不太擅长用自然语言与人打交道。不过从莫妮卡的上司刚刚的种种表现来看,这在学术界似乎是种很普遍的现象。难怪早在十几年前,我就听她们抱怨说,情感计算一直是这个学科发展最缓慢的领域。

"我要给学会写封邮件，问问这是怎么回事。"

说着，艾玛从旅行提包里取出被压缩到软木塞大小的最新款卷轴电脑。只要把手指按在顶端，通过指纹识别之后，电脑就会自动伸展并硬化。或许我也应该把那台 CPE958 淘汰掉了。她开始录制语音邮件后不久，那台自动剪草机爬到了她脚边，伴随着巨大的噪音，艾玛一脚将剪草机踢翻在地，这或许是个无意识的行为。剪草机像一只被掀翻了的乌龟，只能躺在原地，噪音却丝毫没有减少。无奈之下，我只好起身把剪草机搬到了稍远一点的地方。

当我回到艾玛身边时，她已经录完了邮件。

后来艾玛叫了一辆双人车厢的出租车，上车之后我问起她的近况。她说 Pasithea 系统近期还会有一次重要更新，即便是那些语焉不详的描写，也能通过语境测算、借助庞大的时代资料库来实现视觉生成。于本世纪初开始在日本和中文圈流行的角色小说一直是 Pasithea 系统最不擅长处理的文本——与之相对的是那些充斥着冗长描写的十九世纪英国小说，3.0 版之前的系统几乎只对这类书奏效——而预计在明年四月发布的新版本里，这类缺少场景描写的文本将不再是什么难题，系统能毫无障碍地将其生成为视频或虚拟空间。

后来出租车驶上了城际高速轨道，艾玛收到了一封邮件，她取出电脑看了起来，我们便没再聊下去。等车下了轨道，堵在西敏市狭窄的街道上时，她才再次开口：

"我还在继续研究 Hesiod 系统。不是 BHL 集团的项目，是我自己的兴趣。"

"集团不赞同你继续升级那个系统吗？"

"他们觉得试用版已经够用了。"她说，"我没法说服他们，好在研究这些也不需要太多经费，就当是业余消遣吧。Pasithea 系统需要一个与之相配套的描述系统，能自动生成各种图片、视频，以及虚拟空间的文字描述，现在的这个系统还远远不够。"

"我们公司卖的游戏改编小说都是拿试用版做出来的，有些我还润色过。"

"但现在的 Pasithea 系统能够对各种文章风格进行计算，从而生成截然不同的视觉效果。这个过程现在还是不可逆的。如果把 Pasithea 系统生成出来的虚拟空间拿给 Hesiod 系统去生成文字描述，再用这些文字描述重新生成虚拟空间，会得到截然不同的结果——你明白我的意思吧？"

"我明白，就像是用五十年前的翻译软件，把英文翻成法文再翻译回来，只能得到不知所云的句子。是这种感觉吗？"

"就是这种感觉。重新生成的虚拟空间会简陋很多。"艾玛随手摆弄着车上的投影眼镜。配备在车上的投影眼镜是便宜货，里面只存储了不到一百个虚拟空间，分辨率也很低。"我希望这个过程是可逆的。这对我们继续升级 Pasithea 系统会很有帮助。但集团高层并不这么认为，他们觉得升级 Hesiod 系统没什么商业价值。"

"也许我的上司会有点兴趣。不试着向出版公司寻求赞助吗？"

"算了吧。"她把投影眼镜挂了回去，又摇了摇头，"出版公司都太穷了。"

车停在艾玛下榻的酒店门口，不过她并没有急着办理入住手续。我们在附近找了一家意大利餐厅。回想起来，当初在基金会的食堂，莫妮卡每次都会点同一款意大利面，蒜茸、辣椒和橄榄油，这几样东西组合在一起似乎很能激发莫妮卡的灵感。有不少解决方案都是她在餐桌上忽然想到的。

凑巧的是，这三样食材艾玛都不喜欢。

对于莫妮卡的死，我还是没有什么切实的感觉。也许等明天参加了她的葬礼、看到她的遗容之后才能接受这个事实。仅仅是吃她喜欢的意大利面，反而会让我有一种她还活在世上某个地方的错觉，甚至期待着某一天能与她共进午餐——就像以前那样。

我本打算送艾玛回酒店之后就回去，却被她挽留了下来。

身为一个坐拥数十项专利的学者，艾玛自然有住进顶级套房的条件。而且我敢肯定，房间一定是她的助手为她订的，她从未看过照片。乘电梯到顶楼时，艾玛还在担心只有一张床怎么能睡下两个人，走进房间却发现那张床至少能供四个人安睡。

我很少有出差的机会，偶尔去法国分公司出差时，会特地选不带自动化设备的传统旅店。自动化设备虽然方便，却免不了留下各种记录，这让我感觉自己正被服务系统监视着。也曾有过这方面的报道，说一些主打自动化设备的旅店会记录住客的身体信息，甚至偷拍他们的一举一动让系统进行分析。

这个套间也安装了自动化设备，不过是可以关掉的。我按下了关闭键。

"从浴缸里站起来的时候，有根机械臂伸出来把毛巾递给你，不觉得很恶心吗？"我向艾玛解释说，"就好像系统知道你刚刚洗完澡一样。"

"这个原理倒是挺简单的。不过你说得没错，系统需要捕捉到你的动作才能做出这些反应。我也不太喜欢自动化设备，它们有时候太敏感了。给人发语音邮件时，说到某些单词都能触发一系列指令。所以我叮嘱过克里斯蒂娜，一定要订能关掉自动化设备的房间。"

她换上拖鞋，挂好大衣，在沙发上坐下，又从旅行提包里取出经过压缩的卷轴电脑，但并没有让它伸展开，只是放在了面前的茶几上。我正准备坐到她左边，却见她向左一倒，上身全都侧躺在了沙发上。

"你没有参与过相关的研究吗？"

"也参与过。以前帮某个连锁酒店设计了一套能与客人对话的人工智能系统。那个系统试用了一段时间后就开始爆粗口，还会把上一个住客的事情说给下一个住客听，甚至会模仿做爱的声音，没过多久酒店的经营者就关掉了说话的功能，只留下语音识别的部分。"

"一个人住在酒店里，自动化系统忽然开始跟你说话，听起来也挺吓人的。"

"是挺吓人的。在那个项目里，我一开始用了一个比较厉害的语音合成器，能模仿出很逼真的声音，结果试用的时候所有人都觉得很可怕，就好像房间里有个陌生人一样。我只好换了一个二十年前的合成器，做出来的声音一点语调也没有，反而能让人觉得比较安全。"

"所以结论就是，不说话最好，如果一定要说话也不能太逼真？"

"对，就是这么回事。最新的语音合成技术很少投入应用，因为会让人害怕。同理，就算有人开发了特别逼真的机器人，也一定不会有销路。"说到这里，艾玛坐了起来，"我先去洗个澡。"

说着，她起身朝浴室走去，又在门口停了下来，扭过头来交代了一句："如果我的卷轴电脑响了，不用管它，只是邮件通知而已。"说完这句话，她就走进去关上了门。大约一分钟之后，浴室里响起了水声。

我从包里取出袖珍阅读器，读起了一位瑞士的德语作家的新作。几年前润色过这位作家的处女作，印象很深。结果那本书在英国的销售成绩不太理想，从此以后再没有哪家出版社打算引进他的小说。上周刚刚发售的这本《纳沙泰尔湖畔的牧羊人》,写的是裴斯泰洛齐[1]的教育事业。我刚刚读到他兴建孤儿院的部分。可以想见,这本书被引进到英国的可能性几乎为零。

水声仍断断续续地从浴室那边传来,然后我听到了一段属七和弦的琵琶音——是艾玛的卷轴电脑响了。我没有理会,继续读那本书,又读了大约三百行,身着白色浴袍的艾玛从浴室里走了出来。

见她的头发还在不断滴水,我便很自觉地找到吹风机递给了她。

艾玛放下吹风机时,我忽然想起刚刚听到的属七和弦,跟她提了一句:"刚才你的电脑好像响了一下。"

"应该是伯明翰大学的人把莫妮卡的论文发过来了。"说着,她把手伸向卷轴电脑。

"那我也去洗澡了。"

我来到浴室门口,只见里面有个大得出奇的浴缸——不,或许应该说是浴池才对。莫妮卡脱下的衣服全都放在进门处的筐里。镜子旁边挂着一件浴袍,还有没用过的毛巾。

"开什么玩笑!"

听到艾玛充满怒火的自言自语,我转过身去,却见她抱起已经硬化的卷轴电脑,把它狠狠地丢向地面。受到冲击之后,电脑立刻柔软化地收缩了起来。

我过去捡起收缩成软木塞大小的电脑,来到艾玛身边,准备等她情绪平复下来再把电脑递给她。她抬起头,看了我一眼,眼中仍满是怒意,嘴角不停地抽搐着。

"伯明翰大学的人说了什么?"

"不是大学的人,"她摇了摇头,"是语言学会的人发来的邮件。他们解释了为什么会驳回莫妮卡的论文。这太荒谬了。他们仅仅是用墓碑系统检验了莫妮卡的论文,就认定她的证明不能成立……"

"墓碑系统?"

"三一学院的人开发的人工智能,能用来检验数学证明是否成立。现在很多学术期刊都在用这套系统。"艾玛沮丧地说,"其实我早就猜到了。七百多页的论文,这么快就被驳回了,肯定不是人工检验的。"

---

1. 裴斯泰洛齐(1746—1827),十九世纪瑞士著名民主主义教育家。

"为什么要靠电脑来检验呢？他们也太不负责任了。"

"不能全怪他们。莫妮卡的论文太长了，还用了很多全新的数学工具。她的博士论文就已经很艰涩难懂了。我不知道这次她具体用了什么方法，但我能想象，要掌握她使用的数学工具肯定得花费不少时间，是我的话至少也要一两年。语言学会应该没几个人精通离散范畴理论，可能需要更多时间来学习这些知识，然后才能开始检验，而检验的过程也绝对不轻松。我还听说有一些解析数论方面的论文，人工检验需要十年以上的时间，所以三一学院的人才开发了这个系统。"

"莫妮卡的论文到底哪里出了问题？"

"这就是我最不能接受的地方。"她揉搓着太阳穴，说道，"学会的人没有说明理由。实际上，墓碑系统也没有给出理由，它只是判定论文不能成立。"

"没有给出理由？不能查看判定的过程吗？"

"很遗憾，不能。墓碑系统没有可解释性。如果强行解读，可能会花费很多时间——比人工检验莫妮卡的论文所需时间更久。"

说到这里，艾玛垂下头叹了一口气。

我坐下，把卷轴式电脑放在了她的掌心。

"墓碑系统是一个'黑箱'。他们只是把莫妮卡的论文输入到里面，而墓碑系统给出了一个结论，然后他们相信了这个结论，驳回了那篇论文。没人知道论文到底错在哪里。不，说不定论文是对的，只是它太复杂了，无法在多项式时间内检验，这种情况下墓碑系统也有可能会判定论文不能成立……"

艾玛松开手，电脑滑落到沙发上，并向着靠背与坐垫之间的缝隙滚去。她转过脸来，直视着我的眼睛补了一句：

"……也许就是那个'黑箱'害死了莫妮卡。"

4

因为"黑箱"难题，我和莫妮卡关于机器翻译的研究一个学期不到就碰了壁。

起初一切还很顺利。我们分析了上世纪的几种商业翻译软件。这些软件的原理大多很简单，连我也能理解。无非是先将一个句子拆解成一个个词组，再根据辞典把这些词组翻成目标语言，然后根据目标语言的句法规则将词组重新组合，就得到了翻译的结果。这种方法对于简单的句子尚能胜任，当使用它翻译一些习语时，总是免不了要闹笑话，因为目标语言中可能并没有类似的表述。

对此，一些翻译软件开发者想了一些对策，比如说为专有名词、习语和固定的表达方式建立语料库，软件进行翻译时会先检索语料库中是否有匹配的内容。这样的做法的确让翻译的准度和流畅性都有所提高，但是，词义消歧仍是一个难题。特别是当一个词在源语言和目标语言中并不等价的时候，就会引出很多麻烦来。

一个最常被举到的例子是英语的"sheep"和法语的"mouton"。在英语里，"sheep"指的是绵羊，而法语的"mouton"不仅可以指"绵羊"，也可以指"羊肉"（英语中的mutton），两个词并不等价。为了检验一个翻译软件是否能有效地消除歧义，我会设计一个包含类似"mouton"这样的单词的法语句子，让软件生成英语的译文。那些采用最传统原理的软件几乎只会把"mouton"翻成"sheep"，而并不会考虑语义是否恰当。所以，有开发者设计了一套统计学方法来消除歧义。比较常见的方法是：先制作两种语言的平行语料库，然后进行统计，从而发现"mouton"和草地、牧羊犬或羊毛等词一起出现时，一般要翻译成"sheep"；而与表示吃或烹饪的动词出现在一起时，则要翻译成"mutton"。

之后莫妮卡又分析了一些本世纪初的机器翻译软件。有些软件使用了大量的统计学方法，通过隐变量和对数线性模型来实现翻译（这些术语都是莫妮卡告诉我的，我也不确定自己的表述是否准确）。这部分的工作我几乎没有参与。她试图教会我线性代数的基本知识，我也努力了一番，不过最后还是放弃了。有一天，她把伦敦大学的一位讲师请到了会议室，向她请教了一些高维空间中的线性不可分问题。而我能做的，只是站在一边泡红茶罢了。

我们在一个学期之内测试了2013年以前所有重要的翻译软件。因为莫妮卡也懂一点法语，所以着重测试的是英法互译的部分。她总能很清晰地解释为什么这些软件在面对一些句子时，能或不能派上用场。然而，真正棘手的是在那以后被开发的软件，它们几乎都采用了深度学习的技术。和以往一样，我们做了一些英法互译的测试，记录并分析翻译的结果。然而，莫妮卡却发现我们唯一能做的就是分析结果，所有的过程都是在隐藏层完成的。解释具体的翻译机制，显然已经超出了她的知识范围。

"我现在能确定，某类神经网络结构比另外一些更有效，能提高翻译的精准度。引入了注意力机制之后能降低梯度消失的风险。但是，我无法解释翻译工作是怎样在隐藏层里完成的。这些翻译软件对于我们来说，只是一个个'黑箱'。"

"抱歉，我不太明白。"

"没关系，我也不明白。"坐在我对面的莫妮卡摇了摇头，"而且这还只是二三十年前流行的深度学习。后来苏黎世联邦理工的一个团队，设计了一套马里亚纳学习的算法，能让人工智能根据需要实时修改自己的神经网络，以往能实现可视化的神经网络模型，现在也都变成了隐藏层，而很多具体的运算更是在隐藏层中的隐藏层里完成的。最新的机器翻译软件都采用了这套机制。据说能极大地提高精准度，还能彻底解决梯度消失的难题，而代价也不过是完全牺牲了可解释性。我没有办法分析它，任何人都没有办法。"

"这也就意味着……"

"我们可能要换个课题了。"她说，"对不起，朱迪，都怪我低估了这个课题的难度，害得你和我一起浪费了这么多时间。"

"我也学到了很多东西。"比如说简单的句法理论和语义学的初级知识，当然，还知道了这个世界上有种名叫线性代数的学科，而 Matrix[1] 一词在子宫之外还有别的意思。"这些知识就算换一个课题应该也能派上用场。"

之后，我们用了一个小时左右的时间讨论未来该研究些什么。结论大概是，她的强项在计算机技术，而我的强项在历史语言学，我们应该在这两者之间找个连接点。于是我提议说，或许我们可以运用计算机科学来构拟古代语言。对于这个提议，莫妮卡不置可否，说出口之后我也感到有些欠妥。这的确是个很有挑战性的课题，也能发挥我们各自的长处，但它似乎没有什么应用价值。但是，或许会有哪个电影或游戏需要让角色讲几句卢维语或瑟罗尼亚语，谁知道呢……

就在这个时候，小会议室的门被粗暴地推开了，走进来了一个看起来和我们同龄的女生。

她有一头略显黯淡的金色短发和一张轮廓鲜明的脸。她穿着一件灰色的帽衫和一条紧身牛仔裤，帽衫正中间有个红色的字母"A"，看来她和设计这件衣服的人都没有读过霍桑。那个女生又向前走了几步，我才看清楚她眼睛的颜色——灰色之中有一点点蓝，就像英格兰随处可见的天空一样。

"这里是语言学小组吗？"她问，又回过头去，像是想要确认一下贴在门上的那张纸，然而门已经自动关上了。"我应该没找错地方吧？"

"你没找错。"莫妮卡站了起来，"找我们有什么事情吗？"

"能不能让我加入你们？我受不了机器学习小组的那群人了。"

"他们做了什么？"

莫妮卡示意她坐下，她却仍站在原处。

"问题不在于他们做了什么，而在于想做什么。我真不敢相信，他们竟然想开发一个能自动证明所有图论问题的人工智能。这简直太可笑了，就像到了十九世纪末还有人想造个永动机一样。"她的语速很快，"我敢赌五千英镑，他们肯定没听说过希尔伯特计划[2]。"

"我可不准备跟你赌，因为我也这么认为。"莫妮卡微笑着说，"我们该怎么称呼你？"

"艾玛·索弗罗尼茨基。"她说，"叫我艾玛就可以了。"

---

1. 矩阵。
2. 由德国数学家大卫·希尔伯特提出的一项数学计划，但被美籍奥地利数学家库尔特·哥德尔所推翻。

"你有一个很显眼的姓氏。"

就在那一年,三一学院数学系的索弗罗尼茨基教授因为解决了某个数论难题而被册封为勋爵。当时媒体进行了铺天盖地的报道,所以即便是我这种古典文法学校的学生也听说过他。

"机器学习小组的人也问我说,尼古拉·索弗罗尼茨基是不是我父亲。"她走向莫妮卡旁边的椅子。两个人一起坐了下来。"可惜不是,我父亲只是个普通的医生。"

"但这的确是个在英国很罕见的姓氏。"

"这倒也是。除了我家和尼古拉伯父一家,我还没遇到过别的姓索弗罗尼茨基的人呢。"

"索弗罗尼茨基爵士是你伯父?"

"是啊,"她轻描淡写地说,"但你们千万不要误会,我虽然是他侄女,很多想法都跟他不一样的。我可不是布尔巴基学派[1]的信徒,也没打算做纯数学研究。所以,我能加入你们吗?"

"我倒是没什么意见。"莫妮卡看向我这边,"朱迪,你觉得呢?"

"我也没什么意见。"我说,"不过,索弗罗尼茨基小姐,我们现在遇到了一些麻烦,可能要换个课题重新做起。"

"那不是正好吗?"几分钟前才刚刚闯入这间会议室的艾玛理直气壮地说,"我来帮大家想个新课题好了。"

听她这么说,莫妮卡在一旁苦笑着摇了摇头。

5

莫妮卡的葬礼在市郊的一片墓地举行。这片墓地是几年前为缓和伦敦

---

1. 由一些法国数学家所组成的数学结构主义团体。

的墓地短缺而开辟出来的，开发者还很负责任地在不远处建了一间小教堂。在那间教堂供职的神职人员，每天的工作大抵就是在葬礼上朗读那套重复的祈祷词。

如果我如父母所期望的那样去读了神学院，说不定也正做着类似的工作。

在牧师念完祈祷词后，艾玛作为同行和友人代表，做了一段简短的演讲：

"莫妮卡和我一样，都是在最纯真的好奇心的驱使之下，走上科学之路的。只不过，她所选择的道路更泥泞、孤独且令人绝望。在她生前，或许没有任何一个人能彻底理解她的研究。但我相信，在她留给我们为数不多的几篇论文里，一定埋藏着种种穷极人类智慧的思考。而这也是一个为科学献身的人应有的姿态：即便不被人理解，乃至遭到不公正的对待，也要孤身一人追求真理，哪怕那真理也像自己一样遭到了世人的误解与轻视。没人有资格谴责她说，她怎么没走完自己选择的道路。恰恰相反，我们应该赞叹，在如此艰难的处境之中，她竟然能走到这一步……"

艾玛在哽咽中结束了这段话。

和莫妮卡相比，艾玛要幸运太多了。她在加州理工学院攻读博士时就得到了 BHL 集团的赞助，开始着手研发 Pasithea 系统。Pasithea 系统并不是第一款可以同时从文本生成视频与虚拟空间的软件。当时，一家日本企业研发的 Shinkiro 系统占据垄断地位（时至今日，该系统在生成漫画和动画方面仍有其优势），而 Pasithea 系统的最初几个版本也谈不上成功。不过从 3.0 版开始，Pasithea 系统就逐渐占领了全球市场。关于 Pasithea 系统成功的原因，有不少媒体做过分析。这些分析文章至少在一点上达成了一致，那就是艾玛功不可没。她为 Pasithea 系统设计的纤维丛神经网络，已成为马里亚纳学习的经典范本。

或许在面对莫妮卡时，艾玛心里多少有些负罪感。尽管莫妮卡的不遇并不是她的责任。伯明翰大学没有派人来参加葬礼，皇家特许语言学会也没有。在这个场合能代表学术界的，就只有艾玛一个人。

到场的还有几位是莫妮卡在伊迪丝中学的同学，她们大多在政府部门供职，也有一位和艾玛的父亲是同行。有个负责调查莫妮卡之死的中年警员也来到了墓地，站在离我们稍远的一块墓碑旁抽着烟。

他在葬礼结束之后，过来叫住了我和艾玛。

"你们是她中学时代的朋友吗？"他问。见我们点头，他从口袋里取出几张照片，拿给我们看，"对这个东西有印象吗？"

第一张照片聚焦于一个旧式的月牙形接口，直到十年前移动存储设备如果要接到电脑上，一般都是通过这样的接口。第二张照片是个铃铛形的透明容器，容器的边缘处有两个小孔。在照片一角出现了上一张照片里的月牙形接口，透明容器和接口的尺寸相近。

"我见过这个东西，是SYNE。"艾玛不假思索地回答说。她又把头转向我，"朱迪，你还记得吗？就是我们跟莫妮卡一起去Mag Mell买的那个液体硬盘。"

"那个绿色的液体硬盘？"我努力回想着，"好像确实是这个形状。"

那是一家韩国企业开发的液体硬盘，相比以往那些笨重的液体硬盘更小巧精致，也能存储更多内容。艾玛说的SYNE是整个系列的统称。这家公司发售的所有液体硬盘，都是用宝石的名字命名的。如果我没记错的话，我们和莫妮卡一起去买的那款绿色的，应该是"玉髓"系列的Chrysoprase。当时我们的课题刚刚有了些进展，需要存储大量资料，所以莫妮卡提议一起去买个移动存储设备。她之前看中了"玉髓"系列的另一款，红色的Carnelian。但那款因为太受欢迎，在网络商店上已经卖断了货，所以她决定去Mag Mell碰碰运气，然而那边的店里也没货了，无奈之下她只好买了绿色的Chrysoprase。

听艾玛说，液态存储设备并不是什么新技术，早在本世纪初就有个美国的团队研究出了其中的原理，但真正大规模投入应用是在三十年代末。当时，那家韩国企业的团队发现了一种记忆性粒子，能在种种流体运动中保持几何结构的不变性，而这种结构又可以通过脉冲来进行编辑。基于这种原理，他们开发了第一代SYNE——有一听可乐那么大的液体硬盘。

在整个四十年代，SYNE不断进化，慢慢开始流行，做工水平也在"玉髓"系列达到了顶峰。那个时候，我还时常在学校里遇到把SYNE挂在脖子上当装饰的女生。

也差不多是在那个时候，有人发现SYNE所使用的记忆性粒子在自然中也微量存在。于是，莱顿大学的一个本科生突发奇想，设计了一个能在任何液体中识别记忆性粒子的装置，还把它拿到网上贩卖。很显然，从SYNE的溶液之外的液体里，只能提取出随机的、毫无意义的信息。这个本来没有什么应用价值的发明,被一些生态主义艺术家看中了,他们用这个装置提取各种液体中的记忆性粒子,将那些信息编辑成图像、音频乃至文本。我曾经看过一个展览,有人从世界各地被污染的河流里采集水样,再从里面提取信息,把信息编辑成图片。因为一些重金属会干扰记忆性粒子的分布,所以不同类型的污染会呈现出截然不同的图像。我只记得由亚马孙流域被汞污染过的水生成的图片是无规则的橙色条纹,而中国内陆被镍污染过的水则会生成出深蓝色的背景和粉红色的噪点。更有趣的实验来自那些音乐家。一位意大利的偶然主义作曲家把二十毫升的可口可乐放进了那个装置里,从而诞生了一段不那么刺耳的噪音(有点像金蛉子的叫声)。后来,可口可乐集团买下了那段音频,还把它用进了电视广告。某个摇滚明星的尝试要更大胆一些,他把自己的动脉血混在酒精里,从里面提取了音频,并在千禧球场开演唱会时,用数百个音箱播放给观众听。

"玉髓"系列大获成功之后,那家公司又推出了"生辰石"系列。他们计划用一年的时间推出十二款SYNE,样式分别参考十二个月份的生辰石。然而,就在八月的"橄榄石"刚刚发售之际,中国的一家企业开发了超限存储技术。不久之后,采用这种新技术的第一代"阿莱夫"上市了,而"生辰石"也成为了SYNE的最后一套系列产品。

如今,恐怕已经没有哪台电脑能插入月牙形接口、读取SYNE里存储的信息了。

"当时她在这个硬盘里存了些什么,你们有印象吗?"警员问道。

"研究的资料……"艾玛回答说,"我们当时在参加青少年学术基金会的项目,一起做着有关人工语言的研究。莫妮卡应该把所有的实验数据都存在里面了。"

那个时候,在艾玛的提议下,我们开始开发能随机生成人工语言的软件。

这个工作并不难完成,只要设计好音系、构词法和句法就基本完成了。后面只是一遍遍测试,做一些小修小补的工作而已。实际上,当时只要付五英镑就能在网上下载一个这方面的软件,大多都还自带语音生成功能,很多游戏开发者都会使用这类软件给角色配音。

我们先开发的是能生成黏着语的软件,因为这类语言的句法规则比较容易构建。这项工作只用了不到两周的时间。紧接着是屈折语,这次也只用了一个月。而设计生成孤立语的软件时稍微遇到了一点麻烦,导致我们最后暂时放弃了孤立语和多式综合语。

不过,开发人工语言生成软件只是艾玛计划的第一步。她真正的目标是用随机生成人工语言来建立一套生态系统模型。于是,我们设计了"萨丕尔大陆"和"博厄斯群岛"两个相对独立的系统,为这些语言建立位置关系,然后让它们遵循某种规则相互影响,同时还让一些语言在某个阶段遵循格里姆定律、维尔纳定律或格拉斯曼定律等规则进行演变,再让一些语言分裂出若干种方言。到了合适的时候,大陆和群岛之间也会建立起联系。

从第四次试验开始,莫妮卡设计了一系列模拟政治经济因素的参数,让语言之间的相互影响变得更复杂。有些语言会因为强势的政治经济因素而辐射影响周边所有语言,也有些语言会逐渐消亡,最终只在其他语言里保留一两个单词或词根。

在我们进行的四十次试验中,超过半数的情况下会产生出带有孤立语或多式综合语性质的新语言。

莫妮卡和艾玛在这项研究中学到了什么我不太清楚,我倒是通过观察这些人工语言的演变,写了两篇有关克里奥尔语产生过程的论文。最后,我们各自向基金会提交了研究成果,还把最终产生的人工语言里最复杂的几种卖给了一家游戏公司,用那笔钱一起去了趟苏格兰。

项目结束之后,莫妮卡把所有的实验数据都保存在了SYNE里面,我不知道艾玛有没有备份。

"为什么问这个?莫妮卡卷进了什么你们正在调查的案件吗?"

"不,就是随便问问。我负责调查她的自杀,也差不多该结案了。"警员将照片收回口袋里,补了一句,"莫妮卡·布里顿是喝下SYNE的溶液自杀的。"

6

"听说 SYNE 的溶液有毒,小心点儿别把它弄碎了。"

见艾玛把玩着自己新买的液体硬盘不肯放手,莫妮卡嘟囔了一句。就在这个时候,计时器响了。我和莫妮卡一起去油炸机那里取来了三人份的鱼薯条。我们回来之后,艾玛把那个绿色的小玩意儿还给了莫妮卡。

"放心好了,SYNE 的外壳用的是透明非晶态金属,没那么容易弄碎。"艾玛说,"上面的螺丝也要用特殊工具才能打开。"

"之前只看过网上的图片,想着一定要买到红色的那款,拿到实物之后觉得绿色也不错。"说着,莫妮卡抬起头,把它举到眼前,让灯光透过绿色溶液投入自己眼中。坐在她身边的我,也从侧面看到容器里那群星般的光点,换个角度又像是泛着波光的湖面。她微微转动 SYNE,里面的液体也缓缓地流动。"你们不买一个吗?"

"我暂时还用不到。有什么需要的备份一般都上传到网络空间。"

"以前我也这么干。"莫妮卡说,"直到有一天,提供服务的公司忽然倒闭了,我差点没能提交期末作业。"

"看样子我也有必要找个移动硬盘备份一下。我可以用你的 SYNE 吗?"艾玛的一番话又让莫妮卡露出了她那标志性的苦笑。

"朱迪呢,你不买一个吗?"

"我应该用不到吧。电脑的硬盘已经足够用了。"我说,"我的作业都是纯文本,需要用到的资料也是,用电子邮箱就可以备份。教拉丁文的老师甚至要求我们交手写稿。"

"古典文法学校平时都会留些什么作业呢?"莫妮卡问,"主要是做些外文的翻译?"

"有时候会有翻译的作业,更多的是读书报告。各种语言的书的读书报告,有些还需要用外文写。我这周就在跟一本德语小说苦战,准备先用英语写好读后感,再慢慢翻译成德文。有点后悔选了这门课。"

"那本书很难吗?"

"很难。明明是小说却几乎没什么故事性,通篇都是长句子和晦涩的比喻,也许作者是把它当哲学著作写的。我准备分析里面的一个比喻,'从木质的铁中形成的方形的圆'。"

"作者想用这个比喻说明什么呢?"

"他想描述一个充满矛盾的时代。"我深吸一口气,"在那个时代,有很多无法相容的目标和倾向性,这些相互矛盾的东西撕扯着那个时代的每一个人。如果有人想仔细剖析那个时代,只会看到这种矛盾性,而得出一些类似'从木质的铁中形成的方形的圆'一样无意义的结论。但所有这些矛盾的东西一起构成的那个时代,却是有意义的,甚至可以用熠熠生辉来形容。"

"原来如此。"莫妮卡点了点头,"乍一听只觉得是一句自相矛盾的话,原来作者就是想用它来表现一种时代的矛盾性。"

"我最近也读到了一句类似的话。"艾玛插了一句,"就在你们借给我的那本生成语言学教材里。"

"那本麻省理工学院编的教材吗?我大概知道是哪一句了。"莫妮卡想了几秒,"是不是那一句,'没有颜色的绿色想法猛烈地睡眠'(Colorless green ideas sleep furiously)?"

"对,就是那句。"

"这是乔姆斯基说的吧?"我也对这句话有点印象,"我记得他好像是想说明,有一些在语法层面上成立的句子,在语义层面上却不能成立。"

"是这样吗?"艾玛脸上满是困惑,看样子她并没有仔细阅读那本书。"我只是忽然想起来了。"

"他确实是这个意思。"莫妮卡向艾玛解释说,"这句话也有快一百年的历史了,最早是乔姆斯基在1957年出版的《句法结构》里举的一个例子。这本书也是生成语言学的奠基之作,基本能代表乔姆斯基第一阶段的思想。他举这个例子是为了区别语法和语义:'没有颜色的绿色想法猛烈地睡眠'这句话在语义学层面是不能成立的。'没有颜色'一般绝不会跟'绿色'搭配在一起,'想法'无法'睡眠',更不可能'猛烈地睡眠'。但它并没有违反英语的语法。相反,如果我们把这句话改成'睡眠猛烈地想法绿色没有颜色的'（Furiously sleep ideas green colorless），虽然同样没意义，却是不符合语法的……"

"那句'没有颜色的绿色想法猛烈地睡眠'，真的没有任何意义吗？"

"一直有语言学家想证明这句话并非完全没有意义，他们给它设计了各种语境，来说明在何种情况下'没有颜色的绿色想法'会'猛烈地睡眠'。这甚至成了语言学家们很喜欢玩的一个游戏。"

"听起来倒是还挺有趣的。"艾玛说，"我们要不要试试？"

"来为这句话想个语境吗？我第一次在书上看到这句话的时候，倒是试着挑战了一下。但是没有想出来。"

"我也试过。"我说，"也失败了。"

听到这里艾玛低下头陷入了沉思，似乎是在为这句话寻找一个合适的语境。我和莫妮卡不想打扰她，就默默地咀嚼着薯条。大约一分钟之后，她终于开口了：

"我来试试看好了。有个摄影师某天忽然有了灵感，想在电影里插入一组用黑白镜头拍摄的翠绿的山丘，后来他又想到可以用同样的方法拍摄一片翠绿的湖，希望通过把绿色拍成无色的，来传达某种生态主义的理念。他把这些想法告诉了导演，但导演觉得这些场景与整个电影的风格不符，不赞同他这么拍摄。于是，摄影师只好搁置了这些'没有颜色的绿色'。然而，在拍摄影片的后半部分时，这些想法虽然已经沉眠在他的脑海里，他却仍猛烈地渴望着能拍摄那些镜头……怎么样，这个语境可以吗？"

"有些地方有点牵强。"莫妮卡如实说道，"不过已经很贴切了。"

"这个游戏还挺有趣的，下周午休的时候我要叫上班里的同学一起来玩。"艾玛啜了一口可乐，"是不是所有符合语法的句子，都能在某个语境下被赋予意义呢？"

"说不定我们可以用什么形式化方法来证明这个结论……等我们读大学之后。"

后来，莫妮卡查阅了一些相关资料，发现雅盖隆大学的一位学者在三十年代末已经证明了这一结论，语言学界称之为"Mikolov 良序定理"。某个周六的午后，莫妮卡还和艾玛一起试着研读相关文献，然而里面有太多超出了她们知识范围的内容，最终只好放弃了。

可能正是从那个时候开始，莫妮卡对形式语义学产生了兴趣，艾玛则迷恋上了生成语言学。她们都因为快餐店里一段漫不经心的对话而找到了未来的研究方向。

7

街道有时比人更容易老去，Mag Mell 就是最好的证明。十四年之后再次来到这里，一切都变了。那些简约的模进主义建筑荒废之后，墙上满是低俗的涂鸦。仅有的几块还算完整的橱窗玻璃上，也爬满了丑陋不堪的裂纹。至于那些外墙模仿金属质感的根斯巴克主义建筑，因为长年未做抛光处理，表面遍布铁锈般的污垢，仿佛那墙体真是用铁铸成的一样。曾经，在这些现已人去楼空的小型建筑里，即便是平日也有数以千计的商品被售出，周末更是被顾客挤得水泄不通。

和莫妮卡一起来买 SYNE 的时候，正是 Mag Mell 的全盛期。经过五年的经营，它把英格兰所有新兴商业区都远远地甩在了后面。把车开上高速轨道，只需十五分钟就能从伦敦市区到达 Mag Mell。平日的下午三点半开始，每隔十分钟就有一辆巴士，载着那些放学后无所事事的女高中生前往这边。很显然，她们的电子钱包里那少得可怜的零用钱，到了 Mag Mell 怕是只能买得起冰激淋和鱼薯条。但这里仍是她们放学后打发时间的最佳选择，就像是某部老电影的女主角喜欢去蒂凡尼的橱窗前吃早餐一样，她们也只是满足于站在时尚品牌的橱窗前，一边舔着五颜六色的 Gelato，一边幻想着有朝一日能买下正在展示的新款时装——也许她们现在已经赚到了足够的钱，只可惜这里的橱窗大多都失去了玻璃。

我还依稀记得一脚踏进那家开发了 SYNE 的韩国企业的专卖店时的情景。一层是新产品的展示厅，从天花板上垂下来的细线将各种用途不明的电子产品吊在半空中，这些产品都能在二层买到。黑色的墙壁上是各种投影而成的图像，有些是新锐导演拍摄的短片，也有跳着刀群舞的女孩子们。

只要戴上店里的耳机走到画面前，就能听到与画面配套的声音……

如今，和艾玛一起乘出租车重返 Mag Mell 时，自动驾驶系统已无法定位那家专卖店，而是把我们带到了曾经的中心广场。连接伦敦市区和 Mag Mell 的高速轨道在几年前就被拆除了，乘车过来花了足足一个半小时的时间。我们走在一座座废墟之间，寻找着当初一起去过的那幢红色建筑。

一路上，我们不得不小心翼翼地避开地上的脏水、瓶瓶罐罐和包装纸。这里就像是一场大型露天演唱会散场之后，只剩下些没来得及拆去的设备，以及满地的垃圾。几乎每家店铺门口都坐着几个摊贩。他们穿得并不暖和，每个人都在瑟瑟发抖。每个摊贩面前都有一两个瓦楞纸箱，里面装满了可疑的商品。恐怕一到夜里他们就会躲进废弃的房屋里睡个好觉，我想，他们肯定没有信心把顾客招呼到黑洞洞的店铺里去，所以才在街上摆起了摊。

我还发现，有个曾经是化妆品商店的新分离主义建筑前没有摊贩，而是立了一块醒目的牌子：艾斯勒诊所。从斑驳的米黄色墙壁不难判断，它曾经是一幢白色的建筑，我猜那位沦落至此的医师，也一定是因为这个原因才在众多空屋中选择了它。

一路上我和艾玛都没有说话，一方面是不想吸引摊贩们的注意，另一方面是实在没什么好聊的。如果同行的人不是艾玛而是一位来自异国的友人，我或许会向对方解释一下这里衰落的原因。可是跟艾玛实在没有聊这个话题的必要。这里为什么会迅速衰落，每个英格兰人都心知肚明。2052 年 4 月开始的那场大流感改变了很多事情。在那以前，就算网络购物已经能满足人们日常所需，出于社交的需要，年轻人一旦得闲，还是会选择去商业区闲逛。或许这也是为什么明明已经有了更好的家用观影设备，电影院的生意却直到五十年代初都还很红火。然而，那场大流感迫使所有人尽量不外出，更不要说去商业区凑热闹了，结果人们反而很快适应了那样的生活。在疫情肆虐的半年间，最保守的人也发现了公共虚拟空间的安全与便利，足不出户，也可以满足所有社交需求。于是，从第二年开始，全英格兰最主要的商业区陆续倒闭。Mag Mell 算是撑得比较久的一个，运营方直到 2055 年才宣布破产，而绝大多数店铺在那之前就已经关闭了。

我们先路过了那家曾一起吃鱼薯条的自助快餐店。那家店在当时，很可能是全英国最吵闹的餐厅，附近的店员坐在里面抱怨工作太忙或薪水不够多，来 Mag Mell 只是参观、什么也买不起的女高中生们也喜欢聚在这里高声讨论各种无聊的话题。我不知道是否曾有其他人像我们一样坐在里面讨论乔姆斯基,但我却从一篇报道中得知,去年的布克奖得主以前很喜欢在这里坐一整天,偷听别人的谈话,然后写进小说里去。如今,店门当然紧闭着,门口倒是有个简陋的热狗摊。

似乎,Mag Mell 已经成了专为偷渡者和难民服务的黑市,他们得不到身份认证,无法在必须使用电子货币的网店购物,也没有足够的钱去购买新品,这些能使用纸币购物的二手货摊可以满足他们的全部需求。乘车过来,快驶入 Mag Mell 的区域时,我发现路边有不少简易房和帐篷。走在路上时,偶尔会遇到几个衣冠不整的年轻人结伴而行,操着我没学过的语言闲聊。

我们又朝西走了一百米左右,终于看到那幢红房子。

莫妮卡的葬礼结束时,距离艾玛回洛杉矶的飞机起飞还有五个小时。从警方那里听说了莫妮卡的自杀方式后,艾玛忽然说想去 Mag Mell 看看,我没有拒绝这个提议。但我也很清楚,即便来了,这片废墟中怕是也没有什么能勾起当日的回忆。

专卖店的旧址门口也坐着一个摊贩,是个看起来只有十三四岁的女孩。她坐在一把破旧的沙滩阳伞下,把身子蜷缩在一块毛毯里。从她微卷的黑发、黑色的眼睛和褐色的皮肤,我无法判断她来自哪里。见我们走近了,她招呼我们过去看看她的商品。根据口音,我推测她的母语很可能是僧伽罗语或泰米尔语。

她面前放着一个纸箱,身后还有一个巨大的旧行李箱。

"你这里卖些什么?"艾玛走到她面前问道。

"电子垃圾。"她抬起头,用生硬的英语回答说,"他们说这家店以前卖电子产品,所以让我到这里摆摊。"

我也凑了过去,只见箱子里堆满了各种十年前乃至二十年前的电子产品,笨重的老式笔记本电脑、效率低下的太阳能充电器、三十年代风靡一时的 VR 面具,还有一些我叫不上名字的东西。它们看起来如此破旧,很难想象它们还能继续使用。

"你会修这些东西吗?"我问。

"我不会,不过我哥哥会。"女孩说,"但他很忙,一周只过来两天。"

艾玛指着她身后的红房子,问了一句:"这家店以前卖的东西你这里有吗?"

女孩思考了片刻，然后点了点头。她把手臂从毛毯中抽出来，伸进纸箱里翻检着，动作非常粗暴，不断传来塑料壳碰撞的声音，但她似乎并不在乎商品的死活。不到一分钟的工夫，她从纸箱里翻出了一支录音笔、一个 GPS 定位装置和一个装着透明液体的小挂件。

艾玛拿起那个挂件，仔细端详着。

"这是不是个 SYNE？"艾玛问我，"我没听说过有哪一款 SYNE 是透明的……"

结果，那个摆摊的女孩抢先回答了这个问题。

"这是玉髓系列的一款。"她说，"如果没有褪色的话，能卖个大价钱。"

"褪色？"

"你不知道吗？SYNE 如果长时间放在阳光下直晒就会褪色。听我哥哥说，如果这个 SYNE 没有褪色的话，就能卖个好价钱了。如果是红色的款式，能卖两百英镑。绿色的当时不太受欢迎，生产得更少，能卖上千英镑。褪色了的就只能卖五十便士了。"

"这个 SYNE 原来是什么颜色的？"

"我也不知道。产品名都会刻在接口的侧面。那个单词我不认识。"

艾玛把 SYNE 举到眼前，读出了接口侧面的单词："Chrysoprase——本来应该是绿色的，很可惜已经褪色了。不过，你可以用五十便士的价钱卖给我。"

听到艾玛的话，那个女孩叹了口气，仿佛刚刚损失了一千英镑。

"没有颜色的绿……"

看着艾玛手中那个透明的 SYNE，我用尽可能小的声音自言自语说。希望没有被她听到。

8

项目结束之后不久,莫妮卡就离开伦敦去了谢菲尔德大学。她在入学时得到了承诺,只要修完本科课程,就能立刻进入自然语言处理实验室攻读博士。她只用一年就拿到了本科学位,之后花了整整四年的时间完成了自己的博士论文,研究所的人用了一整年进行审读后,才决定授予她博士学位。在拿到学位之前,莫妮卡已经受聘于伯明翰大学。

剑桥大学的纽纳姆学院录取了我。像大多数古典文法学校的毕业生一样,我用一年时间修完了本科课程(半数只是去参加考试或提交论文),第二年围绕爱德华·托马斯[1]那首著名的 *The Cherry Trees* [2] 写了一篇论文。我查阅了十九世纪末到一战爆发期间几乎所有介绍日本文化的英语文献,从而得出了一个结论:这首诗里的"Cherry"指的不是樱桃,而是樱花——它在日本文化中经常象征着死亡,而这种观念在爱德华·托马斯的时代已经传播到了英国,他很可能接触过。参与答辩的教授全都不赞同我的观点,但那篇论文并没有违反什么学术标准,所以还是通过了。

本科毕业之后我去了欧洲大陆,先是用了半年时间周游法国,之后去海德堡大学读博士。在那里,我搜集了十八、十九世纪欧洲小说里关于第二语言习得的描写,想通过这批材料分析当时的语言学观念。其间,艾玛利用假期来找过我一次,在海德堡住了一个月,她教了我许多有关第二语言习得的知识。如果没有她的帮助,我怕是很难完成自己的博士论文。

我们之中读本科读得最久的要数艾玛,足足用了六年时间。起初,她在报考三一学院数学系时,和面试官说想在本科毕业之后从事计算语言学

---

1. 爱德华·托马斯(1878—1917),死于第一次世界大战的著名英国诗人。
2. 这首小诗是爱德华·托马斯的代表作之一。英国文学研究专家王佐良先生将标题译为《樱桃树》。

研究，偏偏那位教授不太看得起纯数学之外的学科，艾玛就跟他争执了起来。之后，我和莫妮卡一起陪她去帝国理工学院参加了面试。她用两年时间修完了数学系的本科课程，又用一年时间拿到了计算机科学的学位。也正是在那个时候，艾玛萌生了开发 Pasithea 系统的想法。当时日本企业研发的 Shinkiro 系统还只能处理固定格式的脚本，无法胜任小说的视觉生成。为了能让计算机有效地处理文学作品，艾玛又去我的母校纽纳姆学院修了三年的英国语言文学，但她最后没有提交学位论文。

当艾玛决定去大西洋彼岸攻读博士时，我和莫妮卡都已经拿到了博士学位。

在她动身去美国之前，我们三个聚在圣詹姆斯的一家生意惨淡的酒吧里，为她饯行。那个时候莫妮卡拿到了伯明翰大学的聘书，尚未赴任。我从德国回来之后，进了一家出版公司，成了一名润色员。因为只有我有收入，所以很自然地是我买了单。

艾玛虽然有俄罗斯血统，却显然已经被英国人的基因稀释过了，不怎么擅长喝酒，她只喝了两杯兑水的苏格兰威士忌和一杯 Forgiven（她说去美国就只能喝到波本了而特地点了一杯）就被眩晕感击垮了。店主很体贴地给她拿了个靠枕，她迷迷糊糊地接过之后，就枕在上面昏睡了过去。

之后，我和莫妮卡又各要了一杯干琴酒。

"工作还算顺利吧？"莫妮卡问我。

"还好吧。只是对机器翻译的结果做些润色工作，没有什么技术含量。"

"文学翻译的译后编辑不会很麻烦吗？句子相对更复杂，还要考虑语境和文化背景，有时候必须把一些外文的表达改成英国读者能接受的方式，想想就觉得不是个轻省的工作。以前我们实验室也会招人来做译后编辑员，不过都是针对习惯用语或常用句，把修改的结果存在翻译记忆库里以便下次使用。那种工作倒是轻松很多，哪怕不是特别懂外文也能胜任。"

"之前也有家专门开发翻译软件的公司想聘我去做译后编辑员，给的工资是现在的三倍，不过我还是想做些和文学相关的工作，虽然传统意义上的翻译家怕是做不成了。"

"现在没有出版公司雇人来翻译外文书吗？"

"很少。只有一些诗歌翻译的工作，几乎都是免费服务。"我喝下了半杯干琴酒，"我不太想去软件公司还有别的考虑，有点担心翻译记忆库做好了之后会被公司开掉。我本科时的一个学姐毕业之后就去了一家软件公司，参与了几种语言的平行语料库的制作，结果项目做完之后就失业了。如果是做文学翻译的润色，也许不会那么快被淘汰掉。不过谁知道呢？现在这家公司主要做外国流行小说的出版，文章都比较通俗，老实说翻译的难度并没有那么大。也许以后翻译软件再升级几次，我就要失业了。"

"不要太悲观。文学翻译是利润比较少的一个领域，现在的人助机译模式也基本满足了需求，将来也不会有很多公司花大力气提升这方面的功能。"

"我能一直干到退休吗？"

"说不定可以。就算技术再进步，有些事情或许只有人类才能做到。"莫妮卡说，"你还记得吗？我们一起做项目的时候，一开始做的就是机器翻译的研究。那个时候我们经常会用一些有歧义的词来测试翻译软件。直到现在，词义消歧也是检验翻译软件一个很重要的标准。我做的抽象释义跟这方面还有一点关系，所以也接触过一些这方面的论文。有一种观点认为，即便是采用了神经网络技术的人工智能，也不能像人一样根据直觉和语感来消除歧义。因此，可能会有一些人类看一眼就能理解的句子，机器却永远也理解不了，翻译时也会发生错误。"

"这个说法被证实了吗？"

"还没有，这是爱丁堡大学的形式语义学小组在四十年代提出的一个假说，所以也叫'爱丁堡猜想'。具体的表述还要更复杂一些。学界对此也有不同的看法。我的导师就不赞同这个观点，他认为这只是马里亚纳学习的缺陷，将来有了新的算法一定能克服这个问题。"

"你怎么认为呢？"

"我没有仔细研究过，还不能下结论。有学者认为只要运用了形式化方法，就不能彻底避免这个问题，就像包含皮亚诺公理体系的形式系统不可能兼具一致性和完备性一样。这是方法本身的缺陷，而人工智能又只能借助这种方法去理解世界。但这也只是猜测而已。"

"要证明这个结论应该很难吧？"

"很难，需要用到好几个学科最前沿的知识。更糟糕的是，真的对这个问题感兴趣的学者并不多。这是个基础性的问题，没什么应用价值。这就像是费尽气力去证明某个微分方程组不存在精确解一样，大家需要的只是一个可供使用的近似解，精确解是否存在，其实没有几个人在乎。"

"看来你们那个圈子也有很多无奈的事情。"

"做理论研究,想被人理解实在太难了。"莫妮卡喝完了杯子里的酒,"如果有立竿见影的实验结果倒还好,很多依赖演绎方法的科学真的很难被人理解。没有人想花几个月的时间去读一篇论文,更没有人想花几年时间来掌握所有需要用到的知识。"

"如果我能看懂你的论文就好了。"

她苦笑着说了一句"是啊",然后问店主要了一杯加苏打水的Forgiven,我也跟着要了一杯。酒送来之前,我们只是盯着店主用吧匙熟练地旋转方形冰块。我喝了一小口,却不小心呛到了。在我不停咳嗽的时候,莫妮卡一直抚摸着我的背脊。幸好店里只有我们三个客人,没有被别人看到我的丑态。即便闹出了这么大的动静,也没能惊醒艾玛的美梦。

向递来餐巾纸的店主道了声谢之后,我们又聊了起来。

"说实话,我一点也不喜欢现在的工作。"我又抿了一口酒,这次格外小心,"莫妮卡,你知道我最无法忍受的事情是什么吗?"

"是不是软件翻译出来的句子太过支离破碎,或是完全保留了外文的表达习惯,给你增加了不少工作量?"

"不,"我摇了摇头,"恰恰相反,我最不能接受的是那些软件居然翻译得那么好。就像是由外文阅读能力很好,但母语写作水平很一般的人翻译出来的一样。这样的人我在文法学校遇到过不少。同一本书,如果要他们翻译到那个水平,至少需要一个月的时间,而软件只需要不到两分钟的工夫就能做到。更何况,要掌握最常用的几门外语,需要花费一个人五到十年的时间……"

"可是,语言所承载的文化只有人才能懂啊。使用了马里亚纳学习技术的翻译软件,并不是真的理解了源语言,只是依靠平行语料库和翻译数据库,再运用一些方法计算出了译文而已。说到底只是鹦鹉学舌,而不是像人一样阅读、思考、写作。"

"但它们比我更有用。这一点你必须承认。"

"朱迪,对不起。"莫妮卡放下手中的杯子,"我和艾玛一直在做这方面的研究……"

"我确实很讨厌你们的研究,不过并不会因此讨厌你们。说到底,都是我自己的问题,是我跟不上时代了。有时候会觉得,自己的人生就像乔姆斯基的那句话一样。"

"你是说那句'Colorless green ideas sleep furiously'？"

"是啊。"我点了点头，喝下了半杯酒，"就是那句话。符合语法却没什么意义，和我又有什么区别呢？——我是基于某种自然界的规律而出生的，我的生活也从未跳出自然与人类社会的规则，然而，我在自己的人生里却看不到任何能称之为'意义'的东西。我的人生就像这句'Colorless green ideas sleep furiously'一样。"

"但艾玛不是已经证明过了吗？这句话在特定的语境下是有意义的。"

"现实中存在那样的语境吗？"

"也许就是此时此刻。"莫妮卡说，"也许那一刻只是还没到来。"

9

就在我们一起寻找来时乘坐的那辆出租车的时候，艾玛收到了伯明翰大学的人发来的邮件。一路上，她都在用卷轴电脑浏览那篇七百页的论文。我从旁边瞥了一眼，只看到了整页的公式。到了机场，艾玛又在候机厅读了一会儿，总算赶在登机的一小时前翻到了最后一页。

她收起电脑，却没有抬起头来。

"我大概知道莫妮卡为什么会自杀了。"艾玛说，"可能她觉得太讽刺了。"

我屏住呼吸，等待她说下去，艾玛却一时陷入了沉默。

"讽刺？"

"她写这篇论文是想证明人工智能并不是万能的，它们至少在理论上存在能力的极限，甚至可以说是缺陷。为了证明这一点，她构建了一套全新的离散范畴理论，远比之前形式语义学界使用的数学工具更抽象，我可能需要一两年的时间才能完全掌握这套理论。但语言学会的人却只是让墓碑系统去检测了这篇论文之后，就彻底否定了它。这真的太讽刺了。自己的多年心血不仅被否定了，否定自己的竟然还不是同行，而是很可能并不完美的人工智能，明明这篇文章就是想论证人工智能的缺陷……"

听到这里，我忽然有某种不祥的预感。

"莫妮卡的论文到底写了什么？"

"她想证明，在有限维 Katchen-Sgouros 完备空间中，存在一个语义向量集具有 Mikolov 良序性，却不是 Kobrin 可测集。"艾玛解释道，"Mikolov 良序性通俗点说，就意味着一句话是有意义的，并且强调的是在当前语境下有且仅有一种语义，不存在歧义。Kobrin 测度是词义消歧的一种数学表达，除此之外还有好几种等价的表达方式，不过 Kobrin 测度只适用于 Katchen-Sgouros 完备空间……"

说到这里，她忽然停顿了片刻，像是想到了更简单易懂的说明方式。

"如果莫妮卡的论文能成立，这将成为爱丁堡猜想的一个弱证明。虽然 Katchen-Sgouros 完备空间只是比较特殊的一类语义向量空间，但是，一旦在这类空间里证明了这个结论，就有希望找到办法推广到所有的语义向量空间中去。换句话说，莫妮卡踏出了解决爱丁堡猜想的第一步。当然，前提是这个证明能成立……"

"我听她提起过爱丁堡猜想。八年前，在圣詹姆斯的那家小酒吧，当时你在旁边睡着了。"

"她从那个时候就开始研究这个问题了吗？我从没听她提起过。"

"不，她那个时候应该还没有开始研究。莫妮卡当时只是想安慰我，所以才提起了这个猜想。当时我问她，是不是技术再进步一些，我就会失去工作。她安慰我说有些句子机器会翻错，但人能通过直觉明白是什么意思，至少有这么一个假说……"

我想忍住溢出眼眶的泪水，却失败了。

莫妮卡也许是为了我才开始研究爱丁堡猜想的，而这个猜想耗尽了她的精力，最终把她逼上了绝路。

"她会关注这个问题可能是出于某种焦虑。"艾玛说，"就像二十世纪，流水线上的工人被自动化设备取代，如今翻译的工作渐渐被软件取代，也许有一天我和莫妮卡的工作也会被机器取代，人工智能会代替人类来进行科学研究。所以她才会那么迫切地想要证明爱丁堡猜想，仿佛只要爱丁堡猜想能成立，人类就永远不会被机器取代一样。结果，她没有想到，自己的焦虑那么快就成真了，语言学会的人用墓碑系统审读了她的论文，那本该是由她的同行来完成的工作。莫妮卡是我见过的最纯粹的研究者。她也有最纯粹的求知欲，希望能尽可能地理解、阐释这个世界。可是，技术的发展方向和她理想中的科学是背道而驰的。包括我在内的很多学者所做的研究，也许只是在加剧世界的'黑箱'化。"

"'黑箱'化？"

"科技越进步，技术背后的原理就会变得越难理解。前工业时代的技术，能通过简单的说明让任何人理解。而随着时代的推移，让研发者之外的人理解技术背后的原理，只会越来越难。我们在接触科技制品的时候，不会去追问背后的原理，只是使用它。如今的科技制品，就算去追问原理，也不是那么容易就能说清楚的。"

说到这里，她又从包里取出了压缩之后的卷轴式电脑。

"就像这个卷轴式电脑一样，你不明白里面的原理，它对你来说是个'黑箱'，但这并不妨碍你使用它。不过，至少有人明白里面的原理，对于全人类来说它仍具有可解释性。但是，那些使用了马里亚纳学习技术而产生的'黑箱'却不是这样的。比如说出租车的自动驾驶功能、墓碑系统，还包括我开发的 Pasithea 和 Hesiod 系统。数据是如何在隐藏层里完成计算的，没有人知道，也无法解释，对于所有人来说它们都是'黑箱'。"

"这样的'黑箱'每天都在增加。"

"是啊。"艾玛一边肯定道，同时却摇了摇头，"但这还不算什么。毕竟退一步讲，最初的神经网络模型也好，训练数据也好，都是经过人为设计的。我们至少明白马里亚纳学习这门技术是怎么回事。可是以后会怎么样呢？如果到了某一天，人工智能代替人类来完成技术研发工作，而我们只需要从人工智能研发的技术里筛选出那些可以为人所用的，到了那个时候，所有的新技术我们只知道结论，而不会知道具体的原理，以及深埋在隐藏层里的研发过程——换言之，那些技术对于任何人来说都将是一个个'黑箱'。"

"那一天离我们还有多远呢？"

"我不知道。也许十年，也许二十年。我只知道那一天迟早会来的。而且除了极少数的研究人员之外，不会有人察觉到有什么异样，因为我们早就习惯了日常生活里的'黑箱'。毕竟，相比可解释性，更重要的是'有用'。就像微积分，在弄清楚它的理论基础之前，数学家已经用了两百多年。因为它真的能派上用场。到了那个时候,也会有人想尽办法去解释那些'黑箱'一般的技术,虽然解释可能永远也追不上'黑箱'产生的速度。"

"莫妮卡也预见到了同样的未来吗?"

"她对这些事情只会比我更敏感。"艾玛说,"而且,莫妮卡肯定不愿接受那样的未来。"

艾玛把电脑放回包里,又从里面取出了那个已经褪色的SYNE,准备递给我,却又迟疑了一下,把手缩了回去。

或许她是想把SYNE交给我保管,却又担心我在某天会选择和莫妮卡一样的死法,所以改变了主意。

"你觉得莫妮卡为什么会以那种方式结束自己的生命呢?"她问我。恐怕,艾玛会根据这个问题的答案,来决定是否把那个SYNE交给我。

如果当时艾玛在酒吧里听到了我和莫妮卡的对话,或许就能明白这个问题的答案了吧,可惜她并没有听到。她不知道那句"Colorless green ideas sleep furiously"不仅是个生成语言学课本上的例子,也可以成为人生的隐喻——符合规律,遵守法则,却终究毫无意义的人生的隐喻。

也许莫妮卡的那个SYNE也因为保存不当而褪去了颜色。当她看到原本是绿色,却褪色成透明的SYNE时,也想起了那个句子,然后想起我在酒后吐露的丧气话,最终想到了自己。但是这个答案太悲伤了。我不想让艾玛也感染上如此消极的情绪,所以必须为这个问题另想一个答案,一个错误但是能起到安慰作用的答案。

于是我回答说:

"她只是喝下了自己的回忆——那些对于她来说最美好的回忆。"

参考文献

奥野陽(著),グラム・ニュービッグ(著),萩原正人(著),小町守(監修)「自然言語処理の基本と技術」 翔泳社 2016

坪井祐太(著),海野裕也(著),鈴木潤(著)「深層学習による自然言語処理」講談社 2017

笹野遼平(著),飯田龍(著),奥村学(監修)「文脈解析 - 述語項構造・照応・談話構造の解析」コロナ社 2017

本文为《银河边缘》中文版专发篇目。

墓志铭
EPITAPH

杨晚晴
Yang WanQing

中国新势力

人死后有墓志铭，
可人类文明死后有吗？

  杨晚晴，金融工作者，科幻作者，中国科普作协会员。曾在《科幻世界》发表过多篇小说。获全球华语科幻星云奖年度新星金奖及最佳短篇小说银奖、未来科幻大师奖、光年奖、晨星奖、新浪评选"十大新秀科幻作者"等奖项，作品曾入选《2018中国最佳科幻作品》。痴迷于康德所说的"星空"与"道德律"，作品背景多设置于近未来世界，专注于人性在技术冲击下的呈现与社会范式的转变。最大的心愿是创造属于自己的科幻审美。

Cast a cold eye
On life, on death.
Horseman, pass by!

对生命，对死亡

投以冷眼

骑士莫止步！[1]

1

对于一个习惯沉默的人，墓志铭似乎是表达自己的最后机会。

吴树是个唯物论者，按理说，他不应该纠结于这些身后事。他以前确实是这么想的。但他现在意识到，以前之所以这么想，是因为他以为死亡离他还很远。

如今，考虑在自己的墓碑上写些什么，似乎是自然而然的事。

司汤达式的墓志铭是不错的选择，他可以让人在那块精心磨制的大理石上刻如下几个字：活过，爱过，推导过……但是，应该由谁来完成这一工作呢？除了妻子，他在这个世界上没有亲人——哦，应该叫"前妻"。离婚十年了，他依然没有习惯身份的转换。

也许我该给她打个电话，他想。或者，我该去纽约见见她。

也许不该。

得知诊断结果那天，他在铺满落叶的校园林荫道上一直走到夕阳西下。我把一生都奉献给了这里，奉献给了虚无缥缈的数学王国。他的脚步淌过落叶，发出沙沙轻响。

---

1. 爱尔兰诗人、剧作家和散文家叶芝（1865—1939）的墓志铭。

如今我要走了，我留下了什么？谁会记得我？

他不知不觉走到了"猫头鹰"酒吧。在酒吧门口，他拨通了邓肯·艾利希的电话。

"我在'猫头鹰'。"他说。

"你什么意思？"电话那头问。

"陪我喝酒。"

"啊哈。"

傍晚七点多，酒吧里多是三三两两的学生，即使坐在一起，他们也都沉浸在各自的增强视域中。对于两个中年教授的到来，没人费心抬一下眼皮。

我就要死了，你们这些麻木不仁的混蛋！他在心里呐喊。好好爱这个的世界，因为你不知道何时会失去它！

向卡座移动时，他不小心踢到了一个学生的脚。后者仰面看他，目光中有藏不住的鄙薄——那是对衰老而又附庸风雅之人的鄙薄。"对不起。"他躬身，错了过去。

"说吧。"两杯艾尔啤酒端上桌后，邓肯说，"怎么回事？"

他盯着杯里翻腾的白色泡沫发呆。

"喂！你平常可是不喝酒的。肯定是大事，你不会——"邓肯把手臂撑在桌上，毛发浓密的脸凑了过来，"你不会要死了吧？"

他一怔，然后点了点头。

"一点儿也不好笑。"邓肯缩了回去，似乎抖了一下，吴树不能确定。

"是不好笑。"他说。

对方的喉结缩了缩，"是真的？"

"肺癌四期。"他发现自己正下意识地模仿医生宣判时的语气，仿佛这样就能成为一个作壁上观的局外人，"还有不到三个月的时间。"

"哦。"邓肯呷了口酒，"真他妈操蛋。"

"是啊。"他附和道，"是挺操蛋。"

"你打算怎么办？"沉默了一会儿，邓肯问道。

打算？他摇了摇头。按理说，在时间不多的情况下，"打算"是个符合逻辑的行为。但此时此刻，他的潜意识拒绝打算。

这是个悖论，他想。

"所以说，"邓肯说，"你看不到我拿诺贝尔奖了。"

他笑了笑，"是啊。"

邓肯的眼睛发直，"要是你能拿菲尔兹奖[1]，我的心里会好受点儿。"

"你知道我早过四十了。"

"是的是的，"邓肯猛灌一口啤酒，"这个操蛋的世界。"

这一轮沉默持续了几分钟。他喝酒，酒的味道让他想到死亡；他张望四周，昏黄的灯光、红色的砖墙，就连墙上抽象的涂鸦都让他想到死亡；干脆闭上眼睛，可就连平素最爱听的爵士乐，也让他想到死亡。

"该写点儿什么？"他喃喃自语。

邓肯猛眨几下眼睛，"啊？"

"我的墓志铭。"

邓肯的舌头在嘴唇下滚动一圈，"这还用想？当然是那个公式。"

"那个……"他艰难地吞下一口唾沫，"恐怕没几个人看得懂吧？"

"老兄，"邓肯抱起双臂，嘴角向一边歪着，"你是希望百分之九十九的识字蠢货知道你是个壮志未酬的数学家，还是希望百分之一的聪明人晓得这个躺在地下的人曾经做出过真正的发现？"

他愣了一下，"后者吧。"

邓肯的嘴角扬了起来，向他举起杯子。

2

"所以，"她说，"从一开始，你就没打算要孩子。"

他在增强视域里做着演算，没有说话。

"为什么？"她不屈不挠地问。

---

[1] 以加拿大数学家约翰·查尔斯·菲尔兹命名的国际性数学奖项，被视为数学界的诺贝尔奖，只授予四十岁以下的数学家。

他的视点在空中一滑,关闭了窗口,"为什么要孩子?"

"因为——"她的脸颊慢慢燃烧起来,"因为……"

他故作宽容地笑了笑,"因为这是基因赋予我们的使命。对于这一点,你不是最清楚不过吗?"

她的嘴巴张开,又合上,没有发出声音。

"好,姑且假定道金斯'基因机器'的想法过于激进,我们现在只探讨孩子在集体无意识,或者说在文化中的意义。孩子是什么?孩子是必死个体留在这个世界上的墓志铭。希望有一个携带着你部分遗迹的生命会在你死亡之后继续为你倏忽而逝的存在作证,这种想法或多或少会减少你对死亡的恐惧……"

她咬着嘴唇。

"但经济学家凯恩斯是怎么说来着?"他滔滔不绝,就像是在毕业论文答辩会上,"从长期来看,我们都会死——不止你我,不止你我的孩子,所有文明、地球、太阳系乃至整个宇宙,都有终结的一天。所以我不明白,除了性的享乐以外,繁衍后代对我们来说有什么意义?"

"吴树,"她终于开口,"是数学让你变得这样毫无人味儿吗?"

"那么生物学呢?"他反唇相讥,"把生命看作化学事件会让你更有人味儿吗?"

"生物学教会我理解生命,而非肢解生命。"

沉默了一会儿,她说。

……

当时,她的语气那么冷,那寒冷甚至渗透到了梦境的背面。他醒来,打了一个哆嗦。

"先生,"乘务员俯身,甜美的气息扑面而至,"我们马上就要着陆了,请调直座椅靠背。"

他点了点头。波士顿到纽约,不到一个小时的飞行时间,他在梦境里辗转流连。而刚才那个梦,与其说是弗洛伊德式的隐喻与再造,不如说是潜意识里这位大导演偶尔为之的 8mm 胶片纪录片。也许潜意识早已为自己厘清了所有线索,他想,瑞秋离开我,是因为她认为我缺乏人性。

而瑞秋从不会犯错。

机身倾斜，波音B797机翼的翼梢之下，纽约市从淡紫色的薄雾中浮现出来，像影影绰绰的墓地。他被自己的这个念头吓了一跳。死亡的意象似乎统摄了一切。无论他如何提醒自己，他身下的这片"墓园"之中就生活着他的爱人，他仍然会把长岛上林立的千米高楼想象成巨人们的墓碑……

该死。他在心里暗骂一声。

一出机场，他就钻进了千禧希尔顿酒店的胶囊观光车。用微生物指纹确认身份之后，这辆全透明的电动车无声启动，载着他驶向目的地。早上六点多的纽约城还没完全醒来，若不是偶尔有鲜黄色的无人驾驶出租车和晨跑的路人从车窗外闪过，他甚至觉得自己是误入巨人墓园的蚂蚁。

到达酒店后，吴树简单冲了个澡。他始终不习惯随身携带"清洁虫"，不习惯这些跳蚤大小的微型机器人如黑云般漫卷过他的身体，啃食皮屑、油脂和泥垢。虽然这样的清洁方式可以随时随地进行，据说还比"传统"的方法更干净，但他还是喜欢水流过身体的感觉，喜欢在热气腾腾的浴室中思考问题——然而现在对他来说，思考几乎是不可能的。每一滴打在身体上的水珠都令他生疼，每一口富含水分的空气都让他感到窒息……这一切都让他联想到死亡：不是因为必然到来的疼痛，而是因为必将失去的，对疼痛的感知。

他本想休息一下，可当他躺在松软的床上后发现，闭眼比睁眼更累。一闭上眼，那些藏在黑暗中的东西，那些恐惧、那些不甘、那些霉烂的记忆就像潮水般拍打着眼睑围成的堤坝，发出万马奔腾般的喧嚣。于是，只好睁开眼睛。宾馆房间的全息影壁抹去了身边的一切，他置身于纽约市天际线上的橙色黎明中，一秒接着一秒，他看到这橙色被苍白的天光渐渐销蚀。有那么一瞬间，他似乎体验到了时间的流动和流动时的黏性，他在这种不可见的流体中挣扎着起身，低声报出一串地址，智能房间在几微秒之内为他捕捉到了一个交通单元，全局式交通控制系统随即生成了一套最优行程——接下来他将以最快速度到达目的地，尽管他其实暗暗期望，纽约的交通能把即将到来的尴尬稍稍推后一点儿。

但这世上本就有一些不容逃避的东西。

几分钟后，他坐上了电动车，去往前妻的家。

3

前妻居住的公寓楼下有一个小小的花园，里面种着悬铃木、水杉和银杏。他坐在一条木制长凳上，等待着代表瑞秋的粉红色虚拟人偶从增强视域中跳出。在这方闹中取静的小天地里，他能听见鸟儿的鸣啭，还有风拂过树叶的飒飒声。他甚至能闻到树木油脂的清香混合着泥土的腥味儿，阳光从稀疏的树叶间大滴大滴洒落下来，溅湿了每一个路过的人。

他忽然发觉，在这寻常的景致中藏着一种惊心动魄的美，这美属于活着的一切……几个穿着幻彩夹克的朋克青年从他眼前笑闹着走过，他们脸上的青春痘如同被秋天爆开四壁的橘子，旺盛的生命力在肆无忌惮地流溢。吴树惭愧不已地低下头去：他想起苏珊·桑塔格[1]曾经说过，像他这样的人是属于疾病王国的。疾病和健康，两个王国。而他，现在是一个偷渡客。

一个小时过去，瑞秋还没有出现。

这也许是个启示，他缓慢起身，全身的骨骼都在咯咯作响。我不应该来。我来干什么？告诉她一个无情之人终于得到了他的报应，终于开始悔恨没有在世上留下任何东西？

然而他还是走到公寓门前，大楼在识别出他的身份后告诉他，瑞秋最近都不在，而且没有通报行程。

"瑞秋的丈夫和女儿都在家里，"在察觉了他的失望与如释重负后，大楼善意地提醒他，"您要不要去拜访他们？"

他摇了摇头。

"真遗憾，"大楼又说，"瑞秋一家为您设置了最高访客身份。"

他怔了一下。最高访客身份就是一句"随时欢迎"。很久以前，在这

---

[1] 美国著名作家、评论家苏珊·桑塔格（1933—2004），当代最著名的知识分子之一。

个国家的北方边陲，人们欢迎不速之客，因为他们能带来炉火熊熊的热闹、半真半假的传闻和冰封天地外的另一个世界——而他，一个生性冷漠的人，一个惨痛记忆的活化石，有什么值得欢迎的呢？

他走进了大楼。自动步道和电梯系统通过数次运转，将他送到瑞秋的家门口。

11304。

白色的聚合材料屋门滑开，一个高大的男人站在门口，光线从他的身边揉过，勾勒出一片毛茸茸的剪影。

"嗨，吴。"男人向他打招呼。

"嗨——鲍勃。"

"刚才房间通报你来了，我还以为它搞错了呢。"

他用松散的面部肌肉拼出了一个笑。

"快进来吧。"男人侧身。

"不了，谢谢。只是顺道过来看看……瑞秋，她，还好吗？"

男人耸了耸肩。"你知道的，天天不着家。这不，"他伸手向上指了指，"上天了。"

"上天？"他吞了一口唾沫，感觉那是一簇蚕豆大小的火焰，正顺着喉管滑下去。

"空间站里的实验项目……那个空间站叫什么来着？哦对，'露娜'……"男人挤了挤眼睛，"她没有告诉你吗？"

他摇了摇头，"我该走了。还有个会议……"

"这么急？"男人夸张地扬起眉毛，"是联合国的会议吗？"

"咳——"他欠身，咳嗽。男人拍了拍他的肩膀，开朗地笑了几声。这时，一张小小的脸蛋儿从男人身后探了出来，脸蛋儿上有一双蓝色的大眼睛，星星一样的小雀斑，嘴唇打开，两颗小兔牙蹦了出来，"爸爸，他是谁？"

"爸爸和妈妈的朋友。安妮，叫叔叔。"

小女孩儿用她那脆薯片般的童声重复道："叔叔。"

他蹲下，"你好，安妮。"

女孩儿好奇地打量着他，"叔叔，你病了吗？"

他笑了笑，感觉有液体被麇集在眼角的皱纹挤了出来，"嗯。"

"那你，"女孩儿从父亲的身边缩了过来，一脸天真地看着他，湛蓝的眸子里满是关切,"那你难受吗?"

他把手轻轻按在女孩儿的肩膀上,"现在好多了。"

离开的时候,眼泪一直没有停过,像旱季过后的瓢泼大雨。他跟跟跄跄走进了公寓楼下的花园。长凳的一边已经坐了人,可他的双腿已经支撑不住了,他把自己砸向长凳的另一边,蜷着身,双手掩面,泪水从指缝间奔涌而出,一同奔涌的,还有抑制不住的呜咽声。她像她,像她。有一个声音在漆黑的、大雨滂沱的世界中呼喊:我他妈的就是个傻瓜!我都失去了什么啊……他想他的前妻,撕心裂肺地想。他害怕,害怕一个人孤独地面对死亡,害怕自己像清风一样了无痕迹地拂过世界……哪怕有一个人用精致的谎话安慰他,哪怕这丝毫不能改变死亡的永恒与虚无……哪怕只是徒劳的挣扎,他依然需要。

有人戳了戳他的肩膀。他抬起头,一方手帕递了过来。

"喏。"是长凳另一边的老太太,她佝偻着腰,满头银丝,少说也有八十岁了。

他接过手帕,擦眼泪,不体面地擤鼻涕,白色的手帕被吹得老高,像是在水里漂动的水母。

老太太在他身边坐了下来,轻轻把手搭在他的大腿上。

"哭吧,哭过就好了。"

"好不了了。"他嘟哝道。

"好不了就算了,反正据那些大脑袋科学家说,上帝也有玩儿完的一天。"

他扑哧一声笑了,老太太扭过头看他。

"好点儿了没?"

他点点头,满怀歉意地把手帕折了几折,递还给老太太,"把您的手帕弄成这样,实在不好意思……"

"没关系。"老太太接过手帕,把它塞进毛线坎肩的侧兜里,"我这块手帕是纳米自清洁型的,放心,它不会因为这么点鼻涕眼泪就玩儿完。"

他又笑了,心底生起了一点儿暖洋洋的东西。

4

他可以平静地接受离婚,但不能接受他的继任者。

"那个——鲍勃,他是个什么来着?"他嚷嚷道,"股票经纪人?"

"不关你的事。"瑞秋眼皮都不抬,"而且,他也不是股票经纪人——这个世界上早就没有股票经纪人了,他是高频交易算法架构师。"

"这有什么不一样吗?"他歇斯底里,"无非是把社会的财富搬来搬去,顺便成就几个暴发户,再把一些人搞得家破人亡……"

沉默了一会儿。"至少他爱我。"瑞秋说。

我也爱你呀!他差点儿脱口而出。可现在说这话又有什么用?他们俩的裂隙太大了,一万句"我爱你"也没法把这个裂隙填平。

"是因为孩子吗?"他问。

瑞秋沉默以对。

"那么,祝你幸福。"他故作大度地说。

"谢谢。我会的。"

……

瑞秋是对的。他在候机大厅里想着,鲍勃高大、英俊,有漂亮的银色头发和迷人的微笑——他还为她带来了一个孩子,一个继承了她遗传物质的新生命。生命的本质就是铭记。从第一团可以自我复制的大分子开始,生命就在时间的湍流中传诵自己的故事,而智慧、文明、一切的一切,不过是从生命土壤中开出的花朵,它们之所以生生不息,就是因为它们继承了诉说的冲动。

我曾以为自己超脱,他的嘴角漾着苦笑,其实我是鼠目寸光。

忽然,候机大厅里泛起了潮水般的声音。有公共信息强行投进他的增强视域，雪崩般滚滚而下，他抬起头，机场空旷的穹顶上，绿色的、闪烁不定的单词汇成一片海洋：

延误。延误。延误。

所有的航班都推迟起飞。

有人就这样抬着头，嘴巴自然张开，瞠视着无法在人流熙攘的平面凸显出来的延误信息；有人的眼珠转来转去，在无数链接中寻找大面积延误的起因；有人木然坐着，瞬间的信息爆炸导致了网络拥塞，他们的增强视域变得粗糙，而真实世界也随之变得陌生难解。

他站着等待。人们从他身边走过，大声地抱怨，咳嗽，打喷嚏，清嗓子，嚼泡泡糖。人的生机，人的生机所制造出来的喧响、浊气和粗鲁的碰触无处不在。半个小时过后，还不见飞机起飞，他发觉空气正在变得黏稠，温度在不动声色地升高，疼痛也随之一丝一缕地漫了上来。无法保持站立的姿势了。他呼叫代步机器人，不一会儿，白色的万向轮机器人从人群中钻出，它那灯塔状的躯干中翻出了一个简易聚酯座椅，他靠了上去，顺手把智能行李箱推入机器人的通用接口。

"请输入您的目的地。"机器人用电子声说道。

他在增强视域里的机器人服务界面键入三个字：换乘站。

火车抵达波士顿时已是傍晚，等到了剑桥镇，天色已经完全暗了下来。深紫色的天光下，吴树在自己家的二层小洋楼门口看到一个黑黢黢的影子，他的心沉闷地跳了一下，随即在心里自嘲：都到这时候了，还有什么好怕的呢？

他走向那个影子。

"嚯，你回来了！"影子从门前的台阶上站了起来，挥舞着什么东西。

是邓肯·艾利希。

"你在——等我？"他问。

"十五年的格兰菲迪，"邓肯在他面前晃了晃手中的东西，"陪我喝点儿酒。"

他斜着肩，从这位壮汉的身边错了过去，拾步走上台阶。"抱歉，我今天累了。你的好意我心领了。"

"哎——"

邓肯在他身后低吼一声，回过头，看到邓肯的眸子里反射着路灯的光，那光带着一丝寒意。

"我说，陪我，喝点儿酒。"邓肯说。

他的喉结向下一沉，"陪你？"

后者点了点头。

威士忌犹如流动的火焰，沿着他的喉管一路烧了下去，火辣辣的痛楚直捣胃肠，接着又杀了一个回马枪，在他眼底爆开金花。他想起这种液体从前是叫"生命之水"，大概生命终究要和痛苦联系在一起，而为了证明这种联系，人往往不惜自戕。

"你怎么像个娘们儿似的一小口一小口地抿啊？"此刻，邓肯的所有表情都镀上了一层笑意，他显然已经醉了。

吴树咳嗽一声，抓起一片薯片，放在嘴里细细研磨。

"搞不懂你们中国人的习惯，"邓肯嘟囔道，脸上依然是笑着的，"喝酒还要就点儿东西。"

他不置可否地哼了一声。

"今天下午没飞成吧？"沉默了一会儿，邓肯问道。

"嗯。"

"所有人都没飞成——谁都不敢冒险。"

"冒什么险？"

"你不看新闻吗？哦，对啦对啦，你已经不关心这个世界啦……"邓肯把薯片从他手里夺了下来，丢进自己的嘴里，"可世界……嘎吱嘎吱，可世界不肯轻易放你走哩，喏！"

一条新闻被邓肯推进客厅的公共视域：

6月20日下午4时27分，GPS、GLONASS、伽利略以及北斗卫星导航系统同时发生故障，故障时间持续2.24秒……据不完全统计，此次全球范围的导航系统失准已直接或间接造成数起航空事故及数千起车祸……故障原因正在调查中。目前各大系统的管理部门均未对此事发表意见。有科学界人士指出，在不考虑阴谋论和广义相对论失效的前提下，四大系统同时发生故障的可能性为零……

"所以所有航班都停飞了……"他若有所思。

邓肯努了努嘴，又灌下一口酒。

"你就为了这个来找我喝酒？"

"我他娘的不关心航空业！"邓肯把酒杯掼在桌上，酒液如琥珀色的花朵溅出酒杯，泼在他黑乎乎的虎口上，"你得的是肺癌，不是阿兹海默！"

他的脸僵住了。沉默瞬间膨胀，充满了整个房间。邓肯脸上的笑意散去，"对不起啊，我有点儿喝多了。"

"我理解。"他说，尽管他不知道自己理解了什么。

邓肯叹了口气，视线落到餐桌上，"我——嗝——终于能体会到你的心情了。"

他勉强笑了一下，"壮志未酬的心情？"

"我倒宁可壮志未酬啊。"邓肯使劲摇了摇头，把空气中酒精、橡木、榛子和巧克力的气息搅在了一起，"现在就算给我诺贝尔奖，我也不想要。"

他嗤笑一声，随即身子一凛，"刚才新闻里说，广义相对论失效？"

"而且是第三次。"邓肯双肘拄在桌上，倾身向前，"前两次的时间很短，没有造成什么影响，所以新闻没有报，但各大导航系统里都有记录——这是不是让你想起了什么？"

他紧咬嘴唇，许久才挤出一句："这不可能。"

邓肯似笑非笑地看着他，"当一个科学家说'不可能'时，他往往是错的。"

他抓起酒杯，把大半杯威士忌咕嘟咕嘟灌进嘴里。接着他咳嗽起来，剧烈地咳嗽，咳得浑身骨骼叮当作响，像是要散架一般。

"这不——咳——可能！"

邓肯拍了拍他的上臂，"好好休息吧，明天一早会有人来接你。到时候你就全知道了。"

"接我……去哪儿？"

"去你刚刚去过的地方，"邓肯的脸上浮起黏糊糊的笑容，"纽约。"

5

　　一整夜，他都像一个溺水的人，在噩梦中挣扎。他梦见一堵无限高无限宽的墙，梦见天空中没有瞳仁的巨眼，梦见圆柱状的空间站、奔逃的飞船，它们身后的太阳、水星和地球像是被一个硕大无朋的熨斗碾平，变成了一幅无疆的巨画，而所有奔逃之物都在绝望地向巨画中心坠落……

　　在梦与梦的间隙中，他短暂地醒来。他想起所有的画面都来自少年时阅读的科幻小说，潜意识再一次展现出它大师级的功力，把现实和隐喻打碎、混合、重铸，揉捏出一个奇美拉式的怪物。

　　清醒的时间很短，他很快就坠入另一个梦境中。

　　房间于早上八点三十分唤醒了他。邓肯的声音从授权过的通信链路里闯了进来："喂！宿醉未醒吗？给你五分钟时间，赶紧下楼！"

　　他艰难地起身，坐在床边，双手撑在床上，等待气力一丝一丝地凝聚。

　　我这是在干什么？我难道不应该躺在床上安安静静地等死？世界和我有什么关系？

　　他站了起来，摇摇晃晃走向浴室。已经没有时间——或者说，没有力气洗澡了，他抓起表盘大小的银色圆盒，把它攥在手心，在侦测到人类体征后，圆盒释放出数千只清洁虫，这些微型机器人聚合成一片手掌大小的荫翳，沿着他的手臂向上攀爬。

　　"热水澡会越来越少吧……"他自语道。

　　已经预定过行程的无人驾驶电动车将他们送到洛根国际机场。此时，这座巨大的建筑显得有些冷清，往来穿梭的，多是履带或万向轮式地勤服务机器人，人类旅客寥寥。

　　"还没有人敢飞吗？"在机场的自动步道系统上，他瓮声瓮气地问。

　　"在问题得到彻底解决之前，是的。"站在前面的邓肯微微侧过脸，声音发闷,"所有人都认为这是个可以解决的问题。"

"这'所有人'里不包括我们。"

"所以我们敢飞,"邓肯回过头来,脸上是一抹苦笑,"从不出错的数学模型告诉我们,下一次 GPS 失效在二十七天以后。"

停机坪上,一架白色的"湾流"客机在等着他们。习惯了波音飞机那阔大空间里的拥挤,"湾流"狭小空间里的宽绰反而令他有些不习惯——这趟旅程一次又一次拓展了他所余不多的人生边界:第一次坐支线客机;第一次被奔驰电动 S600 直接从停机坪接走;第一次进入新的联合国总部大楼——当他被几个身穿黑色西服的彪形大汉簇拥着走向那个庞然的新月形黑色建筑中时,他回头寻找自己的朋友,邓肯隔着肌肉围成的栅栏冲他咧开了嘴,那得意扬扬的神情似乎在说:

"怎么样,我没骗你吧?"

委员会。他们如此称呼这个临时拼凑起来的组织。他问邓肯,为什么不给委员会起个名字?

"起名字?"邓肯耸起眉毛,"难道叫它'世界治丧委员会'不成?"

他歪过头去,轻轻咳嗽了一声。

此刻他正身处一个阔大的会议室,没有外窗,略呈弧形的纯白四壁上也不见信息窗口。在厚重的橡木会议桌后面,三三两两围坐着十来个人。他对学术以外的世界不感兴趣,但也认得出其中几人:有新晋诺贝尔文学奖得主廖知秋、英伦摇滚巨星詹姆斯·韦奇伍德、禅宗大师近藤元二、俄罗斯石油巨擘弗拉基米尔·廖加科夫,还有——他使劲眨了几下眼睛,美国副国务卿。

"嘿,"邓肯低语,"这些人让你想到什么?"

他寻思了一会儿,"八国联军?"

"呸!"邓肯哭笑不得,"他们都是股东啊,股东!"

股东?

有人走了进来,是个身着灰色自清洁西服套装、四十岁左右的东方女性。蓝色的波斯地毯吸收了来人的脚步声,她不得不大声清嗓,才吸引了众人的注意。

"咳——咳——请大家安静。"

看起来很面熟。他把视点定格在女人脸上，一行单词从背景中凸显出来：无法获得数据。

"时间宝贵，现在进入第二次全体会议。为保密起见，我们已经屏蔽了增强视域的数据外链，请各位谅解。"女人说，"我想大家已经在第一次远程会议中认识了彼此。现在，我向大家介绍一位特别来宾——"她的目光指向了他，"这位是吴树先生，麻省理工学院数学教授，'吴—卡雷拉变换'里的那个'吴'。邓肯·艾利希先生的'构造波'理论就是以'吴—卡雷拉变换'为数学基础的。毫不夸张地说，我们对人类当前所处境地的认识，以及我们对当前境地的全部回应，都要归功于这位吴先生。除此之外，吴先生还是艾利希先生的好友，是后者提议将他吸收到委员会中来的——我想他有这个资格。"

他环视会场，苍白地笑。各色人等的目光如大滴大滴的雨，噼噼啪啪砸在他的身上，漠然、中立、讥诮，还有敌意。他垂下眼睑。他曾经站在几百人的课堂之上，但那些目光是遥远的、情感稀薄的，他可以视若无物，坦然面对。

但今天，在此情此景中，他做不到。

"这样真的好吗？"长发披肩的詹姆斯·韦奇伍德懒洋洋地开口，"把一个无辜的人拖到死神面前，瑟瑟发抖地等待镰刀落下？"

"相信我，"吴树抬起头，"死神他老人家早就和我打过招呼了。"

摇滚巨星双手摊开，嘴角上翘。

"在讨论这一切之前，"一个穿蓝色纱丽、眉心点着"迪勒格[1]"、高鼻深目、有着棕色皮肤的漂亮女人说道，"我们是不是应该先把状况厘清？"

"桑迪·库帕塔，"邓肯在增强视域中向他推送信息，"印度舞蹈大师，婆罗门中的婆罗门。"

"亲爱的，情况已经很清楚了，听科学家的就是啦。"俄罗斯富豪的小舌头打着卷，鼻头通红，目光如爬虫一般在舞蹈家身上上下摩挲，"人生苦短呀，你我还不如抓紧时间，共度良宵……"

桑迪板起面孔，双颊飞红。会议室里泛起低低的笑声。奇怪的是，吴树没有在笑声中听到猥亵，他只听出低回的哀戚与快乐——性和生命是紧

---

1. 又称吉祥痣，是印度的一种习俗。

紧联系在一起的。他曾在一本书中读到过，二战时，盟军解放达豪集中营，当战士们为瘦骨嶙峋、濒于死亡的女人们送去物资时，她们竟然最青睐口红——抹上口红，她们才能重新找回自己在饥饿与折磨中丢掉的性征，才能重新感受到生命。

"这位同志一定没少喝伏特加。"邓肯评论道，"不过他还算收敛的了，我本以为他会跳到桌子上唱《喀秋莎》呢。"

他回给邓肯一个笑哭的表情符号。

主持会议的女人拍了拍手，"大家有什么疑问，请尽快提出来。达成共识，我们才能继续前进。"

"我先来吧。"叫廖知秋的中国人举起了手，他看起来有五十多岁，戴一副黑框眼镜，嘴角堆着浅浅的法令纹，"艾利希先生，尽管我已经在增强视域里把您的论文读了三遍，也基本明白了您想表达什么，但作为一个跟文字打交道的人，我清楚、也忌惮文字的模糊和局限。所以我想冒昧地请求您，当着所有人的面，告诉我们究竟发生了什么。"

"没问题。那我就尽量以通俗，但可能不那么严谨的语言来说明我们的处境吧。"邓肯向后抻了抻肩膀，扭了几下脖子，这是他长篇大论前的标准动作，"物理学中的弦理论认为，我们的宇宙有九个空间维，但宏观层面只呈现了三个，其他的维度都蜷缩在极微观的尺度中。之所以如此，是因为宇宙的真空位能锁定在某一能阶，并因此固定了紧致余维——也就是蜷缩起来的六个微观维度——空间的半径。但这不一定是永久的，宇宙可能会由于某次量子隧穿效应而打破能量壁垒，释放那些禁锢的微观维度，物理学家们将这一过程称为'去紧致化'。

"'去紧致化'其实是真空位能释放的过程。它开始于时空中的某处，表现为维度释放所形成的'空泡'。由于空泡内部去紧致状态的位能比外部的位能低，而系统会往维度展开的状态前进，所以位能差产生的梯度会在空泡的边缘产生力，使空泡加速向外撑大，它的膨胀速度将在很短的时间内推进到光速——而这就是即将发生在我们身上的事情：被一个巨大的泡泡击中，包裹在其中，然后进入一个有更高维度的空间。"

"您如何肯定这次的，嗯，"廖知秋用食指推了推眼镜，"维度释放事件会发生？"

"这个问题，我代艾利希先生回答吧。"主持会议的女人说，"艾利希先生曾在《自然》杂志上发表过一篇论文,细致地论述了在'吴—卡雷拉变换'的数学框架下,如果宇宙释放一个微观维度,会发生什么:七次前导'构造波',它们将在整个宇宙中回响,扰乱时空结构。这种扰乱我们已经在半年中观测到了三次,其间隔、持续时间和强度,完全符合艾利希先生的理论预测——我想大家应该清楚这意味着什么。"

会议室里鸦雀无声。

女人抿了抿嘴唇,一脸倦容地坐下。通报噩耗总是件"脏活",无论是向悲恸的母亲递送阵亡通知书,还是宣判一个病人即将到来的死亡。吴树忽然想起,这个刚刚干完"脏活"的中年女人就是现任的联合国秘书长裴静雅。从政之前,她是一位物理教授。

"抱歉。"日本人近藤元二站了起来,郑重其事地躬了躬身,"我想知道,维度释放一定意味着毁灭吗?"

"这要看你怎么定义毁灭了。"邓肯重重吐了一口气,"从信息的角度来看,宇宙不会失去什么。所谓的毁灭,是指我们这些自组织形成的低熵体,包括星辰、生命、文明等等。有一点是理论无法告诉我们的,那就是从三维'升级'到四维的过程中,我们的信息组织模式会发生怎样的变化,不过我可以为各位提供一个参考:小时候我看过一部来自中国的伟大科幻小说,其中设想了一种星际战争武器,能降低空间的维度。作者既诗意又残酷地把这种武器投放在了我们的太阳系。我至今都不能忘记,他是如何描写太阳系变成了一幅'画',这幅画又是什么样子的:它保留了三维空间的全部细节,但在新的空间结构中,所有的低熵体无一例外地失去活性了。如今我们面对的是小说的'反面',但除了这一过程来得更快——快到我们不会有任何知觉以外,我想不到其他的可能性。"

又一阵寂静。

"先生,会不会有这样一种可能,"一位身材不高、有着浓重法语口音的代表打破沉默,"引起构造波的是其他事件,比如某种定域性的真空衰变,或者是——或者是某个超级文明开的一个玩笑?"

邓肯哼了一声,"我倒这么希望,亲爱的'卢梭'。但首先,真空衰变不可能是定域性的;其次,即使是外星人,也不会傻到拿自己的生命开玩笑。"说完他叉起双臂,用一张扑克脸表明对这个问题的不屑。法国人的脸一阵红一阵白,怏怏地落座。

"我们难道不该告诉其他人吗?"有人低声嘀咕。

"告诉在座诸位就已经够残忍的了,"摇滚歌手的双手枕在脑后,双眼半睁,嘴角挂着一缕暧昧的笑,"作为一个普通人,你是想在无知无觉中快乐地死去,还是想要在极度的恐惧中等待毁灭降临?饶了这个世界吧,还是让我们这些受了诅咒的人来担起神圣的责任吧。"

"老兄,你知道吗?我想起一句话。"邓肯的信息在此时推送过来,吴树转过头,见邓肯正斜着眼睛看他,"'人之所以怕死,是因为不知道死亡背后是什么;人之所以不愿意死,是因为别人还活着。'现在你的心情如何?"

我——

"作为一个和科学没什么交集的人,我来提一个大家都不好意思问的问题吧。"说话的是美国副国务卿,一个窈窕的金发女人,"这个,构造波理论,有没有可能是错的?"

邓肯的脸颊跳了一下,抿了抿嘴唇,这是在为一场舌战霍霍磨刀,于是吴树抢在他出声之前发言了。"我来回答吧。"他清了清嗓子,"构造波理论建立在吴-卡雷拉变换之上,后者是微分几何中的一个定理,其推导过程长达二百二十五页,严格依赖几个基本的数学公设——截至目前,还没人在它的推导中发现任何错误。但这并不意味着,吴-卡雷拉变换就是绝对正确的。数学中的公设是人类想当然认为成立的,但数学的发展不断证明,这种想当然并非磐石——非但不是磐石,反而有可能是流沙,譬如平行公理,譬如形式逻辑在悖论前的不堪一击……所以说,如果我们的数学公设存在瑕疵,那么处于其推理链条上的吴-卡雷拉变换还有构造波理论,就有可能是错的。如果有实验能将其证伪——"

"宇宙已经在某个地方做了这个实验,不是吗?"裴静雅插话道,"实验结果与理论预测完全吻合。"

"从逻辑上讲,"他说,"即使有一亿次的吻合,但只要出现一个反例,这个理论也是站不住脚的。"

副国务卿面无表情地点了点头,"我明白了。谢谢您,吴先生。秘书长,我建议马上开始议程。"

"很善良。"邓肯发来一个鼓掌小人儿的表情符号,"我还以为你会很乐意拖全人类下水哩。"

"乐不乐意又有什么关系?无论如何,结果对我来说并没有不同。"他回道，"但你能不能先告诉我，这个会议的议题是什么？"

"操。"邓肯双唇摩擦，用口型比出一个脏字，"我竟然还没有告诉你！"

6

他们打算写一句墓志铭。

人类已经笃信大自然的对称性和数学推理几百年，所以没有人把即将到来的、无可避免的事件当作无稽之谈。

七声丧钟，然后是一声，嘘……

"根据计算，空泡到达太阳系还有——"联合国秘书长的目光在空中划了个正弦曲线，那是她在增强视域中调阅资料，"还有九十二天二十一小时三分零三秒。我们要抓紧时间了。"

所以从敲定墓志铭内容，到把它誊写下来，他们还有不到三个月的时间。

三个月。

吴树的喉咙发紧。

这大概是人类历史上最别致、最有想象力的墓志铭了。邓肯像是在讨论别人的葬礼，他们打算把空间站送到地月第一拉格朗日点，在那里拆解它，把它改造成某种可以携带信息的形式。想出这个点子的人真他妈是个天才！

空间站？他头皮发麻，"露娜"？

还有别的选项吗？不是说过吗？来开会的都是股东嘛！

原来如此。"露娜"——这个有史以来最大的标准模块化空间站，是美、英、法、中、日、俄、印七国共同出资建造的，所以他们自然有权力在如何处置"露娜"的问题上置喙。其实应该还有别的考量，吴树暗自琢磨，当某项重大议题需要足够多样化的意见和尽量小的知晓范围时，这七个软硬实力兼具的国家是不错的选择。

就算邓肯是错的，那人类又会损失什么呢？只不过是七个国家的一点财政收入罢了。这是一场反向的帕斯卡赌局[1]：输面太大，提前做好最坏的打算，总不是什么坏事。

"我认为，我们首先应该明确能'写'什么。"美国副国务卿，希尔比·门罗说，"其次，我们'写'的东西会不会被时空抹平？未来的高维文明能不能破解它？"

"说'写'并不妥当，"裴静雅答道，"我们还可以'画'，还可以'雕塑'——当然'写'是最有竞争力的备选项。如果我们把'露娜'拆解成光盘式的二进制信息载体，根据空间站的总质量和作业机器人的最大工作载荷计算，大约可以编制15KB的信息——写一部《独立宣言》是足够了。至于第二个问题——构造波的到来已经证明了吴—卡雷拉变换所规定的几何法则，我想在这一点上，没有人比吴树教授更有发言权……"

韩国女人把目光转向吴树。此时，他肺部的疼痛如炭火焖烧，他使劲咳嗽了几声，疼痛未有丝毫消减，反倒沿着胸膛攀了上来。

"咳——是这样，"他局促地扭了扭身子，"吴—卡雷拉变换描述的是当空间维度变化时，附着其上的流形将如何改变。就目前的情况来说，这个公式可以告诉我们，如果宇宙'升级'成四维，居于其中的三维实体会变成什么样。我想我们首先要确定，被拆解的'露娜'在四维空间中应该呈现怎样的三维结构，然后再通过逆向使用吴—卡雷拉变换，把它在三维空间中搭建出来——当空间维度提升至四维，它会以我们希望的样子保留下来……"

"就像纸片人留给方块人一幅画？"詹姆斯·韦奇伍德嚼着口香糖，发出吧嗒吧嗒的咀嚼声。

"差不多。"

"那方块人有可能看懂吗？"

"这就是我把大家召集在一起的原因。"裴静雅双手撑在桌上，"在四维文明看来，我们就是一幅低维的画。这幅画由于空间维度的骤然提升而糊成一团，缺乏可供破解的线索。之所以把'露娜'放在地月拉格朗日点，就

---

1. 十七世纪的哲学家布莱兹·帕斯卡曾提出"让我们权衡一下赌上帝存在的得失吧。有两种情况：假如你赢了，你就赢得了一切；假如你输了，你却毫无所失。因此，你就不必迟疑去赌上帝存在吧！"他同时还提出"你非下赌注不可——信仰的抉择是'从无限之尽头向我们抛来的一枚硬币'，你究竟押'正面'还是'反面'？这场人生赌博是不可避免的。不选择其实也是一种选择。"

是为了减少其他物体对信息的干扰。为了让'别人'知道画中的生物曾经创造出高度的文明，我们需要让四维文明看到有人为痕迹的、清晰的数学结构，它不止宣示我们曾经存在过，也宣示我们的挣扎、我们的遗憾、我们壮志未酬的野心——"

女人的话戛然而止，像是被气流哽住了。

啧啧，女强人要哭了。邓肯的脸上挂着善意的揶揄，我还以为搞政治的人不会哭呢。

"你在想什么？"邓肯冲他挤眼睛。

"瑞秋。她在"露娜"上。"

"啊哈。我愈发怀疑，这一场闹剧是上帝他老人家为你量身定制的。"邓肯脸上的笑容更是意味深长。

吴树摆出一张扑克脸，"如果上帝是三维的，那我建议他还是先关心关心自己。"

"我以前怎么没发现，你竟然还懂幽默？"

他耸了耸肩，"以前不懂，是一个老太太教给我的。"

裴静雅没有哭，毕竟，她是个搞政治的。

"大家还有什么问题吗？"她的声音迅速恢复了以往的镇静，"如果没有，那我们步入正题，讨论一下该'写'点什么。"

7

"简直是荒唐。"邓肯摇晃着酒杯，在希尔顿酒店宽大的自适应表皮沙发上把自己完全摊开，"这帮家伙的愚蠢真是刷新了我的认知。"

他趴在床上，疼痛在骨髓里嗞嗞作响。

"《独立宣言》《薄伽梵歌》《道德经》，还有缩写的《战争与和平》，"邓肯自顾自地往下说，"低分辨率的《星空》《蒙娜丽莎的微笑》，以及MIDI

版的《波西米亚狂想曲》——哈，也真亏这些人想得出来！"

"我觉得挺好。"

"那么毕达哥拉斯定理、欧拉恒等式和质能方程呢？"邓肯将半杯轩尼诗掀入口中，"这些简短而优美的东西他们竟然一个也看不上！"

吴树翻过身，仰面向上，"在四维的宇宙中，我们的数学可能已经失效了。"

"失效又怎么样？方块人一定能读懂纸片宇宙的美，这种美不会是别的什么，它只可能来自宇宙深层的结构。"

"也许吧。"

沉默。全息影壁中，新月形的联合国大厦如同武士刀，正劈向紫色的暮云。

"我不明白。"许久之后，他才开口，"这样的会议，不是应该由更重要的人物来参加吗？"

"你是说，那些翻手云覆手雨的政治家？"邓肯递出玻璃杯，三英尺高的服务机器人将酒斟满，"你知道吗？我想起了一个笑话：某人乘坐热气球迷失了方向，正当他焦虑万分时，忽然看到地上正走着一个人。于是他激动地挥手大喊：喂——朋友！你能不能告诉我，我现在是在哪里呀！地上的人抬头看了看他，笑着说：你现在是在气球里！"

他扑哧一声笑了。疼痛如一枚小小的种子，在他的胸口抽芽。

"说正确的废话，这就是政治家一直在干的事儿。国务卿和秘书长算是这帮家伙里出类拔萃的，有她们在会场维持秩序就够了。"邓肯顿了一下，"再说，要是大人物们都凑到一块儿开会，傻瓜都知道要出大事儿。消息要是走漏出去，末日还没来，地球就已经变成蛾摩拉[1]和索多玛[2]了。"

他挣扎着爬起来，坐在床沿上，轻轻按压胸肋，"但把如此重大的责任交到这样一群人手里……我总感觉，有点儿太——随意了。"

"宇宙都要玩儿完了，谁还管随意不随意？"邓肯晃了晃酒杯，若有所思地凝视挂在杯壁上琥珀色的辛辣与甜蜜，"其实就像那个英国朋克说的，这是个诅咒。愿意背负起这个诅咒的人，能在这个诅咒下保持清醒的人，在我看来，就已经很了不起了。"

1.2.《圣经》中的罪恶之城。

"话虽如此——"

全息影壁在这时亮了起来，有人在房门外呼叫。他用目光点开单向视频链路，一张女性的脸瞬间填满整面墙壁：单眼皮、灰眼珠、鱼尾纹，抿成一线的嘴唇，鹅蛋脸。

邓肯打了一声呼哨，"秘书长大人亲自来找你耶！"

他愣住了。

邓肯把酒杯丢到茶几上，起身，捋了捋衬衫上的褶皱。"老兄，"他打量着吴树，"你要不要梳个头洗把脸？你现在这副尊容可算不上英俊潇洒啊……"

像是听到了屋内的声音，全息影壁里那两只硕大的眸子对上了吴树，他在她的虹膜里看到了斑驳的网状结构。

"谢谢提醒。"他嘟哝着，向门外的人授权。房门滑开，邓肯几步蹿了过去，夸张地朝秘书长点头哈腰，临走，还冲他挤了挤眼睛。

"祝约会愉快。"邓肯在推送的末尾附了一枝玫瑰花。

"饶了我这个快要死的人吧。"

"抱歉，开完会还来打扰您……"裴静雅站在玄关，双手交叠，掩在小腹位置。

他起身，用手压了压脑后乱蓬蓬的头发，"请进请进，我这里有点儿乱……"

女人拘谨地笑了笑，"相信我，在这时候，没几个人有心情保持整洁。"

他请她坐在沙发上，又吩咐机器人去泡茶。

"不必麻烦了。"她的背挺得很直，筒裙之下两截纤细的小腿紧紧并拢，"就是来看看您。请坐吧。"

他在沙发的另一头坐了下来。

"艾利希先生告诉我您生病了。"挨过几秒的冷场后她说，"很抱歉把您拖到这摊浑水中来。"

他想了想，然后开口说道："秘书长女士对我的，呃——病情，了解多少呢？"

女人的脸微妙地紧了一下，"差不多，全部吧。"

"那么邀请我来参会，"他说，"应该不只是因为我懂一点儿数学吧？"

女人脸颊泛红，欲言又止。

不过是另一个在死亡面前手足无措的人罢了，我干吗还要为难她？他想。

此时的联合国秘书长垂着眼睛，日间高高拢起的发髻已经披散下来，密密匝匝如堆在肩头的黑色浪花。挺好看的女人，他又想。裴静雅长长的睫毛在她的下眼睑上投出篱笆状的阴影，她的鼻梁上有一道干净的高光，紧紧抿起的嘴角接着一小叠可爱的皱纹。她的身边萦绕着一圈若有似无的香。

他有些于心不忍了。

"否认、愤怒、讨价还价、悲伤、接受，"他说，"秘书长认为我是处于哪个阶段呢？"

女人愣了一下，随即反应过来，"您说的是人类面对死亡时的五个心理阶段，对不对？我本人还在跟死神讨价还价，但我相信在您看来，这不是一种良好的工作状态。"

"其实我很佩服您。"他用手搓着膝盖，"刚收到癌症诊断的那几天，我还曾神志不清，甚至号啕大哭呢。"

裴静雅露出一个哀戚的笑容，"吴先生，我也是人，我也有人的七情六欲……是什么让您认为，我没有您说的那些情况呢？"

他尴尬地舔了舔嘴唇，耳垂发烫。

"其实在得知这一切后，我的第一反应，是后悔。"女人拢了拢头发，如天鹅曲项饮水，"我后悔自己只顾攀爬人生中一个又一个的制高点而错过了太多沿途的风景。比如那些毛茸茸的猫狗和美丽的花草，比如在万古不息的涛声中读一本无意义的小说，比如在世界边缘的某座小镇闲逛，就着一杯冰啤一直消磨到星光满天，还有爱一个人，完全忘记字典里还有'理性'这个词儿……"

有小瓣儿水滴从她的眼角沁了出来。他的胸口发闷。

"还有时间。"他低声说。

"是啊，还有时间。"女人用指肚揩了揩眼角，"只要我们赶快把方案敲定下来。"

他点点头。

女人站起来，向他递出了手，"吴先生，感谢你能来。"

他轻轻握住那只手，握住了它的香气、温暖和薄薄的汗。他想说点什么，可他的嘴唇只是无声地上下开合，像在陆地上徒劳喘息的鱼。他想起故国的一句老话：一切尽在不言中。

他想眼前这个女人会懂。

8

接下来三天，没有任何进展。

每个与会者都把联合国大楼里的这个阔大房间当作个人智识和国家尊严的竞技场，他们不停地提出方案、争论、争吵、彼此否决、愤懑、埋怨、玉石俱焚。气氛火爆的嬉笑怒骂和唇枪舌剑或多或少冲淡了会议室的哀悼气息，时常会让他产生一种错觉：这些人希望就这么一直争吵下去，仿佛只要争吵不停，世界末日就不会到来。

清醒的人所剩无几，他不知道自己算不算一个。但他知道裴静雅是清醒的，她一直在提醒所有人，留给他们坐而论道的时间可能已经不多了。

"猎鹰、阿丽亚娜、联盟、长征，一艘艘火箭正在运往卡纳维拉尔角、库鲁、拜科努尔和酒泉，各国的工厂也在夙夜赶制成百上千的空间作业机器人。"她满面倦容地环视会场，"谣言已经开始蔓延，其中有一些，虽然论据可笑，但在我看来，已经很接近真相了——诸位认为，我们还剩下多少时间？"

"不会多于三个月。"邓肯接了一句。四下响起低低的笑声。

"我们需要确定一个方案。"裴静雅绷着脸，"马上。"

"秘书长，心急吃不了热豆腐呀。"廖知秋打趣道，"我们不是已经有了一个反对票比较少的方案了吗？"

文学家指的是微缩版的"旅行者号"光盘。这个毫无创意的方案试图以一种巨细靡遗的方式表达地球文明，但由于15KB的信息容量限制，它所做的，是把整幅文明画卷浓缩成一个像素点。廖知秋这位对文字极度警惕的语言大师一针见血地指出了这个方案的尴尬之处：它之所以还在考虑清单上，不是因为赞成票多，而是因为"反对票少"。

而吴树正是投出反对票的那个人——事实上，他目前所做的，也仅仅是投出反对票。

"吴树老兄，除了投反对票，你还有没有别的爱好？"在否决了又一个提案之后，詹姆斯·韦奇伍德揶揄道。

他笑着摇了摇头。

"你不会是希望人类的墓志铭最后胎死腹中吧？"

"我没那么大的野心。"他说，"我只是不希望我们写出来的东西无人能懂。"

裴静雅的眉梢扬了起来，"吴教授，您有话说。"

他看了她一眼，随即转开目光，"只是一点不成熟的想法……"

"我们没时间等待每一个想法瓜熟蒂落，"女人斩钉截铁地说，"请讲。"

"咳——"他清了清嗓子，"我认为，我们的思路过于集中在'写'上了。作为语言的衍生物，文字只是一种间接的信息表达方式——我想在座的各位都清楚，信息每经过一次转译，其破解难度都会大大增加。"

有人提出反对："可我们有罗塞塔自译解系统。"

"罗塞塔系统以素数数列、圆周率、自然对数等等这些我们认为确定无疑的数学事实作为密钥，"邓肯闷声说，"但新宇宙里的数学规律和我们世界的是否一样，这还是个未知数——你们不要忘了，我的提案就是基于这一理由被否决的。"

众人面面相觑。

"如果连罗塞塔都不可靠，"美国副国务卿的面色阴郁，"我们还坐在这里干什么？"

"想想拉斯科洞穴里的壁画，想想维伦多夫的维纳斯，"吴树说，"这些史前人类留给我们的艺术品都缺乏明确的文字参照系，但就算我们完全无法理解创作者想要表达什么，作品本身却已经提供了足够丰富的信息：史前人类的技术和心智水平、他们的生存环境、他们对宇宙的理解，还有，"他意味深长地看向裴静雅，"他们壮志未酬的野心。"

女人与他对视几秒，"您的意思是，我们应该放弃'写'这个想法，转而使用更形象的方法，比如'画'，比如，'雕塑'？"

"是的。"

裴静雅环视会场，"大家的意见呢？"

沉默，接下来是喊喊喳喳的低语声。吴树发现，那些经常捉对厮杀剑拔弩张的参会代表，此时却额头顶着额头，亲密无间地议论着什么，而他、邓肯还有秘书长，却像漂浮在水中的油渍，被隔绝在众人之外。他忽然意识到，他们三个人其实是在否决大家这几天的努力，而对于直到现在还保持着理性锋芒的人，大家会本能地敬而远之。

"我们同意吴教授的看法。"片刻之后，廖知秋开口说话，看来他是被推举出来的代表，"我们想知道，吴教授有没有什么具体提议？"

他摇了摇头。

"很可惜呀，"廖知秋的眉头皱了起来，"我们还指望您能提供一点儿建设性意见呢。"

他耸了耸肩膀，"也许韦奇伍德先生说得没错，我天生就适合搞破坏。"

詹姆斯·韦奇伍德咧着嘴拍了几下他的后背，力道之重，让他感觉半边身子都是麻的。

"代表们，看来一切都要从零开始。我们只能继续争吵、继续在这里蹭吃蹭喝了。秘书长女士——"廖知秋朝裴静雅微微躬身，"冒昧问一句：联合国的经费不紧张吧？"

女人的嘴角微微上翘，"坚持三个月应该没什么问题。"

会场里响起零零星星的低笑。

9

瑞秋就坐在他的对面，透过咖啡馆的玻璃窗，金色的夕阳如蜂蜜，渗入她的脸庞。

"你知道吗？"她说，"我从小就羡慕那些数学特别好的人，他们总会给我一种，嗯，智力上的神圣感。"

"是吗？"他的脸颊有点儿发烫，"我倒没觉得这有什么神圣的。"

"那你为什么学数学呢？"她摆弄着手中的咖啡杯，手指纤长白皙。

"我没法去关注太多的东西，而数学很纯粹。"他说，"就拿我专攻的几何来说吧，物理世界中的很多枝枝丫丫，不过是其天然结构的衍生品罢了……"

瑞秋把手肘拄在桌上，托腮看他。她的脸颊被手掌挤成胖嘟嘟的两团，眼睛如月牙一般弯着，绿色的眸子里荡漾着俏皮与好奇。他的头皮阵阵酥麻，这酥麻一路向下，传至他的口腔。

"哦？"她的尾音上调。

"你是学生物的，"他的声音发颤，"沃森和克里克发现双螺旋的故事，你一定听说过吧？"

"嘻嘻……不记得了。"

他用食指搔了搔鼻尖，"当詹姆斯·沃森第一眼看到罗莎琳德·富兰克林拍摄的DNA晶体的X射线衍射图片时，他就意识到，照片中那个影影绰绰的交叉图样，暗示的正是DNA双螺旋的三维结构。我猜测，促使他做出这个判断的，并不是他所受过的生物学训练，而是一种几何直觉——他看到的是美，是生命'想要'把信息复制、进而传递下去所必然采用的几何结构……"

"吴，你在谈论美。"她眼波流转，"那你认为……"

他把手伸向她放在桌上、虚怀以待的手。你美过这世上的一切，瑞秋，我只是还没有来得及告诉你，他想说。他对面的脸在这一刻变了模样。

单眼皮。灰眼珠。鱼尾纹。

"秘书长？"

他的手停留在半空。

……

他在羞愧难当中醒来。一个病魔缠身的人是不应该有情欲的，他想。在健康时，他从没关注过自己的身体，他认为身体不过是承载灵魂的"硬件"，不值得劳心费神。如今，只要体力允许，他会长时间地凝视全息镜中的自己：灰色的、了无生气的脸，蝴蝶翅膀般凸出的肩胛骨，枯瘦嶙峋的两扇肋排……这具肉体即将朽坏，而他居然在这时梦见了那个曾经爱过、曾给予他温暖、嘈杂和混乱的女人，而且居然还把那个在他心底制造酥痒的韩国女人也拉进了梦境之中。

这个梦是情欲的涟漪。而秘书长刚刚的造访，是投入情欲之海的一枚石子。

裴静雅在他行将就寝之际敲开了他的门。刚一进屋，他就察觉到了气氛的微妙：如果说第一次来找他的裴静雅是日常生活中的联合国秘书长，那现在的这个裴静雅，就只是一个顶着秘书长头衔的普通女人。她穿着素色T恤、宽松的亚麻裤子，脚蹬白色布鞋，头发似乎刚洗过，湿漉漉的。

"吴先生，这么晚还来打扰您，实在抱歉。"她说，语气里却没有丝毫歉意。

他挠了挠头发，"秘书长，您先坐吧……"

裴静雅往前跨了一步，"请不要叫我秘书长。下班之后，我只是一个女人。"

他不知所措地笑了笑。

"你这儿，"女人的脸颊微微飘红，"有酒吗？"

一开始，他们只是围坐在茶几的一角，各自捧着酒杯，啜饮泥煤味儿浓烈的尊尼获加威士忌，几乎不说话。裴静雅的酒下得很快，这样大开大阖的酒风他少有领略，忍不住偷偷打量她：粉红色的潮汐从女人鸡心领T恤中露出的一小段锁骨中漫出，经过她修长、有着些许颈纹的脖子，一直涨上她的前额。他们的目光相遇，女人的眼睛没有像往常那样虚设焦点，而是直直地戳向他。

"我不能接受。"她说。

他怔了一下。

"我永远，"她紧紧攥着酒杯，指节发白，"永远也接受不了死亡。"

"……我理解。"

"斯宾诺莎说：'自由的人绝少思虑到死；他的智慧，不是死的默念，而是生的沉思。'我曾经把这句话当成座右铭。我拒绝一切关于死的想法，哪怕动一下这个念头，都是对我的自由和智慧的亵渎。"她摇了摇头，"其实，我只是无法接受。我不敢承认，自己比任何人都害怕死亡。"

他的嘴唇动了动，没有发出声音。

"这太难了，"女人吸着鼻子，"要假装若无其事地讨论自己的葬礼，要假装自己没有在寸寸逼近的死亡面前疯掉——这太难了。所以我敬佩您，还能那么冷静地思考问题。"

"这话我怎么听着不像是赞扬啊，"他做作地笑了笑，"您是在暗示我缺乏人性吗？"

裴静雅抬起眼睛看他，目光幽邃，"缺乏人性的人不会这么看一个女人。"她说。

有什么东西在他脑海炸开了。这几天来，他刻意闪躲的眼神、他对她说话时的扭捏、他的羞愧与渴望，原来全被对面这个女人看在眼里。他举杯，却发现杯是空的，他尴尬地捧着那一坨晶莹的玻璃，像捧着最后一点遮羞之物，"秘书长，我不太懂——"

"随便叫我什么都好，"裴静雅咬着嘴唇，"不要叫我秘书长。"

时间在浑浑噩噩中推进，忽然间他惊惶地发现，女人不知何时坐到了他的身边，他们是如此之近，他的皮肤已经能够感受到她暖烘烘的香气，他甚至能够用眼角的余光看清氤氲在她眸中的水汽了。

"秘——"，他叹了口气，"静雅……"

女人从他手中抽走酒杯，摁到茶几上，随后握住了他的两只手。她直视着他，目光纯净坦荡。"命运把一位如此睿智而又坚强的男人送到我面前，"她说，"如果不是它匆匆宣判了我们的死刑，我几乎就要感激涕零了。"

他摇头，眼泪似乎从眼角滑了出来。"静雅，对不起，我还不能……有一个我曾经爱过的人……"

握住他的手没有松开。

"我只是，"他嗫嚅着，"只是需要一次告别。"

"我们的时间不多了。"裴静雅说。

"不多了。"他鹦鹉学舌。

"我相信你。"

他点了点头，尽管他不知道裴静雅相信他什么——相信他会接受这份感情？相信他会好好地与过去告别？还是相信他能够不辜负这最后的短暂时光？

沉默了一会儿，裴静雅松开他的手，猫儿般弓起身，嘴唇凑近他的脸颊。他已经准备好接受一个吻了，但女人只是在他耳边轻轻说了声："晚安。"

"……晚安。"

他回应道，心中满是甜蜜的失落。

10

"这里简直是人类的万花筒啊,我敢打赌你不会相信我八卦到了什么。"邓肯向他推送信息,"印度舞蹈家连着三个晚上溜进俄罗斯富豪的房间,摇滚明星光着屁股一遍一遍唱涅槃的 *Smells Like Teen Spirit*,禅宗大师整夜打坐冥想,法国人天天胡吃海塞,我估计他至少吃掉了一个师的蜗牛,廖知秋着魔似的写着什么——喂,你昨天看到国务卿大人的绿裙红唇了吗?她还朝我抛了个媚眼呢,啧啧……至于秘书长——目前我还没有掌握她的行踪,但我感觉她绝不会坐以待毙。"

他笑出了声,"老兄,我以前怎么没发现,你还有当狗仔队的潜质呢。"

"长夜漫漫啊,总得找点儿什么事消遣吧。"

"所以你就靠这些东西打发时间?"他一脸的嫌弃。

"切,你也太小瞧我了,"邓肯朝他挤了挤眼睛,"我还做了一件更重要的事……"

"我反对!"印度女人桑迪·库帕塔大声说,她吸引了两人的注意,"我反对近藤先生的'枯山水'和克莱德曼先生的'思想者'——事实上,一切艺术品的'移植'我都反对。"

"您的理由是?"裴静雅问。

"诸位难道没有想过,我们之所以能解读拉斯科洞穴的壁画或者维纶多夫的维纳斯,是因为我们和祖先要么处于同样的环境,要么拥有同样的生理构造——"桑迪捋了捋头发,"'相同'才是解读的基础。而一个智慧种族生存在完全不同的宇宙中时,当面对前一个宇宙留下的艺术品时,它们很可能没有任何解读的线索……"

裴静雅朝他看了过来,用公事公办的目光,"吴树教授,您的意见?"

"……我和库帕塔女士意见相同。"

"又要搞破坏了吗，吴树老兄？"身旁的摇滚巨星把手搭在他的肩上。

他依然看着裴静雅，像是为了这一来一去的对话而欢欣鼓舞。

"大家还有什么意见吗？"女人没有看他，"如果没有的话，我们要讨论其他方案了……"

"吴，我感觉秘书长大人看你的眼神怪怪的……"邓肯又开始和他说悄悄话，"你们俩不会是——"

"你说的那件重要的事，"吴树急切地打断他，"是什么？"

"那个呀，"邓肯向他发送了一个鬼脸，"我又重新检查了一下'构造波'方程，然后，然后我发现了一个问题……"

他的耳畔嗡的一声，"你不是说方程万无一失吗？"

"它确实是万无一失的，只不过……"

"只不过什么？"

"只不过，我漏掉了一个初始参数——等等！你先别着急！你听我说啊，我漏掉的那个参数是宇宙半径，原本它不在我的考虑范围之内。但你听说过'宇宙超圆体假说'吧？这个假说认为，宇宙空间有限、无界，如果你走到宇宙尽头再往前走，其实相当于绕了一圈回来——如果宇宙真是超圆体，并且半径跟理论推测相同，那么我们遇到的这几次构造波，很可能就是上次的维度释放事件所引起的，它们从宇宙的尽头折回来了……"

"上次的维度释放事件？这个说法又是哪儿来的？"他感到很是迷惑。

"你没有认真看我的论文，"邓肯丢出一个委屈脸，"上次的维度释放事件就是宇宙暴涨啊。"

他沉默了一会儿，"可能性有多大？"

"啊？"邓肯有些懵。

"虚惊一场的可能性。"

"据我估算……大概有百分之五十吧。"

百分之五十。他的心中一片空茫。百分之五十，那意味着也许并不是所有人都要去死了。

会议的后半段，他在恍惚中度过。他像是一个有着自动记录和分析功能的机器人，听着讨论一步一步向前推进，方案慢慢进入正轨：艺术品不行，替代选项是什么？元素周期表？标准模型？它们确实能够反映人类对宇宙的理解，但请不要忘了，下一个宇宙将会是全然不同的宇宙。所以此类方案也不可行……事实上,所有表达"质料[1]"的方案都不可行,在新的宇宙中,只有"关系"才可能被保留下来——关系,用什么表现关系?只有几何。而且不能是随随便便的几何,必须具有对称性,才能体现出数学结构……分形!分形更好!柯赫曲线怎么样?彭罗斯镶嵌呢?太过简单。可以考虑芒德布罗集,它把虚数与实数、代数与几何集于一身,还能想到更合适的数学结构吗?芒德布罗集确实很合适,但是……它不够美。"美"是宇宙的通用语言,不能舍弃美学原则……先生们女士们,你们难道不觉得,这些方案都过于技术化?你们难道希望,读到墓志铭的"人",把我们创造的一切,都归结为冰冷的技术?

"吴树教授,您的意见?"

这时他才如梦初醒,"秘书长,我觉得您说得很对。"

"仅仅是'对',还不够。"

"是的,还不够……"

裴静雅狠狠剜了他一眼,撇过头去。

"我说老兄,你在想什么呢?"邓肯独特的手写体从背景中浮现出来。

"我在想……你是不是该把这件事告诉其他人?"

"如果让那些政治家知道,我们只有百分之五十的可能性会死,你猜他们会怎么做?"

"我想他们不会让我们把'露娜'拆了。"他暗暗搓了搓手。

"而我们毕竟还有百分之五十的可能会死。"邓肯的手写体似乎变得沉稳些了。

他们沉默了一会儿。

"我有种感觉,"廖知秋正在发言,"我们离最终的解决方案已经很近了。我们只是需要某种,某种能把人性和数学结构结合在一起的东西……"

"老兄,在知道其他人可能不会死了以后,"邓肯默默地看他,"你还愿意去死吗?"

"百分之五十的不愿意吧。"吴树耸耸肩。

"……我很抱歉,老兄。"

---

1. 质料－形式说是古希腊哲学家亚里士多德的学说。该学说认为事物的存在和变化有四种原因:质料因、形式因、动力因和目的因。质料因指事物的构成;形式因指事物具有的形式。

他微笑着,对邓肯摇了摇头。

"大家还有什么提议吗?"裴静雅的问句中飘荡着绝望的死灰。

他举起了手。

"我有。"

11

双螺旋结构从几何上来说,无疑是美丽的。而自组织系统若想把信息一代一代复制下去,双螺旋中的碱基对似乎必须如此排列。复制是生命的本质属性,而几何决定了复制手段。

只能如此。就算是四维宇宙中的生物,就算它们的宇宙多出 ana 和 kata 这两个方向,它们生命信息的传递方式也必然遵循相似的规则:互补、对称。再次借用方块人和纸片人的比喻:纸片人画了一幅交缠的、螺旋上升的画,而方块人能够理解它,因为它们能够认出,那幅画是它们自身遗传模式的低维投影。

"您的双螺旋模型不仅说明我们有解码生命的技术能力,还说明我们珍视生命,说明我们不是冰冷的技术文明——"廖知秋紧紧握着吴树的手,"吴先生,谢谢你!"

他报着嘴唇,不知该如何回应对方。

一口始终提着的气终于吐了出来。散伙宴上,大家喝得东倒西歪。俄罗斯富豪和舞蹈大师旁若无人地接吻,而伴着詹姆斯·韦奇伍德声嘶力竭演绎的 *We Will Rock You*,邓肯正抱着副国务卿的纤腰忘情起舞。禅宗大师在笑,法国人克莱德曼在哭。

所有的欲望都是生之欲,所有的挣扎都是求生。他想。

这时他闻到香气,他身上每一根竖立的汗毛都知道,那个女人来了。

"嗨。"她说。

"嗨。"

"吴树，谢谢你。"

他苦笑，"我还以为，你会说点儿别的什么呢。"

裴静雅粲然一笑，"你希望我说什么？"

"说宇宙很大、生活更大之类的。"

"对人类来说，生活已经没那么大了，不是吗？"

他的心沉了一下：我该不该告诉她？

"在联合国，我们有一个很聪明的程序。"女人说，"它能模拟各种事件对人类社会的冲击。当我把我们即将面对的厄运输入电脑，你猜我得到了什么？"

"肯定不会是什么好东西。"

"各大宗教重新兴起，邪教也趁机攻城略地。暴力事件，恐怖袭击，战争，集体自杀，集体——"女人的脸在酒精的粉彩之上又添了一层嫣红，"集体淫乱。地球成了索多玛和俄摩拉。"

他笑了笑，"邓肯用他的脑袋就得出了这个结果。"

"你们都是聪明绝顶之人，都是，高尚的人。"女人盯着他，目光柔和而又固执，"把你们请来是对的——因为你们艰苦卓绝的努力，人类得以保留最后的尊严。"

他摇了摇头。他不知道这是自谦，还是不满意裴静雅对他说的话。

"我们决定送你一件礼物。"她说。

"礼物？"

"作为人类墓志铭的撰写人，你可以提任何要求。"

"我们还能再见面吗？我是说，在大家各奔东西之后？"

"当然，这个愿望我可以以私人身份额外赠送给你。"女人笑了，这笑容美得不可方物。"吴树，如果我是你，我会提出一个更'大'的要求。"

"更'大'的要求？"

"别忘了，七大国的资源都任你调遣。"

他想了一会儿，然后慢慢接上了她的目光。

"静雅，你记不记得我曾对你说过，我还需要一个告别？"

12

从拉格朗日点俯瞰，地球是那么美。被拆解成单元模块的"露娜"空间站如一条结构松散的银色长龙，连接起蓝色球体和他所处的位置。

一个癌症晚期的病人上了天，并且还进行了太空行走。他想，这真的是一个很"大"的愿望。

他转向月球那一侧。他看到忙碌的空间作业机器人，看到那飘荡在太空中含义不明的巨大结构，看到蛛网般连接着结构的碳纳米管，看到暂时未被拆解的空间站单元，看到几个宇航员正往来穿梭，他们身上的动力系统正喷出白色的气体。

在辅助型人工智能的帮助下，他调整了身体的方向，朝那几个宇航员飘了过去。当宇航员们距他不到二十英尺，他减速，并打开了外层空间多点通信链路。

"请问，你们看到一个叫瑞秋·卡朋特的生物学家了吗？"

几个宇航员面面相觑。

"老兄，你是来找人的吗？"一个男人的声音响起，"在地月拉格朗日点？"

"NASA的负责人说，这样能够制造惊喜。"

"刚拆了一个几千亿美元的大玩具，现在又想制造惊喜。"另一个男声说，"NASA最近可是有点儿放飞自我啊。"

多点通信链路里笑成一片。

"行了，你们几个别为难他了。"女人的声音响起，这声音让他有点儿发蒙。一个宇航员飘近了他，他用目光点开视觉辅助，他在他胸前看到两个字母：R.C.。

应该说，是"她"。

"吴树，真没想到，你怎么会……"她用的是点对点链路。

"大惊喜。"

"也许NASA真是疯了。"

"也许吧。"他应和道。

"你有科研项目？可'露娜'已经被莫名其妙地大卸八块了，等工程一结束，我们这几个留守人员也要回去了……"

"嘘——"他挟住瑞秋的肩膀，用自己的头罩轻轻去磕碰她的，"我是来和你说再见的。"

头罩后面的脸和蓝色地球的倒影重合在一起，瑞秋绿色的眼睛此时正镶嵌在母国雄鸡形的版图之上。

"吴树，你这是……"那绿色的太阳上蒙了一层水雾，"出了什么事？"

他摇了摇头，"没什么。你知道吗？我刚刚想起了一句话。"

"去生活，去犯错，去跌入低谷，去取得胜利，去在生命中创造生命。"

"乔伊斯？"

"对，乔伊斯。"他说，"这段话最合适。"

"合适？"

他放开了手，扭转身体，面向地球。

"我必须抓紧时间了。"他说。

通讯链路里一片静寂。

"瑞秋，你知道在世界边缘喝啤酒是怎样的感受吗？"

女人摇了摇头。

"我想我马上就会知道了——我还有一个额外赠送的愿望呢。"

他说。

本文为第七届光年奖获奖作品，《银河边缘》中文版专发篇目。

龙 骸
THE DRAGON'S SKELETON

海 漄
Hai Ya

中国新势力

一切技术发明都离不开对自然的模仿，
如果龙真的存在，
人类可以模仿龙造出怎样的发明？

海漄，资深磁铁和怪谈爱好者的奇妙混合体，曾有多篇作品发表于《今古传奇》《故事世界》《科学二十四小时》、蝌蚪五线谱网等平台，心中有梦的扑街科幻写手。另有《血灾》发表于《银河边缘004：多面AI》。

插画／阿茶

一

海天之间渐渐亮了起来。

太阳像一只刚刚煎熟、红彤彤的蛋黄,从远处的海平线上慢慢探出。夜色中如固态般的铅灰色海水被染成金色,变得柔和,轻柔地拍击着巡洋舰锐利的船身,化为一堆堆斑斓的泡沫。冰冷刺骨的西北风此时竟带上了一丝暖意,为甲板上老人略微僵硬的四肢注入了些许活力,他挺直了背。在老人身后的桅杆上,德意志帝国海军的旗帜迎风飘扬,猎猎作响。

"早上好,齐柏林[1]先生。"船舱里走出一个年轻人。

"早上好,谢。"齐柏林回头对年轻人笑笑,又把目光投向了大海。四十多年的军旅生涯已经夺走了他曾经强健的体魄,这也许是他最后一次远行了。再过几个小时,"奥古斯塔皇后号"就将抵达此行的终点,德意志帝国在远东新开辟的唯一殖民地——胶州湾。

自1897年11月狄特立克斯少将率军登陆胶州湾以来,远东舰队终于获得了梦寐以求的港口。尽管各国在德国外交部和海军部不断地斡旋及暗示下对占领行动的发生已然心照不宣,但皇帝陛下仍然下令火速增援,以防干涉事件重演。只不过这一次,抢先在大清这块肥肉上咬上一口的换成了德国人。除了大肆增兵外,胶州湾沿岸还需要修筑炮台要塞,建设港口码头,斐迪南·冯·齐柏林爵士作为"奥古斯塔皇后号"防护巡洋舰的随军工程师,就这样踏上了前往这个古老东方国度的旅途。对于年近六旬的齐柏林来说,年轻时梦想周游世界的豪情壮志早已烟消云散,此刻的他只想早日完成任务返回康斯坦茨的庄园安享晚年,殊不知自己的命运和整个历史都已悄然改变。

---

1. 斐迪南·冯·齐柏林伯爵(1838—1917),德国贵族、工程师,大型硬式飞艇的发明者。

与齐柏林一道的年轻人是他在香港时寻得的助手。"奥古斯塔皇后号"途经香港补给时，齐柏林出于好奇便在这座东西方风情交融的城市里转了转。不曾想稍未留意，竟在鳞次栉比的建筑群中迷失了方向。齐柏林从军多年，世界上许多地方都留下了他的足迹，见多识广的他却在最后一次任务中迷了路，还不知会被船上那帮不知天高地厚的浑小子笑话成什么样呢。他接连拦住几个行人问路，可当地华人虽对他毕恭毕敬，却听不懂他说的德语，实在爱莫能助。无奈之下，齐柏林只得四处乱逛，随意走进了街边一家杂货铺。此时店内已无客人，只有一个文弱秀气的年轻人站在货架前，一手拨弄算盘，一手提笔演算，并未注意到面前的不速之客。齐柏林略微一看，注意力就被这个年轻人吸引了，在自己进店这短短的时间内，年轻人竟已将店内货品库存进出、钱财收支核算完毕，并梳理得井井有条，运算之快连齐柏林都自叹不如。只是到了最后，年轻人却突然停了下来。片刻后，年轻人发现了问题所在，正要更改，而齐柏林也指着他账簿的一处地方，几乎同时说道："是这里，这里算错了。"

　　"您是德国人？"年轻人这才注意到齐柏林，用德语礼貌地问道。

　　两人就这样阴差阳错地相识了。眼见天色已晚，年轻人便好心收留齐柏林共进晚餐。席间齐柏林了解到，年轻人名叫谢缵泰[1]，本是澳洲华侨，随母亲来到香港，读书之余帮助长辈打理家中产业。几番交谈下来，齐柏林发现，谢缵泰是这个保守愚昧的国度里难得一见的聪明能干之人，不但精通多国语言，更在数学、机械方面具有极高造诣。接下来几天，由谢缵泰充当向导，齐柏林饶有兴致地浏览了香港的大街小巷，亦不时向谢缵泰介绍和讲解西方先进的机械技术。两人亦师亦友，一见如故。

　　不久后，"奥古斯塔皇后号"补给完毕，即将起航，齐柏林想到此行路途遥远，语言不通，便邀请谢缵泰作为助手同行。起初谢缵泰并不愿意登上德国军舰，但齐柏林一再保证"奥古斯塔皇后号"此行只是为了给清廷施压，督促其尽快破获近日发生在山东的德国传教士被杀一案，绝不会轻启战端。谢缵泰见他语气诚恳不似作伪，加之正想见识外面世界广阔的天地，便接受了邀请。

---

1. 谢缵泰（1871—1938），字重安，工程师。曾参加广州起义和惠州起义，同时也是中国近代时事漫画杰作《时局图》的作者。

待到正午时分,"奥古斯塔皇后号"驶入一环山海湾,就此进入胶澳海域,风浪被阻挡在外,湾内水面宽阔,风平浪静,实在是不可多得的天然良港。四面山势陡峭,易守难攻,北面的山坡上,一门黑黝黝的克虏伯大炮居高临下,扼守海口航道,看来,这便是大名鼎鼎的俾斯麦炮台了。据说,清军数年前便已在此布防,设置炮台,安放重炮,但狄特立克斯率军登陆时,清军虽占尽地利却一炮未发,不战而退,在登陆部队中传为笑谈。

这些愚蠢懦弱的东方人!齐柏林微微一笑,轻蔑地想道。却见一旁的谢缵泰目光炯炯,死死盯着黑洞洞的炮口,就像猎人毫不畏惧地和野兽对视一般。

二

随着"奥古斯塔皇后号"的到来,胶澳地区与登陆部队对峙的清军开始撤退。三年前黄海一战,购自伏尔铿造船厂的经远舰以一敌四,遭日舰猛轰十余炮仍死战不退。自此,德制军舰在清廷上下大受赞赏,如今比经远舰更大、更先进的"奥古斯塔皇后号"他们又如何敢惹?到第二年初,海军军营建立,占领之势日益稳固,接下来,便是外交部的事了。

这几个月来,齐柏林一直忙于港口工程的营建工作,测绘地形、丈量水深、安装机器等等,而谢缵泰则寸步不离地跟在他身边,除了任劳任怨地做些携带工具、搬运设备的体力活外,还在齐柏林的指导下负责收集数据、绘制草图的工作,兢兢业业的态度令齐柏林非常满意。只是偶尔,谢缵泰会看着新绘制的港口图纸若有所思,当齐柏林与他目光相接时,他却总是欲言又止。随着日子一天天过去,谢缵泰走神的次数越来越多,这天晚餐过后,谢缵泰约齐柏林一起去青岛山——也就是德国人口中的俾斯麦山上走走。当天的工作已经结束了,青岛山上暂时也没有需要营建的工程,齐柏林有些诧异,但还是毫不迟疑地答应了。

齐柏林对谢缵泰的才学颇为欣赏，谢缵泰同样也将齐柏林视为良师益友，两人之间早有默契，不约而同地在一处山崖边停下了脚步。举目望去，不远处的海岸灯火通明，港口已经初具雏形。

"谢，你有什么想和我说的吗？"齐柏林问道。

"是的，先生，从第一次见到港口的设计图纸我就想问您了。"谢缵泰愣愣地看着山下的海港，轻声说道。

"哦？那是好几个月之前的事了吧。"齐柏林点点头，示意谢缵泰继续。

"你们，并不仅仅是为了那两个传教士而来的，对吧？即使抓到凶手，你们也不会离开这里了，是吗？"谢缵泰直视齐柏林，冷冷地问道。

"对，这没什么好隐瞒的，我们在这里建立的港口、防波堤都是永久设施，我们的海军在远东需要一个储煤站，一座属于自己的基地。这不过是我们帮助你们讨回辽东的小小报酬而已！"齐柏林语带不屑地答道。

"小小报酬？先生，你们想要的，恐怕远不止胶澳一地吧！你们在港口修建的铁路，早就预留了向内地延伸的轨道，沿途的地形地貌也已经被你们摸得一清二楚！你们是不是还想要济南，还想要整个山东？"谢缵泰按捺着愤怒，恨恨地说道。

面对谢缵泰的质问，齐柏林一时竟无言以对。自己还是低估了这个年轻人，没想到他仅仅凭借几张铁路设计草图，便推测出了殖民军通过铁路将整个山东纳入势力范围的计划。齐柏林沉默良久，终于叹道："谢，你生于澳洲，长于香港，我原以为你和其他守旧迂腐的华人有所不同。你要知道，当今世界弱肉强食，只有强权，才是唯一的真理！"说完，齐柏林对谢缵泰指了指停泊在港口中的军舰。

"好！我定当谨记您今日之言！总有一天，我会向您证明，我们也可以自强于世界！"谢缵泰目光如炬，一口气说完，转身离去。

看着他在山路中渐渐消失的背影，齐柏林突然感觉，自己对这个年轻人，对这个民族，了解的还远远不够。

接下来几天，谢缵泰将自己锁在房间里，再不出现。缺少了他的协助，齐柏林手头上工作的进度也慢了下来，不过齐柏林并不想勉强他，齐柏林相信年轻的谢缵泰只不过是一时热血，现实很快会让他低下骄傲的头颅。

三

　　谢缵泰早早醒来，披上外套走到窗前，军舰和货船静静地停泊在码头内，随着海浪缓缓起伏着。微弱的晨光从阴沉的乌云缝隙中透出，并不发散，像是给乌云染上了一道道碎裂的金边。风停了，往日喧嚣的海鸟早已不见踪影，天地间突然格外的寂静，看来马上就有一场大风暴要来了。谢缵泰关紧书桌前的窗户，慢慢坐下，愣愣地发着呆。确如齐柏林所料，他的内心是矛盾而无奈的，他曾经天真地相信了齐柏林关于德国人胶澳之行目的的说辞，却没想到传教士事件正是他们求之不得的借口。从德国人在胶澳地区的经营和规划建设来看，他们非但没有离开的打算，野心恐怕也远未得到满足。那天齐柏林的话也破灭了他心中最后一丝幻想。他不得不痛苦地承认，所谓外交，所谓道义，在坚船利炮面前是那样苍白无力。当下他唯一能做的就是继续跟在齐柏林身边，或许有朝一日可以"师夷长技以制夷"，但他又实在厌恶这种为虎作伥的感觉。

　　谢缵泰正迷茫着，窗户忽然一紧，骤起的大风带动窗框将插销顶得来回摇晃，豆大的雨滴也随风而至，密集地击打在玻璃上，发出爆豆似的脆响。雨水还没来得及流走，又被新的雨滴覆盖，视野很快便模糊起来。透过窗户，只能隐约看到外面水天一线，什么都看不分明，只有港口的引航灯像萤火虫一般，忽明忽暗地闪烁着。

　　"看！那是什么……"

　　"上帝啊……"

　　"是约尔曼冈德[1]！"

　　"闭嘴，蠢货！约尔曼冈德怎么会飞？"

---

1. 北欧神话中的尘世巨蟒，头尾相衔，环绕着整个世界。

"行了，别吵了，快看，它钻到云里面去了！"

"这边！它又钻出来了！"

这样恶劣的天气，外面却喧闹了起来，谢缵泰不禁有些好奇，但从德国人断断续续的争论中也听不出个所以然。他索性披上雨衣，走了出去。没想到的是，甲板上已经挤满了人，人们在风雨中举步维艰，却都不肯离去，所有人都齐刷刷地望向天边一片厚厚的乌云，议论纷纷。

到底发生了什么？眼前的一切让谢缵泰一头雾水，这些德国人莫不是吃饱了撑的，顶着风暴出来就为了看朵云？

"轰！"一道闪电就像急速生长并分叉的树枝，从众人注目的乌云中劈出，雷鸣声滚滚而来，人群中传出一阵惊呼，却不是被吓到，而是因为那片被闪电照亮的乌云中呈现出的异象。只见云层中猛然浮现出一条巨大的黑影，不住地盘旋穿梭，一会儿加速直行，一会儿又扭转翻腾，忽而隐于云雾之中，片刻后又在另一片云层中出现。蓦地，那巨大的黑影破云而出，空中传来一声汽笛般的长鸣，悠远浑厚，在电闪雷鸣中竟是那样清晰。

谢缵泰从身边一个德国士兵手里抢过望远镜，不顾对方的咒骂将镜头擦了擦，然后对准了云层中的怪兽。被雨水反复冲刷的镜片极为清晰，他看到那怪兽有着形似蟒蛇却大上数十倍的庞大身躯，上面覆盖着鳞片，鳞片起伏波动，其下喷出一股股气流，引得云气缭绕，仿佛是在吞云吐雾。它的头颅既像马，又像鹿，布满鲤鱼似的胡须，其脑后长有两只V字型的长长的犄角，而在躯干两端下侧，还各生有一对遒劲的利爪！

"哈哈！"谢缵泰看得有些痴了，随即迎风大笑，胶澳之行，不枉此生！它哪里是什么约尔曼冈德？正所谓神龙见首不见尾，那云层中的怪兽，分明就是龙啊！

龙！龙！在越来越猛烈的狂风暴雨中，谢缵泰兴奋得手舞足蹈，但身旁的德国人听不懂他的话，纷纷避让，只有齐柏林挤了过来，一把拉住他的肩膀，问道："谢，你说什么？龙？那怪物就是你们传说中的龙么？"

"没错！今天我知道了，龙并不是编造出来的图腾，它是真实存在于这个世界上的生物！"谢缵泰指着空中翻云覆雨的巨龙，大声答道。

闪电越来越密集，几乎是一道连着一道，到最后已经分不清雷声来自哪个方向。空中的巨龙变得十分亢奋，腾云驾雾，飞得极快，似乎正在追逐那些骇人的闪电，却总是差之毫厘。盘旋了一阵，巨龙突然猛地掉头扑向天边另一朵透着亮光的乌云,刹那间,一道闪电从乌云的亮光中划出,狠狠地击在了龙身上!

强忍着炫目的闪光对眼睛造成的刺痛,谢缵泰透过望远镜看去,只见雷击下的巨龙周身鳞片张开,统统立了起来,强大的电流似乎被禁锢在了龙身上,在它互相平行竖起的鳞片之间,时不时闪现出一片电火花。巨龙好像被闪电定格了,就这样悬停在半空中一动不动,也许只有短短几秒,但谢缵泰却觉得像几个世纪那样漫长。直到巨龙的鳞片合上,空中传来滋——的一声怪响,它僵直的身躯才开始重新活动。不可思议的是,随着巨龙的扭动,它原本就硕大无朋的身躯,就像气球一样迅速地膨胀起来。龙难道是在借助闪电完成某种蜕变?谢缵泰的心绪随着这条神奇的巨龙起起伏伏,可还没等他高兴起来,变故陡生。

承受住雷电的袭击后,巨龙仿佛将这天地间的洪荒伟力都吸收了,虽无羽翼,却更加气势磅礴地向高空爬升。眼看就要直冲云霄之际,巨龙靠近尾部的一段身躯却猛地一阵抽搐,幽蓝色的火焰突然从它体内窜出,迎着风雨向上剧烈地燃烧起来,并产生连续的爆响。顷刻间,烈焰从龙的尾部一路蔓延,巨龙发出震耳欲聋的悲鸣,终于支撑不住,向下坠去。

"也许,它会坠落在胶澳海域!"目瞪口呆的齐柏林心中默算了巨龙大致的飞行高度和坠落轨迹,自言自语道。他随即反应过来,一跺脚,用德语向岸上围观的水兵大声嚷嚷了起来。

"谢!我们立刻出海!跟我一起去吧!"齐柏林一边向谢缵泰大声喊道,一边飞快地向港口跑去,仿佛一下子变回了几十年前那个身姿矫健的年轻人。

谢缵泰低下头,犹豫片刻,咬咬牙追了上去。虽然不愿再和这群侵略者为伍,但这次与神话中的龙近距离接触的机会,他无论如何也不能错过!

四

风雨渐弱,"奥古斯塔皇后号"以二十一节[1]的航速全速航行,很快便赶到了胶澳海域与外海的交界处,齐柏林对自己的推算颇为自信,那条龙一定就坠落在这附近!果然,经过一番搜寻,水手们发现了成片的死鱼,其中夹杂着许多硕大的鳞片,应该是巨龙重坠之时震落的。鳞片被打捞上来,足有成人手掌大小,谢缵泰接过一片轻轻抚摸,上面还略带余温,显然经受了烈火烧灼。即便如此,它却完好无损,透着奇异的金属质感,与寻常鱼鳞截然不同。

四周散落的鳞片越来越多,瞭望塔上的水兵随即在前方发现了数处仍在燃烧的火苗,抵近一看,正是那条巨龙尚未沉入海底的尸体!此刻这庞然大物已经完全没有了生命的迹象,但这却丝毫不影响它所带来的震撼——仅仅只是漂浮在海面上的部分,就足有数十米长,整条龙尸的长度恐怕与"奥古斯塔皇后号"相差无几!齐柏林与舰长来不及惊叹,这里距外海仅一步之遥,商船往来频繁,随时可能出现英、日、俄等国军舰。为掩人耳目,他们派出十余名船员携带绳索驾驶数艘小艇靠近龙尸,将绳索分别缠绕捆绑在龙角、龙爪等处,再用"奥古斯塔皇后号"将其拖走,一切等回港再说。

谢缵泰在甲板上看着船员们驾驶小艇不断往返于巡洋舰与龙尸之间,在龙尸附近有条不紊地聚散忙碌,渺小得像一群分食巨兽尸体的蚂蚁,心中不禁凄然。这个国家又何尝不是如此呢?曾经威风凛凛,不可一世,但现在却只能任人宰割。也许,这些古老的事物,都会有所谓的劫数吧?这条巨龙是不是就是因为渡劫失败,被天雷击中,才殒命坠落的?可是,他明明记得,当时那条巨龙是自己主动迎向闪电的,难道这中间出了什么差

---

1. 1节约等于1.8千米/小时。

错？在瓢泼大雨下，那诡异的蓝色火焰又是如何燃起的呢？

百思不得其解之际，德国人已经一丝不苟地将龙尸与"奥古斯塔皇后号"牵引连接完毕，只待小艇上的水手上船后便可返航。谢缵泰随意一瞥，却猛地睁大双眼，目光被牢牢定住：远处海面之下，一条蛇形黑影正疾速潜行上浮，距离那几艘小艇已不足百米！

"快跑！快散开！"谢缵泰大声示警，齐柏林也注意到了水下的黑影，急忙与他一起使劲呼喊。直到这时，小艇上的船员们才意识到了迫在眉睫的危险，慌乱地分头逃散。可是为时已晚，那黑影的骨质背鳍像牛排刀一样刺出水面，划开一道巨大的分水线，顷刻间便掀翻了几艘小艇，落水的船员们惊慌失措，唯有拼命游向"奥古斯塔皇后号"。在舰长的指挥下，"奥古斯塔皇后号"几度试图以舰炮攻击水面下的怪物，但那怪物虽然体型庞大，在水下却异常灵活，速度极快，根本来不及瞄准，加之距离太近，担心误伤落水船员，投鼠忌器之下，众人只得眼睁睁看着幸存者被一个个卷入水下，片刻后便有大片血水涌上海面。

幸存者们的惨叫很快就消失了，只余下一些残肢断体随波逐流。怪兽仍不罢休，绕着"奥古斯塔皇后号"转圈徘徊，时不时还在水下拱起龙尸，发出阵阵悲鸣，似乎想将其夺走。

舰上的船员们早已惊骇得肝胆俱裂，只想尽快离开。谁知水下怪兽见"奥古斯塔皇后号"就要拉走龙尸，几番拖拽不成后竟突然跃出海面，直扑战舰甲板，亏得德国水兵训练有素操纵娴熟，千钧一发之际及时转舵，避开了怪兽大半身躯，但怪兽身体前端的两只利爪仍扣住了左舷甲板。众人被剧烈的颠簸震得东倒西歪，一直潜藏在水面下的怪兽露出了真容——虽然体型略小，角也纤细许多，但一看便知，它也是一条龙！难怪它要与巡洋舰争夺巨龙尸体，它与那死去的巨龙，分明就是一对伴侣！一名士兵逃跑时不慎滑倒，不偏不倚正对上巨龙腥臭的血盆大口，那名士兵亦是勇悍之辈，绝望下竟掏出手枪朝龙头连开数枪，只是子弹打在龙头上却只溅起几点火星，反而激怒了龙。谢缵泰见势不妙，一把将齐柏林扑倒，从龙口中喷出的火舌堪堪从他们头顶擦过，瞬间就将开枪的士兵和同一直线上的其他几人化为焦炭。

"撤！所有人撤出甲板，快进船舱！右满舵，全速前进！"巡洋舰"奥古斯塔皇后"号全体船员自德意志本土远道而来，踌躇满志地以为可以在远东大展拳脚，为帝国争得一份荣耀，万万没想到此刻一仗未打便已伤亡惨重。舰长目眦尽裂，冒着军舰倾覆的危险咆哮着下达了命令。燃煤锅炉骤然满负荷运转，烟囱喷出浓烈的黑烟，在铁与火撞击的轰鸣声中，巡洋舰保持高速的同时向右急转。这次舰长赌赢了，左舷的巨龙与船尾龙尸的重量止住了"奥古斯塔皇后号"侧翻的势头，而只有一小部分身体攀上了甲板的巨龙无处借力，被军舰产生的离心力抛了出去，只在甲板上留下了数道触目惊心的爪痕。

好不容易从巨龙爪下挣脱的"奥古斯塔皇后号"无心恋战，朝着母港方向落荒而逃，而被甩到海里的巨龙则跟在军舰后穷追不舍。好在龙尸虽然庞大，重量却轻得出奇，并未过于拖累船速，双方始终保持着微小的距离。在这个距离上，舰上主炮施展不开，舰长只好指挥炮手以舰尾副炮射击，但那巨龙极为狡猾通灵，时浮时潜，炮弹虽然在海面上激起一束束壮观的水柱，却未能伤它分毫，唯一的用处便是迫使巨龙不敢再次扑上甲板。

军舰就这样与巨龙僵持着且战且逃，大部分船员只能躲在船舱里束手无策，连甲板上同伴的尸体都无法收殓。正当众人的精神即将在这场惊心动魄的追逐中崩溃时，海岸线总算在远方出现了。在齐柏林和谢缵泰的连声提醒下，绷紧到几乎只剩下战斗本能的舰长恢复了理智，用旗语向岸上发出了求救信号。或许是求救内容过于匪夷所思，港口过了好一会儿才派出了几艘军舰前来接应。双方会合后，"奥古斯塔皇后号"的船员们不禁欢呼雀跃，一时竟忘了危险，纷纷走上甲板向友舰脱帽致意，巨龙此刻也不见了踪影，想来已经知难而退了。

"该死的海怪，见鬼去吧！"一名船员忘乎所以，冲到船舷边骂骂咧咧地朝海里吐了一口唾沫，却没注意到海面突然卷起的漩涡。巨龙在水下猛地转身，龙尾以雷霆万钧之势从甲板上横扫而过，不但将那名船员击飞，还卷走了数人，他们像破碎的洋娃娃一样被扔到半空后跌落，很快就悄无声息地沉入了海底。原来巨龙根本没有离开，只是潜行在水下等待机会给予人类致命一击！即使身处险境，谢缵泰也不得不惊叹于龙的智慧，它们到底是一种怎样的神奇生物？

这时，炮声响了，不是军舰上的舰炮，而是青岛山上的岸炮。巨龙终归只是野兽，全力与军舰缠斗却忽视了人类在陆地上的威胁，这一炮虽然没有直接命中，但显然伤到了它，巨龙发出一声痛嚎，潜入水中，再不出现。

当天晚上，港口周围再次传来巨龙的悲鸣，如泣如诉，似乎在呼唤死去的伴侣。德国人不敢掉以轻心，派出大批军舰彻夜巡逻警戒，直到第二天一早，海面上泛起了大片血迹，蜿蜒着向外海延伸，他们才确信，这次巨龙真的已经离开了。

持续一天一夜钢铁巨舰与神话生物间的战斗落下了帷幕。是役，德国远东舰队死伤数十人，另有多人失踪，巡洋舰"奥古斯塔皇后号"甲板毁损严重，可谓出师不利。因德皇计划将胶澳地区建设为其在远东的"模范殖民地"，为防士气受损、引来各方觊觎，殖民当局将此战消息严密封锁，并将拖回的龙尸运回海军基地，秘密加以研究。

五

自从跟齐柏林在青岛山上摊牌之后，谢缵泰早有离去之意，却不想就在这当口居然亲历了坠龙斗龙的千古奇事。"奥古斯塔皇后号"回港后，正逢青岛山炮台筹备建设地下指挥所，前期工程已经在山体中挖出了数个巨大空洞，刚好用于储存龙尸。谢缵泰素来博学，对历史典籍和神话传说中的龙颇为好奇，如今得以观其真身，自然心痒难耐，就此打消了离开的念头。但德国人疑心其华人身份，只是从部队中遴选了军医及工程师开展龙尸研究，谢缵泰并无太多机会接触研究。好在天无绝人之路，齐柏林既是工程师，又出身贵族，还同为坠龙斗龙事件的目击者，自然入选。他考虑龙自古以来便是中国神话传说中的生物，学贯中西的谢缵泰无疑将对研究产生极大帮助，加之感念谢缵泰多次出手相救，便力排众议，为谢缵泰争取到了参与龙尸研究的机会。就这样，两人在争执与决裂后，再度携手合作。

当谢缵泰通过层层检查终于走进那巨大的地下空间后，尽管已经有了心理准备，他仍然感叹于德国人严谨高效的作风，并再次确认了他们野心勃勃。坚固的花岗岩山体已经几乎被掏空，虽然只是前期的土方挖掘，但看得出来，大洞套小洞，洞洞相连，多处同时进行的地下工程构成了一个复杂但有序的整体，不少地方还看到了预留铁轨和电线的痕迹，等到这里最终建成之时，进可攻退可守，绝对是远东地区首屈一指的要塞！而庞大的龙尸就被安置在炮台正下方预备用于建造弹药库的最大空洞内，德国人利用陡峭的山体巧妙设计，虽处于地下，空气依然凉爽干燥，龙尸虽腥味极大，但保存尚好，暂未腐败。

说来奇怪，在历代典籍中，越往古代，关于坠龙的记载越是屡见不鲜；但越到近代，此类现象出现的频率却大大降低。谢缵泰原以为龙不过是寄托先民某种崇拜的化身，随着近百年来科学昌明，民智渐开，神话传说自然便少了；但事实也许是龙这种生物在上古时期曾繁盛一时，甚至与华夏先民有过极其密切的接触，只是在时光流逝中它们的种群逐渐消亡，现如今恐怕只余下了少数孑遗。对于龙这种生物，谢缵泰尚且一知半解，德国人想要研究更是不知从何入手，况且军队中又没有专研生物的学者，他们只得让军医摸索着将龙尸解剖，由工程师记录绘制它的身体构造，并推测其飞行原理及死因。除了运送器械工具，清理现场的工人外，此次参与龙尸解剖研究的人员共有十余人。在他们到来之前，工人们已对龙尸做了些简单的防腐处理，并安装了许多滑轮牵引和起吊装置，方便研究者们在解剖过程中随时挪动它。

万事俱备，众人便硬着头皮开始了对这未知生物的解剖。谁知行动刚一开始，便遇到了棘手的麻烦。龙的周身覆盖着无数硕大坚硬的鳞片，虽然在被雷击坠海时掉落了不少，但剩余部分生长排列得仍十分错落紧致。如果不破开龙体表的鳞片，解剖就无法继续进行，但若一味蛮干，又怕会破坏这具珍贵的尸体，操刀的军医一时陷入了两难。谢缵泰正在一旁观察，回想起目睹巨龙的场景，他灵机一动，巨龙是因为雷击自燃而坠海的啊！它身上最初的起火点，不就是打开这身致密铠甲的缺口么？他将自己的想法告诉了几位军医，那几人听后连连点头，随即依据谢缵泰的回忆，果真在龙尾附近找到了一处伤口。

相比于龙巨大的体型，这伤口并不起眼，只有碗口大小，又隐藏在龙尾关节处，如不仔细检查确实极难发现，实在无法想象龙居然是死于这样一处微不足道的创伤。但将伤口处理干净后大家才发现：它虽不大，却很深，几乎洞穿了整个龙躯，伤口边缘处不但鳞片缺失，连龙皮肌肉都被烧焦了，足见当时雷击威力之大。谢缵泰心中疑惑稍解，但一时又说不出来还有哪里不对。

众人商议后决定从这处伤口着手，先沿着它将四周破损的鳞片去除，再顺着鳞片生长的方向扩展，一步步将较大的鳞片全部剥下，待到柔软的表皮完全暴露后再进行下一步肌肉、骨骼、内脏的解剖。随着鳞片被一片片拨除，谢缵泰心中异样的感觉越来越强烈，龙鳞的排列似乎有某种规律，闭合时彼此契合相连、严丝合缝，正因为如此，最初解剖时大家才会无从入手。但他们很快发现，大多数龙鳞其实是活动的，能够各自张开竖立，在将它们剥离的过程中，从龙的皮下体腔内还带出了一些纤维状的组织，就像树木被推倒后露出地面的树根一样。研究者们面面相觑，谁也没在其他生物身上见过类似的组织，一名年长的军医猜测，龙身上这些能张开的鳞片可能用于散热，而这些纤维可以传导热量、固定鳞片，也许还能像鸟类羽毛毛囊那样起到供给养分的作用。包括齐柏林在内的其他人都认为这一推测很有道理，唯独谢缵泰仍然疑虑重重。

那天目击龙的人虽然不少，但因为天气和距离的原因，实际上看得并不真切，只有他通过望远镜将龙飞行的每个姿态和细节都看得明明白白。他永远也不会忘记龙在云雨雷电中穿梭腾飞的壮观景象，当时龙的鳞片确实有节奏地闭合又张开，就像波浪一样在龙身上翻滚起伏，而且鳞片下还喷出了气流，难道这就是龙将体内热量排出时的现象？或者和鲸鱼一样，这也是龙在换气？

但他清楚地记得，只有在雷击时，龙身上所有鳞片才是张开并竖起的……等等，雷击！谢缵泰心中一震，终于发现了让自己一直感觉奇怪的地方！那条龙不断穿越雷雨云，分明就是在寻雷，它是主动让闪电击中的！那些竖起的鳞片，就像在迎接雷击，除了散热，它一定还有更重要的用途！而龙刚被雷击中时安然无恙，是在雷击结束后，闭合鳞片时才自燃坠落的。对了！他突然又想起，龙承受雷击的部位在身体前半部分，但导致它坠落的起火点却在龙尾，也就是说，这处伤口并不是由雷击直接造成的。

谢缵泰反应过来后连忙去检查龙尾处的鳞片，但为时已晚，这部分的鳞片已经被清除，看不出任何异常了。谢缵泰懊恼不已，不甘心地在袒露的龙尾上寻找着蛛丝马迹，果不其然，他发现了几道不易察觉且已经快愈合的伤痕，它们呈撕裂状分布在龙尾肌肉上，最后交会于龙尾自燃点的伤口处。看到这里，谢缵泰恍然大悟，这处伤口显然在遭受雷击前就已经形成了，伤痕的形态很像是抓伤，有可能是这条巨龙遭遇天敌或是与同类相斗时所留下的。从龙鳞下肌肉受创的程度看，这处损伤原本并不致命，但很可能将巨龙此处的鳞片给破坏了；而龙鳞，极有可能在引雷过程中起着非常关键的作用，正是因为这处龙鳞的缺失，才导致巨龙最终引雷失败，自燃坠海！

为了验证自己的推测，谢缵泰取了一片龙鳞和一块龙鳞下的表皮送往化验室检测。不出所料，检测的结果显示：龙鳞具有极好的导电性，而龙皮则是优质的绝缘体。毫无疑问，谢缵泰对龙鳞作用的推测比那位年长军医做出的判断更加接近事实的真相，但龙主动引雷的目的又是什么呢？谢缵泰联想到了民间巨蟒飞天、引雷渡劫从而化身为龙的传说，一度怀疑龙就是由某些巨蟒在特殊条件下突变而来的新物种。难道说，它冒险引雷就是为了自身下一步的提升和进化？

谢缵泰从龙的死因研究到龙鳞的作用，最后竟发展到追寻龙的起源与进化。正当他冥思苦想之际，齐柏林却对其做法不以为然，齐柏林认为龙的死因毫无争议，不值得深究，只想知道如此巨大的生物是凭借什么原理实现飞行的。他将研究重点放在了龙鳞下纤维状组织生长出来的肌肉及龙的体腔内。在解剖过程中，齐柏林敏锐地发现，龙的身体正在缓慢地干瘪缩小，而这似乎不是尸体腐败造成的。剖开龙身表层极富弹性的肌肉后，齐柏林有了新的发现，这些肌肉包裹着一个个较小的囊泡，纤维状组织从小囊泡中穿过，深入体腔内相连的更大囊泡中。龙体内许多囊泡已经破裂了，一些无色无味的气体正从中泄漏出来，于是造成了龙尸干瘪缩小的现象。

齐柏林和几名军医小心翼翼地划开龙身上每一块肌肉，好不容易剥离出了一些完好的囊泡。这些囊泡表面覆盖着一层筋膜，与肌肉粘连在一起，大小各异，有的鼓胀，有的干瘪。所有囊泡被清理出来后，齐柏林发现了一个有趣的现象，囊泡自动分为三类：一类最小，是从靠近体表的部位发现的，外层与肌肉及表皮紧密相连，将它拿起后放手，漂浮一阵后便缓慢落地；第二类大小居中，重量最重，其内明显有液体存在；第三类囊泡体积最大，重量却最轻，分布在龙的体腔深处，骨骼与内脏之间，脱离龙体后便迅速上浮，若在开阔地带早已随风飘走。

早在"奥古斯塔皇后号"打捞龙尸遭到另一条龙攻击时，齐柏林就确信，龙这种生物虽然能飞，但大部分时间应该是生活在海洋中的。它的身体构造完美地适应海洋环境，也只有浩渺丰饶的大海，才能供养如此巨大的生物。而通过解剖，齐柏林认为它们之所以能飞，很可能就是因为那些能够悬浮上升的囊泡，结合那条龙曾经口吐烈焰吞噬船员，齐柏林几乎已经猜到囊泡中的气体是什么了！完整的囊泡已经所剩无几，但为了验证其内部的成分，齐柏林不得不在三类囊泡中各挑出了一个用于检测。

检测结果很快就出来了，因为这三个囊泡中都是极其常见的物质，第一种囊泡中的气体就是普通的空气；第二种囊泡中的神秘液体不过是水；而第三种囊泡中的气体则是氢气。除了第二种囊泡中的不明液体居然是水有些出乎意料外，其他两类囊泡中的气体成分完全证实了齐柏林的猜想：龙就是靠体内的巨量氢气实现浮升的，而那些小囊泡中的空气，除了可以带走体内多余的热量，更能起到调节身体相对密度的作用，当龙在飞行中需要爬升时，它就会排出小囊泡中的空气，龙身变轻则上升。而在下降时，小囊泡吸入空气，龙身变重则下沉。这也是小囊泡生在体表附近的原因，它的外层与表皮相连，能随时吸入或喷出空气，空气被加压后喷射，配合龙身在空中做出的复杂摆动，又形成了推力。

简而言之，氢气囊泡提供升力，空气囊泡提供推力，这便是龙翱翔天际的奥秘！至于第二类囊泡，齐柏林在检测前原以为里面是某种特殊的组织液，是氢气的生发器官，但现在看来，它可能仅仅只是龙在海洋中生活时的"压舱物"而已——因为体内氢气的存在，龙需要不断吸水储存在体内，以免身体不受控制地漂浮在海面上。

齐柏林提出的这一套理论逻辑缜密，与检测结果又相互验证，尽管还有一些细节未明，但大家普遍认为已经足以揭开龙身上的谜团。齐柏林一方面感慨造物主之伟大，在自然界中竟然存在如此神奇的生物，一方面又欣喜若狂，在龙身上，他得到了巨大的启发，仿佛看到一个全新时代的大门正朝自己缓缓开启。

六

　　解剖工作进行到了尾声，大家已经在地下待了很长时间，整天在弥漫着浓烈腥臭味的空气里呼吸，都感到头昏脑涨。齐柏林的研究取得突破后，众人迫不及待地想要尽快结束这项任务，去外面接触下新鲜空气。只有谢缵泰保持着高昂的热情，孜孜不倦地继续研究，不放过任何一处细节。齐柏林看在眼里，心中对这个年轻人的欣赏又多了一分。他甚至向谢缵泰提出，龙尸解剖结束后他就要回国，希望谢缵泰也能一同前往德国，两人携手开创一番事业。

　　谢缵泰当然明白齐柏林所说的事业是指什么，他很佩服齐柏林在科技运用上超前的眼光，更清楚这邀请意味着什么。他只要点点头，未来就能一展所学，荣华富贵将变得唾手可得，更有可能名扬世界。但他低头沉思了片刻，便委婉地拒绝了齐柏林的提议，"先生，龙身上还有不少未解之谜没能解开。您有没有想过龙体内的氢气是从何而来？龙又为何要冒着莫大的危险去主动引雷？这两者间是否有什么关联？这些问题尚未得到合理的解释，就此参照龙的飞行原理研制大型飞艇还为时过早。"

　　"谢，你知不知道自己放弃了一个千载难逢的机会？"齐柏林对谢缵泰的回答有些难以置信，恼怒之余讥刺道，"我不明白你再追查那些虚无缥缈的问题有什么意义？大型飞艇必须马上投入生产，只有这样才能快速积累资本，有了钱，研究才能继续进行。你们中国人不是常说要经世致用吗？但你们的行为却恰恰相反，也许这就是你们落后的原因！"

　　齐柏林口不择言的一番话再度让两人间充满了火药味，谢缵泰不甘示弱，回击道："先生，请你听好，经世致用不代表不求甚解，再说你敢保证大型飞艇生产出来后，你们不会用它占领更多地方？"

　　"这……大型飞艇的商业前景不可估量，我当然只想投入民用！"

"是么？鸦片最初也只是一味药材，但到了豺狼手中，就变成了残害民众的毒物！"

两人各执己见，谁也说服不了谁，最终不欢而散。

这次争吵后，齐柏林便马不停蹄地开始了大型飞艇的设计工作。他详细记录了龙尸的长度、重量、身体构造特别是骨骼等方面的数据，建立了数个模型，以此为参考，绘制出了多幅大型飞艇的设计草图。另一头，谢缵泰仍沉浸在龙与雷电的关系中不可自拔，每当夜深人静之时，脑海中总是不自觉地闪现出当日巨龙引雷的画面，却一直不得要领。一筹莫展之际，谢缵泰突然想到，自然界中，除了龙，还有其他生物利用电的情形么？或许能提供一些线索呢？循着这个思路，谢缵泰还真想到了一种生物，那就是在南美洲大名鼎鼎的电鳗。

与龙依赖天气追逐雷电不同的是，电鳗靠自身就可以产生可观的电流，不但能击毙体型较小的鱼类，甚至还能将涉水过河的野牛电晕。其发电器生长在身体两侧的肌肉里，尾部为正极，头部为负极，电流自尾部沿身体向头部传导并逐步增强直至释放。谢缵泰猜测，虽然体形相差巨大，但龙与电鳗在体态上颇有相似之处，长条形的身体，不但利于在海中游动，同样也适合电流传导。与之相对应的，龙身体的正负极情况或许与电鳗正好相反。电鳗放电用于捕猎或御敌，龙反其道而行之，通过触雷将电流引入体内，为的是什么呢？如此巨量的电能，又被龙用到了哪里？

带着这些疑问，他更加细致地解剖了龙的体表肌肉，试图找到电流传导的痕迹，以此推测电流的去向及用途。原本只是抱着另辟蹊径的想法试上一试，结果却歪打正着，在龙体内几乎相同的位置，谢缵泰竟然发现了与电鳗极为相似、但功率显然要大上许多的发电器，正负极的方向也与电鳗完全一致。这直接推翻了他之前的设想，表明龙不仅能依靠自身放电，体内电流也并非只有单一的流向，而是存在着一个远比想象中更为复杂的电路系统。山重水复疑无路，柳暗花明又一村。新的发现让谢缵泰欣喜若狂，他从龙尾一路推进，想要弄清电能传导并最终释放的全过程。然而事实再次与设想大相径庭，龙尾产生的电流并没有传导至龙头，更没有被释放，而是直接导入了龙体内深处。

谢缵泰对龙身上层出不穷的神奇之处早已习以为常，思索片刻便想通了其中的关键：龙体型庞大，爪牙锋利，在海中也必定是横行无忌的霸主，完全不需要像电鳗一样大费周章放电捕猎。但他同样坚信，任何生物都遵循着进化的规律，龙既然能产生巨大的电能，也一定会有相应的作用，只是自己暂时还未发现其中的奥妙罢了。而此刻他心中隐隐有种感觉，自己距离揭开最后的谜底，已经不远了。

最终，谢缵泰顺着龙体内的发电器认定，电流的终点恰恰是早先齐柏林发现的那些生长在龙体腔深处的囊泡，这些囊泡内充满水，又与含有氢气的囊泡相连。如果说谢缵泰之前的研究好比是在黑暗中顺着唯一一道光线艰难摸索，那么现在，他则终于找到了漏出这道光线的天窗，推开它，一切皆在眼前豁然开朗——自然界的广袤多姿竟造就了如此鬼斧神工的杰作，因为直流发电机的发明，直到不足三十年前才被人类大规模应用的电解水制氢法，居然早已在龙身上实现了！

至此，谢缵泰已经能够依据这些线索再加上一点儿想象大致还原出龙这种神奇生物波澜壮阔的一生了。根据龙的解剖结果，龙的四肢保留了一些两栖动物的特征，但体表的鳞片，用肺呼吸的方式，又表明它更接近于爬行动物，应该是介于两者之间的过渡物种。它的繁殖方式尚不明确，但极有可能为卵生，且具有洄游的习性——即成年体在繁殖期自入海口逆流而上，在江河湖泊中产卵，幼体孵化并发育成熟后又返回大海。这一过程在漫长的历史中不断重复，被亚洲东部延绵数千年的文明目睹并记载了下来，形成了独特的神话传说。

生存和繁衍是生物最基本的需求，龙也不例外。龙成年后在海中生活，既无须担心食物来源，又没有天敌威胁，那么它们通过放电将体内的水电解成氢气毫无疑问就是为了繁殖。它们平日潜行在海底，捕食之余不断电解水，将生成的氢气一点点储存在体内囊泡中，达到一定程度后再将体内多余的水分排空，在某些特殊条件下，例如风暴来临之际，借助肌肉力量冲出海面后就能实现飞行。可以肯定的是，尽管飞行原理并不复杂，但对于龙而言，飞行仍然是一项极富难度、风险巨大的技能，只有足够成熟、强壮的个体才能游刃有余地施展。而对于繁殖期的雄性而言，还有什么是比这更好的在雌性面前展示自己的方式呢？

但如果有两条甚至更多的雄性同时完成了飞天的壮举，那么一番惨烈的争斗就不可避免了。而胶澳海域坠落的这条龙，它身上的伤痕，很可能就是它的竞争者留下的，在被人们目击之前，它已经经历了至少一场生死搏杀。谢缵泰无从想象它获胜的细节，但可以合理推测的是，在激烈的搏斗中，为了躲避对方的攻击，它一定需要急速下降，而这又不是仅靠吸入空气就能立竿见影的。它只得将体内宝贵的氢气一并排出，或许还能造成出其不意的杀伤——这一点，袭击"奥古斯塔皇后号"的那条龙已经演示过了。

在这种情况下，它想要维持飞行状态甚至再次爬升，就不得不使用一些极端但快速的方法来补充氢气。云层中饱含水汽，龙只要钻入其中，龙鳞下的空气囊泡就能在呼吸之间吞噬和过滤大量水分，并将它们输送到更深层的囊泡中。虽然轻而易举地获得了原料，但龙依靠自身放电缓慢电解水生成氢气的效率在这危急时刻就过于低效了，它需要更强大、更快捷的能量来源！谢缵泰是唯一一个清晰观察到那条巨龙引雷触雷每个细节的目击者，龙在引雷触雷前后鳞片的不同形态令他印象深刻，这也是他一直固执地认为龙是主动被雷电击中的原因。尽管他之前已经证实龙鳞与龙皮分别是优良的导体和绝缘体，但却一直无从探寻这背后的深意。直到现在，他从电鳗身上得到启发，又在解剖中一步步推导出了龙通过放电电解水生成氢气的全过程，反而推之才恍然大悟——龙主动触雷，是在给自己充电！

作为一种操纵电能的生物，龙必然对电极为敏感，甚至于它的每一片鳞片、每一根触须都能感应到游离在空气中的微弱电荷，这样它就能在千里之外预知正在聚集生成的雷雨云。当龙冲入雷雨云后，它就开始了在天地刀尖之上的舞蹈，它将周身鳞片竖直张开，被闪电击中后，互不相连的鳞片之间便形成了简易的电容，汹涌澎湃的自然巨力就这样被龙用同样狂暴壮烈的方式暂时降服了。龙如同一节容量惊人的蓄电池，不断从自然界中吸收电能，直至达到自身的储能上限。这时它便合上鳞片，带电的鳞片彼此相连，阻绝的电能重新流动，在鳞片上连通后经由鳞片下的纤维组织导入充满水的囊泡中，再次完成电解水的反应。闪电所蕴含的能量比龙自行产生的要高上几个数量级，龙几乎在瞬间就可以重获足够它继续飞行的氢气，能量与物质的转化就这样在它身上形成了完美的闭环。

可惜的是，即使最精密的机器也会发生故障。出现在胶澳海域上空的那条巨龙，在同类相争中脱颖而出，却敌不过大自然。它在搏斗中负伤，原本并不致命，但被损坏的鳞片成了它的阿喀琉斯之踵。在引雷充电时，剩余的鳞片还能继续发挥作用，但缺损的鳞片在连通放电时只会导致一个灾难性的后果，那就是短路。强大而不受约束的电流在鳞片缺失的部位击穿了它的身体，引燃了它体内的氢气，最终导致了不可逆转的坠落。而在大海中等待它凯旋的伴侣，迎来的只能是一具残缺不全的尸体和如同嗜血苍蝇般尾随而来的人类。

龙尸的解剖和研究结束了，众人从山体要塞中走出，都有一种恍如隔世的感觉。

"谢，请接受我的歉意。"天下无不散之宴席，或许意识到了这一点，齐柏林低声说道。

"不必了，先生。这几个月承蒙您指点，我应该谢您才是。"谢缵泰淡然一笑。

"谢，你无须自谦！你的研究完全是开创性的工作，而我只是做了一个工程师该做的，仅凭这点你就远胜于我。咱们一起去德国开创飞艇空中运输的黄金时代吧！"齐柏林有些激动，紧紧地握住了谢缵泰的手。

"辜负您的好意，我很抱歉。"谢缵泰这次的回答更快，更坚定。

"大清当前的境况，有谁会重视你？在这里你永远不可能造出飞艇！"

"您说得没错。但比技术更重要的，是人心。如果民智不被开启，技术再先进又有什么用呢？"

见谢缵泰心意已决，齐柏林尽管惋惜也只得放弃。他临走时，谢缵泰前来送行，也许感怀于齐柏林对自己的欣赏，又或者是因为巨龙引雷失败的惨剧造成的冲击过于深刻，谢缵泰最后劝道："先生，建造大型飞艇用于运输确实是技术应用上的创举，但那条龙的结局您也看到了，还请您务必重视飞艇的防雷性能，否则迟早要酿成大祸。我运用最新的强度及刚度理论进行了测算，发现完全可以使用铝合金制作飞艇蒙皮，飞艇其他部分则替换成绝缘材料，这样飞艇就形成了一个法拉第笼，从而对雷击产生了一定的屏蔽作用。而且我还听说有英国人在用硫酸处理沥青铀矿时，制成了一种不活泼的气体[1]，虽然浮力略小于氢气，但安全性要好得多，您不妨考虑考虑。"

"好，我会认真考虑的，但当务之急还是把飞艇先造出来……"齐柏

---

[1]. 此处指 1895 年英国化学家制成的氦气。

林的回答有些漫不经心，与谢缵泰握手道别后，他登上了返回德国的轮船。随着汽笛响起，轮船缓缓驶离了码头。两人渐行渐远，再无交集。

尾　声

1937 年 5 月 6 日，代表飞艇技术巅峰的"兴登堡号"在美国莱克赫斯特海军航空总站上空准备着陆时突然失火，仅仅三十二秒后便燃尽坠毁，三十六人在这场可怕的事故中丧生。

关于这场空难的原因，历来众说纷纭，但一种猜测是："兴登堡号"降落时，一根被吹断的缆绳划破了一个气囊，造成了轻微的氢气泄漏，而一道闪电恰巧击中了这个位置，引起了大火。

属于飞艇这个空中巨无霸的时代，自此由盛转衰，徐徐落幕。

本文在写作过程中，得到了秋月博士、付强两位老师的帮助及指点，特此致谢！
本文为《银河边缘》中文版专发篇目。

| 科学家笔记 |

荷尔蒙之外
EXCEPT FOR THE PLUMBING

[美] 格里高利·本福德 Gregory Benford   著
于佰川   译

> 格里高利·本福德，科幻作家、物理学家、天文学家，加州大学尔湾分校物理学教授，当代科学家中能够将科幻小说写得很好的作者之一，也是当今时代最优秀的硬科幻作家之一。独特的风格使他多次获奖：星云奖、约翰·坎贝尔纪念奖和澳大利亚狄特玛奖等。他发表过上百篇物理学领域的学术论文，是伍德罗·威尔逊研究员和剑桥大学访问学者，曾担任美国能源部、NASA 和白宫委员会太空项目的顾问。1989 年，他为日本电视节目《太空奥德赛》撰写剧本，这是一部从银河系演化的角度讲述当代物理学和天文学的八集剧集；之后，他还担任过日本广播协会和《星际迷航：下一代》的科学顾问。

对美国男性而言，有一处极为隐秘的领域，它潮湿而神秘，被无从感知、无法满足的周期性节律所控制。这段必经之路指向的，则是另一片巨大的未知领域：子宫。在它的深处上演着孕育生命的神奇过程。这个奇妙的腔室男人难以触及，对它只有粗浅的了解。他只能俯身贴耳在妻子的肚脐上，倾听婴儿在黑暗中游泳时随性的踢蹬。

美国人抵达太平洋这片浩瀚奔涌的咸水后，西进就走到了尽头。于是他掉头回转，去寻找一片新大陆。包裹胚胎的羊水和血液与海洋有着相同的咸度。血液在血管中如同洋流般奔涌冲击，仿佛与无垠的太平洋形成共鸣。内海黑暗幽闭，在我们最脆弱的初始阶段保护着每一个人——我们就从那里开始了二十世纪的征程。

这一新征程在"保持清洁卫生"的名义下开启，这个名词代表了一种让世界变得更洁净、更清新的热望，正是这种动力在 19 世纪 90 年代把下水管道送进了千家万户。因此，如同一个市政维护问题被清理，女性也被清洁了。

淋浴喷头、浴缸、为了吸干令人烦恼的外漏而插入的管子（卫生棉条）、喷剂、止痒粉、子宫帽、泡沫剂、口服避孕药——在一晃而过的几十年间，它们协力同行。随着清洁卫生和生育控制间的差异日益模糊，先前的权宜手段[1]（确实如此）逐渐融入到后继者中。而那古老黑暗的土地也屈服于深刺进它疆域的入侵者们。它们密闭又干燥，在起初因粗糙而带来的战栗感后，便被那片昏暗的疆土所接纳了。最好的情况下，只会带来轻微的不适感，它们就这样变成了一种……器具。

对拉顾客下水这种事，按一位老烟草商的说法就是："开头给一撮，末了求一磅。"对于这片含盐的前沿地带也是如此。性冲动不只是去多蹂躏一片土地，还是一种开垦的欲望，要将一片蛮荒潮湿的森林变成丰饶之地。

（"棋盘状的中西部地带"呈"呆板"的长方形，这种形状是否对性生活有很大影响？一条条犁沟在把你引向地平线后，直达平行线交会的无尽虚空。笼罩在几何数学的秩序之下，任何缺乏耐心的活塞运动都无法产生润滑的体验。这欧几里得式的地形限制了美国人的本能，使他们机械化地完成男女繁衍之事，就像他们耕种小麦那样。）

如今，农业已不再是纯靠手工的产业。"何必要这般劳碌？"广告如此说道。没错，这说的是家务、清洁剂和牙膏——但女人最基本的家务是什么？"拒绝一团糟，烦恼马上消……"因此医学让性行为变得安全而"干爽"，远离那片原始意识中的阴湿地带。但怎样才能（从意识上）做到这点？

第一步是基础性的：将欲望和"本我"分离。

自弗洛伊德起，我们就为"无意识"设置了诸多临时障碍：把它当作隐藏所有本能冲动的所在。然而，任何经历过传统（精神）分析——或者荣格主义，抑或更新潮的分析法的人，都会知道这个理论的实用性多么糟糕。（最近，一项关于心理治疗技术的研究显示，如果患者完全抛弃弗洛伊德主义的治疗法而单纯出去散散步，他们的病情也能缓解得一样好！）所以，如果你不能制伏本我，把它牢牢地限制住，接下来又该怎么办呢？

那就割爱吧！就当性器官是生命里的意外，就当性能力不过是种附带品，规整地打包在性器官里面。诚然，血液里有荷尔蒙捣乱（其中就有坏蛋中的首恶分子——睾丸酮——我

---

[1]. 宗教不允许生育控制，美国女性曾经只能打着"清洁"的名义进行避孕。

们清楚联合国是怎么看待它的¹）。不过这很容易应对——把腺体堵起来就行。大多数荷尔蒙都待在那些专断的器官——外生殖器里，而外围的部位则可以留待来日再清理。

因此一些女性主义者告诉我们：男人和女人基本是相似的——除了"排水系统"外。（这令人想起1890年代冲水马桶赢得最终胜利的时刻。）这个很酷的解析是我从一位1970年代的科幻作家玛尔塔·兰德尔那里听来的。把性看作一套在出生时安装在人体基本构架上且可拆卸的道具，这种设想很诱人。这样一来，我们就可以相信：追根溯源，人人都是无性模特，彼此无二。

"合众为一²。"众人皆知，雪弗莱生产的都是一模一样的车子——尽管不同的附件和辅助功能容易误导人，但真正的车子都有着相同的引擎、传动装置和车轴。既然产品如此，人又为何不是？

社会行为可以被无数次地调整、修剪、净化，所以会有这样的观点：如果我们忽略掉……呃……"排水系统"，那么男女之间无休止的紧张状态就能得到缓和；如果我们再做一点"操作性条件反射³"——一个丑陋但实用的短语，源自斯金纳的新巴甫洛夫主义著作——那么最终的和平协议就将缔结。

看起来太一厢情愿？太奥威尔主义⁴？就像《美丽新世界》⁵降临人间？

看看《重金属》杂志上一再出现的图像吧：女人伴着雌雄莫辨的癫狂半机械物，高精技术和低俗欲望在此合一。再没有什么别的地方能更好地反映美国人在性问题上的矛盾心态：这些图像充满了对人与机器接合的诡异色欲。

再看看科幻界吧。20世纪70年代，对未来"性"最富趣味的设想出现在约翰·瓦利构建的迅速变幻的乌托邦中：在这里，人们可以随心所欲地更改性别。从小说《钢铁海滩》到《蛇夫座热线》，他构造出一个无休止变化的社会——的确，通篇充斥着各种形变。

这样的动乱孕育出极端自由放任

---

1. 2019年3月，联合国最高人权组织宣称强迫女运动员服用睾丸酮违反人道。
2. 美国国徽格言。
3. 是一种由刺激引起的行为改变，与自愿行为有关。
4. 指一种破坏自由开放的社会福祉的做法，根据《1984》的作者乔治·奥威尔命名。
5. 出版于1932年，作者是英国作家阿道司·赫胥黎，刻画了科学技术高度发达的未来世界，一切都被标准统一化，人们接受着各种制约和教育。

的社会:"家庭角色"成为历史,人们可以恣意行事。

瓦利设想,在这样的世界中,种族和性别主义将不复存在,因为每个人都能成为任何人。如果你可以成为"他者",很快就不会再有他者了。

此外,还有一个微小但举足轻重的设定:改变身份时,你不会有任何包袱。这个过程的细节确实很高科技:你的一个克隆体快速成长,再将你的大脑移植过去——或者只是复刻脑中的信息——就这样,唰的一下你就重生了。

这个设想是不是貌似有些道理?或者更准确地讲:瓦利的设想是否让"借科幻之手,说明性和社会的本质问题"成为可能?大脑是否也能遵从荷尔蒙的指令,在雌雄之间自由切换?

我们如今通过直观的实验得知,男性在发音过程中只用到一侧大脑的一个局部,而女性则用到了双脑,部位也更分散。这也解释了为何女孩能在口头技巧上早早占得先机,而男孩虽开局不利,却可以更稳定地后来居上。

我们的进化为何导致了如此的不同?一种生物性状的形成很少是单因素的,尤其是我们交错的神经迷宫。在这里,各种能力相互关联。我们大概永远不会知道自身这些特异化是如何产生的。然而,男性和女性间的差别却如此显眼:我们被适当地构造,以便完成特殊的任务。

男性更擅长高能耗工作,调动运动肌群;他们的空间感知力优于女性,也发育更早。女性则可以更长时间静坐,是手眼协调的能手,对颜色也更敏锐。(尽管如此,笔者患偏色盲,而女性正是该基因的携带者,这可真是造物开的小玩笑。)

人人各有特色,这正是自然之道。总的来说,每个性别中的个体能力彼此差异都很大。我周围的不少女性都比她们的伴侣更了不起。

还有一种反潮流的性思想是基于分子结构的,让我们对它也做一番考察。爱德华·威尔逊在 1975 年出版的《社会生物学》,打响了一项长期的遗传学研究的第一枪。这本书没有纠缠于器官层面,而是直指大脑,这样便为不可察知的性特征铺设了一条可供探索的通道。

威尔逊在 1978 年出版了《论人的天性》一书,不分派别地激怒了社会各界。只要一个人相信人类拥有高尚的灵魂和臻于完美的潜力,无论他是温和达观的人文主义者还是威权主义的死忠粉,这本书都得罪了个遍。

威尔逊的观点很简明,而且本质上出于一个保守的思路:基因编码决定了大多数社会行为。无论大至人类还是小到昆虫,社会都大体是遗传需求的外在表现。

性别角色也是如此。例如：人类（和其他灵长类）生育有限的后代，但在养育上投入大量资源。雌性个体的哺育能力限制了她们的生育潜力。然而对雄性而言，其繁殖后代的能力远超雌性生养的极限。交配的对象越多，则繁衍的成果越显著。也就是说，有更多后代会携带他的基因。因而雄性会争夺交配权，但是对养育投入甚微。

另一方面，雌性则偏好找一个愿意抚养孩子的男性。人类学家希瑟·福勒就西方女性做了一项备受推崇的研究。她发现，拥有"金钱"和"地位"两项要素的男性，在女性眼中更有性吸引力，因为他们可以提供良好的养育基础，具有更强的稳定性和安全感，他们就是成功的象征。同样，男人孜孜不倦地追逐那些皮肤光滑（更年轻，生育力更强）、胸部丰满（能够更好地哺育？）和"有一定的性接受能力"（确保蓄谋已久的"征服"能够成功）的女性。

这是人们经过深思熟虑的结果吗？没有的事！他们天生如此，并且以此为乐。大多数社会认为性是一种男人索求而女人给予的东西。这种态度在不同文化中是如此普遍，绝非巧合。

证据就在于：人类心理层面存在着深植于 DNA 中的偏好，这些偏好驱动着人类的性欲。我们不只是通过社会环境学习成为男人和女人。（的确，经过了青春萌动时种种酸甜苦辣的人怎么可能不这么想？）

瞬息万变的社会并不总是欢迎这些深层的欲望。通过社会调节，它会尽其所能来引导它们为己所用。

"机械化自己的性欲"这种美国式冲动应该被这般看待：它不仅寻求"私处除臭剂大亨的胜利"，即资本的胜利。其缘由一直可追溯到那些柔声细语、梦想着人类乌托邦的社会主义者以及渴求"理想男性"的女权主义者那里。曾经为魔，来日成佛。或许这是个不错的理想，却是在劣质的科学沙地上建造的。

所有完美社会的拥趸都是操纵者。他们想忘却历史的惯性，把进化视为只要"心存理智"就能克服的狂热之梦而不加理会。

一个外在表现就是雌雄同体化的趋势日渐显著。更明确地说，是变性手术的数量不断增加。这些手术从解剖学意义上讲很粗糙——虽说完全不是加水搅和这种儿戏——并且伴随高心理风险。

然而，它们源于一种普遍存在的基本哲学：你可以修修荷尔蒙，补补生殖器，把自己打造成新人。摆脱性困扰！甩掉那老鸟！立即下单新款，

让自己焕然一新！（请填写您选择的性别）

约翰·瓦利的变性乌托邦并不是一个查验我们性刻板印象的虚拟实验室，因为它同样基于刻板印象——"易改造的人体"。若想从小说中吸取教训，则它必须与我们的现实生活保持一定联系。何况我们并不能无限变化。

人脑中刻有一些从不改变的指令，它们被存储在螺旋结构之中。我们终究无法忽略这些指令。

20世纪有一个惨痛教训：反面典型缔造了一些警察国家。纳粹分子都认为，只要经过适当的调教，他们就能把平民百姓改造成"新人类"。这种国家形态可能会达到极致。

幸运的是，时间已经证明了这条路线的错误。如果适当反思下我们身上无法明辨的特征，就能减轻改革者的负担，使世界变得更加明智。

在科幻小说中，我们对灵肉二元性和人机结合的关注令我们忽略了一个非凡的事实：我们的意识并不能像"软件/硬件"那样做硬性区分。如果你愿意，我们的软件会随着时间的推移重新设计其硬件，铺设或者修改路径；睡眠时，神经突触也会更新。

我们的性欲形态多样而强大，它无法容忍简单粗暴的"软件更新"。激素和神经系统线路更是无法直接"打补丁、修剪、删除、复制或编辑"的。

我们身上承载的过去有着沉甸甸的重量。曾经是男人的女人与从来没有做过男人，或者只是希望做男人的女人并不一样。自由，哪怕是利用技术来解放性别——无论是变性还是改变自我认知——都是有代价的。

变性人可以改变性别，但是无法模仿另一性别的身心复合体所拥有的内部激素反应、腺体的微妙平衡或是繁重却充实的人生。舐犊之情或者鱼水之欢——这些体验与生命的其余部分是不可分割的。

互换的可能性或许使我们更加自由，但也会降低我们生存的意义。在我看来，能辅助性生活的只是些边缘性技术。堕胎、避孕、卫生——这些的确都有帮助。但在未来的几十年中，生物技术将远远超越这些十分简单的选项。为我们提供前所未有的选择：这些选择或者令人激动，或者使人恐惧，或者充满诱惑，或者引起无休止的争论——而所有这些都围绕着一个核心问题："我们是谁？"

我们是停泊在肉身之内的思想体。我们将永远会因为爱、嫉妒和失去而痛苦。男人和女人总是会发生冲突，因为我们有不同的性别策略。这场斗争是我们的身体上性别分化的一部分，这种适度差别是由人类在旧非洲上的进化历程所塑造的。

差异给我们带来了苦与甜。男女

之间的张力是我们力量的一部分。这种紧张感是浪漫喜剧的灵感源泉，更帮助我们走出了非洲草原。

即使在技术超群的未来中，把人类体验拆解为洁净、可拆卸的部件，也无助于在保留我们人类身份的同时去解决我们的问题。因为，我们会听到，来自身体和深居其中的无意识所发出的回响。

Copyright© 2012 by Gregory Benford

永生致死
IMMA GONNA FINISH YOU OFF

[美] 玛丽娜·J. 罗思泰特尔 Marina J. Lostetter 著
刘为民 译

地球档案

从前直到现在，爱还在。
远去等你漂泊，白云外。

玛丽娜·J. 罗思泰特尔，美国新晋科幻作家，入围2013年未来作家大赛决赛。她的短篇小说在《半影》和奥森·斯科特·卡德创办的《星际卖药秀》等杂志上均有发表。此外，她还著有长篇小说《本体》等。

解剖台上躺着一具尸体，一具不起眼的尸体——皱纹累累，不该长毛的地方全都毛发丛生，衣服少得不受大多数人待见。但除了这些以外，真找不出值得写信向国会议员报告的了。它的唯一特别之处在于：这是一具死尸——而这个问题，哈利·索迪多侦探希望它能赶快迎刃而解。

"他照例快复活了吧？"哈利气冲冲地问道，同时查看自己左手腕皮肤下的发光数字。他用右手拍了拍自己肥胖的中年肚腩，"我今天必须询问的受害者可不止他一个。"

"我不确定他出了什么事儿。"法医边说，边用两根纤细的手指举起死者的手腕，"都这时候了，他本该高喊出动听的生命之音了。"他让死者手臂啪的一声落回到卫生纸上。

"你觉得是怎么回事？"侦探问，"事故？试验？阴谋？你觉得他是怎么死的？"

"你得问他本人才行。他是在人行道上被发现的。没有施暴或挣扎的迹象，但他确实看着有点儿虚。"

"啊，这么说是情人发泄不满。"

"不，我说的是体虚。他就像被拧干了似的。"

两人都盯着尸体看了好一会儿。

"你不会觉得他真……"索迪多侦探首先开口。

"看来他似乎真的永远死去了。"

"不可能！快他娘的一千年没有人真死了。"

法医耸了耸肩，"要发生的总会发生。"

"他叫什么来着？"

"X 先生，他的生物标记上有名字。来，我指给你看。"两人走到尸体曾经负责走路的那一端。法医手执一盏黑光灯，照着 X 先生的右脚掌。

生物标记显示：

姓名：赞塔泽瑞利·X

当前职业：政府强制流浪

后续职业：大加利福尼亚州州长（假如后厨杂工的队列还是满的）

当前地址：进退街与维谷路转角处的纸箱

年龄：

（紧挨着年龄标签的是生物计时器，跟哈利的植入式腕表很像，动态显示年、时、分、秒等等。）可笑的是，X先生的计时器由动态变成了冻态。哈利用食指敲了敲，"这东西坏了？怎么不跳字？"

"你听我的吧，我觉得这人走了。"

"本来再过六十二年，他就可以见证大千禧了，却在履行公民义务期间倒地而亡。"他悲切地摇着头，"有人还奇怪，为什么人们竭力避免强制流浪。"

"你也知道有人这么说：只有两件事是确定的，一是缴税，二是政府拿走你所有的东西。"

你的东西，你的职业，你的激情。政府如此作为，等于把民众当成玩偶耍——随时准备把他们的身份贴上、撕下。

九百多年以前，美国做出决定：既然已经发明了实现永生的办法（虽说这是个意外），那么这对于一个国家而言，就已经达到了顶点，就应该及时按下暂停键，省得被某个傻瓜给逆转了。于是，这个时期国家的运行模式和生存状态都被仔细记录在案，保存下来，照此延续下去。

但是，人们厌倦恒久不变的生活。一旦无聊了，他们就冒出类似这样的想法："既然我永远不死，为什么要为联邦人寿保险付钱？"以及："你知道，我们好长时间没试一试无政府状态了。"

于是，职业交换开始了。一旦政府收集到足够的数据，表明你已经从当前的人生命数中得到了所能得到的一切，那么重新分派的日子就到了。当了四十年的电影明星？也许流水线装配工就是你职业清单中的下一个。当了六十年的石油大亨？试着去搞一阵子绿化也不错。

哈利从事过很多职业，给机器人编过程序，教过拳击，为黑眼豌豆去过黑眼。但侦探这一行是他被迫从事的职业里时间最长的。

他很怀念做程序员的日子。但不幸的是，创新发明往往不利于维持目前的文化停滞状态，所以这条职业道路已经风光不再了。

"你知道，考虑到X先生的情况具有非临时性，我认为这人已经被谋杀了。"法医说道。

"还用你说？给个具体建议吧。没法儿询问受害人还怎么找凶手？"哈利问道。

"我觉得你应该从叫作'线索'的东西入手。"

"你卖的什么关子？"

"看这里，尸体右肘内侧有两处穿刺伤，周围有大片瘀青。"

"这就是你说的线索?"

"大概吧。"

"你说他就像被拧干了似的。抽干了?"

两人四目相对,然后一齐拉长了声:"失血?"

"有可能。"法医说道,"我必须……嗯,验一下尸才能确定。得剖开他。"

"不经他本人允许?"

"我实在看不出还有其他办法。"

索迪多侦探叹了口气,"好吧,只要我不用看着就行。我去查查他的东西。"

在他开门之前,法医叫住了他:"哈利?"

"怎么?"

"海伦还好吗?"

"在挨冻呢,就我所知。"他有六个月没见过妻子了。她被重新分派到了阿拉斯加的一艘渔船上,而他却被指定留在原地,搞他娘的侦察。

"下次你跟她说话,送上我的问候和爱。"

"她不会得到任何人的爱,除了我的。"现在的哈利可以用偏执二字形容。他担心妻子已经另觅新欢,比如咸渍渍的阿拉斯加水手——这个水手或许四处留情,又或许对她忠贞不渝。

哈利沿着大厅往前走,见到"死者向右,生者向左"的标志右转。一路找过去,第三个门才是更衣室。临时死尸的个人物品就保存在这里,等待被取回。

为什么不靠谱的案子都让我接了?他暗发牢骚。

上周那个跳伞者坚持不带伞从飞机往外跳,理由竟然是:既然下降到距地面两百英尺才开伞让他得到了此生最大的快感,那么全程无伞岂不是会带来更大的快感吗?

还有几个月前发生的那起自杀案。一位疯子科学家自认为找到了对付艾玛病毒的办法。可是,哪个头脑正常的人会把永生当成病来治呢?

但愿X先生的案子别和那个疯子扯上任何关系。哈利相信二者无关,因为那位科学家正在服刑,他以谋杀全民未遂罪入狱,刑期一千两百多亿年。

那么,为什么有人要除掉一名流浪汉呢?这年月连环杀人根本行不通,因为你还没来得及去杀下一个,上一个受害人就已经告你有罪了。而如果这是一起激情犯罪，X先生大概就不会显得如此的……漠然了。

更衣室里很冷，有福尔马林的气味——这显然是嗅觉细胞复活后可能首先遭遇的气味。X先生的东西——一件厚外套、一条露膝裤、一双棕色凉鞋和一双印花袜子（没有内衣，哈利厌恶地注意到）——用收缩膜包裹着，放在塑料椅子上。这些东西虽说打包了，却没有清洗。

经过仔细察看，哈利发现这些衣物并不是脏了那么简单，它们发下来的时候就是脏的。污垢和汗渍都是伪造的，绝对是政府的作为。

袜子是唯一显眼的东西。干净，洁白，有很多小葡萄粒和葡萄酒瓶的图案，绿色的酒瓶上标着"无酒不欢"的惊叹语。连袜底也洁净如新。袜子是才上身的。

他需要弄清楚，到底是谁得到了许可给流浪汉发放袜子。

"欢迎光临酒袜兹家族酒庄。"女前台说道，脸上挂着造作的浅笑。如今越来越多的人用聚乙烯给牙齿上釉了。"这里是罐装葡萄酒之家。葡萄园每周开放五天供游览，从一点三十分……"

"我想见你们老板，寡妇酒袜兹。"哈利打断了她。

女前台伸出一根精心修剪过指甲的手指，语速丝毫不乱："……到六点十七分。我们的办公室接受周末聚会和私人活动预订。希望您在这里过得愉快。"

酒袜兹家经营的不是老字号，而是朽字号。在政府看来，如果有一件事不会令人生厌，那就是当个葡萄酒大亨。所以，酒袜兹家一直从事这一行业，历史比永生时代还长。

哈利再次尝试，"我想见……"

女人在他面前摊开双手，掌心朝下。每一片涂油的指甲上都标着数字，"西班牙语请按一，分销及批采请按二，寻找供应商请按三……"

哈利举起右手，掌心向前，用意念激活他徽章上的生物标记，"我想见……"

"聚会及私人活动请按四……"

他将双掌砸在她的手背上。"按哪儿才能找到你们老板？"他气冲冲地说道。

女前台深吸一口气，准备继续把五到十说完，但当她看到哈利抽搐的上唇，便放松了鼓起的两腮。她抽出一只手，推了推桌子底下的什么东西，右边的一扇门便开了一道缝。

"谢谢，祝你百年愉快。"女前台在他身后大声说道，她的嗓音倒是没有她的指甲清亮。

床蒂·酒袜兹的办公室相对容易寻找——由樱桃木的双开门护卫着。门上方有块巨大的闪光招牌："公司命运的决定者：在内。"

门外有个狭窄的墙角，挤着一张桌子、一把椅子、三株蕨类植物盆栽和一位蕨累·盆哉女士，她拼命地示意哈利停下来。

经过前面那一关，他可不想再跟这名助理多费唇舌，于是快步穿门而入，把助理撂在了一边。

"酒袜兹夫人，"他大声说道，"我是加利福尼亚侦查局的侦探……我……"他发现房间里没有夫人的踪影，吞吞吐吐地撂下了话头。

事实上，半个房间都不见踪影。靠门的这边倒是一切符合预期：实木、真皮，外加少许玻璃——全都改头换面，好让看客以为这些东西并非来自树、牛、沙之类的田野之物。不过，在大理石地面的半途，房间止于一大片葡萄藤和棚架。看起来就像是有人失手将鲜活的自然物砸在所有那些人造物之上。

哈利只希望没有砸坏他的关键线索。

"有人在家吗？"他说着，走近这片绿意。

"为什么不进来？"绿叶丛中传来说话声，语调婉转。

我进去会怎么样？他暗想。也许 X 先生就是在里面遭到……"我来这儿是为了一件可能的谋杀案，还是不进去为好。"

"一件什么？"酒袜兹寡妇现身问道。她的皮肤皱巴巴的，看上去就像是皮革——或者纸一般，呈现出一种淡绿的色泽，也就是钱色。她太有钱了，简直就是钱造的，谁都看得出来。

"我来这儿是为了一个死人。"

"说对了，我丈夫已经过世。可怜的人，差两天就能永生了，你知道的。"

"那人不是——我是说最近发生的永久——算我没说。"也许他不该到处宣扬"永久死亡"这种说辞，假如有人得知这项调查的真正分量，可能会引起恐慌。"根据局里的记录，几天前你得到了许可，可以为穷人发放袜子、做健康检查。"

"是的。我还要求提供工作机会，但他们说那些人大多流浪不足十年，还说我不该妨碍他们获取完整的经历。"

哈利问了酒袜兹夫人所有必要的问题，想确定她是否与抽干X先生的案子有关。不过她看上去已经尽其所知，快把自己给抽干了。

"为了做健康检查，我想你们派出了几位医生吧？"

"就一位。他很好，好棒的……呃……"她的眼睛水亮亮的，眼神一时如梦如痴。

"临床态度？"他试着提示。

"多数情况是在床上。"她快活地说道。

哈利将脑海里浮现出的画面碾碎，就像是丢在垃圾桶底十周的番茄那样，"他是怎么看完所有病人的？"

"医疗机器人。"

"机器人，确定吗？"

"还是有趣的机器人，很有人格魅力，我还从来没在机器人身上见识过。"

哈利记了下来。

"X先生健谈吗？"

"健谈，几乎跟每个人都聊个没完，口才也相当好，而且没有你的照片里那样干瘪。"

"可以请你提供所有人的名单吗？"

在她出去找盆哉女士拿名单的当口，哈利的生物电话响了。他堵住鼻孔，敲了敲两耳。"请讲。"他用鼻音说道。

电话是法医打来的："我这儿还有一位——我是说不能制止死亡的尸体。这位冈南德女士看起来和X先生的情况相同，也是被强制流浪的。她也有两处穿刺伤，周围也有瘀青。两人的身体果然都被抽干了血，到了艾玛病毒无法自我再生的地步，更别说两人的细胞——我的意思是，细胞干了，干了，干得就像我的头皮屑。你知道一般人多长时间才会失血到那种程度吗？而且绝对不是动脉破裂。"

酒袜兹夫人带着名单回来了。冈南德女士就在其中。

"看来该去拜访一下……"他扫视着名单，"剧痛，不是吧？拜访一下剧痛医生。"哈利说道。

"你以为在这个时代当医生很容易?"剧痛医生问道,"在永生时代来临前,所有人都担心死亡。但只要感觉不到死亡临近,他们就不在乎对身体做了什么。现在,他们害怕的其实就是带着长了斑点的丑陋皮肤生活,或者因过度饮酒而失去记忆,或者忘记把断掉的手忘在了哪里,因为已经长出了新手。谈何容易呀?拜托!"

医生年纪轻轻,刚脱去少年模样。随着永生时代猝然而至,人的年龄的增长便戛然而止,不管你是处在生命正态分布曲线上的哪一点。很多父母怒火冲天,因为不得不永远替孩子换尿布,但这与那些十五岁青涩少年的怒火比起来微不足道——他们一直盼着挥别自己的青春期。

哈利遇到的大多数罪犯,都是从现在起直到世界末日永远跟粉刺过不去的人。

"你给那些人做反射检查了?"哈利问道。

"我的反射机器人。"

"这么说,你给他们做呼吸系统检查了?"

"我的呼吸机器人。"

"循环系统?"

"我的心脏机器人。"

哈利挠了挠下巴。"你在酒庄究竟干了什么?等等,算我没问,我有答案了。"他心里想的是酒袜兹夫人。眼前这位好医生有个洗脑机器人也说不定。

这时候响起了敲门声。令哈利大感意外的是,外面晃进来一只海龟模样的东西,体色紫橙相配,大小与猫相仿。"这是什么鬼东西?"

"我是心血管监测装置。"它说话了,"抱抱你行吗?"

"我的心脏机器人。"医生澄清道。

"它会说话。"

"抱抱你行吗?"

"没错。而且有人格,应有尽有。它是知觉体。"

"这不合法。智能机器的发明晚于艾玛病毒,在美国是禁止的。"这些哈利都知道。在做程序员的日子里,他研制过一些早期原型机器人。他甚至以朋友和家人为样本做过一些人格测试。

"抱抱我！"

"噢，得了吧，侦探先生，大多数人都知道全面停摆很荒谬。政府不批准任何新法律，这是万事一成不变的唯一原因。我的机器人提升了人们的生活品质。"

"你指的是自己的生活品质吧？它们替你干活，而你每周去搞个寡妇？"

"她们不都是寡妇。别那样看我。让十八岁的本能守上九百年，这简直是谋杀！"

"你知道还有什么是谋杀吗？谋杀。"

"你什么意思？"

"抱抱我！"

哈利正准备跟剧痛展开长篇大论，可那心脏机器人已经爬上了他的脚面，左右脚轮番往上，兴奋得像只小狗。"为什么它总是抱呀抱地说个没完？"

"那样才能替你做检查。"

"抱抱我！"

"如果我抱了，它会离开吗？"

"当然。"

哈利不情愿地把机器人抱进怀里，感觉它软绵绵的，像只毛绒玩具。它用脚蹼裹住他的胸膛，然后收紧。"唔……"它快活地发出一声长叹，隔了一会儿说道："心跳：七十二次每分钟。血压：一百四十七，超过九十三。"

"我是高血压一期。"哈利自辩道。通常是海伦帮他安排降压锻炼。她一离开，锻炼的事情就被他忘到了脑后。

"至少你心里充满了爱和甜蜜。"它安慰道，"不过实话实说，甜食对你有害。"

海伦也帮他准备合理的膳食。

"谢谢。我会记住的。"他毫不客气地把机器人撂在地上，它一摇一摆地离开了房间，"我说到哪儿了？噢，谋杀。你在酒袜兹家里的时候，有没有流浪汉威胁要揭发你的智能机器？"

"是有少数人说三道四，这不假。其中几位在被叫去流浪之前是政治家。"

"你对此有何感受？"

医生将两手五指交叉垫在脑后，靠在转椅上，"听我说，如果我担心因为智能机器被捕，你觉得我会召一个进来见你吗？而且你为什么跟我问这问那？如果有个流浪汉被谋杀了，你应该问他自己是怎么回事。"

"啊哈！所以你知道受害人是男的。"

"我也可以说是女的，这没什么。"

"所以你知道第二个受害人是女的。"

"你从来没提过有两起谋杀案。"剧痛医生抗议道，"不过我刚才的问题仍然成立。"

"问问题的应该是我，你要做的是把真相尽量说完整。这才是正道。"他看过一些老侦探片，毕竟在没有目击者的不利情况下，他还从来没有审问过别人。"你在酒庄里采过血吗？"

"我的……"

"血液机器人。"哈利抢先说出下半句，"采了多少？"

"一茶匙、一茶匙地采。噢，真恐怖。"

"别跟我胡扯。它采血做什么？"

"处理，检验，做健康评估。那些人大部分都不错，少数人营养不良，不过酒袜兹夫人没得到许可为他们提供食物。"

"没人发生出血问题吗？比如滴沥不净？"

"静脉血通常不会失禁。"

"我想是从肘部内侧采的血吧？"

医生恼怒地说道："是啊，是啊，千真万确，侦探先生，我们是在浪费时间。那两个人到底是怎么死的？流血了吗？那很好解决——不像重新装个脑袋什么的那么麻烦——他们现在应该已经复活了。别再烦我和我的机器人了，去找你的答案吧。"

"让我见识一下他娘的血液机器人。"

带着青葱少年才表现得出的神气样，医生领着侦探走出办公室，穿过医院耀眼的白色厅廊，走进一间相当大的储藏室。在一个看着像是从玩具店传送过来的货架上面，一排机器人一动不动地坐着，外表让人联想起各种动物。直到两人走近，它们才向同一方向一齐转过头。

心脏机器人就在当中，它蜷曲着身子，紧挨着一个形似一摞罐头盒子的机器人——看外表绝对是这群同类中最像机器人的。

"心脏机器人和血液机器人喜欢待在一块。"剧痛医生说道。

"血红蛋白紧密协作。"心脏机器人说道。

"只咬一口行吗？"血液机器人边说边张开大嘴，露出一根尖利的长牙。

"噢，这架势哄孩子好。"哈利讥讽道，"我敢肯定他们都喜欢这一位。"

"我知道你的意思：它让他们想起《绿野仙踪》。算了吧。"医生回答。

"那故事里的芒奇金人和好女巫格琳达也适合哄孩子，但我还是不喜欢他们拿着一根大针朝我奔来。"

"它取的血样很少——试管只有这么大，这你知道。不信你让它验一下。"

"只咬一口行吗？"机器人咧开嘴说道。

哈利让自己平静下来。旧时代的侦探就是这样破案的，他们追着真相走，他们不择手段，他们信奉不是你死就是我亡（这说的好像不是侦探吧？）。

他卷起袖子，靠近那根针。

"噢，好极了。"机器人说道。

这时候，哈利想起了老电影，便犹豫起来，"如果你希望这东西咬我，你先来。"

"你不能叫我做这做那，"医生抱怨道，"你又不是我老子。"

"赶紧的，否则我把你的智能机器弄走。"

医生看上去快要哭了。"为什么法律从来不让我按照自己的意愿做事？"他伸出胳膊，血液机器人咬了下去，瞬间事毕。机器人说道："啧！美味。"一个抽屉从它胸口打开。旧针脱离，新针悄然就位。

"倒是很快。"哈利评论道。

"超大吸力。不必等待心脏把血泵出来。"

剧痛并没有试图拽开挡住他眼睛的精致浓发。哈利满意地献上了自己的静脉。"呸！我是说，美味。"机器人说道。

哈利注意到机器人有轻微的口音，好像是东欧什么地方的，但他拿不准是哪里。

几分钟后，哈利手臂上的针眼周围出现了瘀青。一根针，一个创口——并非法医指出的那种双重穿刺伤。既然他和医生都没有表现出任何自发性失血的迹象，哈利就此断定这条线索作废了。寡妇在政府监管下实施的善举还有其他受益人，明天最好去拜访一下。

回家意味着痛苦。不仅因为人行道会黏住他的胶鞋，不使劲就拔不起脚，还因为家里的每个角落都让他想起海伦。

走近前门，他会想起从前抱她进门的时候，让她一头撞到了边框上，那是他第十次迎娶同一个新娘（"至死不渝"的誓言不再适用，政府将合法婚姻的期限定为七十五年）。望着厨房的餐桌，他会想起曾经每天晚上坐在那里，吃她做的饭菜，常常假装好吃。望向后面的烘干机，他会想起以前买的那些衬衫，每一件都被她洗缩了水。而面对眼前的沙发，他会想起她晚上躺在上面，假装睡着，逃避他笨拙的做爱尝试（"结婚七百八十年了，你还是搞不懂这些部位该怎样协调呀，哈罗德？"）。

她是个另类，这一点他承认。但是她再怎么另类，也曾经为他所属。他们的婚姻将在一年内依法终止。如果他们没能一起再续姻缘，她会不会另觅郎君？

也许这就是政府把她派往阿拉斯加的原因。没错，如同人们会厌倦工作，也会厌倦配偶。最好能缓解他们的厌倦感，不管他们是否提过这种要求。

哈利刚坐下来面对每晚的约会对象：一袋奶酪泡芙，加上六包牢骚净（"爱发火？爱挑剔？只需吸一口牢骚净，2316年以来最棒的成人安抚奶嘴！"）。就在这时，他听到前门砰的一声响了起来。

"小兔崽子又朝我家扔棒球了。"他咚咚咚地走到门口，一把拉开门，准备向邻居男孩大发一顿内脏之气，什么内脏都行，只要还没试过（脾气、肝气、脑气都不好使）。

但门外没有棒球，只有整条手臂那么高的一摞罐头盒子朝他飞奔而来，发出阵阵尖叫："呸，呸，呸！"

情急之下，哈利将血液机器人一把甩过头顶。那东西落在了沙发上。

"呸，呸。我要吸你的血！"它大叫着站立起来。

"使命达成，你今天下午吸过了。"

"但我想要你全身的血。"

"怎么做到？你的试管装不下。"

"没安装试管。我想吸多少就能吸多少。很不幸，呃,血确实会流到外面，这我得想办法解决。"

哈利摆出搏斗姿势，等着机器人再扑上来。机器人的口音唤醒了他的记忆，"你是什么地方造的？"

机器人打开腹部的一个面板，指着一块阳文标牌。

"特兰西瓦尼亚制造。"哈利读道，"罗马尼亚政府资产。如果有人拾到，请拨打四零……等等！你是政府资产？"

"实验性医疗设备。"它骄傲地回答。

"这么说，你被人偷走了？"

"不要乱说。没人能偷走黑暗王子，黑夜的主人，不死族的统治者。我是自己逃走的。"

"没听明白，你是谁？"

机器人挺身而立，从头到脚一英尺半，傲气十足。它用一只手臂挡住面部，又戏剧性地迅速移开。这时候，哈利注意到它披着一件斗篷。"我是德古拉！"

"没看出来。"

"我当然是。"它诚恳地说，抖动着斗篷的一角，"我来自特兰西瓦尼亚，我喝血，我在夜里游荡，而且我披着黑斗篷。我所有的朋友看起来都像动物，所以我可能有一天会变成蝙蝠。明白了？我一定是德古拉。"

"你是推断出自己是德古拉的？你自己本来不知道？"

"原来不知道，直到几周前我看了一部老电影。我被造出来的时候没有置入人格，你知道，我一片空白。但是，当看到那位暗黑世界的主人正在吸血时，我完全对上号了。我找到一个……该怎么说？地下毒品贩子，他给了我真正的好人格，与我对自己的新理解很相配。"

"很配吗？"

"当然，这让我不吸血就浑身难受。"

"你下载了瘾君子的人格？"

机器人迫不及待地震颤着说："那当然。到那时我才意识到自己的真正目标。"

"哦？是吗？"

"我的工作应该是制造吸血鬼，而不是帮医生采集血样。不死族的事才是我的事。"

"我不想这时候扫你的兴，可你并没有让任何人成为不死族，他们死了。本来人是可以自己复活的。"

机器人用拳头支着下巴想了一会儿，"那实在太可惜了。啊，好吧，但也只能继续了。数字命令不可逆，不用我多说，你知道是怎么回事。"

它扑向了他。

他娘的进口破烂！买国货又有了新理由。

哈利没有枪。他从来不带枪。如果罪犯就是不思悔改，开枪打他又有什么用呢？反正机器人也不怕子弹。但如果这东西自以为是吸血鬼，那些经典的镇鬼术会起作用吗？

机器人纵身一跃，哈利像在慢镜头中躲子弹那样后仰。这个策略有悖于地心引力，他摔了一个屁股蹲。这也难怪，他和地心引力多年不曾较量了。

不过规避动作很成功，即便算不上灵巧。机器人高速撞进了古玩展示柜，哈利急忙起身奔向厨房。

哈利冲向操作台上的调料架，手指摸到一只调料瓶。他旋下瓶盖，一个燕式旋转，回身把瓶里的东西抛向机器人。

飞扬的淡黄色粉末雨点般撒落在一摞罐头盒子上。血液机器人停了下来，以极具威胁的姿态将双手举过头顶。它稍微检查了一番斑斑点点的体表。

"这是什么玩意？"

"大蒜粉。"

它掸去身上的粉末，"我知道很容易混淆，但我是机器人吸血鬼，肉身型的完全升级版，不是吗？"

"这么说，我用素烤串刺穿机器心脏也没用了？"

"噢，那会大有用处。无论你的手臂靠近我多少都是好事。"

真让人叫绝。现在，吸血鬼拦住了哈利去前门的路，哈利的后背顶着操作台。

机器人慢慢靠近，张大了嘴巴。

他知道此时此地只有一种本事可以帮到他。他必须找到自己收藏的人格样板——美好旧时光的纪念。然而，他如何才能靠得足够近，将新功能输入机器人的编程板，而且还免遭致命的第二次穿刺呢？

哈利假装撤退，沿着过道跑到最里面的书房。他将在这里背水一战。

他一跃跳过橡木书桌，一把拉开右下角的抽屉。里面存放着一只鞋盒，贴着"无趣"和"合法"的标签，装着他所有有趣而被禁的物件。其中有一只小塑料盒，存着他的人格芯片。就在一连串叮当声趋近的当口，他从盒子里摸出一片，然后站直了身子。

"好的，小德古拉。"他说道，"想来一片这个吗？到我这儿来。"

机器人飞身向他扑来。哈利朝旁边一扭身，正好躲过机器人的长针，动作之精准，唯有人到中年、劳累过度的前程序员才能办到。与此同时，他趁其不备打开编程接口，插入芯片，猛击下载按钮。"哈！插死吸血鬼！"他大叫道。

机器人一溜跟头扎进墙角，躺着不动了。

"嘿，吸血鬼，你还活着吗？我是问，还在运行吗？"他瞥了一眼它的手腕，意识到自己没有那么小的手铐。也许用橡皮筋就行。

一分钟后，机器人抬起头来。"我在什么地方？"口音没变，但语调略有不同，多了些女人味。

"不是堪萨斯，不是奥兹国，也不是医生说来骗人的任何地方。"哈利回答，"我们得把你送回你的原属国罗马尼亚。"

"哈罗德·索迪多，你竟敢送我去罗马尼亚。"

哈利挺直身子。这种责骂的口吻很耳熟。他拿了谁的人格样板？

"海伦？"

"当然是我。"机器人说着坐直身子，"马上把这些橡皮筋拿掉。嫁给你快一百年的女人早该从你那儿赚来些尊严了。"

海伦的人格还以为现在是禁令前的时代。他的心怦怦直跳。没人能像海伦那样责骂他。

他想她想得入骨。

"我得送你去邮局，"他告诉机器人，毕竟他没法将医疗设备杀人记录在案，"送你回家。他们会把你收拾好，给你合适的人格。他们本该想得更周到——不给知觉体一个身份，它们就会自己发展出来。"

机器人左右扭动着头，记忆正在复位，整个系统正在试图整合海伦的人格，"假如那些特兰西瓦尼亚的科学家以为按个开关我就不再大叫了，等着瞧，他们的麻烦事还在后头呢，这件事永远没完。忘记给我下载人格，让我逃走，让我变成吸血鬼，这样能算是负责任吗？"

"我知道，小机器人，"哈利说着把它夹在胳膊底下，"我知道。"

但他没有说出口的是：他认同机器人的想法。为什么你要成为别人叫你成为的那种人？为什么不出逃？

"可是，我的朋友们怎么办？"他们到达前门时，它问道，"心脏机器人怎么办？"

哈利站定，"你不想离开它？"

它左右扭着头。

"你的政府可能在找你。如果我不把你送回去，他们也许会大发雷霆。"

"可我不想离开。心脏机器人会坏掉的。"

哈利长叹了一口气。那是海伦在表现她的忠贞，他真不该疑神疑鬼，"好吧。但我不会让你离开我的视线，直到我们确保你的嗜血问题已经得到解决，听懂了吗？"

他把机器人放在沙发上，收到一个微笑，一个灿烂、骇人、机械化的微笑，看起来一点儿不像海伦的。但他还是觉得可爱。

这叫什么案子呀，他心想，就到此为止吧。

哈利让血液机器人与朋友们重聚了，之后他打算换个工作——不管政府喜不喜欢。他受够了当侦探，也受够了加利福尼亚。也许他会去从事联邦逃犯的职业，甚至可能邀请那些非法机器人与他结伴出逃。知觉体即是生命体，不该被锁进医药室。

但无论怎样，他都要找到海伦。

即使艾玛病毒明天就放弃人类而去，对哈利来说也不会有什么不同。毕竟，它能找到更适合繁殖的生命体，这一点可以肯定。但只要他能多活两天，或两万年，他还是想和她一起度过。

说到底，如果不能和你爱的人一起逃命，当个逃犯又有什么乐趣呢？

Copyright© 2013 by Marina J. Lostetter

|《银河边缘》专访|

我为何放弃一本写了十二年的书?
——凯济·约翰逊谈写作生涯
THE GALAXY'S EDGE INTERVIEW:
JOY WARD INTERVIEWS KIJ JOHNSON

[美]乔伊·沃德 Joy Ward 著
许卓然 译

名家访谈

    乔伊·沃德写过一部长篇小说,在许多杂志和选集上发表了若干中短篇小说。此外,她还为不同机构主持过许多文字或视频采访。

    关于凯济·约翰逊的详细介绍,请见本书 55 页。

凯济·约翰逊

本辑《银河边缘》收录了凯济·约翰逊的代表作：雨果奖、星云奖提名作品《二十六只猴子，亦即深渊》。约翰逊创作了《雾上架桥的人》《猫行千里》《小马驹》等许多兼具故事性和文学性的科幻作品。在本次采访中，针对创作动机、科幻与主流文学的关系等话题，约翰逊提出了个性鲜明的观点。另外，如果热衷创作的你正在反复修改一篇"食之无味，弃之可惜"的作品，不妨听听她的意见吧。

乔伊·沃德（以下简称 JW）：你是怎么进入写作这一行的呢？

凯济·约翰逊（以下简称 KJ）：我花了七年时间才写完第一本书。花了十四个月写完第二本，然后又花了十二年写第三本，然后我把它扔进了垃圾桶——因为这本书已经毁了，我不知道该如何修补它。我意识到，这部作品有着本质上的缺陷。我要么花十年时间对它无休止地缝缝补补，完全没时间创作新的作品；要么把它扔在一边，然后在十二个月内写出三部新作品，而实际上我选择了后者。这是一个不错的决定，但也是一个痛苦的决定。直到做出决定的那个瞬间，我才下决心要转身离开那部鸿篇巨制。我告诉自己，没错，我是一名作家，作家就得经历这些。得奖不能证明什么，一切都证明不了什么。直到那个瞬间，我才明白。有时候你就得把它扔了，这让我意识到这才是作家应该做的事情。

我也因此意识到自己有很多故事要说。而且如果我打算在有生之年把故事讲完，我就必须这样做。你们会问，如果我还剩二十几年的写作生涯，而此前十二年我已经写毁了一部小说，那么我真的愿意再浪费十年时间来挽救同一部该死的小说吗？答案是不！不，我不会！我想写新小说，现在就能让我感到兴奋的小说，而不是那些让四十岁的我能感到兴奋的。

放弃了那本小说后，我意识到自己并不想为读者写作，我想为热爱写作。于是我在两个月内写完了一本书，2017年由小熊出版社出版了。我为我的朋友伊丽莎白写了那本书。我写作了我们共同热爱的题材，而且，将那些文字倾泻在纸面上是一种纯粹的乐趣。我之前写小说从未产生过这种感觉，但那似乎就是人们常说的有如神助！我现在感受到了。我之前从来没有体会到。我从未有过文思如泉涌的感觉。如果我教写作时有人问我，我会说，你不需要这种感觉，"灵感是胆小鬼的专利。"会写作的人，即使没有灵感也能写出来。我会那么说，部分原因是我从未体会过文思泉涌的感觉。

于是第一本书就这样倾泻而出了，接着第二本，然后第三本慢了些，因为我又开始为读者写作了。我一想到以后会有很多人读这本书，就开始紧张。这不再是献给某个人的礼物，而是有特定受众的。写作变得更慢更艰难了，比《维莱特·波的梦境之战》[1]那本还要难。下一本书还会更慢，因为我跟工作室的人提起了它，所以现在有十二个人都自认为知道这是个什么故事，而实际上连我自己都不确定。

追根溯源，就是《基伦》改变了我的一切（《基伦》就是那部鸿篇巨制）。我当时产生了一个绝妙的启示，我暂时放下它问自己：那些你读的东西，那些你吸收的媒体报道，你到底喜欢哪些？有哪些是你怎么看都不嫌多的？我列了一个清单，结果没有一条在这本我已经写了十年的书里。于是我说："去他的吧！"我要写一本包含一切我所爱之物的书。我想要一群铁哥们儿，我要很幽默，我还要玩点文字游戏，我想让角色们都身处险境，但又不是真的危险，而是一些有趣的危险，大家为了一件荒唐事乱成一锅粥，充满喜剧色彩，那才是危险的意义。我想要写一部喜剧，因为我爱读的大多数作品都是爱情喜剧。我爱看的

---

1. 原文是 *Velvet Bow*，查无此书，凯济·约翰逊只写过一本 *The Dream-Quest of Vellit Boe*《维莱特·波的梦境之战》，疑为原文编辑之误。《维莱特·波的梦境之战》是约翰逊2016年发表的幻想小说，获得2016年星云奖最佳长中篇小说提名与2017年雨果奖最佳长中篇小说提名。

电影大多数都充满了机智而轻松的对话。我之前都在走弯路。在那个瞬间，我告诉自己，我要为了乐趣写作。为乐趣写作是最好的事情！

之后的事情就太酷了！我的灵感一直在涌现。即便为乐趣而写作的那段蜜月期已经过去，我又开始艰苦写作，需要做很多研究，但是研究的状态完全不同了，对研究的投入程度也不同了。只做那些有趣的研究，你可以写完一整本书，只写那些有趣的部分，你也可以写出一本很好的书，这是截然不同的感觉。所以我记住了这一切。我试着把这种感觉铭刻在脑海里，从而当我为其他动力驱使着写书时，我能提醒自己，只要写有趣的部分就可以了。

创作《基伦》确实开拓了我的视野，因为故事一开始是在伦敦，在一系列太过复杂而不便展开的阴谋之下，两百五十名来自1778年的伦敦人被瞬间传送到现在乌兹别克斯坦的首都塔什干。我最初聊起这个故事时，它是一场大冒险，就是一群俊男靓女穿着异国服饰展开一场惊心动魄的冒险。但是我研究得越深入，越是意识到我写不好。中亚有着自己的历史，一段非常复杂的历史。我又多读了一些资料，更加意识到我不能写一群白人在一片棕色人种的土地上撒欢儿。我最后放弃这本书的部分原因，就是意识到自己无法做到公正。这个题材太庞大了。我开始更多地思考种族的问题。我开始更多地思考性别的问题，不仅仅因为我是女性。于是当我放弃《基伦》时，我产生了这种眼界一下子被打开的感觉，我再也不会陷入桎梏之中了。

我觉得我写不好这本书是因为自己一开始是个历史学者，然后才有了我构建的这些世界。我是一个基本不会出错的世界构建者，那只是因为我除了历史什么都不懂，而且我一直都对作品中的历史非常谨慎。曾经有人指出我的一本书中出错了，好像是词汇方面的。我用了一个日语单词，结果弄错了时代，那感觉就像："噢天哪，有人注意到了，我永远不会原谅自己！"那本书出版二十多年了，至少有四十个人都注意到了吧。那感觉就像："你可以退出文坛了，凯济，算了吧。"

这种感觉的背后，是我觉得，对那些喜爱我又喜欢挑毛病的读者，我不能让他们失望，因为我不想有人读着我的东西然后说："她曾经是个一流的作家。"没有人想要那种评论。于是，我特别注意不让自己带着自我批判的态度写作，但是我又在尝试为读者写作，我做不到。

当我并没有寄予厚望的作品获得星云奖时，我非常激动，且大吃一惊，因为我一点准备都没有。上台领奖一般有两种情况，一种是你准备了小纸条，一种是你没指望获奖，于是你什么都没准备。我猜第三种情况是，你习惯得奖了，随时可以即席发言。我就是那种一点都没准备的，站在那儿胡言乱语了差不多两分钟。对我而言那是一个了不起的时刻，因为那篇故事采取了绝对客观真实的立场，并没有考虑读者是否接受这样的立场。是的，我是为读它的人写的，而不是为评它的人写的。那是我第一次说出我不会在乎别人的看法。直接写就是了，如果别人不喜欢它，或者没人读它，或者它被彻底忽视了，那是你以后要解决的问题。先写出来，以后的事情以后再说，这就是你的最佳策略。

我记得我获得的第一个奖，是斯特金奖。我当时已经被堪萨斯大学哄骗去参加写作营，最后以坎贝尔研讨会收尾。写作营结束后，我准备留下来参加研讨会，然后计划周四早上提前离开，可他们说先别走。詹姆斯·冈恩邀请我去他的办公室，让我坐下来，他说，我们本来不打算在颁奖之前告诉你的。我坐在詹姆斯·冈恩的办公室里，他是我第一个亲眼见到的大人物。我之前以为人坐着的时候是不会感到眩晕的，结果真的会，没错，你会感到头晕眼花，即使你坐在那里什么都不做。于是我往前一栽，詹姆斯问："你还好吧？"没事，我很好。但是那真的令人眩晕，那正是我获得的第一个奖。

那也是一个真正的认可。它确实如此。我们都会用那个词，认可，因为我的真实感觉像是第一次获得奥斯卡影后时的莎莉·菲尔德[1]。噢我的天啊，他们喜欢我！他们喜欢我的作品！对于很多作家而言，他们拿奖的动力，也是我的动力之一，便是得到其他人的认可，同时我还可以展示部分自我。我可以在保持完全真诚、真切和真实的同时，向人们袒露我的灵魂和内心本质的一面，但我也能让另一面不为他人所知。

这让我心满意足。对于个人来说，我们有责任做自己，但也有责任维持健康的个人形象。小说就是这样一个方法，我既可以与人沟通，也可以掌控这种互动。我觉得世界上存在很多虚假的亲密关系，小说就是其中一种，但它建立在尽可能真诚的基础之上。这种感觉就像你选择写信吐槽对方，而不想面对面交流。这不是因为你想要创造距离，而是因为你想要保持准确，如果你在对话中不能保持准确，那么写信就是保持准确的好方法。精准，那正是我追求的感觉。我想要表现得非常真诚，但是我身上有很多东西并不为人们所需要。那些东西分享出来是不健康的，于是我就不分享。

---

1. 美国电影演员，曾两次获得奥斯卡最佳女主角奖。

接着，我开始给一些写作坊、专业写作营上课，帮助那些立志成为有为作家的人。于是，我成了一个很有策略的指导者，直到现在。总的来说，我是个结构主义[1]者。正因如此，我才写了如此多的实验性小说。我很喜欢这种感觉。站在台上对人们说话，吸引众人倾听，这让我充满激情，也很有乐趣。他们总是说，我在三年级时就开始炫耀了。当我说到一些具有变革之力的东西时，我会感到欢欣鼓舞。教授并改变一个作家，向他展示一些他前所未见的东西，让他在课堂中打开笔记本，奋笔疾书，并且在剩下的时间里连头都不抬一下。那是一个多么令人兴奋的时刻啊！同样，当我写下一个故事并想象某个读者正沿着街道走路，不小心撞到东西了，因为他正用Kindle看我的小说，也是同样令人兴奋的时刻。我通过自己所做的或者所说的，改变了那些人，改变了他们的思维。

这当然是一种炫耀，我对自己的这种心态确实有些难为情。当我还是个生活在小镇上的小女孩时，我就挺聪明了，我的哥哥和我都挺聪明。我们都会读百科全书，我们都是班级里的刺头。我们都在上三年级，都会在课堂上举手反驳说，"实际上……"而同学们确实也愿意听我说出那些谁也拦不住我说的话，他们不想听老师说的那些"我们要听听凯济之外的人发言"，或者"凯济，放下你的手"，或者"凯济，没有你说的那个词"之类的话，不同的老师说的话不一样，在这种场景下，我总是得意扬扬。

我对学生们说过的最重要的话之一就是，我教你的那些东西都只是技巧，但我最引以为傲的一句教诲便是：想想你为什么要写作——你真正想要写作的原因，而不是可以拿来吹吹牛，或者谋生计，或者其他的说辞。你要一直深挖，不断深入思考这一点，就像连续两年每周二去看心理医生一样。你为什么要写作？人们通常会追溯到童年早期，所谓的童年情结。我对此不做任何价值评判。因为当我深挖到底，发现自己就是这样，我父母在情感上是缺席的，当我写作时，他们没有怎么表扬我的作品，甚至从来不会表扬我任何事情。所以我的作品归根结底是在表达我跟我母亲不一样，希望父母能看到这一点，出于同样的原因我还创作了很多艺术品。这就是我写作的原因。我们都有一个根本的原因，埋藏在一切表象之下。我们在采访中说的话都是掩饰，用一些不经意的理由来

---

1. 结构主义（Structuralism），发端于十九世纪的一种方法论，侧重对结构（交互关系）的认识，提倡一种整体的科学，要透过表面的现象，寻求底层的关系，以期获得放诸四海皆准的结构。

掩饰真实的情结。我这么做是因为唯有当我在写作，而且人们不知道我长什么样子时，他们才会把我这个身高接近一米八的金发女子当回事，只有这样他们才会读我的故事，而不是一直盯着我的胸部。人们有着各种各样的情结，有的听起来很不体面，或者微不足道，或者其他。它们才是核心，当我们真正理解这一点，它们会成为我们搭建成年世界的脊梁。那就是我一直在想的，所以我认为，理解这些对你的写作事业至关重要。假如你现在知道自己写作的原因是潜意识里想要跟父亲竞争，而你之前并不知道这一点，那么你就可以不再写你父亲的故事，或者那些教育你父亲要如何对待你的故事了，你可以讲述那些你真正想讲的故事。假如你写作的原因是缺乏安全感，想要人们看到你聪明，或机灵，或可爱，或其他一面，一旦你知道这些，你就是可控的。在你知道之前，你是不可控的。于是我一直在告诉那些大学生，尤其是成年人，因为我们养成了特别复杂的防御机制，才导致我们从不审视自己，这才是深入到本质的问题。这就是我的回答。我们要理解自己是谁，理解那些最渺小、最琐碎、最自私或者最自恋、贪婪、嫉妒的自我碎片，这是根本。我们要么对抗它们，要么好好利用它们。

JW：在大众的眼中，你希望自己是什么样的？

KJ：我希望被认为是架通主流文学与幻想、推理小说的桥梁之一。我觉得我们当中有那么几个人一直在为此努力。我是如此，大卫·米切尔也是如此，他一直在参与。谢尔曼·阿列克谢也是的，他也在参与，这些人全部都在参与。我们就像在立界碑，标出一块地盘，在这块地盘里，所谓的高级文学、实验小说可以通过高智设定与科幻小说交融，而不仅仅是被拿来做金句妙语。你可以写出既是高级文学也是真科幻，或者真奇幻、真侧流文学[1]的作品。我跟大部分人不一样，因为我在尝试这些实验性的作品，但是我们都在指向同一个目标。我有一个不切实际的愿望，就是希望六十年之后的人们会认为现代主义小说和后现代主义小说的概念在我们这儿结束了，因为我们正在回归一个观点，即一切都是文学。那是一个新的发明，一个新的子类别。有很多人发文讨论为什么科幻与奇幻从主流文学中分家了，这意味着什么，以及带来了什么不利影响。这对营销是件好事，但是也有很多不利，包括加剧了类型文学的边缘化以及人

---

1. Slipstream，此处暂译为侧流文学，一种界于幻想文学和主流文学之间的超现实文学的统称。

们对它的轻视。但我确实觉得六十年后不会有这样的事情发生，我希望自己是这场弥合分歧运动中的一员。

　　我会改变一些事情，但是我会从一个不同的层面带来改变，一个更大的层面。我没有孩子，我对孩子没有兴趣，我也不相信作品会永久流传。作为一个盎格鲁－撒克逊古英语学者，我知道有太多的作品如今只留下一些碎片。这意味着到底有多少曾经存在的作品已经不复存在了？某位诗人曾经为了一个令他或她如痴如狂的事物写下一首四千词的长诗，但是不复存在了。那是印刷术发明之前会发生的事情，印刷术发明之后也会依旧如此。所有那些在1960年写过书并被忽视的女人，她们都不复存在了，我们甚至不知道她们的名字。因此我从来都不会认为成为一个大作家就会永垂不朽，很多十九世纪的畅销书作家也不再为人所知了。在理想状态下，六十年后还有人会记得我是个作家吗？如果有，那真的是太好了！好到不可思议！但如果我只是这场运动的一部分，致力于融合科幻与主流作品，那也很好。

　　我是一个更为宏大的事物的一部分。科幻是我们这个物种的一种文学，只要把思想拓宽到物种这个层面，我们就会意识到这一点，而这正是我现在所思考的。我在乎这种文学，人们也一直会在乎这种文学。作为这种文学的一部分，并且知道我作为一分子，可能会促成这种文学与主流和解，这让我感觉非常棒。

Copyright© 2017 by Joy Ward

唯恐黑暗降临 03
LEST DARKNESS FALL 03

［美］L. 斯普拉格·德·坎普 L. Sprague de Camp　著
　　　　华　龙　译

穿越题材开山之作，

带你经历一场罗马的趣味冒险。

L. 斯普拉格·德·坎普是位造诣极高的科幻作家，写作生涯跨越六十余年，所获殊荣更是数不胜数，他不仅是1966年世界科幻大会的荣誉嘉宾，还获得了1979年的星云奖大师奖和1984年的世界奇幻终身成就奖等。

卡尔·萨根曾在1978年称赞《唯恐黑暗降临》为科幻小说的典范："这是对哥特人入侵罗马的精彩介绍……告诉人们如何用科幻传达未知或不曾了解到的知识。"科幻作家、编辑奥基斯·巴崔斯则盛赞这篇小说："精彩绝伦……也许是德·坎普最优秀的作品。"

上一辑《银河边缘》登载了《唯恐黑暗降临》的第四至七章，主人公帕德维不仅引进了印刷术，做起了报刊生意，还尝试创办了远距通信公司。然而，生意的成功却无法阻止帕德维身陷囹圄。本辑请继续欣赏这部作品的第八至十二章。

第八章

琉德里斯吹了吹他那副雪白的胡须，解释道："很遗憾你诓骗了我，马蒂内斯。我从未想过一个真正的阿里乌教徒会屈身……啊……与亲希腊的意大利人为伍，迎接东正教狂热分子入侵意大利。"

帕德维问道："谁这么说的？"一时间他胸中的恼怒胜过忧虑。

"那可是尊贵的……啊……迪德吉斯凯尔本人亲口所说。他说当他拜访你的宅邸时，你不只是羞辱、谩骂他，还对你自己跟帝国皇室的关系大肆吹嘘。他的同伴可以为他作证。他们有内部消息说你计划背叛罗马，而且正打算把财物弄到别的地方以躲避骚乱。我的人逮捕你的时候，发现你确实正要搬家。"

"我亲爱的大人啊！"帕德维怒气冲冲地说道，"难道您觉得我没有脑子吗？如果我有任何那类阴谋，您觉得我会满世界嚷嚷吗？"

琉德里斯耸了耸肩，"那我可说不准。我只是尽我的职责，就是把你抓来讯问这个秘密计划的情况。把他带走吧，席格弗里瑟。"

帕德维听到"讯问"这个词儿不由浑身一颤。如果这个实诚的榆木脑袋认定了一个想法，那他就会不择手段让人开口的。

哥特人早已在城市北端设立了集中营，就在弗莱米尼亚路和台伯河[1]之间。营地有两道草草竖起的栅栏，另外两道则靠着奥勒良城墙。帕德维发现已经有两名罗马贵族先于他被扣押于此了；这二位都说他们之所以被捕，是涉嫌牵扯进了帝国皇室的阴谋。几小时之后，又有几名罗马人被押送到了此处。

营地并没有完善的防越狱措施，不过哥特人已经做到最好了。他们沿

---

1. 意大利第三长河，源自亚平宁山脉，向南流经罗马。

着围栏和墙壁周围布下重兵把守,甚至还在台伯河对面驻扎了一小队人马,以防有囚犯越过高墙游过河去。

一连三天,帕德维百无聊赖。他在营地里从这头走到那头,再从那头走到这头,然后又走过去,再走回来;走累了就坐下,坐累了就接着走。他很少跟狱友说话,一直闷闷不乐,总是一个人发呆。

他真是个傻瓜——好吧,至少对于一件事他犯下了严重的错误——以为自己在这里不管搞什么计划就跟在芝加哥一样没什么困难。这可是一个残酷而动荡的世界,你必须把它当回事儿,否则迟早会被碾进历史的齿轮里。即便是搞政治阴谋的老手和不守常规的盗匪,也常常会以悲剧告终。像他这么一个既不好战又不谙政事的可怜异类,又会有什么机会呢?

嗯,那他到底有什么机会呢?他已经尽可能远离公众事务,却因为一架黄铜望远镜跟人吵了一架就落入眼前这种可怕的境况之中。他不妨以身试险拼一把。要是能脱身,他一定要冒冒险,让他们见识见识他的厉害!

第四天依然没有对帕德维进行让他心存忌惮的审讯。不知道为什么卫兵们看上去都很兴奋,帕德维想问问他们有什么事儿,可他们理都没理他。听着他们窃窃私语,他听到是在说什么"会议"。那就意味着大会要在泰拉齐纳镇举行了,哥特人要在那里商讨如何应对那不勒斯的失守。

帕德维与一位贵族囚犯谈论起此事。

"跟你赌一枚金币,"他说道,"他们将会废黜狄奥达哈德,拥立维蒂吉斯接替他的王位。"

那位贵族,可怜的家伙,接受了赌注。

叙利亚人索玛苏斯来了。他解释说:"涅尔瓦已经尽力想要进来看望你,不过他没那么多钱塞红包。他们待你怎么样?"

"还不错。虽然吃的不怎么样,不过他们倒是让我们吃饱喝足。让我担心的是,琉德里斯认为我对一些无中生有的出卖罗马的阴谋了如指掌,他可能会下一些狠手来从我嘴里挖消息。"

"哦,这样啊。确实有个阴谋在进行。不过我想,这几天你还会安然无恙的。琉德里斯已经外出去参加一场会议了,哥特人现在一团乱麻。"他继续汇报帕德维生意上的事情,"我们今天早晨把最后一箱弄走了。犹太人埃比尼泽几星期后就要去佛罗伦萨,他会照看着你手下的人别卷了你的财产逃跑。"

"你是说，看看他们是不是已经卷着财产跑了吧。那战争的消息呢？"

"什么都没有，只知道那不勒斯情况很惨。那座城市被攻陷之后，贝利萨留手下的匈奴人就变得肆无忌惮。不过我想你知道这些。别跟我说其实你根本没有什么预知未来的魔法。"

"可能吧。你喜欢哪一方？索玛苏斯？"

"我？怎么说呢……我还没想过呢，不过我想我喜欢哥特人。这些意大利人的战斗力还不如一群兔子，所以这个国家根本没法真正独立。如果我们不得不被外来者统治，那跟查士丁尼的征税官员比起来，还是哥特人对我们要好得多。只是我那些东正教的朋友不愿这样看，比如我的表弟安提奥卡斯。当谈到阿里乌派的异教徒时，他们就变得完全不可理喻了。"

索玛苏斯准备离开时问帕德维："有没有什么东西需要我带给你的？我不知道卫兵允许带什么，不过要是有什么东西是……"

帕德维想了想，回答："是的，我想要一些绘画的工具。"

"绘画？你是打算粉刷奥勒良城墙？"

"不，就是画画用的工具。你知道的。"帕德维比画了个动作。

"噢，那种绘画呀。当然行。那能打发时间。"

帕德维想要到墙顶上去，好好俯瞰一下集中营，找一找逃跑的路线。于是等索玛苏斯给他带来绘画用具之后，他向守卫的指挥官提出请求，希望得到允许。这位名叫赫洛蒂吉斯的指挥官不苟言笑，他看了帕德维一眼，只说了一个字："不！"

如何赢得朋友？这种事让帕德维又心烦又无奈，可他还得努力掩饰心里的烦躁。他在一天中天色最好的时间试了试自己的画具，对于不习惯用它的人来说有点别扭。一个狱友解说了一番，说要在薄板上敷一层蜡，在表面用水彩进行绘画，然后把板子加热让蜡变软吸收颜料。这可是技术活儿；如果你加热得太厉害，蜡就会熔化，颜色就流走了。

怎么说帕德维也不是专业艺术家。不过一位考古学家在锻炼专业技术的时候，必须了解关于绘图和绘画的信息。所以第二天帕德维就感觉挺得心应手了，便又去问赫洛蒂吉斯是否想要一张肖像画。

这名哥特人第一次露出了点儿笑意，"你能为我画一张？我是说，画一张让我保存的？"

"试试吧，杰出的队长。我不知道能画多好。也许最后您看上去就像是肚子痛的撒旦。"

"嗯？像谁？噢，我明白了！嚯！嚯！你真是个风趣的家伙。"

于是，帕德维画了一幅画。在他看来，这幅画看上去与其说是像赫洛蒂吉斯，倒不如说像极了任何一个留着黑胡须的暴徒。不过那位哥特人很开心，断言画出了他的精髓。等帕德维第二次提出想要爬到墙上从墙顶绘制一幅俯瞰图时，他没再反对，只是派了一名卫兵不离左右。

帕德维说他必须找个位置最好的制高点作画，便沿着集中营的高墙上上下下走了起来。到了北头，墙壁在这里拐过弯转向东面，直指弗莱米尼亚大门，外边的地面有一段坡道延伸出去几米，伸到河岸上的一个水坑——那一小池水里长满了睡莲。

他留神观察营地的时候，暗暗记下了这个信息。这时，几名卫兵带进来一名犯人，他穿着华丽的哥特式衣衫，一路拒不合作。帕德维认出那是迪德吉斯凯尔，国王的宝贝儿子。这太有意思了。帕德维顺着梯子走了下去。

"嗨，"他说道，"你好。"

迪德吉斯凯尔正郁郁寡欢地一个人蹲在那边。他有些蓬头垢面的，脸上青一块紫一块，两只眼睛肿得都只剩下一条缝了。那些罗马贵族都毫无同情心地嘲笑着他。

他抬头看了看，说道："噢，是你啊。"言谈举止之间似乎没有了当初的傲慢，就像泄了气的皮球。

"我没想到他们会把你抓进这里。"帕德维说道，"你看上去可是受了不少罪啊。"

"嗯。"迪德吉斯凯尔痛苦地活动着关节，"之前因为逮捕我们被揍的那帮士兵把我抓住了。"出人意料，他咧嘴笑了起来，露出被打断的门牙，"我也不责怪他们什么。我就是这么个人，总是能以别人的眼光看事情。"

"你因为什么进来？"

"你没听说？我不再是国王的儿子了。或者说我们家老爷子不再是国王了。大会废黜了他，拥立那个呆子维蒂吉斯继位。所以那个呆子就把我关起来了，好让我不找麻烦。"

"啧啧啧。太糟糕了。"

迪德吉斯凯尔又痛苦地咧嘴一笑，"别告诉我你为我感到遗憾。我可不是那种傻瓜。不过话说到这儿，也许你能跟我说说在这里会受到怎样的待遇，该贿赂谁，诸如此类。"

帕德维给这个年轻人讲了讲跟守卫打交道的路子，然后问道："现在狄奥达哈德在哪儿呢？"

"不知道。我最后听说的消息是，他已经去了蒂沃利避暑。不过按理说他这个星期就要回到这里了，为了他正在研究的一些文学资料。"

帕德维利用自己所记得的这个年代的历史与最近所获得的这些信息，在心里对于事态的发展描绘出一幅完整的图画。狄奥达哈德被踢出去了。新国王维蒂吉斯会发起忠诚而决绝的抵抗。就意大利总体所受到的影响来看，这可比完全不采取抵抗措施的结果更糟。因为没有好的谋士共同商议，他根本没法打败帝国皇室。他将移驾拉韦纳，只在罗马留下普通的卫戍部队，这可是致命的错误。

帝国皇室也没法凭借他们那支人单势孤的军队一举将他击败，只能凭着连年不断的大肆破坏去争取胜利。按照帕德维的眼光来看，任何事情都比漫长的战争要好。就算帝国皇室取胜，他们的征服也只是一时的。这不能太苛责查士丁尼，因为他得有超自然的预知能力才会预见这一切。而这就是关键：帕德维拥有这种预知能力。所以他不该就此做些什么吗？

是哥特人统治还是帝国统治，帕德维倒是没有太大的偏见。两者的政治体制对于他来说都激不起什么热情。开明的资本主义和社会主义民主各有其优点，但他认为要在六世纪的世界建立其中任意一种统治，都是遥不可及的事情。

如果说哥特人又懒又愚昧，那希腊人便是贪婪又腐败的。然而这两者都是眼前最好的统治者。六世纪意大利人的军事力量太不尽如人意了，根本没有自己的地位，他万般无奈地意识到这一事实。

总体来说，哥特政权并没有什么不良的影响。某些人心中所谓的宗教自由，就是可以随心所欲地把不同于他们自己教派的所有人吊死、淹死或是烧死，而哥特人即便是对于这类人也是极为包容的。而且哥特人将这个半岛视为一片惬意的家园并予以保护和维续。这是一种更为宽厚的态度，远胜于墨洛温王朝[1]的君主和奥斯特拉西亚[2]的杜德伯特那样的蛮族，更不

---

1. 2. 两者均为中世纪法兰克地区建立的王朝。

用说查士丁尼手下的军需司令官了,比如来自卡帕多西亚的约翰,他可是个贪得无厌的家伙。

那么,要是他下决心努把力让哥特人速战速决,而不是坐等帝国皇室横扫天下,那会怎样?哥特政权如何能转危为安呢?劝说哥特人除掉维蒂吉斯对他也没什么好处。如果哥特君王,不管是哪一位,能听从帕德维的建议,那也许还能成些事。不过,昏庸无能的老狄奥达哈德倒是可以加以操控。

帕德维心中渐渐形成了一个计划。他真希望当初告诉索玛苏斯早点赶回来。为了阻止黑暗降临……

索玛苏斯再次前来探望的时候,帕德维告诉他:"我想要几磅硫黄,跟橄榄油和在一起调成糊状,还要一些蜡烛和四十尺长的细绳索,结实点儿,足够吊起一个人的。信不信由你,这是从那个放荡的茱莉娅那儿得到的灵感。记不记得当初我烟熏房子的时候,她是什么反应?"

"你看,马蒂内斯,眼下你很安全,所以为什么不老老实实待在这儿呢?干吗要去搞疯狂的越狱计划?"

"噢,我自有原因。按我所听说的来看,大会今天或是明天就要结束了,我要在结束之前出去。"

"听听他说的吧!听听吧!我就在眼前,我可是他在罗马最好的朋友,可他有没有听进去一点点我的忠告?没有!他想逃出营地,唯一的报偿可能就是后腰扎上一支箭,然后还要跟哥特人的政治搅和在一起。你可曾听说过这种事?马蒂内斯啊,你别是有什么疯狂的想法,打算让你自己坐上哥特国王的宝座吧?这行不通啊。你必须得……"

"我知道,"帕德维咧嘴一笑,"必须得是哥特名门望族阿玛拉家族的人才行。正因如此,我才这么急着要出去。你也想要挽救生意的,那样才能收回你的贷款,对吧?"

"不过,我到底该怎么做才能把这些东西偷送进来呢?守卫看得很紧呐。"

"在放食物的篮子底部用东西装着硫黄糊带进来。如果他们打开看,就说是我的内科医生要求的。最好找威考斯配合一下。至于绳子嘛……咱们想想看……我有主意了,去找我的裁缝,弄一件跟我这件差不多的斗篷。让他把绳子沿着边缘缝在里边,别太结实,要能很容易就扯出来。然后嘛,等你进来的时候，把你的斗篷跟我的放在一起，走的时候把我的拿走就行了。"

"马蒂内斯，这真是个疯狂的计划。我肯定会被抓住，那我全家老小怎么办？不，你最好按我说的做。我不能用无辜者的未来去冒这个风险。你要我什么时候把绳子和那些东西弄过来？"

晨曦之中，帕德维坐在奥勒良城墙上，假装对河另一边的哈德良陵墓十分感兴趣。派来看守他的那名卫兵叫埃乌尔弗，脑袋伸在他的肩膀头上看他作画。帕德维很感激埃乌尔弗的兴趣，不过有时候他希望这位哥特人的胡须别那么长、那么糙。那胡须搭在肩膀上真是让人坐立不安，而且在专心致志涂颜料的时候还会耷拉到衬衫前面。

"你看，"他用结结巴巴的哥特语解释说，"我伸出画笔，目光顺着它看着我要画的东西，用拇指在画笔上比量出它的长度和高度。我就是这样让每件东西保持合适的比例。"

"我懂了。"埃乌尔弗用同样差劲的拉丁语回答——他们俩都在练习外语呢，"不过假设你要画一幅小画——你们是怎么说的——就是里边有很多东西，还要画得一模一样的那种，那该怎么办？用画笔量出来的尺寸都会太大了，是不是？"作为一名集中营卫兵，埃乌尔弗根本一点都不蠢。

帕德维的注意力其实都放在别的地方，而不是那座陵墓。他一直在暗中观察所有的卫兵，还有他那一小堆东西。所有犯人都觊觎着那堆东西呢，原因显而易见。不过帕德维对那堆东西的兴趣不同旁人。他一直在盘算那支藏在食物篮子里的蜡烛究竟何时能燃烧到硫黄糊。那天早上，他把自己绘画用的小火盆点起来的时候似乎麻烦不断；其实他是借机把那个小小的邪恶装置偷偷布置了起来。他还时常忍不住往河那边的士兵偷偷望一眼，瞅一瞅他身后那片被睡莲覆盖的水塘。

埃乌尔弗看得有点不耐烦了，后撤了几步。这名卫兵坐到自己的小板凳上，取出他那支笛子一样的乐器开始演奏细若游丝般哀伤的曲子。这东西听上去像是迷失在雨水桶里的女鬼，让帕德维浑身上下一阵一阵直起鸡皮疙瘩。不过他十分尊重埃乌尔弗的意愿，并不干涉。

他画呀画呀，可那个小装置始终都没有动静。蜡烛肯定已经熄灭了，不然现在已经烧到硫黄了。要么就是硫黄没烧起来，也许是很快就要烧着了。如果他们叫他从墙上下去,他一个劲儿说自己不饿,那就得被人怀疑了。看情况吧。

埃乌尔弗的哀乐停下了,"你的耳朵怎么了?马蒂内斯?你总是在揉。"

帕德维答道:"就是有点儿痒。"他没说用手指揉耳垂是一种精神紧张的表现。他继续作画,心想着他的计划产生的一个结果,就是有史以来一名业余画家画的最烂的陵园画了。

就在他放弃希望的时候,他的神经也镇定了下来,硫黄没点着,就这样了。他明天再试……

下面的营地里,一名囚犯在咳嗽;然后另一名也咳嗽起来。随后全都咳嗽起来了。只言片语传了过来:"什么鬼东西……""一定是鞣皮厂……""不可能,他们在两三里地之外呢……""是燃烧的硫黄,圣徒在上……""也许是恶魔向我们发出召唤……"人们四处走动,咳嗽声不绝于耳。卫兵们见势连忙进了营地。有人找到这股难闻气味的来源,踢开了帕德维的那堆东西。随即,有一平方米的地面都覆盖上了黏糊糊的一层黄色物体,上边跃动着蓝色的火苗。随后传来窒息似的呼叫声。一缕淡淡的蓝烟在宁静的空气中缓缓升起。围墙上的卫兵们,包括埃乌尔弗,都急急忙忙顺着梯子下去了。

帕德维早就在心里将这番情形演练了无数遍,此时几乎是不由自主地就行动起来。他的火盆上面放着两小碗融化的蜡,都已经上了色。他把双手伸进滚烫的蜡里挖出一捧,在脸上、胡须上抹了一层深绿色的蜡。蜡几乎立刻就凝结了。他又伸手从另一口锅里挖出一些黄颜色的蜡,在脸上绿颜色的腊上面抹出三个巨大的圆圈。

然后,他仿佛只是四下溜达一般,走到围墙的拐角处蹲下,避开了营地里众人的目光,从斗篷的缝合线里扯出绳子,在墙角的一块突出物上系了一个单结套绳扣。最后,他又朝着河那边望了一眼,那边的士兵显然并没有注意到任何情况,尽管他们可能已经听到高墙里乱哄哄的动静了,如果他们在听的话。帕德维双手交替,顺着北墙溜了下去。

下去之后,他把绳子也抽了下来。就在此时,手腕上映出的阳光一闪,他心中暗骂了一声。要是浸泡在水里太久,他的手表就得报废了;他应该想着把这东西交给索玛苏斯的。帕德维看到墙上有一块石头松动了。他抽出来，用手帕把手表包好放进了洞里，然后又把石头放了回去。虽说这也就几秒钟的时间，可他知道自己为了保住手表，冒险浪费时间实在是蠢透了。但另一方面，他就是这种人，绝不可能明知故犯地毁掉手表。

帕德维一溜小跑下到坡底来到池塘跟前。他没有一头扎进去，而是小心翼翼地走到了几尺深的地方。他坐在水中的阴暗处，就像是钻进了有些烫的浴缸里，然后身子在池塘的睡莲中间展开，水面上只露出鼻子和眼睛。他把水生植物拢在身子周围，将自己完全掩藏起来。剩下的事情嘛，就得靠他那身绿色的斗篷和脸上古怪的伪装了。他等候着，倾听着，听着自己的心跳，也听着高墙那边传来的话语。

没等多久，就传来叫喊声、吹哨声，以及哥特人的大脚在墙顶踢踏的声音。卫兵们招呼着河那边的士兵。帕德维不敢转头去看，不过他能想象得出正有一条划艇驶出来。

"那个魔鬼似乎凭空消失了……"

"他正藏在什么地方呢，你这白痴！搜，快搜！把马牵出来！"

帕德维一动不动地躺着，守卫们顺着墙根周围仔细搜查，哪怕灌木丛里有块能藏只小犬的地方也要用宝剑捅一捅。他一动不动地躺着，一条小鱼发疯似的想要钻进他的左耳朵一探究竟。他一动不动地躺着，眼睛几乎闭上了，几名哥特人在池塘边走来走去，仔仔细细看着池塘，看着他，距离都不超过三十尺。他一动不动地躺着，一名哥特人骑着马越过池塘，落脚的地方离他不超过十五尺。他一动不动地躺着，整整一个下午，搜查与追踪的声音此起彼伏，最终完全消失了。

不出所料，内维塔·谷芒德之子被吓了一大跳，因为从车道到家门前那一排灌木丛的阴影中突然站起一个人来，而且还在叫着他的名字。他刚骑着马一路风尘仆仆地抵达农场。赫尔曼跟往常一样紧随其后，没等马丁·帕德维表明自己的身份就已将宝剑抽出一半。

他解释道："我几小时前就到这儿了，想要借匹马。你的下人说你去大会了，不过今晚会回来。所以我就在这里等着。"他又简短地讲了讲自己被关押又越狱的事情。

这名哥特人放声大笑道："哈！哈！你说的是真的吗？哈哈！你躺在池塘里一整天，就在那些守卫鼻子底下，还把脸涂得像一朵该死的花？哈！哈！

基督啊，这是我这辈子听过的最棒的事情了！"他跳下马，"来吧，到屋里来，跟我仔细说说。喔，你看上去确实跟青蛙池无异，老朋友！"片刻之后，他正色道："我宁愿相信你，马蒂内斯。按照大家的说法，你是个很可靠的年轻人，尽管你的一言一行全都是可笑的外国做派。不过我怎么知道琉德里斯做得不对呢？你身上确实有些事情很古怪，你知道的。人们说你能预见未来，却又尽力隐藏这个事实。而且，你造的一些机器确实有那么点魔法的味道。"

"我会告诉你的，"帕德维若有所思地说，"我能看到一点点未来。别这样看我，我只是碰巧有那么种能力。撒旦与此毫无关系。确切说嘛，有时候我能看到会发生什么，如果人们确实按着他们想要做的事情去做。如果我用我的知识进行干涉，就会改变未来，那样的话，我所见的就不会再成真了。

"就目前的情况来说，我知道维蒂吉斯会输掉这场战争，会以最惨痛的形式大败——而且还是在意大利被蹂躏许多年之后。这不是他的错。他只是命中注定如此。而我最不想看到的就是这个国家毁于一旦，那将会毁掉我的许多计划。所以我决意干涉并改变事态的自然进程。结果可能会更好些，再怎么着也不大可能更糟了。"

内维塔眉头一皱，"你是说，你打算尽快击败哥特人。我觉得我无法认同这样的……"

"不，我想要为你们赢得你们的战争。如果我能的话。"

第九章

　　如果帕德维没弄错的话，而且如果普罗柯比的史书也没有撒谎，那么狄奥达哈德应该在未来的二十四小时内顺着弗莱米尼亚路逃往维也纳。帕德维一路走一路逢人便问，国王是否已经经过了这条路。所有人都说没有。

　　现在，在纳尔尼周边地区，他已经尽可能远地走到了最北边。弗莱米尼亚路在这里分岔，他无从知晓狄奥达哈德会走新路还是老路。所以他跟赫尔曼索性到路边歇着去了，无聊地听着马匹啃草的声音。帕德维有些暴躁地看着他的同伴。赫尔曼在奥特里科利[1]的船上喝了太多的啤酒。

　　对于帕德维的问题以及轮流守路的安排，赫尔曼只是咧着嘴傻笑着说："是，是！"话说到一半，他最后干脆睡了过去，怎么晃也晃不醒。

　　帕德维在阴影里踱来踱去，听着赫尔曼的呼噜声，尽力去思考着。从前一天到现在他一直都没睡过，而这里这个醉如烂泥的家伙，倒是心无旁骛地享受着他帕德维最应该享受的睡眠。也许他应该挤出几个钟头在内维塔的……不过要是他当时真的睡了，恐怕除了地震就别想再让他醒过来了。他的胃在痉挛，毫无食欲，这个该诅咒的六世纪的世界甚至都没有咖啡来给他越来越重的眼皮减减肥。

　　要是狄奥达哈德不出现呢？或者他绕道而行，走萨拉瑞安路呢？又或者他已经都过去了呢？一次又一次，路的尽头扬起尘土的时候，他都会紧张一番，最后总会发现那不过是农夫赶着一辆牛车，或是商人骑着骡子懒洋洋地走着，或是一个光着膀子的小男孩赶着一群山羊经过。

　　有没有可能他，帕德维，所施加的影响已经改变了狄奥达哈德的计划，以至于他的行动路线与曾经应该走的路线不同了呢？帕德维将自己的影响

---

[1]. 位于台伯河以东，距离纳尔尼十九公里。

视作水池里一连串的涟漪。仅仅因为与他结识，如此一个简单的现实就已经让索玛苏斯和弗莱瑟瑞克那样的人的生活发生了根本的改变，与原本他从未出现在罗马时的状态大不一样了。

不过，狄奥达哈德只是见过他两次，而且这两次都没发生什么十分重大的事情。狄奥达哈德在时间和空间上的路线可能发生了改变，不过这变化应该非常微小。其他那些高层的哥特人，比如维蒂吉斯国王，应该根本都没被影响到。其中有些人可能看过他的报纸，不过他们极少有精通文字的，很多干脆就是文盲。

唐克莱迪有一点是对的，这是时间之树上一根全新的分枝，他就是这么称呼这东西的。帕德维所做的那些已经算是很离谱的事情，同时也只不过是他希望去做的许多事情中的一小点而已，这些事已经不可避免地对历史做出了某些改变。然而他并没有因此凭空消失，如果这个历史与他在公元1908年诞生于世的是同一个，那他早就该消失了。

帕德维看了看自己的手腕，随即想起手表还藏在奥勒良城墙里。他希望有朝一日还能把它找回来，而且等找回来之后希望它还能正常走字儿。

大道尽头又扬起一股尘土，可能又是一头该死的牛或一群羊。不，是一个人骑着一匹马。也许是某个肥胖的纳尔尼自由民。不管那是谁，他都在急匆匆地赶路。帕德维的耳朵捕捉到坐骑已经累得气喘吁吁直打响鼻；然后他认出了狄奥达哈德。

"赫尔曼！"他大吼一声。

"啊……嗯……呼……"赫尔曼自管打着呼噜。帕德维跑过去抬靴子在哥特人身上踢了两脚。赫尔曼应道："啊……嗯……呼……呼……呼……"

帕德维放弃了；前任国王眼看就要走到他们眼前了。他翻身上马，缓跑着冲上大路高举手臂，"嗨！狄奥达哈德！我的陛下！"

狄奥达哈德脚下一踹马匹，手中却一勒缰绳，显然是不知道该停下来接近帕德维，还是该掉头原路返回。而那匹筋疲力尽的牲口随即把脑袋耷拉下来，使起性子说什么也不走了。

一时之间，狄奥达哈德和他的那匹马犹如纳尔湖水般忧郁沉寂，一动不动；紧接着他抱在马鞍上一个劲儿地又捶又扯。他的脸上落满了尘土，吓得惨白。

帕德维走上前去拢住缰绳。"镇定一下，我的陛下。"他说道。

"谁……是谁……什么……噢，是那个出版商啊。你叫什么来着？别告诉我，我知道的。你为什么阻拦……我们正要去拉韦纳的……拉韦纳……"

"镇定。你永远也不可能活着抵达拉韦纳。"

"你什么意思？你也要谋害我吗？"

"完全不是那么回事。不过嘛，正如您可能听说过的那样，我有一点点知悉未来的天赋。"

"噢，亲爱的，没错，我听说过。我的……我的未来怎样？别跟我说我会被杀掉！求你别告诉我，杰出的马蒂内斯。我不想死。如果他们给我留条命，我绝不会再给任何人添麻烦了，永远。"这个身形瘦小、胡须灰白的男人早已吓得魂不附体，说起话都含混不清。

"如果您能镇定几分钟，我会告诉你我能做什么。你还记不记得这么一件事？出于某种考量，您将别人家一位姿色过人的嗣女从一位哥特贵族手中诓骗走了，而她早已答应嫁给他的。"

"噢，我的天！那应该是欧普泰利斯·维尼戴尔之子，对吗？只是别说'诓骗'那么难听，杰出的马蒂内斯。我只不过……啊……是在那人身边施展了一下影响力罢了。但那又怎样？"

"维蒂吉斯给了欧普泰利斯一项授权，追杀并处死你。现在他正在追赶你，日夜兼程，马不停蹄。如果你继续前往拉韦纳，这位欧普泰利斯就会在你到那儿之前抓住你，把你从马上揪下来，割断你的喉咙……就像这样，咔！"帕德维用一只手在自己喉咙上比画了一下，下巴往旁边一歪，一根手指在喉结上划过。

狄奥达哈德双手捂住了脸，"我该怎么办？我该怎么办？如果我能到拉韦纳，我那里的朋友……"

"你就是那么想的。我知道得很清楚。"

"不过就没有任何事情可做吗？我是说，欧普泰利斯是注定要杀死我了吗？不管我做什么？我们就不能藏起来吗？"

"也许，只要你竭尽全力执行你原先的计划，我的预言就会很准。"

"好吧，那么，我们藏起来。"

"太好了，我先得把这家伙叫醒。"帕德维指了指赫尔曼。

"为什么要等他？干吗不把他丢在这儿算了？"

"他为我的一位朋友干活。是让他来照顾我的，不过现在完全反过来了。"

他们下了马，帕德维再次尝试让赫尔曼醒过来。

狄奥达哈德坐在草地上呜咽着说道："真是忘恩负义！我是那么好的国王……"

"当然啦。"帕德维酸溜溜地说道，"除了打破你与阿玛拉逊莎的誓言，参与公共事务，然后又让她遭人杀害……"

"但你不明白，杰出的马蒂内斯，她谋害了我们最尊贵的爱国者图卢姆伯爵，连同她儿子阿萨拉里克的两个朋友一起……"

"……而且——又是出于某种考量——插手教皇选举；提议将意大利出卖给查士丁尼，以换取君士坦丁堡附近的一块封地和一份养老金……"

"什么？你怎么会知道……我的意思是说那都是谎言！"

"我知道很多事情。话接前文：对意大利的防御玩忽职守；让解救那不勒斯功败垂成……"

"哦，天呐。你不懂，我跟你说。我讨厌所有这些军事上的事情。我承认我不是士兵，我是个学者，所以我把那些事情都交给我的将军们。那是唯一合理的做法，不对吗？"

"就目前事态所证实的情况来看……大错特错。"

"哦，天呐。没有人理解我。"狄奥达哈德悲悲切切地说道，"我会告诉你的，马蒂内斯，我为什么对那不勒斯无动于衷。我知道那么做毫无用处。我去见过一位犹太魔法师，来自那不勒斯的耶格尼亚斯。每个人都知道犹太人很善于此道。这个人带来三十头阉猪，十头一组放在三个围栏里。一个围栏标着'哥特人'，一个标着'意大利人'，还有一个标着'帝国皇室'。他饿了它们几星期，然后我们发现标着'哥特人'的都死了；'意大利人'死了一部分，剩下的都在掉毛；只有'帝国皇室'安然无恙。于是，我们就知道哥特人注定失败。既然是这样，那为什么要牺牲一大帮勇敢的年轻生命去做徒劳无益之事呢？"

"扯淡。"帕德维说道，"不管怎么说，我的预言不比那个肥头大耳的江湖骗子差。问问我的朋友们好了。不过，你只有按照原先的计划行事，预言才准。如果你按着你的意愿走，就会跟你那些魔法阉猪一样被割断喉咙。如果你想活，就得按着我说的做，并且愿意那么做。"

"什么？现在，你给我听着，马蒂内斯，就算我不再是国王，也是出身名门，我不想被人指手画脚去……"

"如你所愿。"帕德维起身朝自己的马匹走去,"我要骑着马顺这条路走了。等我见到欧普泰利斯,我会告诉他在哪里找到你。"

"嗳!不要那样嘛!我会按你说的做的!我什么都会做的,只要别让那个可怕的家伙抓到我!"

"好的。如果你服从命令,我甚至可能会让你重回宝座。不过这次只能是挂名的了,明白吧?"帕德维没有错过狄奥达哈德眼中那一丝狡猾的目光。然后那双眼睛从帕德维身上挪开了。

"他过来了!就是那个杀人犯欧普泰利斯!"他惊叫起来。

帕德维转身望去。千真万确,有一个魁梧高大的哥特人正顺着大路朝他们赶来。帕德维心想,这可真是都凑到一块儿了。他浪费了那么多时间聊天,让追踪者真的赶上他们了。他应该留几个小时的余地的;不过人就要到眼前了。怎么办,怎么办?

他身上没有武器,只有一把小刀,是用来切牛排而非割人喉咙的。狄奥达哈德也没带剑。

帕德维可是在一个拥有汤普森冲锋枪的世界里成长起来的,刀剑在他眼里是很蠢的兵器,挂在身上总是会绊到双膝中间。所以他从没养成随身佩带宝剑的习惯。他的眼角捕捉到欧普泰利斯的剑锋寒光一闪,随即意识到了自己的错误。那名哥特人身子前倾,踹了踹胯下坐骑,直奔他们而来。

狄奥达哈德一动不动地站在原地,浑身战栗,吓得口中只剩下猫叫般的声音。他润了润干燥的嘴唇,一遍又一遍叫喊着:"手下留情啊!"欧普泰利斯的胡须中透出笑意,他高高挥起手臂。

就在最后一刻,帕德维猛一纵身把前任国王扑倒在地,一骨碌滚到欧普泰利斯马匹奔跑的路线之外去了。欧普泰利斯猛地一拉缰绳,帕德维赶紧趁机爬起来,马匹猛地停住了,四蹄踹起的尘土往前扑起。狄奥达哈德也站起身,跑进树丛里寻求藏身之处。欧普泰利斯愤怒地大喝一声,跳下马来,尾随而去。与此同时,帕德维脑筋飞转。他俯身去看赫尔曼,那家伙正缓缓醒过来,帕德维一把抽出赫尔曼的宝剑,纵身砍向欧普泰利斯。这毫无必要。欧普泰利斯一看到他过来了,便转而向他扑来,显然是要在帕德维给他来一剑之前把对方了结掉。

现在帕德维不由得暗骂自己干什么都笨手笨脚的。他对于剑术只有最

插画/刘鹏博

粗糙的理论知识，毫无实战经验。沉重的哥特式宽刃剑握在他汗津津的手里既不熟悉也不自在。欧普泰利斯朝他跑来的时候，他都能看到这名哥特人的白眼珠在瞪着他，不断估测着距离、变换着重心、舞动着宝剑，手臂高举要来个反手斩。

帕德维的闪避大都是出于本能，而非技术。剑锋相交金声大作，帕德维借来的这柄剑被荡开脱手而出，打着转儿飞进了树丛里。欧普泰利斯快如闪电，再次出手，但却一剑劈空，身子跟着甩出去大半圈。如果说帕德维是个无能的剑手，那他的双腿可不是吃素的。他紧跟着那把飞出去的宝剑就跑了出去，找到剑继续跑起来，让欧普泰利斯气喘吁吁地在后面紧追不舍。在大学里他可是辅修四百米跑的明星；如果他能甩掉欧普泰利斯，也许机会就更大了，哪怕最终他们……喔，该死！他一脚绊在树根上来了个嘴啃泥。

不等欧普泰利斯走到近前，他打了个滚儿就站了起来。事有凑巧，这一滚，在他和欧普泰利斯之间正好有两棵大橡树，这两棵树生得太近了，都没法从中间挤过去。于是他什么都不用做，只要站在那里静观其变就行了。哥特人纵身向前，往上挥舞着宝剑，帕德维在绝望中孤注一掷，朝着欧普泰利斯敞开的胸膛尽量伸长胳膊刺了出去，他其实只是想把那家伙吓走，让他离远点儿，根本没敢想伤害他。

虽说欧普泰利斯是一名合格的战士，不过他这个年代的剑法完全都是运用剑刃伤人，还从没有人会来个急停用剑尖刺人。于是，完全不是他的失误，他就是想全力冲进能砍杀到帕德维的有效范围之内，结果就这么把自己干净利落地送到了伸出的剑尖儿上。他自己挥出的剑往旁边儿一歪，砍在了一棵橡树上。这个哥特人大张着口拼命呼吸，粗壮的双腿缓缓瘫软下来。他跌倒在地，把剑从身子里拔了出来，双手深深抓进泥土，一股血水从嘴里喷涌而出。

当狄奥达哈德跟赫尔曼赶来的时候，发现帕德维正倚着树干无声地呕吐着。他几乎都没听到他们的祝贺。

第一次杀人带来的反应真是剧烈，帕德维心里既有出于道德而产生的烦恶，也夹杂着些许兴奋激动。他十分理智，不会责备自己太多，可说到底他也不是那种随随便便就能杀人的雇佣兵。为了保证狄奥达哈德那条没什么价值的脖颈安然无恙，他杀了一个也许是更好的人，这个人有着合情合理的积怨来反对前任国王，而且这个人从未伤害过帕德维。如果他能跟欧普泰利斯好好聊两句，或者只是稍稍把他打伤……不过覆水难收；这家伙已经跟埃及人约翰的那些客户一样魂归来世了。而活着的人将要面临一个更为迫在眉睫的问题。

他对狄奥达哈德说道："我们最好给你打扮一下。如果你被认出来，维蒂吉斯会从你的其他老朋友里再找人来的。最好先把胡须剃掉。真糟糕，你已经把头发剪短成罗马样式了。"

"也许嘛，"赫尔曼说道，"可以把他的鼻子割掉。那样就没人能认出来了。"

"噢！"狄奥达哈德大叫起来，一把捂住了被相中的鼻子，"噢，天见可怜！你不会真的给我毁容吧？最最杰出、最最尊贵的马蒂内斯？"

"如果您规规矩矩的就不会，我的陛下。而且你的衣服真是太奢华了。赫尔曼，我要是让你去纳尔尼跑一趟，买身意大利农民星期天上教堂的装扮，能信得过你吗？"

"能，能，给我金币。我去。"

"什么？"狄奥达哈德尖叫起来，"我可绝不允许自己穿那么一身可笑的衣服！阿马立家族的王子有其尊贵的……"

帕德维眯缝着眼睛打量着他，摸了摸赫尔曼那把佩剑的剑锋。他温和地说道："那样的话，我的陛下，你是更想失去你的鼻子喽？不？我想也不会。给赫尔曼几枚金币。我们要把你打扮成一名富裕的农夫。你能讲翁布里亚方言吗？"

第十章

琉德里斯·奥斯卡之子，罗马城卫戍部队的指挥官，阴郁地望着办公室窗外九月的灰色天空。

对于这名拥有单纯、赤诚之心的将领来说，眼前世界翻天覆地的变化简直令他应接不暇。先是狄奥达哈德惨遭罢免，维蒂吉斯被人拥立为王。然后出于某种神秘的原因，维蒂吉斯让他自己和其他哥特人首领相信，要想对付所向披靡的贝利萨留，唯一的方法就是逃往拉韦纳，但把这支毫无用处的卫戍部队留在罗马。现在情况越来越明显，市民正变得愈发不满；更糟的是，他的部队害怕抗击希腊人，害怕守卫城市；还有更糟的，鉴于国王是一名异教徒，教皇希尔维略满不在乎地违背了向维蒂吉斯立下的誓言，与贝利萨留狼狈为奸，谋划着兵不血刃地献城投降。

但所有这些纷乱给他带来的震动与眼前这件事相比，似乎又都显得不值一提了。他的传令兵禀报说有两位拜访者，等他见到这两人之后，发现他们居然是马丁·帕德维和前任国王狄奥达哈德。尽管国王的胡子剃得干干净净，可他当时就认出来了。他只是坐在那里，盯着他们，吹了吹自己的胡须，说道："你们！是你们！"

"是的，是我们。"帕德维不动声色地回答，"我相信你认识狄奥达哈德，东哥特人与意大利人的国王。你也认得我。顺便说说，我是国王的新任度支官。"（也就是说，他身兼秘书、法律起草人以及影子写手。）

"但是……但是我们已经有另一位国王了！你们两个，你们两个的人头已经被悬赏了。"

"噢，那个嘛，"帕德维撇嘴一笑，"王室议会的决议有点草率，我们希望能及时向他们表明这点的。我们会解释一下……"

"不过你到哪儿去了？是怎么逃出我的集中营的？你又在这里干什么？"

"请一次说一件事，杰出的琉德里斯。首先，我们在佛罗伦萨那边为运动搞到了点支持。第二……"

"什么运动？"

"……第二，我有不少一般人不以为然的方法可以逃出集中营。第三，我们在这里是要带领你的部队反击希腊人并摧毁他们。"

"你疯了，你们俩都疯了！我应该把你们锁起来直到……"

"好啦，现在嘛，好好听我们说。你知不知道我的那个……啊……小小的天赋？能看到人们的行动在未来产生的结果？"

"嗯，我听说过一些。不过要是你认为能唆使我撇开我的职责，就凭着一些漫无边际的神话……"

"确实，我亲爱的长官。国王会告诉你我是如何预见欧普泰利斯对他的生命所造成的令人遗憾的威胁，还有我是如何凭借自己的知识挫败了欧普泰利斯的计划。如果你坚持，我还能提供更多证据。

"比方说，我能告诉你，你得不到任何来自拉韦纳的援助。那个贝利萨留会在十月份直取拉丁大道。教皇将会劝说你的卫戍部队在他们抵达之前撤离。还有，你将会坚守驻地，然后被俘，并被押往君士坦丁堡。"

琉德里斯倒吸了一口气，"你跟撒旦结盟了吗？或许你就是那个魔鬼本尊？我还从没跟人说过就算我的卫戍部队撤离，我也打算坚守到底的想法，然而你却了如指掌。"

帕德维一笑，"不是碰巧瞎猜的，优秀的琉德里斯。只不过是一个有着寻常血肉之躯的人恰好有一点点特殊的天赋罢了。更进一步说，维蒂吉斯最终将会一败涂地，尽管只需进行几年惨烈的战争而已。这个嘛，所有这些事情都会发生，除非你改变你的计划。"

费了一个小时的口舌，终于让琉德里斯的态度发生了转变，不过他还有个疑问："好吧，你心里有什么样的计划能够对付希腊人呢？"

帕德维答道："我们知道他们将借由拉丁大道赶来，所以继续派兵驻守泰拉齐纳镇就没什么必要了。而且我们知道他们何时来。算上泰拉齐纳的卫戍部队，到下个月底，你能召集多少士兵？"

琉德里斯吹了吹胡须，想了想，"如果我从福尔米亚城召集人手……六千，也许七千。弓箭手和长矛手大致各半。这个嘛，得假设维蒂吉斯国王不会听说此事，并且不会干涉。不过消息传得总是很慢的。"

"如果我能让你看到有多么好的机会来抵御希腊人,你会考虑带兵吗?"

"我不知道。我必须得好好想想。也许吧。如果如你所说,我们的国王……抱歉,尊贵的狄奥达哈德,我说的是另一位国王……他注定遭到失败,也许值得冒个险。你会怎么做呢?"

"贝利萨留大约有一万人马。"帕德维答道,"他会留下两千人驻守那不勒斯和其他南方的城镇。他的人手还是稍占我们上风。我注意到你们那位勇敢的维蒂吉斯手下坐拥两万人马,但却想着逃亡。"

琉德里斯耸了耸肩,看上去有些窘迫,"这倒是实情,那绝不是明智之举。但是他期望能从高卢和达尔马提亚再征集数千人马。"

"你的人对于夜袭有经验吗?"帕德维问道。

"夜袭?你是说在夜里攻击敌军?没有。我从未听说过这么一种做法。战斗都是在白天进行的。我看嘛,夜里进攻听上去可不怎么实用。你该怎么统领人马呢?"

"这就是关键。还从没有人听说过哥特人搞夜袭,所以这应该是取胜的机会。不过这需要进行特殊的训练。首先,你必须得从通往北方的各条交通要道撤出巡逻兵,把任何可能将消息传到拉韦纳的人都带回来。而且我需要几名优秀的弩炮工程师。我不想完全依靠图书馆里的书籍来造我的大炮。如果你的部队里没人知道任何关于弩炮的东西,那我们应该能挖掘一两个懂这手的罗马人。而你可以委任我为你的参谋——你还没有参谋吧?那现在就是时候了……配以合理的薪酬……"

帕德维趴在弗莱格拉小镇附近的一座小山顶上,用望远镜观察着帝国大军。他很惊讶,贝利萨留作为这个时代第一流的名将,居然没有往更远的地方派出侦察兵。不过,话说回来,这可是 536 年呐。他的先头部队之中有几百名匈奴人和摩尔人的骑兵,他们纵马驰骋、横冲直撞,往四下的旁路冲出去数百米便又疾驰而回。紧跟其后的是两千著名铁甲骑兵,队列整齐,小跑前进。已经没有多少热气的太阳低垂天边,映得铠甲熠熠生辉。他们的大纛旗是一条皮革缝制的巨蛇,盘绕在一根长杆顶部,被风鼓荡起来栩栩如生,犹如梅西感恩节大游行[1]上的大气球。

这就是世界上最优秀的、自然也是最无懈可击的士兵。所有人都惧怕

---

1. 是由美国梅西百货公司主办的一年一度的感恩节大游行,大气球是其重头戏之一。

他们。帕德维观察着飘在他们身后的斗篷和披肩,对自己的信心不那么坚定了。其后是三千伊索里亚弓箭手昂首阔步而行,最后又是两千铁甲骑兵。

琉德里斯趴在帕德维胳膊肘旁边说道:"这是某种信号。是的,我相信他们将会在那里扎营。你是怎么知道他们会选那个地点的,马蒂内斯?"

"很简单。你记不记得我装在大车轮子上的小装置?那是测量距离用的。我顺着大道测量了距离,知道他们日常行军的距离和出发的地点,剩下的就容易了。"

"太妙了。你对眼前这些事情是怎么想的?"琉德里斯那双充满了信任的大眼睛让帕德维想起了圣伯纳犬[1],"我是不是应该让工程师现在就把大炮竖起来?"

"还不用。等太阳落山,我们要测一下到营地的距离。"

"你怎么做到,还不被人发现?"

"到时候你就知道了。这段时间确保让小伙子们保持安静,别被人看到。"

琉德里斯眉头一皱,"他们可不喜欢吃冷冰冰的晚餐。如果不盯着他们,肯定会有人开始生火。"

帕德维叹了口气。对于哥特人的喜怒无常和自由散漫他可是深有体会了。前一刻他们对于"神秘人马蒂内斯"制定的计划还跟小孩子一样兴奋不已,他们就是那么称呼他的;可到了第二天,就会因为某些强制实施的严格纪律而叫嚷着要哗变。帕德维感觉由自己直接统领他们实在是不大靠谱,于是可怜的琉德里斯只得亲自上了。

拜占庭人井然有序地扎下营寨。帕德维心想,那才是真正的士兵。率领那么一群人,就是能战无不胜、攻无不克。要想让哥特人拥有如此行云流水般的行动,还得花好长时间。哥特人对于战争仍然抱有孩子气的冲动。

帕德维征召一小队工程技术人员的要求,产生了有目共睹的抱怨。士兵们觉得操作弩炮是粗活儿,跟骑士风度风马牛不相及。要是那样算起来,出身名门的长矛手徒步战斗岂不就像是一伙生来自带光环的农奴吗?简直不可理喻!不过,帕德维还是用一个机灵的办法将他们从钟爱的马匹上哄骗下来:他,或者说是按着他意思行事的琉德里斯,组建了一支矛枪兵团,隆重宣布说只有最优秀的人才能入选,此外候选人想要入选必须付钱。帕

---

1. 一种性格温顺的大型犬类。

德维解释说，没有哪种军队在道德和纪律方面能与重型步兵相提并论，因为若是有一个人在骑兵进攻时退缩，可能就会令整条长矛防线崩溃，让敌军冲进阵地。

天色太暗了，望远镜派不上用场。他能分辨出拜占庭将军的大纛旗竖立在一顶巨大的营帐前面。也许贝利萨留就在周围那堆小小的人影当中。如果他有一挺机关枪……不过他没有，永远也不会有。你需要有机器来造机关枪，又需要机器来造那些机器，以此类推。如果能搞到一支前装弹滑膛枪，他也能显一显身手。

那杆大旗上的字母毫无疑问就是S.P.Q.R.——元老院与罗马人民[1]。这支以匈奴人、摩尔人、安纳托利亚人组成的雇佣兵大军由一名色雷斯-斯拉夫人统率，而他又是在一个达尔马提亚独裁者手下干活，这位独裁者在君士坦丁堡手握大权，并没有统治着罗马城，却将自己的大军称为罗马共和军，还不觉得这有多么的可笑。

帕德维站起身来，哼哼唧唧地抱怨着自己这身鱼鳞甲的分量。他希望做很多事情，比方说让他有时间训练骑兵弓箭手。他们是唯一真正有资格跟那些令人闻风丧胆的拜占庭铁甲骑兵相抗衡的兵种。不过此时，他只能寄希望于夜色会让帝国大军的弓箭优势荡然无存。

他亲自监督着把一根桩子打进地里，用步子量出一个三角形的基准图。凭着一点点几何学，他算出了弩炮的射程应该在四百米，然后下令将巨大的弩炮安置就位。这东西需要十一辆大车牵引，还算不上是破纪录的尺寸。帕德维在手下的工程师周围紧张地转来转去，要是有人丢落了一块木头，他就立刻蹦起来嘘声斥责别出声。

此时，营地里传出阵阵歌声。帕德维在对方军需官一定能找到的地方有意放了一大车白兰地，虽然贝利萨留对于士兵饮酒的军纪十分严明、尽人皆知，但他的计策显然奏效了。

成袋成袋的硫黄糊被取了出来。帕德维看了看从墙洞里找回来的手表。此时已近午夜，尽管他发誓说这些活儿用不了一个小时就能做完了。

"都准备好了？"他问道，"点燃第一只袋子。"浸过油的布被点燃了。袋子放在了弩炮上。帕德维亲自拉动绞索。呜砰！弩炮怒吼起来。袋子划

---

1. 罗马帝国的正式名称。

出一道闪着火光的抛物线。帕德维赶紧奔上小山包钻进掩体里观察，都没来得及看到袋子落入军营的那一刻。不过醉醺醺的歌声停止了，继而传来乱哄哄的嗡嗡声，越来越响，就像是捅了大黄蜂的窝。在他身后的黑暗中，皮鞭啪啪作响，绳索嘎嘎吱吱，那是许多马匹在拖动滑车组，那是他为了快速重新上膛而专门制造出来的装置。呜砰！第二只袋子的导火索在半空中脱落了，于是它一路冲进营地之后便没了踪影，自然也没什么杀伤力。不用担心，几秒钟之后又有一发。确实如此。骚乱声越来越大，突然传来清晰而又高亢的命令让混乱戛然而止。呜砰！

"琉德里斯！"帕德维叫道，"发信号！"

军营里的战马开始尖叫起来。马匹不喜欢二氧化硫的味道。太好了，也许帝国骑兵就此瘫痪了。在另一片嘈杂声中，帕德维听到哥特人丁零当啷往前开拔的声音。军营里有什么东西燃烧了起来，火光冲天。火光中映出一伙哥特人从帕德维右侧一路奔突，掠过土石凌乱、野草覆盖的荒野大地。他们巨大的圆形盾牌涂成白色以示区别，每个人的鼻子上都缚着一块湿布。帕德维想，如果他们别的事做不成，那应该也能吓吓帝国大军。四面八方的夜色之中，无数头盔、铠甲、剑锋辉映着橙红色的光芒。

随着哥特人步步逼近，喧嚣声也陡然而增，不时传来有序的战斗呐喊声、弓弦的扯动声，最后是铁匠打铁般金属相交的大合奏。帕德维能看到"他的"人在火光中如黑影般越来越小，然后出了视线范围，冲入军营周边的沟壑，再然后就只能模模糊糊看到一些动静。之后是一阵大乱，进攻者从对面爬了上去——一直到他们再次映入火光才能看到他们——紧接着便跟守军混战在了一起。

一名工程师叫喊着说硫黄袋子打完了，现在他们该做什么？"等待进一步的命令。"帕德维答道。

"但是，队长，我们不能去作战吗？我们错过了所有的乐子。"

"不，你们不能动！你们是亚得里亚海以西唯一靠得住的工程师军团，我可不想让你们丢了性命！"

"哼！"暗影里有个声音说道，"这可是太窝囊了，就站在后边看。咱们走，伙计们。让神秘人马蒂内斯见鬼去！"不等帕德维做什么，二十多名弩炮手就迎着火光冲了出去。

帕德维愤怒地叫人拉来他的马，打马扬鞭去找琉德里斯。指挥官此时正骑着马伫立在一队稳如磐石的长矛手前面。火光勾勒出他们的头盔、面孔、肩膀,映出了林立的长矛。他们看上去犹如从瓦格纳[1]的歌剧里走出来一般。

帕德维问道:"那边有任何突围的迹象嘛?"

"没有。"

"会有的,如果我没看错贝利萨留的话。谁带领这支部队?"

"我。"

"哦,天呐!我想我解释过为什么指挥官应该……"

"我知道,马蒂内斯。"琉德里斯坚定地说道,"你有很多想法。不过你很年轻。我可是老战士了,你知道的。荣誉的召唤需要我亲自率兵。看,营地里不是正有事情发生吗?"

确实不假,帝国皇室骑兵正突围而出。尽管困难重重,贝利萨留还是奋力集结起了一队驯服的战马,让铁甲骑兵跨马而上。就在他们观察形势的时候,这队兵马雷霆般冲出营门,哥特人的步兵立刻四散奔逃。琉德里斯大喊一声,哥特骑士大军骑马而出,加速迎向敌军。帕德维看到帝国骑兵大大地拉开一个转弯,迂回攻向对方后翼,然后琉德里斯的人马就把他们挡住看不到了。他听到两军相交的声音,随后一切都陷入漆黑一团的混乱当中。

声音渐渐弱了下去。帕德维思忖着到底发生了什么。他感觉自己很傻,孤身一人坐在马上,距离发生那一切的地方四百米之外。理论上来说,他就是待在参谋、后备军以及大炮应该待的地方。不过这里根本没有后备军,他们唯一的弩炮孤零零地立在黑暗中的某个地方,炮手和辅助人员正在前线跟帝国大军挥剑拼杀呢。

帕德维在心里把六世纪的战略思想狠狠鄙视了一番,朝着军营缓缓驰马而去。他经过一名哥特人身边,这人正从上衣撕下布条异常平静地包扎自己的小腿,另一人捂着肚子不住呻吟,还有一具尸体。然后他发现一大群没有了坐骑的帝国铁甲骑兵正手无寸铁地站在那里。

"你们在做什么?"他问道。

---

1. 威廉·理查德·瓦格纳(1813—1883),德国浪漫主义音乐大师,代表作有《女武神》《尼伯龙根的指环》等。

一人答道:"我们是俘虏。原本有哥特人看着我们,不过他们很气愤,因为待在这儿就抢不到战利品,所以他们冲到军营里去了。"

"贝利萨留情况如何?"

"他在这里。"那名俘虏指了指一个人,他双手抱头坐在地上。"一个哥特人打了他的脑袋,把他敲晕了。他刚刚醒过来。您是否知道要怎么处置我们,尊贵的长官?"

"我猜,没什么大不了的。你们这些家伙等在这里,我派人来照看你们。"帕德维催马往军营去了。士兵都是奇怪的人,他心想。率领他们的是贝利萨留,有很好的机会使用它们著名的弓箭加长矛战术,铁甲骑兵足以击败三倍于他们数量的任何军队。可是现在,就因为首领的脑袋上挨了一下,他们就跟羔羊一样温顺了。

军营附近的伤亡者更众,有几匹无人骑乘的马在静静地啃草。营地里到处都是帝国士兵,伊索里亚人、摩尔人、匈奴人,一小堆一小堆站在一起,用碎布头捂在鼻子上遮掩硫黄烟熏的恶臭。哥特人在他们中间跑前跑后,寻找便于拿走的值钱东西。

帕德维下了坐骑,询问几个正在抢战利品的家伙琉德里斯在哪儿。这几人说他们也不知道,然后继续忙自己的营生。他发现一名认识的军官,名叫盖纳。盖纳正蹲在一具尸体旁哭泣。他抬头望向帕德维,长满了胡须的面孔上满是泪痕。

"琉德里斯死了。"他哽咽着说,"我们攻击希腊骑兵的时候,他在肉搏战中被人杀死了。"

"那是谁?"帕德维指着那具尸体问道。

"我弟弟。"

"我很遗憾。不过你能不能跟我来,把事情整顿整顿?外面有上百个铁甲骑兵没人看守。如果他们回过神儿来,就会逃脱……"

"不行,我要跟我弟弟在一起。你去吧,马蒂内斯。你能照料一切。"盖纳的泪水又涌了上来。

帕德维找了一圈,最后终于又找到一名军官,古戴尔雷斯,这人看起来有那么点聪明劲儿。至少他暴跳如雷地召集起一小队人马看住了投降的帝国军兵。可等他一转过身子,那帮人便又消失在营地中哄抢去了。

帕德维一把抓住他,"别管他们了!"他叫道,"我听说琉德里斯死了,不过贝利萨留还活着。如果我们不把他看住……"

于是，他们拖着一小队哥特人回到了帝国将军及其部下坐在一起的地方。他们把那些不重要的俘虏带开，派了几个人看住贝利萨留。然后他们费了整整一个小时，终于聚起部队和战俘，让他们好歹有了点儿秩序。

古戴尔雷斯个头不大，活泼开朗，没完没了地说着："这才叫大战，这才叫大战。从没见过更带劲儿的，就算是在多瑙河跟格皮德人作战的时候也没见过。我们从侧翼攻击他们，那可是你见过的最干净利落的进攻了。那希腊将军打起仗来就像野人，直到我在他脑袋上狠狠来了那么一下，还把我的剑都弄断了。那可是我这辈子最棒的一击，老天啊。甚至比我那次砍掉那个保加尔人的脑袋还狠，那可是五年前的事情了。哦，没错，我这辈子杀了好几百敌军。甚至得有好几千。对于那些可怜的孤魂野鬼，我很遗憾。我其实并不是嗜血如命的人，不过他们会站起来跟我作对的。说说啊，这场大战进行的时候你在哪里？"他犀利地望着帕德维，就像一只咄咄逼人的金花鼠。

"我负责操作大炮。不过我的人都跑掉了，忙着去拼杀。等我到的时候，战斗全都结束了。"

"嗳，毫无疑问，毫无疑问啊。就像有一次我参加一场对付勃艮第人的战斗。我得到的命令是让我远离战斗最激烈的地方，直到拼杀临近结束。当然啦，等我到了之后，肯定还是杀了至少有二十个……"

部队和战俘排成长长的队伍顺着拉丁大道一路向北而去。帕德维对于自己已然统领哥特大军这件事仍然有些云里雾里，纯粹只是因为夜间的混战，纵马上了前线，就这么稀里糊涂接管了琉德里斯的大权。他悲伤地想着，最好的总是最先离去，不由得怀念起这位单纯而又忠诚的"圣诞老人"，他的尸身就躺在后面的一辆大车上；也想到了那位卑鄙而又奸诈的国王，他一回到罗马便不得不去应付国王了。

贝利萨留在他身边缓步而行，闷闷不乐。出人意料的是，这位拜占庭将军是个年轻的小伙子，三十出头，身型高大，颇有些壮实，灰色眼珠，褐色卷须。他的斯拉夫血统在他宽阔的颧骨上表露无遗。

他郁郁地说道："杰出的马蒂内斯，我应该感谢你为我妻子所做的考虑。为了让她在这段折磨人的路途中舒服一点，你放弃了原先的路线。"

"还好啦，卓越的贝利萨留。也许有一天你会把我俘虏呢。"

"经过这么一场惨败之后,看起来那不太可能了。顺便提一下,如果我能问的话,你到底是什么人?我听说你被称为神秘人马蒂内斯!听你的口音,你既不是哥特人,也不是意大利人。"

帕德维又把他那套关于美国的模棱两可的东西讲了一番。

"是吗?他们肯定是善于打仗的人,那些美国人。战斗开始的时候,我就知道对付的不是什么蛮族指挥官。时机实在是太好了,特别是骑兵进攻的时候。砰!我到现在都还能闻到那股该死的硫黄味儿!"

帕德维知道没有必要解释说,他之前的军事经验顶多就是在芝加哥中学为期一年的后备军官训练。他问道:"你觉得要是加入我们这边怎么样?我们需要优秀的将军,而且作为狄奥达哈德的度支官,我简直忙得不可开交了。"

贝利萨留一皱眉,"不,我向查士丁尼立下了誓言。"

"那是没错。不过正如你可能听说过的那样,我有时候有那么点儿预见未来的本事。而且我能告诉你,你对查士丁尼越忠诚,他便待你越卑鄙、越忘恩负义。他会……"

"我说了,不!"贝利萨留面色严峻,"你想怎样对我都随你。不过,贝利萨留说过的话是言而有信的。"

帕德维又争辩了几句。但是,他随即想起了普罗柯比的史书,想动摇这位色雷斯人的刚正不阿,他可没什么希望。贝利萨留是好样的,不过固执的愚忠让他有些难以相处。他又问道:"你的秘书在哪儿?就是那位来自凯撒利亚的普罗柯比。"

"我不知道。他在意大利南部,按理说已经上路就要跟我们会合了。"

"太好了。我们要把他招纳进来。我们需要一位能胜任的历史学家。"

贝利萨留双眼圆睁,"你怎么知道他正在搜集历史资料?我想除了我之外,他从没告诉过别人。"

"噢,我自有我的路子。要不别人怎么会叫我神秘人马蒂内斯呢?"

他们穿过拉丁大门进入罗马,从北面经由马克西穆斯竞技场和角斗场,穿过奎旦纳尔山谷,来到老维秘纳尔大门和执政官营地。

帕德维下令将俘虏囚禁于此,告诉古戴尔雷斯要安排卫兵看住他们。原因显而易见。然后他发现自己被一众官兵簇拥在中央,大家都用殷切的目光望着他。他想不出接下来该发布什么样的命令了。

他揪着自己的耳垂揉了好一会儿,然后把被俘的贝利萨留带到一旁,"说说吧,卓越的将军,"他低声说道,"我接下来该他妈的干什么?这些军旅事务可不是我擅长的本事。"

贝利萨留那张素来神色严肃的大脸竟露出一丝笑意。他答道:"把你的出纳官叫来,让他给手下人发饷。最好额外多发点,因为打了胜仗。让一名军官找些医师来照料伤员;至少我觉得像这样的蛮族军队恐怕没有自己的医疗队。应该有个人的职责是专门清点花名册。这得查查。我听说罗马卫戍部队的指挥官被杀了。指定一个人接替他的位子,让卫戍部队返回营房。告诉其他队伍的指挥官,给他们的军兵找住宿的地方。如果他们要占用私人房屋,告诉房主会按照标准予以补偿。那些你可以稍后再忙,可现在得发表一番演讲。"

"我发表演讲?"帕德维吓得吸了口气,"我的哥特语一塌糊涂……"

"这是必不可少的,你知道的。告诉大伙儿他们是多么优秀的士兵。尽量短一些。他们才不会用心听呢。"

第十一章

　　一番搜寻之后，帕德维在阿里乌斯图书馆找到了狄奥达哈德。这个瘦小的男人埋在一大堆书后面。四名保镖四仰八叉地睡在桌子上、凳子上、地板上，鼾声如雷。图书管理员盯着他们，可又不敢提出抗议，那痛苦的表情就像中了氢氟酸和眼镜蛇的混合毒液。

　　狄奥达哈德老眼昏花地抬头看了看，"噢，是的，是出版商小子，马蒂内斯，对吗？"

　　"没错，我的陛下。我要补一句，我还是您的新任度支官。"

　　"什么？什么？谁跟你这么说的？"

　　"您说的。是您指派的我。"

　　"噢，天呐，我是那么说的来着。我真是太蠢了。当我全神贯注于书籍的时候，真的忘掉了发生的一切。让我想想，你和琉德里斯去抵御帝国大军了，对吧？"

　　"是的，我的陛下。战事已经全都结束了。"

　　"真的吗？我想你投靠贝利萨留了，对吧？希望你向查士丁尼为我讨要了一块封地和一份养老金。"

　　"没有那个必要，我的陛下。我们赢了。"

　　"什么？"

　　帕德维将过去三天的事情做了简要的汇报，"您今晚最好早点上床安歇，我的陛下。我们明天一早就要动身前往佛罗伦萨。"

　　"佛罗伦萨？看在老天的分儿上，为什么？"

　　"我们要启程去拦截您的将军，阿希纳尔和格里帕斯。他们正从达尔马提亚返回，是被帝国皇室将军康斯坦丁努斯吓跑的。如果我们能在他们抵达拉韦纳之前截住他们并探明维蒂吉斯的情况的话，就有可能让你重新戴上王冠。"

狄奥达哈德叹了口气，"是的，我看我们应该做得到。但你又是怎么知道阿希纳尔和格里帕斯正往家里赶呢？"

"商业秘密，我的陛下。我还派出了一支两千人的大军去收复那不勒斯。那里只有赫洛迪努斯将军率领的三百人驻守，因此问题不大。"

狄奥达哈德眯缝起湿漉漉的眼睛，"你真是运筹帷幄啊，马蒂内斯。如果你能把那个卑鄙无耻的篡位者维蒂吉斯交到我的手中……啊！要是我在意大利找不到足够有手段的行刑官，就去君士坦丁堡寻一个来！"

帕德维没理这茬儿，只是继续讲关于维蒂吉斯的计划。他说道："我有个意外的惊喜给您。帝国军队的钱柜子……"

"噢？"狄奥达哈德眼睛一亮，"它们自然都是我的了。你考虑得可真周到，杰出的马蒂内斯。"

"喔，我不得不从它们里面拿一点出来给部下发饷，补充军队的开支。不过您会发现，剩余的那些对于王室的钱袋子来说也还是一笔不小的额外补充。我会在家里等候您。"

有件事帕德维并没有陈明，他已经把剩余钱财的一半扣下并寄存在了索玛苏斯那里。谁应该掌管败军的钱柜子？特别是抢到了钱柜子的这个人在理论上愿意效力于两位候选国王中的任一位，在这种情况下，这个时代的法律对于这个问题几乎没有什么决定性的约束力。任何情况下，帕德维都很确定，那笔钱在他手里要比在狄奥达哈德手中更能发挥作用。他略带骄傲地想着自己正变成一个犯罪高手。

帕德维跨上坐骑往科内琉斯·阿尼修斯家走去。那位精于华丽辞藻的主人外出洗浴去了，不过多萝西娅迎了出来。帕德维不得不承认，他感觉自己威风凛凛地骑在战马上颇有些浪漫的劲头（他自己这么觉得），身上的斗篷、皮靴和全套行头都在向一位魅力出众的罗马姑娘展示着自己的凯旋。

她说道："你知道，马蒂内斯，父亲一开始很愚蠢地介意你的社会地位。不过你所做的一切令他忘记了这些。当然啦，他对于让哥特人统治并没有什么热情。不过他很赞赏狄奥达哈德，那可是一位学者，相比于野蛮的维蒂吉斯来说。"

"对此我很高兴。我喜欢你们家老爷子。"

"每个人现在都在谈论你。他们称你为'神秘人马蒂内斯'。"

"我知道。太可笑了，不是吗？"

"没错。你在我眼里从来都没有多少神秘，尽管你有着外国人的背景。"

"那真太好了。你并不害怕我，对吧？"

"一点都不。如果你与撒旦做过交易，就像有些人暗示的那样，那我也很肯定魔鬼有罪可受的了。"他们同声大笑起来。她又道："快到晚餐时间了。留下来好吗？父亲随时都会回来。"

"很抱歉，我恐怕不能从命。我们明天又要出征了。"

在他骑马离开的时候，他心想：如果我改变对于联姻谋利的想法，我也知道该从哪里下手了。她富有魅力，令人愉快，而且拥有良好的教育，在这个……

帕德维又尝试着去打动贝利萨留，但毫无结果。然而他征募了五百名皇室铁甲骑兵编入私人卫队。他分得的那份帝国战利品，足以应付他们好几个星期的开销。然后嘛，再走着瞧呗。

前往佛罗伦萨的旅程毫无快乐可言，一路淫雨霏霏，当他们朝着这座鲜花之城跋涉的时候，时不时还会迎来一阵咆哮的大雪。由于事态紧急，帕德维只带着骑兵。

在佛罗伦萨，他派出军官为部队购置更暖和的衣服，还顺便去看了看他的生意。似乎一切都幸免于难，尽管弗莱瑟瑞克不停地说："我不信任他们任何人，英明的老板。我很肯定那个工头和这个乔治·梅楠德鲁斯在偷窃，尽管我无法证实。我不懂所有这些记录和图表。如果你把他们单独留下足够长的时间，他们什么都会偷走，然后我们去哪儿？只能在寒风中走向两座无名的孤坟。"

帕德维说道："我们走着瞧。"他叫来会计员普洛克卢思·普洛克卢思，说要看看账本。普洛克卢思·普洛克卢思立刻一脸愁容，不过还是取来了账本。帕德维一头扎进了图表数据当中。它们都井然有序、清晰明了，因为他当初亲自教过会计员做复式记账。听到帕德维突然爆发出一阵大笑，所有雇员都大惊失色。

"有……有什么问题，尊贵的先生？"普洛克卢思·普洛克卢思问道。

"为什么，你这可怜的傻瓜，为什么你就不明白我的记账法是干吗的？在这账本里，你们小小的偷窃行为会像发炎的脚趾头一样支棱出来。看看这里：

上个月三十枚金币，而仅仅上个星期就又有九枚金币和几枚银币。不如你每次偷走什么，都签下收据来作证吧！"

"您……您打算怎么处置我？"

"好吧……我应该把你送进监狱外带一顿鞭打。"帕德维沉默了片刻，盯着不安地扭来扭去的普洛克卢思·普洛克卢思，"不过我不想让你的家人受苦。而且经过此事，我显然不应该继续用你。但是我很忙，腾不出时间来训练一名新的会计员运用文明的方法来管账。所以我要扣除你三分之一的薪水，直至你把借去的那部分还清。"

"谢谢您，十分感谢，先生。不过嘛，只是为了公平起见……乔治·梅楠德鲁斯也应该偿还一部分。他……"

"骗子！"那位编辑大叫起来。

"你才是骗子！看，我能证明的。这项有一枚金币，十月十日。而十月十一日乔治就在显摆他的一双新鞋和一只手镯。我知道他是从哪儿买来的。到了十五日……"

"这是怎么回事，乔治？"帕德维问道。

梅楠德鲁斯最终坦白了，不过一再强调这小偷小摸只是暂借应急的，一发工钱就还。

帕德维把这笔责任在他两人之间进行了划分。他严厉地警告绝不许再犯，然后给工头布置了一套计划，要制造新机器和金属加工设备，包括将铜板辊制成桶的机器。聪明过人的涅尔瓦当时就心领神会了。

帕德维离开的时候，弗莱瑟瑞克问他："我不能跟你走吗？英明的马蒂内斯，在佛罗伦萨这里太无聊了。而且你需要有人照顾。我已经几乎攒够钱赎回我那柄镶着珠宝的宝剑了，如果你让……"

"不行，老伙计。很抱歉，不过这里必须得有一个我信得过的人。等这场该死的战争和政治活动结束了我们再见。"

弗莱瑟瑞克长叹一声，"喔，那好吧，如果你坚持这样。不过一想到你要身处于那些狡诈的希腊人、意大利人和哥特人中间毫无保护，我就心神不安。我担心，你会长眠于一座没有墓碑的孤坟。"

他们一路瑟瑟发抖、连滚带爬地翻越冰雪皑皑的亚平宁山，前往北部的博洛尼亚。帕德维决意要让手下的人给马匹打蹄铁，如果他能找出几天富余的时间的话——马镫已经发明出来了，但是还没有马蹄铁。从博洛尼亚到东北部的帕多瓦——仍是遍地废墟，匈奴王阿提拉造成的破坏依然历历在目——他们一路走来的道路不再有气势恢宏的石板路，只剩下一条土路。然而天气倏忽转暖，犹如春季到来，预示着有事情要发生。

到了帕多瓦，他们发现正好晚了一天，错过了达尔马提亚的大军。狄奥达哈德想要安顿下来。"马蒂内斯，"他哀求道，"你拖着我这把老骨头穿越了整个意大利北部，差点要把我冻死了。考虑太不周全。你对你的国王欠些体贴，难道不是吗？"

帕德维强行抑制住胸中的怒火，"我的陛下，您到底想不想要重新戴上王冠？"

于是，可怜的狄奥达哈德只得跟上。一路飞马疾驰，他们总算是在前往阿特里亚的半路赶上了达尔马提亚的大军。他们马不停蹄地奔过成千上万的哥特人，有步行的，有骑马的，这支大军准得有超过五万人。所有这些魁梧结实的汉子一路仓皇而逃，只是因为想到康斯坦丁努斯伯爵正在逼近。

那位伯爵手下只有一支小小的军队，但帕德维是此时此刻唯一知晓此事的人，而他的消息来源也并不十分有说服力。哥特人纷纷向狄奥达哈德和帕德维的哥特长矛手欢呼，盯着那五百铁甲骑士议论纷纷。帕德维已经让他的卫队佩戴上了哥特头盔和意大利军装斗篷，替代了他们原先带盔缨的钢盔和风帽式长斗篷。不过他们棱角分明的下巴、紧身的裤子、黄色的高筒靴着实是与众不同，不由得令人生疑。

帕德维发现那两名指挥官就在队伍前头。阿希纳尔是高个儿，格里帕斯很矮，不过除此而外，这两人完全就是满脸髭须的中年蛮族。他们恭恭敬敬地向狄奥达哈德行礼，而国王本人看到兵力尚有如此气势似乎也有了点精神。狄奥达哈德介绍帕德维是他的新任执政官——不，他是说新任度支官。

阿希纳尔对帕德维说道："在帕多瓦我们听到谣传说意大利发生了战争和篡夺王位之事。到底情况怎样？"

帕德维这是头一次感激他的远距通信尚未运营到遥远的北方。他轻蔑地大笑起来，"噢，我们那位主子维蒂吉斯将军几星期之前动了一番脑筋。他让自己移驾拉韦纳，觉得在那里希腊人就无法杀害他了，而且宣布自己为国王。我们已经剿灭了希腊人，现在正要赶路去处置维蒂吉斯。这些小伙子会帮大忙的。"这番话对于维蒂吉斯可真是太不公道了。

帕德维忖着，几年之后他的本色在这个虚假的氛围中究竟还有多少能留存下来。那两位哥特将军毫无异议地接受了他的说法。帕德维当即认定他们俩都不是那种太聪明的人。

他们一路跋涉，两天之后的正午到了拉韦纳。迷蒙的雾气盘踞在北方的堤道上，领头的骑兵前面必须得有人一步一步蹚路，以防他们一不小心踩进沼泽。

大雾之中涌现出一支大军时，拉韦纳城内透出些许紧张的氛围。阿希纳尔和格里帕斯表明自己身份的时候，帕德维和狄奥达哈德小心翼翼地尽量保持安静。于是，当这支大军的大部分都进了城之后，才有人注意到跟在帕德维身边那个瘦小的灰发男人。随后立刻传来叫喊声和纷乱的奔跑声。

这时候，一个披着鲜红色斗篷的哥特人跑到队伍前高喊道："这是怎么回事？是你逮住了狄奥达哈德？还是他俘虏了你？"

阿希纳尔和格里帕斯高坐马上应道："嗯……好吧……那个嘛……"

帕德维纵马上前问道："你是哪位，我尊敬的长官？"

"如果这与你有关，那告诉你，我是尤尼剌斯·威尔查理瑟之子，是哥特人与意大利人的国王维蒂吉斯陛下的将军。现在嘛，你是哪位？"

帕德维咧嘴一笑，不疾不徐地答道："很高兴认识你，尤尼剌斯将军。我是马丁·帕德维，哥特人与意大利人的国王狄奥达哈德老陛下的度支官。现在嘛，我们彼此认识了……"

"但是，你这蠢货，再也没有狄奥达哈德国王了！他被罢黜了！我们有新国王了！难道你没听说此事？"

"噢，我听说过很多事情。不过嘛，杰出的尤尼剌斯，在你发表任何更无礼的言论之前，想想我们——也就是狄奥达哈德国王——已经带领超过六万军兵进入了拉韦纳，反观你只有大约一万两千人。我想没必要发生任何不愉快，你说呢？"

"怎么，你这厚颜无耻的家伙……你……啊……你说六万大军？"

"可能是七万；我没仔细数。"

"哦。那情况就不一样了。"

"我想你还是很明事理的。"

"你打算怎么做？"

"好吧，如果你能告诉我维蒂吉斯将军在哪里，我想我们可以去跟他打个招呼。"

"他今天忙着婚礼呢。我想他现在应该正在去圣维塔利斯教堂的路上。"

"你是说他还没跟玛瑟逊莎结婚？"

"还没有呢。他离婚的事情让这事耽误了些日子。"

"赶快，怎么去圣维塔利斯教堂？"

帕德维原本没指望能及时插手这件事，维蒂吉斯打算强行迎娶先女王阿玛拉逊莎的女儿，借此混进阿马立家族。不过现在这时机太好了，绝不能错过。

尤尼刺斯指了指有两座高塔矗立左右的一处穹顶。帕德维朝自己的卫队呼喝一声，一蹿胯下坐骑，马匹便碎步跑了起来。五百军兵催马紧随其后，给那些倒霉的路人溅了一身的泥土。他们风驰电掣般跨过拉韦纳一条水渠上的桥梁，水渠里冲天的恶臭跟这座城市倒是相得益彰，与圣维塔利斯教堂的大门也是蛮匹配的。

门前有二十来个卫兵，管风琴的乐曲声透过大门飘了出来。卫兵们端举长矛凝立不动。

帕德维一勒缰绳，转向自己卫队的指挥官，那是一个名叫阿喀琉斯的马其顿人。他厉声道："控制住他们。"

铁甲骑兵迅速而又一致地行动起来，他们在教堂门前围成一道半圆。紧接着，那些卫兵就见一百张拉满了弓弦的拜占庭弓指到了面前。"现在，"帕德维用哥特语说道，"你们这些小伙子如果放下手中的兵器，高举双手，我们就能……喔，好极了。太好了。"他甩镫离鞍下了马，"阿喀琉斯，给我一队人。然后包围教堂，里边的不许出来，外边的不许进去，直到我跟维蒂吉斯做了了结。"

他大踏步走进圣维塔利斯教堂，一百名铁甲骑士紧随其后。管风琴的乐曲声哀叹着落幕，人们纷纷转过头来看着他。他的眼睛花了几秒钟时间来适应里面的昏暗。

巨大的八角形台子中央站着一位窘迫难当的阿里乌派大主教，他面前站着三个人。一位是身材高大的男子，身披一袭华丽的拖地长袍，灰黑色的头发上顶着一顶王冠：维蒂吉斯国王。另一位是个身材高挑的姑娘，肤色白里透红,头发编成粗大的金色发辫:玛瑟逊莎公主。第三位是一名普通的哥特士兵,浑身上下还算整洁,就站在新娘身边将她的手臂牢牢拧在身后。众宾客是一小撮哥特贵族及其夫人。

帕德维迈着坚定的步伐顺着走道走了下去,咚咚的脚步声不绝于耳。众人在座位上躁动起来,纷纷议论道:"希腊人!希腊人进了拉韦纳!"

大主教发话了:"年轻人,如此无礼是何意图?"

"你很快就会知道了,我的主教大人。从何时起,阿里乌派的信仰开始赞同强行让一位女子违背自己的意愿成为别人的妻子?"

"你说什么?谁在违背她的意愿了?这场婚礼又与你何干?你是什么人?居然胆敢打断……"

帕德维爆发出一阵令人毛骨悚然的大笑,"请一次说一个问题。我是马蒂内斯·帕德维,狄奥达哈德国王的度支官。拉韦纳在我们手里,有眼色的人自然会安然无恙。至于说到这场婚礼,正常的情况下,根本不需要安排一个人把新娘的胳膊拧起来好确保她做出合适的回答。你并不想嫁给这个男人吧?对吗,我的女士?"

玛瑟逊莎把手臂从那名士兵手中挣脱出来,他一时失神松了劲儿。她拼尽全力朝着士兵鼻子上狠狠来了一拳,揍得他脑袋往后一甩。然后她又抡臂挥向维蒂吉斯,逼迫其连连后退。"你这野兽!"她叫喊起来,"我要挖出你的眼珠……"

大主教抓住了她的手臂,"镇定一下,我的孩子!求求你!这可是在上帝的圣殿里……"

维蒂吉斯国王一直眨着眼盯着帕德维,渐渐开始明白眼前的形势。玛瑟逊莎的打斗让他一时间惊慌失措,没了往日的镇定自若。他咆哮起来:"你是在告诉我说,那个耍笔杆子的可怜的狄奥达哈德已经占领了这座城市?我的城市?"

"我的大人,总的来说是这样。恐怕您还得放弃成为阿马立家族成员的想法,还有统治哥特人的想法。不过我们会……"

维蒂吉斯的脸涨得通红,几乎要滴出血来。此时此刻,他恼羞成怒地大吼起来:"你这个下流坯!你认为我会把我的王冠和新娘就这么轻易地交出去?耶稣在上,我要亲眼看着你先堕入最炽热的地狱烈火之中!"说话的时候,他一把抽出长剑朝着帕德维猛扑过去,身上那件绣着金丝的长袍随之鼓荡起来。

帕德维一点都没感觉到意外。他抽出自己的宝剑，尽可能装作轻松地避开了维蒂吉斯那惊人的一劈，尽管那股力量差点让他的宝剑离手。然后他发现自己跟这名哥特人已经是前心贴着前心了，怀里抱着维蒂吉斯水桶般的身子，嘴里满是对方又扎嘴又咸腻的胡须。他努力喊叫着招呼自己的人，但嘴里就像是塞满了脆麦片一样难以出声。

他用力将胡须吐出一半，"抓……噗噗……呜……抓住他，小伙子们！但别伤害他！"

这话说起来容易做起来难啊。维蒂吉斯就像是一头被困的大猩猩，甚至有五个人扑到身上都奈何不了他，他连吼带叫，暴跳如雷。周围那些哥特绅士们纷纷站起身来，有人伸手摸到了随身佩带的剑柄上，不过看到人数绝对不占优势，也就没人急着为自己的国王献身了。接着，维蒂吉斯的嘶吼声中间开始掺杂着呜咽声。

"把他绑起来，等着他冷静下来。"帕德维丝毫不带感情色彩地说，"我的主教大人，可否麻烦您取纸笔一用？"

主教双目无神地看着帕德维，叫来了教堂司事，司事带着帕德维去了前厅外的一间屋子。他在这里坐下并开始写：

马蒂内斯·帕德维向叙利亚人索玛苏斯致以问候：

亲爱的索玛苏斯，我随信将哥特人与意大利人的前任国王维蒂吉斯送与你处。护送他的人受命将他秘密押赴你的住所，所以请谅解我，须预先提醒，恐他们将会叨扰，使你离开床榻。

我记得，我们在赫维卢姆附近的弗莱米尼亚大道沿线有一座在建的远距通信塔楼。请即刻安排人在这座塔楼的地底下建造一间小屋，并将其装备成一间住所。将维蒂吉斯监禁于此，并设置可靠的卫兵把守。尽可能让他舒适一些，因为据我看他是个喜怒无常、秉性暴躁的人，我可不希望他伤了自己。

随时随刻都要予以他最密切的看护。做到这点并不很困难，因为那座塔楼位于旷野荒郊。最明智的做法就是，由看守他的卫兵将维蒂吉斯送到塔楼去，而不是让那些将他带到罗马的人去送。看守他的那些人应该既不会说拉丁语，也不会说哥特语。而且只有在听到我的命令后才能释放囚犯，我要么让专人送信，要么就由远距通信来送信，若是我被囚禁或是死亡，那无须我的命令也可以将他开释。

致以最诚挚的问候
马蒂内斯·帕德维

帕德维对维蒂吉斯说道："很抱歉不得不如此粗鲁地对待你，我的大人。若非知晓要想拯救意大利就必须如此，我也不会如此行事。"

维蒂吉斯此时郁郁寡欢，沉默不言。他一语不发，只是盯着对方。

帕德维继续道："我真的是为你好，你知道的。如果狄奥达哈德抓住你，你就会死……慢慢地死。"

仍然没有回应。

"喔，好吧，把他带走，小伙子们。把他裹起来，别让人认出他来，走背街小巷。"

狄奥达哈德热泪盈眶地盯着帕德维，"非凡的、极其非凡的、我最亲爱的马蒂内斯，王室议会接受了这无可避免的事实。唯一的麻烦就是，那个邪恶的篡位者夺走我的王冠后，照他的大脑袋修改了尺寸；我现在必须把它给改回来。现在，我能将我的时间奉献给一些真正的学术研究了。咱们看看……还有些事情我想问问你。噢，是的，你是怎么处置维蒂吉斯的？"

帕德维露出宽厚的微笑，"他在您触及不到的地方，我的国王陛下。"

"你是说你把他杀了？哎哟，那可太糟了！这是你最欠考虑的事情，马蒂内斯。我告诉过你，我曾向自己许诺要让他在行刑房里度过一段漫长的好时光……"

"不，他还活着。活得很好。"

"什么？什么？那把他提来，马上！"

帕德维摇了摇头，"他在一个你永远找不到的地方。你看，我认为浪费那么一位优秀的候补国王很蠢。如果你有个万一，我立刻就能有个人手。"

"你胆敢违上，年轻人！我不会容许此事的！你要按着你国王的命令去做，否则……"

帕德维咧嘴一笑，摇了摇头，"不，我的陛下。没有人能伤害维蒂吉斯，而且您最好也不要对我动粗。我的守卫得到的命令是如果我发生什么事，就立刻将他释放。他可不怎么喜欢你，你们俩对彼此的憎恨差不了多少。剩下的事情您尽可以自己去想了。"

"你这个魔鬼！"国王恶毒地唾了一口，"为什么，噢，为什么我会让你救了我的命？自此以后我一刻也不得安宁。你也该为一个老人着想着想的。"他哀诉起来，"咱们看看，我要说什么来着？"

帕德维说道："也许，是要说说那本即将以我们俩共同的名义推出的新书。那里边有一个极为杰出的理论，关于物质之间彼此的吸引力，对天体运动和世间万物的运动做出阐释。可以称之为万有引力定律。"

"真的吗？好啊，这才是最有意思的，马蒂内斯，最有意思的。那将会令我以哲学家的盛名流芳万世，对吗？"

帕德维问尤尼刺斯，维蒂吉斯的侄子乌莱阿斯在不在拉韦纳。尤尼刺斯说在，然后派人去把他抓住了。

乌莱阿斯身材高大、肤色黝黑，很像他叔叔。他一脸怒容，不服不忿，"好呀，神秘人马蒂内斯，既然你要阴谋诡计推翻了我叔叔，又打算对我做什么？"

"什么也不做，"帕德维回答，"除非你逼我。"

"你难道不是要把我叔叔的家族斩尽杀绝吗？"

"不，我甚至都不会诛杀你叔叔。我以极为严密的措施把维蒂吉斯隐藏起来，以防狄奥达哈德伤害他。"

"真的吗？我能相信吗？"

"当然能。我甚至还能从他那里得到一封信，证明他受到了很好的对待。"

"信可以凭着严刑拷打得到。"

"但那对维蒂吉斯没用。尽管你叔叔缺点很多，可我想有一点你是很认同的，他是条硬汉。"

乌莱阿斯当时便放松了下来，"有些道理。没错，如果这是真的，也许你还算是正派。"

"现在说正事。要是让你为我们干活，你觉得怎样？……也就是说，名义上是给狄奥达哈德效力，实际上是为我。"

乌莱阿斯呆住了，"办不到。当然了，我现在辞去所有职务，我不会做任何对叔叔不忠的事情。"

"听到这话我很遗憾。我需要一个优秀的人率兵去夺回达尔马提亚。"

乌莱阿斯倔强地摇了摇头，"那是忠诚与否的问题。我还从没违背过我立下的誓言。"

　　帕德维叹了口气，"你跟贝利萨留一样固执。这世上为数不多值得信任且有本事的人都不能跟我并肩共事，只不过是因为他们先前都立下了誓约。那我就不得不跟着一群骗子和蠢蛋去拼命了。"

　　如此看来，即使仅仅是因为惯性，黑暗也必然降临……

第十二章

　　拉韦纳的暂住人员渐渐离去，就像一块浸透了水的海绵在花砖地上留下了四散的水迹。其中一大股流向了北方，那是五万哥特人迈着整齐的步伐前往达尔马提亚。阿希纳尔似乎比格里帕斯显得更机灵点儿，帕德维希望他在完成任务之前都不要再动什么其他心思了，也别急着返回意大利。

　　帕德维不敢离开意大利太久，让自己亲赴战场指挥战役。他所能做的就是派出一些私人卫队成员去教哥特人骑马射箭的战术。一等他走出视线，阿希纳尔可能就打定主意不理会这种毫无意义的新政权了。或许铁甲骑兵会开小差投奔康斯坦丁努斯伯爵。或许……然而，这种不祥的猜测没有任何意义。

　　帕德维终于有时间去向玛瑟逊莎表达他的敬意。他告诉自己这只是纯粹礼节性的拜访，是有益的沟通。但他知道，事实上要是不再看一眼那位姿色诱人的妇人，自己根本就不愿离开拉韦纳。

　　这位哥特公主亲切地接见了他。她的拉丁语说得很好，说起话来中气十足，是极富磁性的女低音，"我很感谢你，杰出的马蒂内斯，将我从那头野兽手中解救出来。我永远都无法报答你的恩情。"

　　他们走进她的起居室。帕德维发现跟她的步子合上拍一点都不费劲。不过另一方面嘛，也说明她的个头跟他差不多一边儿高。

　　"不值一提，我的女士。"他说道，"我们只是碰巧在恰当的时间赶到那里罢了。"

　　"别这么谦虚了，马蒂内斯。我知道许多关于你的事情。只有真正的男人才能获得你所获得的一切。特别是考虑到你，这样一个异乡人，仅仅一年多以前才到意大利。"

　　"我做的都是我必须做的，公主殿下。对于别人来说，那似乎让人印象深刻，但对我个人而言则更像是被环境所迫卷入了每一件事，根本顾不到自己的想法。"

"宿命论，马蒂内斯。我几乎都要相信你是个异教徒了。对此我倒并不介意。"

帕德维大笑起来，"不太算是。我明白，您要是在意大利的群山之间转一圈，还是能找到不少异教徒的。"

"毫无疑问。总有一天我一定要去一些小镇转转。当然了，要带上位好向导。"

"我应该是位不错的向导，毕竟过去的几个月里我可是到处都走了个遍。"

"你能带上我吗？当心啊；我会赖上你的，你知道的。"

"那可难不住我，公主殿下。不过那可得等些日子了。就目前来看，只有上帝才知道，除了战争和政治，我什么时候才能有时间做别的，而这两件事都不是我擅长的本事。"

"那你擅长什么？"

"我是搜集事实的人；对某段缺乏历史记录的时期进行研究的历史学家。我觉得您可以称我为历史哲学家。"

"你真是一个令人着迷的人，马蒂内斯。我看得出他们为什么称你为神秘人了。不过要是你不喜欢战争和政事，又为什么要涉足其中呢？"

"这很难解释，我的女士。在我的国家工作时，我有机会了解到许多文明的兴起和衰落。看着这里周遭的一切，我发现许多衰落的征兆。"

"真的吗？这真是一种很奇怪的说法。当然了，我自己的人民以及像法兰克那样的蛮族已经占据了罗马帝国西部大部分地区。不过他们对于文明并没有威胁。他们会保护文明免遭保加尔人以及斯拉夫人那样真正的野人破坏。我想象不出还有哪个年代会让我们西方的文明更加安然无恙。"

"您的观点无可厚非，我的女士。"帕德维说道，"我只是把所掌握的那些事实因素综合在一起，就我的理解做出一番总结评判。比如像意大利人口的锐减，即便有哥特人移民过来。另外还有像船运量那样的因素。"

"船运？我从未考虑过以那种方式来衡量文明。不过不管怎样，那可没回答我的问题。"

"确实。喔，我想阻止野蛮无知的黑暗降临在欧洲西部。这听起来很自大，一个人居然有如此想法。不过我能试试。我们一个最为脆弱的现况就是通信缓慢，所以我创办了远距通信公司。由于我的资助人都是罗马贵族，他们都被扣上了亲希腊的帽子，于是我发现自己的脖子也被套上了政治的绞索。然后就这么着一件事又引发另一件事，直到让我今天从实质上来说管理起了意大利。"

玛瑟逊莎若有所思，"我猜嘛，通信缓慢的问题就是说，一个将军若是反叛，或者有外敌入侵国境，要过好几个星期中央政府才会得到消息。"

"确实如此。果然是有其母必有其女。恕我以一个不太恰当的说法称赞您，您真是有男人般的头脑。"

她笑了起来，"恰恰相反，对此我很开心。至少如果你的意思是说一个像你那样的男人。这里大多数的男人——呸！都是只会哭哭啼啼的婴儿，根本没有什么头脑。若是我结婚，一定要嫁给那么一个……既有思想又会实干的男人，你看如何？"

帕德维触到了她的目光，意识到自己的心跳骤然加速，"我希望您能找到这么一位如意郎君，公主殿下。"

"也许吧。"她端坐着直直地望着他，几乎有些挑衅的意味，对于刚才那番话给他引起的慌乱全然视而不见。他注意到她坐直的姿态并没有令她显得拒人于千里之外。事实恰恰相反。

她继续道："那也是你将我从那头野兽手中解救出来后，我对你如此感激的原因之一。在所有这些榆木脑袋的蠢货当中，他是最蠢的。顺便问一句，他什么下场？别假装无辜，马蒂内斯。每个人都知道你的卫队把他带到教堂的前厅去了，然后他就消失不见了。"

"他很安全，我希望是，不管是以我们的角度看还是从他的角度看。"

"你是说你把他藏起来了？杀了才是更保险的。"

"我有理由希望他不被人杀害。"

"你有理由？我给你严正的警告，如果他落入我的手中，我可不会有那样的理由。"

"那对可怜的老维蒂吉斯不是有点太严苛了吗？他只是想要尽力按着自己那种昏庸的方式来保住王国而已。"

"也许吧。不过经过教堂那场闹剧之后，我实在是恨透了他。"那双灰色的眼睛冷若冰霜，"而当我憎恨时，可不会就这么算了。"

"我明白了。"帕德维干巴巴地说，眼前对浪漫的憧憬也渐渐散去。不过玛瑟逊莎又笑了笑，真是个既让人着迷又令人咬牙的女人，"你要留下来用晚餐，好吗？只有几个人，他们都会早早退席的。"

"那什么……"夜里还有一大堆事情要处理呢，而且他需要好好睡一觉——这些日子以来他可是一直都缺觉，"十分感谢，我的女士，我倍感荣幸。"

第三次拜访玛瑟逊莎的时候，帕德维一个劲儿叮嘱自己：这是一个真正的女人。美得令人陶醉，性格强势，头脑敏锐。要是哪个男人想得到她，那真得是万里挑一的才行。为什么我就不该是那一个呢？她似乎是喜欢我。有她作为后盾，我就没什么做不到的了。当然啦，她有点残忍。你确确实实没法把她说成那种"甜心"女孩儿。不过这是这个时代的问题，不是她的。等她有了一个能为她战斗的男人在身边，她就会安下心来了。

换句话说，帕德维这样一个最为理智且谨小慎微的男人确实坠入了爱河。

但是，一个男人该怎么去跟哥特公主谈婚论嫁呢？你当然不能开着汽车带她出去兜风，以亲吻她的红唇作为开始。也不能在高中学校里跟她搭讪，他就是这么跟贝蒂好上的。而且，她还是个孤儿，你也没法儿去亲近、讨好她的娘家人。

他琢磨着唯一的法子就是哪天稍微提一提，看看她的反应如何。

他问道："玛瑟逊莎，我亲爱的，当你说到想要结婚的那种男人时，心里有没有什么其他更详细的想法呢？"

她冲他笑了笑，房间仿佛也随之微微晃动起来，"好奇了，马蒂内斯？我没有多少想法，除了我提到过的那些。当然了，他不能比我老太多，就像维蒂吉斯那样。"

"若是那人的身材不比你高多少，你会介意吗？"

"不会，除非他是个小矮子。"

"你对于大鼻子有什么芥蒂吗？"

她纵情大笑起来，"马蒂内斯啊，你真是最风趣的人了。我猜这就是你跟我之间的不同。我要什么就会直截了当，不管是爱情、复仇，还是别的什么。"

"那我又怎么了？"

"你总是兜圈子，从各个角度死盯着它看，花一个星期时间才想好你是否要冒着最大的风险来得到它。"她紧接着又说道，"别觉着我对此会很介意，我挺喜欢你这样的。"

"对此我很高兴。不过关于鼻子嘛……"

"我当然不介意啦！比如说，我觉得你长着一张贵族的脸。我也不介意小红胡须或是卷曲的褐色头发，或是那个名叫马蒂内斯·帕德维的令人惊叹的年轻人身上任何其他的特点。你不就是想知道这个嘛，对吧？"

帕德维长长舒了口气。这个非同寻常的女子以她独有的方式化解了所有的尴尬！"事实确实如此，公主殿下。"

"你用不着这么毕恭毕敬的，马蒂内斯。谁都看得出你是外国人，看看所有那些你规规矩矩使用的头衔称呼和各种名词就知道了。"

帕德维咧嘴一笑，"正如您所知，我不喜欢碰运气。好吧，现在你看到了，就是这个样子啦。我嘛……嗯……正在考虑……嗯……如果您并非是不喜欢这些……啊……特征，那您是否能学着……嗯……啊……"

"你是想说爱吧，是吗？"

"是的！"帕德维大声应道。

"通过练习的话，也不是不可以。"

"嚯！"帕德维在额头上抹了一把。

"我需要有人教的。"玛瑟逊莎说道，"我过的都是与世隔绝的生活，对于这个世界知之甚少。"

"我查了法律，"帕德维赶紧说道，"确实有一条法令不许哥特人与意大利人联姻，可并没有提到美国人。所以嘛……"

玛瑟逊莎打断了他，"亲爱的马蒂内斯，要是你离我近点儿，我听得就更明白了。"

帕德维走过去坐在了她的身边。他继续道："《狄奥多里克敕令》说……"

她柔声道："我知道那些法律，马蒂内斯。那可不是我需要的教诲。"

帕德维强压住自己想要谈论非个人事务的强烈冲动，那本来可以掩饰自己一时迷乱的情丝。他说道："我的爱人，给你上的第一课是这样的。"他吻了吻她的手。

她的眼睛微微闭上了，嘴唇微微张开，呼吸急促了起来。她低声道："那么，美国人与我们亲吻的方式一样吗？"

他拥住公主给她上了第二课。

玛瑟逊莎睁开眼睛，眨了眨，摇了摇头，"那真是个傻问题，我亲爱的马蒂内斯。美国人远在我们前头。你给一个清清白白的姑娘脑袋里都塞了些什么东西啊！"她愉悦地大笑起来。帕德维也笑了起来。

帕德维说道："您让我十分快乐，公主殿下。"

"你也让我很快乐，我的王子。我想我再也不会找到一个像你一样的人了。"她又依偎在了他的怀里。

玛瑟逊莎直起身子把头发捋齐。她用一种商讨事务的姿态轻快地说道："在我们最终决定任何事情之前，还有很多问题要解决。比方说，维蒂吉斯。"

"关他什么事？"帕德维心中的欢悦之情刹那间蒙上了一重氤氲。

"他必须被处决，没什么说的。"

"噢？"

"别跟我'噢'，亲爱的。我警告过你，我可是有仇必报的人。狄奥达哈德也一样。"

"他又怎么了？"

她直起身子，眉头一皱，"他谋害了我母亲，不是吗？你还要什么理由？你最终会想要让自己成为国王……"

"不，我不想。"帕德维说道。

"不想成为国王？为什么？马蒂内斯！"

"我做不了，亲爱的。不管怎么说，我也不是阿马立家族的人。"

"作为我的丈夫，你将会被视为阿马立的一员。"

"我还是不想……"

"好了，亲爱的，你只是以为自己不想。你的想法将会改变的。话说到这儿，还有你那位前任的侍女婊子，我想她的名字是叫茱莉娅……"

"那又……你都知道些什么？"

"知道的足够多了。我们女人迟早都会知道每一件事情的。"

帕德维肚子里一团凉气越来越盛，"不过……不过嘛……"

"好了，马蒂内斯，这只是与你订婚之人的一个小小要求。别以为像我这样的人会跟一名收拾房间的下人争风吃醋。不过对我来说，如果她在我们成婚之后还活在世上，那就是我的耻辱。不必是什么痛苦的死法……某种见血封喉的毒药……"

帕德维脸色煞白,犹如房产中介被人提起房子里有蟑螂一样。他的心思飞转起来。看来,玛瑟逊莎那要人命的小小计划绝不会收手。转眼间,他的内衣就被冷汗浸透了。

他现在知道了,他对玛瑟逊莎一点儿爱情都没有。还是让某个粗声大气的哥特人娶这个性情残暴的金发瓦尔基里[1]好了!他还是更喜欢那种含蓄温婉些的姑娘,可别是想要什么都来个直截了当。没有哪个男人有把握在成为阿马立家族的一员后还能做什么主,想想他们阴暗又血腥的过往就知道了。

"怎么了?"玛瑟逊莎问道。

帕德维答道:"我正在想呢。"他没说自己正在拼了命地想如何逃出这个局。

"我刚刚想起来,"他缓缓说道,"我在美国就有个妻子了。"

"噢。这时候想起这事儿可真是好时候。"她冷冷地说。

"我已经很久没见过她了。"

"喔,那样的话,就算是离婚了,对吗?"

"在我的宗教里不算。我们公理会教友相信地狱为那些离婚的人准备了一个特殊的房间,把他们在那里油炸了。"

"马蒂内斯!"她的双眼简直变成了两束灰色的火焰,"你害怕了。你是在试图退缩。没有哪个男人能在对我做了那些事情之后还活着到处讲……"

"不不不,绝不会的!"帕德维叫道,"根本不是那回事,亲爱的!我愿蹚过鲜血流成的大河来到你的身边。"

"嗯。很好的说辞,马蒂内斯·帕德维。你是不是跟所有的姑娘都这么说来着?"

"我是真心的。我为你而疯狂。"

"那你为什么不行动,就好像……"

"我愿为你奉献一切。没有尽早考虑到这个障碍是我太愚蠢了。"

"你真的爱我吗?"她的声音柔和了些。

"当然爱你!我从未遇到过像你这样的人。"这后半句话倒是发自肺腑

---

1. 北欧神话中的女神,在战斗中选择何人生、何人死,并将死者的灵魂引至主神奥丁的牺牲者圣堂。

的,"不过事实就是事实。"

玛瑟逊莎揉了揉额头,显然是在因为情感上的纠葛挣扎。她问道:"如果你已经那么久都没见过她了,又怎么知道她还活着?"

"我不知道。我也不知道她是否不在人世了。你很清楚你们的法律对于重婚罪有多么严格。《阿萨拉里克敕令》第六条,我查过。"

"你自然会查的。"她带着些苦涩说道,"在意大利还有其他人知道你的这个美国婊子吗?"

"没……不过……"

"那你干吗不装装傻,马蒂内斯?如果她远在世界的另一端,那又有什么关系呢?"

"宗教啊。"

"噢,让恶魔随着神父飞走吧!等我们掌权之后,我将会控制阿里乌派。至于天主教嘛,你在博洛尼亚大主教那里很有影响力,我听说过,这就意味着对于教皇也不在话下。"

"我不是说教会。我是说我自己的信仰。"

"像你这样的实用主义者?胡说八道。你是把它当作借口……"

帕德维看到那两股火焰又升腾了起来,连忙道:"好啦,玛瑟逊莎,你并不想做一番宗教上的争论,对吧?先别管我的教义了,而我也不会说任何违背你意思的话。噢,我刚想到了一个解决之道。"

"什么?"

"我要派一名信使去美国探查一下我妻子是否还活着。"

"那得花多少时间呢?"

"几星期吧,也可能几个月。如果你真的爱我,就不会介意等一等的。"

"我会等的。"她毫无热情地回答,目光犀利地望过来,"要是你的信使发现那女人还活着呢?"

"等那一刻到来了咱们再操那个心。"

"噢,不,我们不能那样。现在就得解决这事儿。"

"你看啊,亲爱的,难道你不信任自己未来的丈夫吗?那么……"

"别打岔,马蒂内斯。你就跟拜占庭的律师一样滑头。"

"既然如此,看来在这件事上我得碰碰运气,看我那不朽的……"

"噢,但是,马蒂内斯!"她开心地叫喊起来,"我有多傻呀!这答案不是明摆着嘛！你应该派出信使，如果发现她还活着，就毒死她！这种事总是能安排周密的。"

"这是个办法。"

"这是显而易见的办法！比起离婚来我更喜欢这样，为了我的好名声。现在嘛，咱们所有的担心都解决了。"然后她狠狠地搂了搂他。

"我看也是。"帕德维的话语中可是一点儿底气都没了，"咱们继续上课，我最亲爱的。"他又吻了吻她，这次尽量做得令人难忘。

她冲着他笑了笑，开心地叹了口气，"你永远都不该亲吻其他任何人，我的爱。"

"那种事我想都不会去想，公主。"

"你最好做到。"她说道，"你得原谅我，亲爱的小伙儿，刚才我有点失态。我只不过是一个不谙世事的年轻姑娘，对于这个世界一无所知、一无所求。"

帕德维心想，至少他算不上眼前唯一的骗子。他站起身来把她也拉了起来，"我现在必须走了。头一件事就是赶紧派出信使，而且明天我就得动身回罗马了。"

"噢，马蒂内斯！你肯定没必要走的。你只是觉得你得走……"

"不是那样的，真的。都是国事，你知道的。一路上我都会想着你的。"他又吻了吻她，"勇敢些，我亲爱的。现在笑一笑。"

她眼泪汪汪地挤出一丝笑容，那模样让他几乎忘了呼吸。

等帕德维回到自己的住地，他把传令兵从床上拖了起来，那是一名亚美尼亚铁甲骑兵。他下令说："穿上你右脚的靴子。"

那人揉了揉眼睛，"我右脚的靴子？我没听错吧，尊贵的长官？"

"没听错。现在赶快。"等那只黄色的生牛皮靴穿好之后，帕德维转过身背对着传令兵，弯下腰。他扭着脖子冲后边说道："对着我的屁股猛踹一脚，善良的蒂尔达特。"

蒂尔达特大张着嘴半天合不拢，"踢我的指挥官？"

"就是那个意思。现在来吧。"

蒂尔达特不自然地扭捏了几下，不过在帕德维的目光下他终于甩开大腿飞起一脚。这一脚几乎把帕德维踢得趴在了地上。他直起身子，揉了揉屁股，"谢谢你，蒂尔达特。现在你可以回去睡觉了。"帕德维找到自己的洗漱碗，用一根柳树枝开始刷牙。（他心想，早晚有一天必须得开始制造正儿八经的牙刷。）他感觉好多了。

但是到了第二天，帕德维并没能开拔回罗马，甚至那天之后也没有。他开始认识到国王度支官这个位子不只是一份收入丰厚的工作，能让你对周围的人发号施令、任意妄为，它还包含一系列随之而来的问题。首先便是瓦基斯·度鲁芒德之子，王室议会的一位哥特贵族，他带来了一份粗糙的议案，提议修订法律中对于偷盗马匹的条款。

瓦基斯解释说："维蒂吉斯同意了这条法律修订案，不过在他有机会进行更改之前发生了政变。所以嘛，杰出的马蒂内斯，轮到你与狄奥达哈德来商讨此事了，将这份修订案拟成正规的法律语言，并且尽全力让国王的心思尽可能久地放在此事上，得到他的签名。"瓦基斯咧嘴一笑，"如果他情绪不佳，愿诸圣帮助你，我的小伙子！"

帕德维思忖着该他妈的怎么办；然后他把卡西奥多罗斯找来，此人作为意大利国内事务的头面人物应该熟知个中诀窍。事实证明这位老学者确实大有裨益，尽管帕德维认为应该省去一些毫无必要的花里胡哨的修饰语。

他把乌莱阿斯叫来共进午餐。乌莱阿斯来了，表现得足够友好，尽管仍然为了他叔叔维蒂吉斯的事情有些不快。帕德维挺喜欢他。他心想，玛瑟逊莎那边我可没法儿永远应付下去，而且有她在那儿把我看作求婚者，我也不敢跟其他姑娘有什么瓜葛。不过这位小伙子身材魁梧，相貌堂堂，似乎也够聪明。如果我能从中撮合……

他问乌莱阿斯是否结婚了。乌莱阿斯眉毛一扬，"没有啊。怎么了？"

"我就是有点好奇。现在你对自己有什么打算？"

"不知道。我想，恐怕就是回我的老家皮塞嫩归隐山林了。那将是很无聊的生活，特别是经过了过去几年的士兵生活之后。"

帕德维漫不经心地问道："你见过玛瑟逊莎公主吗？"

"没正式见过。我几天前才到拉韦纳的，为了参加婚礼。当然啦，我在教堂看到过她，当时你闯了进来。她很有魅力，不是吗？"

"确实很有魅力。她是个值得结识的人。如果你愿意，我会全力安排会面。"

乌莱阿斯一走，帕德维立刻就跑去了玛瑟逊莎那里，想方设法让自己的到来看上去尽可能是一时心血来潮。他开始口若悬河地解说起来："我有事耽搁了，亲爱的。我没法动身去罗马喔喔……"玛瑟逊莎的双臂已经搂住了他的脖子，用最实际的行动堵住了他小小的演说。帕德维丝毫不敢流露出一丝冷淡，不过这做起来倒是一点困难都没有。唯一的麻烦就在于这样一来，要想在这种时候理清腹稿就不大可能了。而那位热情似火的妇人似乎很愿意整个下午都站在门厅里跟他吻个没完没了。

她最终开口了："现在，你要说什么？我最亲爱的？"

帕德维总算是把肚子里的话讲完了："我认为我得顺便来稍坐片刻。"他大笑起来，"与其如此还不如我赶紧回罗马；跟你待在一座城市里，我永远都无法办成其他任何事情。对了，你知道维蒂吉斯有个侄子叫乌莱阿斯嘛？"

"不知道，而且我觉得也不想知道。等我们杀了维蒂吉斯，自然要想着把他的那些侄子都杀了。我有一种很愚蠢的偏见，就是不能谋害我们这个社会阶层里我认识的人。"

"噢，亲爱的，我认为这是个错误。他是位很优秀的年轻人；你真的会喜欢他的。他是那种既有头脑又有个性的哥特人，也许是仅有的。"

"好吧，我不知道……"

"我的事务中需要此人，只是他良心上的不安让他不愿为我干活。我想，也许你能用你那灿烂的笑容感动他，让他软下来一点。"

"如果你觉得我真能帮到你，也许……"

于是那天夜里，这位哥特公主与帕德维和乌莱阿斯共进晚餐。玛瑟逊莎起先对于乌莱阿斯十分冷傲。不过他们喝了不少酒，然后她就松弛了下来。乌莱阿斯是个好伙伴。席间他们看着他模仿喝醉了的匈奴人的样子，全都哄笑不止。帕德维笨嘴拙舌地翻译了一些颇为下流的故事，也让他们又嚷又笑。他还教了这二位一首希腊流传甚广的歌曲，那是他的传令官蒂尔达特从君士坦丁堡学来的。如果帕德维没为自己小阴谋的成功而焦急地抓心挠肺，那他一定会认为这是他这辈子最欢乐的时光。

（未完待续）

Copyright© 1939 © 1941 by L. Sprague de Camp

幻想书房

刘皖竹 张羿 译

《创造之火》

[美]布兰达·库珀 著

出版社：Pyr，2012

布兰达·库珀创作了许多优秀的科幻小说，包括《银色飞船与大海》《阅读风语》以及《造物的翅膀》。此外，她还与拉里·尼文共同创作了《建造小丑的月亮》，这是我十分青睐的一部小说，也是我首次接触到的库珀作品，比起尼文，这部小说里有更多库珀的风格，同样大获成功。

《创造之火》是库珀的最新作品，也是《红宝石之歌》系列的开篇之作，由 Pyr 出版。故事主角吕比·马丁是一艘世代飞船上的修理工，负责维护机器人与其他智能机器。在简介中，作者表明了吕比的原型是伊娃·庇隆[1]，这可能会让一些读者感到疑惑，因为书封为我们呈现的是一位美丽又反叛的年轻姑娘，她穿着工人制服，还气势汹汹地扛着一支机关枪，至少我认为那是一支机关枪。这部作品讲述的是一位年轻女性逐渐渗透进世代飞船政治权力中心的故事，这显然与歌手出身的伊娃本人的形象不符。事实上，我认为罗伯特·海因莱因能够更好地描写这样的女性角色，当她认识到一些人是如何剥削压迫另一些人之后，自己的一生也将随之改变。与其说这部作品讲述的是工人阶级对无情官僚的反抗，不如说是一位年轻女性找到自己真正使命的故事。

这就是让我联想到海因莱因的原因，他是最早将人类政治带入科幻小说的作家。他最具代表性的作品要数《道路必须曲折》，以及任何一篇"未来史"系列的故事或小说，还有小说《地平线之外》《双星》等等。海因莱因深知人类所及之处必然伴随着政治结构。这也就是说，无论我们承认与否，人类都是政治动物。《创造之火》讲述的正是一位陷入阴谋与暴力的女性竭力想要实现政治变革的故事。

这部小说中另一个十分"海因莱因"的元素是世代飞船。库珀与海因莱因一样，了解星际旅行的危险之处，也明白这样一艘飞船上的文化与制度

---

1. 前阿根廷总统胡安·庇隆（又译胡安·贝隆）第二位夫人，又称"贝隆夫人"，被誉为阿根廷"国母"。

必须有多严苛（倘若你读过汤姆·戈德温的《冷酷的方程式》，就一定记得太空旅行算法有多残酷）。不仅如此，书中还呈现了权力精英的堕落与他们对下层阶级的冷漠。

我之所以喜爱这个故事，是因为库珀在其中注入了自己对科幻作品中政治分析的理解，海因莱因等科幻大师对微观层面与宏观层面的社会描写也对其造成了诸多影响。

《创造之火》并非独立小说，而是系列作品的一部分。但库珀的写作风格相当成熟，叙事手法也干净利落，引人入胜。此外，我对 Pyr 出版的书也推崇倍加，因此强烈向你推荐这部作品。

《马戏：天篷下的幻想》
［俄］叶卡捷琳娜·赛迪亚 编
出版社：Prime Books，2012

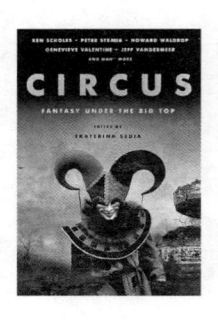

尊敬的编辑大人委托我为最近出版的科幻小说撰写书评。虽然我非常尊重他的勇气和喜好，但我还是想破例介绍这本以马戏为主题的科幻和奇幻小说合集，它实在太有趣了，我想你也会喜欢这本书的。

首先我必须承认，吸引我来看这本书的其实是玛尔歌泽塔·贾辛斯卡绘制的无与伦比的封面，我之前从未看过这位艺术家的作品。书的封面既恐怖惊悚，又不乏异想天开，背景是一场荒诞离奇的狂欢节和马戏表演，而所有这一切都笼罩在昏暗的秋景中。还能更好地描绘一本写奇幻马戏的书吗？

当然，在所有关于马戏或狂欢节的书（或故事集）里，最伟大的就是雷·布拉德伯里的杰作《必有恶人来》（1962），这是一部集幻想、恐怖和成长冒险于一体的作品。最好的科幻马戏故事（或系列故事）无疑是巴里·B. 朗耶尔的"马戏世界"系列，其中包括《马戏世界》（1980）、《巴拉布市》（1980）和《大象之歌》（1982）。你瞧，这本集子里就收录了朗耶尔先生的作品《探索》，它讲述了马戏星球巴拉布上的两个愤青跌跌撞撞地踏上冒险之旅并意外成为英雄的故事。

这本集子中大约一半的故事是科幻小说，另一半是奇幻小说，几乎所有的故事都是上乘之作。对我而言，更吸引我的是奇幻故事，这是因为马戏本身在隐喻层面和现实层面都表现得很好，而且其中许多故事都触及我们心灵中的黑暗之处，最优秀的作家则善于利用这些把我们吓得魂不附体。

不过,并不是所有故事都吓人。这里有蒸汽朋克故事,也有吸血鬼和怪兽的故事;有奇怪的星球和文化,也有迷失的灵魂,所有这些人,无论是演员还是参与者,都努力在马戏篷下找寻自己的路。这本集子的作者有:彼得·斯特劳布、安德鲁·J. 麦基尔南、杰夫·范德米尔、吉纳维夫·瓦伦丁、肯·斯科尔斯、凯济·约翰逊、小尼尔·巴雷特,以及霍华德·沃尔德罗普。

沃尔德罗普的故事《冬季住房》是我读过的最令人难忘的故事之一,而本辑《银河边缘》刊登的凯济·约翰逊的《二十六只猴子,亦即深渊》也收录在此书中,此篇可谓当代奇幻小说的杰作。集子的编辑叶卡捷琳娜·赛迪亚是一位值得关注的编辑。类似的故事集之所以成功,是因为它们的编辑知道如何选择故事,如何把这些故事编排成一本连贯的书。塞迪亚女士独具慧眼,这本选集值得放进你的书架。尽管《马戏:天篷下的幻想》主要面向奇幻小说读者,它仍然会吸引每一位喜欢好故事的人。这本关于马戏的故事集不会让你失望,尤其是当马戏变得截然不同、完全陌生的时候。

《时间的暗箭》

[意大利] 马西莫·维拉塔 著

出版社:Springer Nature, 2017

《时间的暗箭》号称是一部"科学小说",它成功兼顾了科学与幻想,作者是意大利天文物理学者、科幻作家马西莫·维拉塔女士。这部作品围绕着一位科学家展开,讲述了他选择前往殖民地的单程旅途。在这本书中,超光速旅行成为了现实,对旅行者而言,穿越一光年的距离仅需一瞬间,但在地球上已经过去了大约一年。这意味着所有的星际移民都是一场单程旅途。当这位科学家来到了一颗二十光年之外的殖民地星球之后,他遇见了一位女子和其他居民,但他发现这些人来到这里才短短几天,而非二十年之久。为了解开这个谜底,他被卷入了危险的境地:一艘被丢进时间旋涡的殖民地飞船,一场威胁着整个世界的阴谋,还有浪漫的邂逅。这个故事中有关科学的描写都准确无误。而对于需要更多解释的读者而言,书中也包含注脚和附录,它们都与小说的正文一样有趣。英文译者的翻译十分流畅,小说中穿插着时间旅行的悖论。倘若你偏爱科幻小说中的科学性内容，或是对时间旅行感兴趣，那么这部作品不容错过。

《奇境相见》
[美] 利安德·沃茨 著
出版社：Meerkat Press，2018

《奇境相见》是一部青少年小说，它的故事背景设置在1970年平行时空中的威尼斯，此时阿波罗登月刚刚过去一年，小说主角达维来到了月球。故事开篇，达维参加了巨星迪亚戈·康恩（其原型为大卫·鲍伊）的摇滚音乐会，被舞台上光芒四射的偶像与神秘的宇宙所感染。在迪亚戈音乐带来的神奇氛围里，达维感觉自己的意识来到了一个奇妙的境界。对他而言，这种感觉更加宽广深远，与其他大部分乐迷平时所感受和理解的都截然不同。就在这时，达维看见了一个独自跳舞的女孩，她朴素无奇，有着一头黑发，戴着眼镜，看上去似乎也陷入了这种神秘的气氛当中。达维想要走过去跟她交谈，但女孩突然消失了。

达维居住在安格鲁斯，这是一间豪华的旅馆，数百年来都由他的家人经营。达维的母亲早已过世，他和妹妹居住在旅店同一层的两个套房中，但二人很少交流，也几乎不跟父亲说话。他们各自沉浸在自己的世界里。妹妹萨拜娜沉迷于新世纪的传说，比如降神会与咒语，还有像是邪恶的卡洛斯那样可疑的角色。而达维热爱音乐，比如迪亚戈和其他一些有名的乐队，他们的原型都是地球上七十年代的歌手。一天，达维看见那个神秘的女孩从妹妹的房间里走了出来，于是跟着她出了门。

他们终于相遇了。原来她在演唱会上也注意到了达维。女孩叫安娜Z.，她古灵精怪，仿佛有说不完的话。她向达维解释了二人在演唱会上感受到的气氛，其实它是"外星偏移"带来的影响，这种现象会使特定的人进入无限的境界。从前，安娜和戴维都生活在孤独中，但现在他们拥有了彼此。不过事情并不顺利。安娜还有一个哥哥卢卡斯，他占有欲极强，是个危险人物。卢卡斯觉得妹妹是自己的所有物，像是弗兰肯斯坦创造了怪物一样，自己也创造了妹妹，书中多次出现了这样的对比。安娜曾经试图从哥哥身边逃走，但那时她的身边没有人帮助她、理解她，也没有人明白与外星智能接触的神秘之美。卢卡斯知道戴维将安娜藏了起来,于是威胁他把妹妹交出来,否则将会杀了他。这时,迪亚戈的巡回演出快要结束了,最后一场演出的场地距离达维居住的城市有一百多英里。两个年轻人不想错过这场演出,这意味着他们必须在卢卡斯的眼皮底下溜出城。

这部小说语言优美,节奏明快,如同音乐一般。尽管故事本身看上去十分老套,围绕着男孩和女孩在古老城市中的相遇展开,但作者的文笔为它增添了许多魅力。从音乐会人群中耀眼的男孩与迷人的女孩,到整个城市中交相辉映的琥珀金色光线,书中的形象不仅富含美感,也能够引起读者的共鸣。不仅如此,书中还穿插着许多迪亚戈的歌词,读者也将跟随着主角一起挖掘这些语句中的深层含义。沃茨深知年轻人都需要归属感。正是摇滚乐和迪亚戈为达维和安娜提供了共同语言,让他们获得了更高层次的体验。这不仅使二人之间产生了纽带,也赋予了他们努力的目标。尽管两个孩子被对方深深吸引,但他们的感情十分纯洁。我强烈向青少年和喜欢华丽摇滚的读者推荐《奇境相见》这部小说。

荐书人:[美]保罗·库克、乔迪·林恩·奈、比尔·福斯特

【美】迈克·雷斯尼克
Michael D. Resnick
(1942 – 2020)

第 28 届中国科幻"银河奖"
最受欢迎外国作家奖获得者

谨以本书追悼迈克·雷斯尼克先生

《银河边缘》编辑部

2020年1月9日,《银河边缘》美国版主编、著名科幻作家迈克·雷斯尼克永远离开了我们。迈克一生著作颇丰,共创作了七十多部长篇科幻小说和二百五十多篇短篇小说,并获得五座雨果奖奖杯和一座星云奖奖杯。此外,他还曾获得二十七次雨果奖提名。

"主编会客厅"是每一辑《银河边缘》的固定栏目,在这里,迈克会分享与科幻相关的历史沿革、名人轶事,当然,也会有大家喜闻乐见的吐槽。如今斯人已逝,但雷斯尼克的名字将在《银河边缘》中文版的主编栏继续保留下去,他将以这种独特的方式继续陪伴我们,陪伴他无比热爱和眷恋的科幻。

2018 年，八光分文化联合人民文学出版社共同推出《银河边缘》丛书，这是一套由东西方科幻人联合主编的幻想文库，作品主体部分选自美国科幻大师迈克·雷斯尼克主编的科幻原版杂志《银河边缘》，同时有相当篇幅展示国内优秀的原创科幻小说。在此，我们向国内全体原创科幻作者约稿。

《银河边缘》国际版以"惊奇、畅快"为原则，着力呈现中外名家及新人作者的中、短篇佳作，展示更具野心的科幻作品，呼唤长篇时代的到来。

原创小说 征稿启事
长期有效

| 投稿邮箱 | —— tougao@8light-minutes.com
| 邮件格式 | —— 作品名称 + 作者名
| 审稿周期 | —— 初审十五个工作日回复（长篇除外）
| 稿　　费 | —— 150 ~ 200 元 / 千字（长篇另议），优稿优酬。
| 字　　数 | —— 5 万字以下中短篇为宜，接收长篇来稿。

| 审稿标准 |

- ▶ 想象力：想象力是科幻小说的核心与灵魂，也是审稿的首要标准。
- ▶ 代入感：作者通过剧情、人物等元素，使小说易读，令读者沉浸其中。
- ▶ 剧情逻辑：在人物动机、事件逻辑上没有明显漏洞,不会让读者产生"跳戏"的感觉。
- ▶ 技术细节：非常欢迎，但不强求。

| 注意事项 |

- ▶ 务必保证投稿作品为本人原创，从未发表于任何平台。
- ▶ 切忌一稿多投。
- ▶ 小说请以附件形式发送邮箱，注意排版，合理分段。
- ▶ 请在邮件末尾提供个人联系方式，如姓名、QQ、手机等。
- ▶ 投稿咨询：028-87306350　联系人：罗夏

欢迎加入我们的 QQ 写作群 → **494 290 785**

《银河边缘》编辑部　2020 年 6 月

Contents

THE EDITOR'S WORD 1
　　/ by Mike Resnick
MASTERPIECE
　　STAR LIGHT, STAR BRIGHT 5
　　　　/ by Alfred Bester
　　SHALL WE HAVE A LITTLE TALK? 25
　　　　/ by Robert Sheckley
SPECIAL FEATURE: X Creatures
　　INTRODUCTION 51
　　　　/ by Liu WeiJa
　　26 MONKEYS, ALSO THE ABYSS 55
　　　　/ by Kij Johnson
　　FASTER GUN 71
　　　　/ by Elizabeth Bear
　　AIR AND WATER 99
　　　　/ by Robin Reed
　　WILL YOU VOLUNTEER
　　TO KILL WENDY? 111
　　　　/ by Eric Cline
CHINESE RISING STARS
　　COLORLESS GREEN 123
　　　　/ by Lu QiuCha
　　EPITAPH 163
　　　　/ by Yang WanQing
　　THE DRAGON'S SKELETON 203
　　　　/ by Hai Ya
A SCIENTIST'S NOTEBOOK
　　EXCEPT FOR THE PLUMBING 227
　　　　/ by Gregory Benford
ARCHIVE OF EARTH
　　IMMA GONNA FINISH YOU OFF 235
　　　　/ by Marina J. Lostetter
THE GALAXY'S EDGE INTERVIEW
　　JOY WARD INTERVIEWS
　　KIJ JOHNSON 253
　　　　/ by Joy Ward
SERIALIZATION
　　LEST DARKNESS FALL 03 263
　　　　/ by L. Sprague de Camp
BOOK REVIEWS 317
　　/ by Paul Cook, Jody Lynn Nye and Bill Fawcett

Editors in Chief
Yang Feng
Mike Resnick

Executive Director
Ban Xia

Copyright Manager
Yao Xue

Project Coordinator
Fan Yilun

Product Director
Dai Haoran

Editors for Translated Works
Yao Xue, Fan Yilun
Wu Yin, Hu Yixuan
Yu Xiyun

Editors for Chinese Works
Dai Haoran, Tian Xinghai
Li Chenxu, Bigstep

Art Director
Fu Li, Zhang guangxue

Cover Artist : Andrew Tatarko